Michael Kibler

TODESFAHRT

Kriminalroman

Piper München Zürich

Mehr über unsere Autoren und Bücher:
www.piper.de

Von Michael Kibler liegen bei Piper vor:
Zarengold
Rosengrab
Schattenwasser
Todesfahrt

MIX
Papier aus verantwortungsvollen Quellen
FSC® C083411
FSC www.fsc.org

Originalausgabe
Dezember 2011

Umschlag: semper smile, München
Umschlagmotiv: Christof R. Schmidt / f1online, Elizabeth Pratt / Funk Zone Studios / Corbis
Satz: Kösel, Krugzell
Gesetzt aus der Minion
Papier: Munken Print von Arctic Paper Munkedals AB, Schweden
Druck und Bindung: CPI – Clausen & Bosse, Leck
Printed in Germany ISBN 978-3-492-27357-2

Für meine Eltern

PROLOG

Er sah auf den Boden, konnte kaum begreifen, was er soeben getan hatte.

Jetzt bloß keine Panik!

Er hatte den Mann erschlagen.

Einfach so.

Nein, natürlich nicht einfach so.

Wie viel Demütigung kann man ertragen, bevor die Sicherungen durchbrennen, alle auf einmal? Wie viel Geschmacklosigkeit, wie viel …?

Müßig, jetzt darüber nachzudenken, denn der Mann würde nie wieder ein Wort zu ihm sagen.

Er spürte keine Reue. Auch keine Erleichterung. Im Moment spürte er gar nichts.

Und wenn die beiden anderen gleich wieder zurückkämen? Dann hätte er ein Problem. Wie sollte er ihnen erklären, was er sich selbst nicht genau erklären konnte? Wie sollte er die Notwehr erklären? Rein rechtlich gesehen war es keine Notwehr gewesen. Es sei denn, man akzeptierte es als adäquate Reaktion auf seelische Grausamkeit, wenn man einen Menschen erschlug. Totschlag war es auf jeden Fall. Tötung ohne Tötungsabsicht. Was so auch nicht stimmte, denn in dem Moment, als er zugeschlagen hatte, hatte er genau das gewollt: den Mann töten. Aber das musste ja niemand wissen.

Auf einmal blitzte ein anderes Wort in seinem Kopf auf: *Gefängnis.*

Das hier würde Konsequenzen haben. Er würde in den Knast wandern. Ob für kurz oder lang – darüber würde ein Heer von Menschen entscheiden, die allesamt keine Ahnung hatten. Der Mann vor ihm war tot und würde ihn damit in den Bau schicken. Er verhöhnte ihn, ließ über sein Ableben hinaus sozusagen noch die Muskeln spielen, zeigte, wer nach wie vor am längeren Hebel saß.

Ihm blieb nicht mehr viel Zeit, um zu verschwinden. Auch wenn ihm klar war, dass die Polizei ohnehin früher oder später auch an seine Tür klopfen würde.

Wie hatte er sich selbst nur so reinreiten können? Er, der sonst so besonnen war, so akkurat, intelligent, der immer eine rationale Lösung hatte. Er, ein Vorbild für Familie und Gesellschaft.

Er musste abhauen. Sofort. Noch bevor die beiden zurückkamen und die Leiche fanden.

Obwohl …

Vielleicht war es ja gar nicht so schlecht, wenn ausgerechnet sie über den Toten stolperten. Genau genommen konnte ihm das sogar recht sein. Er dachte kurz nach. Dann erkannte er: Das war die Lösung für sein Problem! Es war sogar brillant!

Und während er sich vorsichtig vom Tatort entfernte, nahm der Plan, durch den er seine Haut würde retten können, in seinem Kopf Gestalt an. Binnen weniger Sekunden wusste er genau, was er zu tun hatte. Er würde nicht in den Bau gehen. Niemals. Wenn alles gutginge, würde gar niemand in den Bau gehen.

Alle wären zufrieden.

Vielleicht sogar glücklich.

Diesmal saß endlich einmal er am längeren Hebel.

DONNERSTAG, 9. DEZEMBER

16.00 Uhr

Der Tisch war festlich gedeckt. Die Kerzen im silbernen Leuchter verströmten warmes Licht.

Das war's dann aber auch schon mit der Wärme, dachte Margot Hesgart, während sie lächelnd sagte: »Danke.« Evelyn hatte ihr gerade Kaffee nachgeschenkt.

Evelyn Hartmann, nein, *Professor Dr.* Evelyn Hartmann feierte an diesem zehnten Dezember ihren sechzigsten Geburtstag. Und sie hatte eine bescheidene Tafel gedeckt. Für sich und ihren Freund Freddy. Für Margot und Rainer. Und für Sebastian Rossberg, Margots Vater. Seit dreieinhalb Jahren war der nun schon mit Dr. Evelyn liiert.

Margot Hesgart, achtundvierzig Jahre alt, Hauptkommissarin bei der Darmstädter Mordkommission, wollte sich nicht in das Privatleben ihres Vaters einmischen. Aber seitdem er mit seiner ehemaligen Lateinlehrerin verbandelt war, war das Band zwischen Margot und ihrem Vater etwas ausgeleiert.

Margots Mann Rainer schien mit der Dame keinerlei Probleme zu haben. Sie schenkte ihm ebenfalls Kaffee ein, er parierte mit einem Bonmot, das weit über Margots simples »Danke« hinausging, und Evelyn schenkte ihnen allen eine weitere Kostprobe ihres perlenden Lachens.

Hilfe, dachte Margot Hesgart, kann mich hier nicht irgendwer rausholen?

Aus den Boxen klang die Stimme von Sofia Karlsson, der neuesten musikalischen Entdeckung ihres Vaters. Sie sang auf Schwedisch. Das Lied, hatte ihr Vater ihr vor Kurzem erklärt, sei die Vertonung eines Gedichts von Dan Andersson, einem bekannten schwedischen Dichter. Der besang darin, wie er auf die Frau seiner Träume wartete.

»Und du?«

Margot hatte keine Ahnung, was Rainer von ihr wollte, dann registrierte sie, dass alle am Tisch Sitzenden sie erwartungsvoll ansahen. Nur hatte sie keine Ahnung, worüber die gerade gesprochen hatten. Kann nicht jemand irgendwo in der Stadt einen Mord begehen?, dachte sie. Als Hauptkommissarin der Darmstädter Mordkommission wäre sie dann unabkömmlich.

»Nun, so und so«, sagte sie. Damit konnte sie nicht grundsätzlich falschliegen.

»Das meinst du nicht ernst, oder?«, fragte ihr Vater. Und Margot spürte Aggression in sich aufsteigen. Sie hatte keine Ahnung, worüber sich die Meute gerade austauschte. Sie wollte es auch gar nicht wissen. An diesem Tag war der Sechzigste von Fräulein Oberschlau. Aber gestern war der Geburtstag von Margots Mutter gewesen. Nicht der sechzigste, sondern der siebzigste. Den sie leider nicht mehr feiern konnte, weil sie bereits seit mehr als fünfzehn Jahren tot war. Aber das schien keinen außer ihr zu kümmern. Auch ihren Vater nicht, der nach drei Jahren immer noch den devot verliebten Gockel gab.

»Doch, das meine ich verdammt ernst«, fauchte sie, obwohl sie überhaupt nicht wusste, worüber gesprochen wurde.

Daraufhin sah auch Rainer sie entsetzt an.

Verdammt, wie kam sie aus der Nummer nur wieder raus?

Der rettende Engel machte sich mit dem Klingelton ihres Handys bemerkbar. »Cool Cops« ertönte – aus dem Album »Culture Vultures« von Orson, eine Melodie, die sie ausschließlich ihrem Assistenten Steffen Horndeich zugewiesen hatte.

»Sorry«, murmelte sie. »Dienstlich.« Sie verließ den Raum.

»Margot, entschuldige, dass ich dich beim Geburtstagskaffee störe«, hörte sie Horndeich sagen, nachdem sie den Anruf entgegengenommen und sich gemeldet hatte.

»Kein Problem«, sagte sie. »Was gibt's?«

»Wir haben hier einen Mord. Du solltest herkommen, wenn du es irgendwie einrichten kannst.«

»Schon gut, ich bin gleich da und … Äh, *wo* soll ich hinkommen?«

»Kennst du das Traisaer Hüttchen? Im Wald zwischen Lichtwiese und Traisa. An der Eisenbahnbrücke.«

»Bin schon unterwegs.«

»Prima. Ist verzwickt. Denn der Tote ist nicht aus Darmstadt. Also, eigentlich schon.«

Margot verstand nur Bahnhof.

»Nicht unser Darmstadt«, erläuterte Horndeich, »sondern eins in den USA. Wusstest du, dass die uns den Namen geklaut haben?«

Wusste Margot nicht. War ihr aber im Moment auch völlig egal. Viele Leichenfunde hatten sie in ihrem Leben schon aus dem Alltag gerissen. Sie war mitten in der Nacht zu Tatorten gerufen worden, wenn sie sich gerade mit Rainer geliebt hatte. Oder sonntags, nach einer Runde Badminton mit ihrer Freundin Cora, während sie unter der Dusche stand. Nett, dass sich dieser Tote ausnahmsweise mal hatte finden lassen, als sie es sich geradezu herbeigesehnt hatte, zu einem Tatort gerufen zu werden.

»Ich bin in zehn Minuten da«, versprach sie und beendete das Gespräch.

Sie ging zurück ins Wohnzimmer. Vier Gesichter starrten sie an. Auch Freddy, der schwule Freund von Evelyn, den die schon seit über vierzig Jahren kannte und von dem sich Margot inständig wünschte, Evelyn hätte ihn zur Heterosexualität missionieren können und wäre dann bei ihm geblieben.

»Ich muss dann mal«, sagte Margot, sich augenblicklich der unglücklichen Formulierung bewusst werdend. »Ich komme so schnell heim, wie es geht«, fügte sie noch hinzu, gab ihrem verdutzten Mann Rainer einen Kuss auf den Mund, dann huschte sie aus dem Wohnzimmer, durch den Flur und durchs Treppenhaus, und mit jedem Meter, den sie zwischen sich und Evelyn brachte, konnte sie freier atmen. Bezeichnete man die Lebensgefährtin des Vaters, wenn man die vierzig hinter sich gelassen hatte – *weit* hinter sich gelassen hatte –, eigentlich noch als Stiefmutter?

Niemals!, dachte Margot und lief in Richtung ihres Wagens. Fünf Minuten Fußmarsch. Die Begriffe »Parkplatz« und »Papas

Wohnung« waren zwei Termini, die sich wie Nord und Süd abstießen, so weit sie nur konnten.

Margot drückte auf den Taster ihres Wagenschlüssels. Der Mini antwortete. Sie stieg ein. Gut, dass sie den BMW ihrem Sohn geschenkt hatte. Er hatte jetzt Familie und war froh um den Wagen gewesen. Sie fuhr einen feuerroten Mini-Clubman, den sie nun in Richtung Traisaer Wald lenkte.

Der kleine Platz vor dem Traisaer Hüttchen war zum Parkplatz mutiert. In stiller Eintracht standen dort zwei rote Chrysler Crossfire nebeneinander, ein untrügliches Anzeichen dafür, dass außer Horndeich auch der Gerichtsmediziner Martin Hinrich am Tatort eingetroffen war.

Margot stellte ihren Mini neben den beiden Sportwagen ab. Ein Kollege der Schutzpolizei, der sie erkannte, deutete in Richtung der Absperrung. Die war quer über die Brücke gespannt, unter der die Gleise der Odenwaldbahn verliefen.

Margot schlüpfte in einen weißen Einwegoverall und blaue Einwegüberschuhe aus Plastik, um keine falschen Spuren zu hinterlassen, dann duckte sie sich unter dem Absperrband hindurch. Die Kollegen wuselten alle in diesen weißen Overalls umher, die vor dem Schnee wie groteske Tarnkleidung wirkten. Das Zentrum der Ermittlungen war einfach auszumachen: Ein Plastikdach war über den Tatort gespannt, damit neuerlicher Schneefall nicht alle Spuren vernichtete.

Vorausschauend, dachte Margot und sah nach oben in den grauen Himmel. Die erste Flocke schmolz auf ihrer Nase, die nächste auf dem linken Augenlid. Die folgenden konnte sie nicht mehr zählen. Gleichzeitig setzte Wind ein. Wunderbar, dachte sie.

Sie entdeckte Kommissar Steffen Horndeich. Der zehn Jahre jüngere Kollege wurde von allen nur mit seinem Nachnamen gerufen. Er stand neben der Leiche. Hinrich, der Gerichtsmediziner aus Frankfurt, untersuchte sie. Auch Horndeich und Hinrich waren in weiße Overalls gehüllt, wobei Hinrich keine Bauchwölbung mehr vor sich hertrug. Seit der Kollege eine Freundin hatte, waren ein paar Pfunde gepurzelt, Opfer seiner Eitelkeit. Steht ihm aber gut, dachte Margot.

»Hi«, grüßte Horndeich seine Chefin. »Gut, dass du da bist. Ich hoffe, ich habe dich nicht aus dem Highlight deiner Familienfeier gerissen.«

Margot winkte ab. »Passt schon. Also?«

»William Fishkin. Trug zwar keine Brieftasche und auch kein Handy bei sich, aber wenn ihm jemand die Taschen leer geräumt hat, dann hat er das Etui mit den Visitenkarten übersehen. Offenbar US-amerikanischer Staatsbürger. Kommt aus Darmstadt, Indiana.«

»Ein Darmstadt in den USA?« Margot musste schmunzeln.

Kollege Ralf Marlock, den Margot zunächst gar nicht wahrgenommen hatte, schien ihre Frage als Stichwort für seinen Einsatz anzusehen. »Darmstadt in Indiana hat ungefähr eintausenddreihundert Einwohner. Liegt am südlichen Rand von Indiana. Und hat erst sechshundertdreiundvierzig Jahre nach unserem Darmstadt die Stadtrechte erhalten.«

»Woher wissen Sie das denn?«, wunderte sich Margot.

»Aus so einem kleinen Stadtführer.«

»Und wann hat unser Darmstadt die Stadtrechte erhalten?«, fragte Margot.

Marlock zuckte die Schultern.

Tja, so ist das mit fundiertem Halbwissen, dachte Margot.

Horndeich stand seinem Kollegen bei. »Sechshundertdreiundvierzig Jahre vor dem amerikanischen Darmstadt.« Dann fuhr er fort: »Der Tote hatte sonst keinerlei Dinge bei sich, die uns etwas darüber sagen könnten, woher er kam und wo er hier in der Gegend abgestiegen ist. Keine Schlüssel, nichts.«

Margot besah sich den Toten. Die rechte Seite des Gesichts war blutverschmiert. Offensichtlich war er auf den Grenzstein gefallen, einen Wacker von der Größe eines Lastwagenrads, an dem die Gebiete von Darmstadt, Mühltal und Roßdorf endeten. Oder Ober-Ramstadt? Sie hätte näher herantreten müssen, um die Inschrift lesen zu können, aber sie wollte Hinrich nicht im Weg stehen.

Abgesehen von dem Blut sah Fishkin sehr gepflegt aus. Der Mantel war aus Kaschmir. Der Anzug schien ebenfalls kein Modell von der Stange. Sollte sich ihr Rainer mal ein Beispiel nehmen … Auch die Lederschuhe hatten sicherlich einiges gekostet. Fishkin war glatt rasiert. Das Haar zeigte bereits einige grausilberne Strähnen. Zweifelsohne war William Fishkin im Leben ein attraktiver Mann gewesen.

Heribert Zoschke, ebenfalls Mitglied der Mordkommission, trat auf Horndeich zu. »Ich hab das mit den Zuständigkeiten geklärt. Zuständig für Darmstadt ist das Vanderburgh County Sheriff's Office. Ist nicht weit von Darmstadt entfernt. Also von deren Darmstadt.«

»Wie spät ist es bei denen jetzt?«, wollte Horndeich wissen.

Auch darauf wusste Zoschke eine Antwort. »Sieben Stunden früher. Also …«, er sah auf seine Uhr, »neun Uhr dreißig. Die haben gerade gefrühstückt.«

Hinrich, der neben der Leiche gehockt hatte, erhob sich und streifte die Handschuhe ab.

»Und?«, fragte Margot.

»Tot.«

»Geht es etwas genauer?«

»Mausetot.«

Margot setzte gerade zu einer nicht sehr freundlichen Entgegnung an, als Horndeich sagte: »Hinrich, bitte.«

Für gewöhnlich konnte Margot ganz gut mit Hinrichs Flapsigkeit umgehen, doch an diesem Tag war sie sehr dünnhäutig, als hätte jeder Satz auf dieser vermaledeiten Geburtstagsfeier eine Schicht ihres emotionalen Schutzpanzers abgeschmirgelt.

»Er hat einen Stein auf den Kopf gekriegt. Links an den Hinterkopf. Wohl mit dem Klunker dort.« Er zeigte auf einen Stein am Boden, der aufgrund seiner spitz zulaufenden Form an ein Bügeleisen erinnerte und auch die entsprechende Größe aufwies. An der Spitze klebte braune Kruste. »Den muss ihm jemand gegen den Kopf geschlagen haben, und zwar ziemlich feste. Dennoch glaube ich, das war nicht tödlich. Aber dann ist er umgekippt und auf den Grenzstein geschlagen, wobei es die rechte

Seite des Hinterkopfs erwischt hat, und das war's dann. Genaues kann ich euch natürlich erst sagen, wenn ich ihn in Frankfurt …«

»… auf dem Tisch hatte«, beendete Horndeich den von Hinrich stets rituell wiederholten Satz. »Wie lange ist er schon tot?«

»Nicht länger als drei Stunden, nicht kürzer als zwei. Grobe Schätzung. Todeszeitpunkt also zwischen vierzehn und fünfzehn Uhr.«

»Und wie alt schätzen Sie ihn?«

»In den besten Jahren. Vielleicht ein wenig jünger.« Hinrich, der eitle Fatzke, war fünfzig. Womit *die besten Jahre* – zumindest für ihn – eindeutig definiert waren.

»Wer hat ihn gefunden?«, wollte Margot wissen.

»Ein Joggerpärchen«, antwortete Horndeich. »Sie ist gestolpert und deshalb fast in dem Gestrüpp neben dem Stein gelandet. Und damit fast auf Fishkin. Ich habe schon mit denen gesprochen, aber sie konnten nicht viel sagen. Waren allein im Wald, bei dem Sauwetter und der Tageszeit.«

Margot sah sich um. Bäume weit und breit. Aber nirgends eine Überwachungskamera. Sie besah sich wieder den Toten, betrachtete dann den Stein. »Sieht nicht nach langfristiger Planung aus. Eher nach eskaliertem Streit.«

»Könnte sein«, meinte Horndeich. »Also ist die große Frage, mit wem der hier spazieren war. Und warum.«

»Gut«, sagte Margot, »dann verständigen wir erst mal die Kollegen in Amerika. Vielleicht ist Fishkin ja kein Unbekannter.«

Margot setzte sich an ihren Schreibtisch, griff zum Telefonhörer und wählte die Nummer, die Zoschke ihr auf einem Zettel notiert in die Hand gedrückt hatte. Doch die Nummer war besetzt.

Sie machte sich einen Kaffee am Espresso-Vollautomaten. Früher hatte an dieser Stelle die schlechteste Kaffeemaschine der Welt gestanden, von allen Kollegen verspottet und verächtlich behandelt. Den Kaffee hatten sie dennoch getrunken. Dann hatte Espresso-Queen Einzug in Margots und Horndeichs Büro gehalten, und auch sie wurde skeptisch beäugt, als wäre sie schuld daran, dass die alte Maschine nicht mehr da war.

Margot teilte solche Sentimentalitäten nicht. Sie genoss einfach nur den leckeren Bohnensud mit einem halben Löffel Zucker – gegen die Bitterkeit, wie sie immer zu sagen pflegte.

Als Horndeich im Büro eintraf, steuerte auch er schnurstracks auf die Maschine zu. »In Amiland schon jemanden erreicht?«

»Nein«, antwortete Margot. »Ich versuche es gleich noch mal.«

»Okay. Und ich versuche über die Military Police hier vor Ort was rauszubekommen. Vielleicht kennen die den Toten ja.«

Margot nickte und wählte wieder die Nummer des Vanderburgh County Sheriff's Office. Diesmal tutete das Freizeichen.

»Vanderburgh County Sheriff's Office, Captain Nick Peckhard speaking. How can I help you?«

»This is Margot Hesgart from the Police Department Südhessen«, stellte sie sich vor, dann kam ihr der Gedanke, dass der Amerikaner mit dem Begriff *Südhessen* wahrscheinlich so viel verband wie sie mit dem Namen einer chinesischen Provinz, und sie fügte erläuternd hinzu: »I mean – from the Police Department South Hessia in Germany.«

Na, wenn das mal nicht gleich viel besser zu verstehen war. Hessia – war das überhaupt die korrekte englische Form?

»Hessen heißt *Hesse* auf Englisch«, soufflierte Horndeich und grinste.

»I mean from the Police Department in Darmstadt, Germany.«

»Sehr angenehm«, antwortete der amerikanische Ordnungshüter auf Deutsch. »Wie kann ich Ihnen helfen?«

Zwar hatte seine Aussprache einen leichten amerikanischen Akzent, doch Margot war angenehm überrascht, dass sie sich auf Deutsch mit ihm unterhalten konnte. Schon allein deswegen, damit ihr Kollege das überhebliche Grinsen einstellte.

Dessen Kinnlade folgte dem Ruf der Schwerkraft, als Margot auf Deutsch weitersprach: »Mr Peckhard, wir haben heute bei uns in Darmstadt eine Leiche gefunden. Der Mann wurde ermordet. Sie wissen, wo Darmstadt liegt? Das ist in der Mitte von Deutschland. Bei Frankfurt am Main.«

»Und rund vierzig Meilen von Heidelberg und etwa dreißig von Wiesbaden entfernt. Ich kenne Ihr Darmstadt.«

Der Mann überraschte sie ein weiteres Mal. »Also, der Mann, den wir gefunden haben, er stammt aus Ihrem Darmstadt. Wohnt wahrscheinlich in der West Wortman Road. So stand das auf seiner Visitenkarte. William Fishkin. Vielleicht ist er bei Ihnen im System.«

Am anderen Ende der Leitung herrschte Schweigen.

»Hallo? Sind Sie noch da?«

»Ja, Entschuldigung. Sagten Sie William Fishkin?«

»Ja.«

»Neununddreißig Jahre, dunkles Haar, etwas grau, keine Brille, etwa *six feet tall*, also etwa einen Meter und achtzig Zentimeter groß?«

»Sie kennen ihn«, sagte Margot. Das Fragezeichen konnte sie sich getrost schenken. »Ich schicke Ihnen dennoch ein Foto. Damit wir sicher sind.«

»In Ordnung«, erwiderte Peckhard und nannte Margot seine E-Mail-Adresse. »Bitte schicken Sie mir auch Ihre Telefonnummer; ich sehe Sie auf dem Display nicht. Ich melde mich gleich wieder bei Ihnen, Mrs …«

»Hesgart, Margot Hesgart.«

»Mrs Hesgart. Okay, ich erwarte Ihre E-Mail.«

»Geht sofort raus, Mr Peckhard.«

»Prima, ich melde mich dann gleich. Auf Wiederhören«, sagte Peckhard und legte auf.

»Was war denn das?«, fragte Horndeich.

»Ein Officer und Gentleman«, sagte Margot. »Der zum einen hervorragend Deutsch spricht und zum anderen Fishkin kannte, und zwar persönlich, so wie er klang.«

»Dann kann ich mir das mit der Military Police ja sparen«, meinte Horndeich, doch dann sagte er: »Na, ich ruf dort doch lieber mal an. Nicht, dass man uns hinterher nachsagt, wir hätten was übersehen.«

Margot tippte die Mail an Peckhard, hängte ein Foto an, das die Kollegen von der Spurensicherung bereits auf dem Server abgelegt hatten, und vergaß auch nicht, ihre Durchwahl anzugeben.

Währenddessen telefonierte sich Horndeich durch die verschiedenen Abteilungen der Military Police, und sie beneidete ihn um sein flüssiges Englisch. Ob es grammatisch immer korrekt war, konnte sie nicht beurteilen, aber sie war auf jeden Fall beeindruckt.

Keine zwei Minuten, nachdem sie die E-Mail verschickt hatte, klingelte ihr Telefon. »Vanderburgh County Sheriff's Office, Captain Nick Peckard. Spreche ich mit Mrs Hesgart?«

»Am Apparat. Ist er es?«

»Ja. Der Tote, den Sie gefunden haben, ist Bill – also William Fishkin. Wenn Sie uns noch ein DNA-Profil schicken, können wir da ganz sicher sein; wir müssen es nur mit der DNA des Sohnes abgleichen. Aber ich habe keinen Zweifel. Ich kannte Bill. Ich wohne auch in Darmstadt, er ist fast mein Nachbar. Was ist passiert?«

Margot fasste kurz die wenigen Fakten zusammen, die sie schon herausgefunden hatten – was nicht wirklich viel war. »Wer ist William Fishkin? Ich meine, wer war er? Wissen Sie, was er in Deutschland wollte?«

»Fishkin ist geschieden, hat einen fünfzehnjährigen Sohn. Er hat in Evansville eine Detektei, war Privatdetektiv.«

»Evansville?«, fragte Margot.

»Das ist unsere Metropole, keine zehn Meilen südlich«, erklärte Peckhard. »Bill und ich hatten manchmal beruflich miteinander zu tun. War immer wieder mal in Deutschland, geschäftlich, weil er sehr gut Deutsch sprach. Das waren Aufträge von Unternehmen, die auch in Deutschland ansässig sind. Was er in Ihrem Darmstadt wollte, weiß ich allerdings nicht.« Er machte eine kleine Pause. »Damned, ich hatte Bill wirklich gern. Sie sind sicher, dass es Mord war, kein Unfall?«

Jedem anderen gegenüber hätte Margot eine schnippische Bemerkung gemacht, irgendwas in der Richtung von: »Nein, es war Suizid, er hat sich selbst einen Stein von hinten an den Kopf geworfen, und weil das noch nicht gereicht hat, hat er sich auf einen kleinen Felsbrocken fallen lassen.« Doch sie spürte sogar durch zigtausend Kilometer transatlantisches Telefonkabel mit einer Extraportion Rauschen, dass Peckhard einfach nur tief betroffen war von Fishkins Tod und mit seinen Worten ihre Arbeit nicht etwa hinterfragen wollte. Deshalb antwortete sie mit ruhiger, einfühlsamer Stimme: »Ja, Mr Peckhard. Es war Mord. Es tut mir leid, Sir.«

Sie verabschiedeten sich freundlich voneinander, nachdem Peckhard ihr versprochen hatte, ihr noch am selben Tag ein kurzes Dossier über Fishkin zu schicken. Er wollte auch Fishkins Exfrau und ihren Sohn informieren.

Kaum hatte Margot den Hörer aufgelegt, klingelte ihr Handy. Sie sah aufs Display und sah das Gesicht ihres Vaters. Sie mochte das Foto von ihm, das ihn freundlich lächelnd vor dem Weihnachtsbaum zeigte und das jedes Mal auf dem Display erschien, wenn er anrief. Sie hatte sogar eine halbe Stunde Computerunterricht genommen, um Dr. Evelyn, die die zweite Hälfte des Bildes eingenommen hatte, digital abzuschneiden. War wesentlich eleganter als das altmodische Durchreißen eines Fotos.

»Papa?«, fragte sie, nachdem sie den Anruf angenommen hatte.

»Margot, mein Schatz, magst du nicht um acht zum Abendessen kommen?«, legte er sofort los. »War schade, dass du vorhin so überstürzt weg musstest. Wir machen Raclette. Rainer ist auch noch da, und auch Dorothee kommt noch.«

Margot zögerte. Ihr Bedarf an Dr. Evelyn war für den Tag eigentlich gedeckt. Doch sie fühlte sich ihrem alten Herrn gegenüber verpflichtet. Es war ihm wichtig. Seit dreieinhalb Jahren versuchte er, aus Margot und seiner Lebensgefährtin Freundinnen zu machen. Er war zwar mit einem feinen Gefühlsradar ausgestattet, doch die Erkenntnis, dass Margot diese Frau einfach nicht leiden konnte, schien für ihn eine Art Tarnkappenflugzeug zu sein.

Auf einmal kam ihr ein Gedanke. »Sag mal, du bist doch das

wandelnde Stadtlexikon. Kennst du ein zweites Darmstadt in den USA, in Indiana?«

Ihr Vater schwieg. Und ähnlich wie bei Peckhard befürchtete Margot schon, dass ihr Vater überhaupt nicht mehr in der Leitung war. »Hallo?«

»Äh … Ja, mein Schatz, das kenne ich. Warum? Soll euer Zuständigkeitsbereich wegen der Namensgleichheit erweitert werden?«

Seine Scherze waren auch schon mal besser gewesen. »Nein. Heute wurde ein Mann ermordet. Hier, in Darmstadt, Germany. Doch er kam aus diesem anderen Darmstadt in den USA, über das ich allerdings nichts weiß. Vielleicht kannst du uns nachher ein bisschen was zeigen, was meinst du?«

»Uns? Rainer und dir?«

»Ich meine Horndeich und mir. Auch er arbeitet an dem Fall.«

»Ja, gut, in Ordnung«, stimmte ihr Vater zu. »Bring den Kollegen mit. Wir haben immer noch einen Platz frei.«

Das wiederum mochte sie an ihrem Vater, in solchen Dingen war er unkompliziert. Hoffentlich war das auch Horndeich.

»Wohin komme ich mit?«, fragte der erstaunt.

20.00 Uhr

Das Essen glich eher einem höfischen Festmahl als einem gewöhnlichen Raclette. Evelyn Hartmann – Horndeich nahm einfach an, dass sie für die Leckereien verantwortlich war – hatte nur das Beste vom Besten eingekauft: eingelegte getrocknete Tomaten, sicher zehn verschiedene Varianten von eingelegten Oliven, von *ganz mild* über *knoblauchlastig* bis hin zu *verdammt scharf*, und zusätzlich zum Raclettekäse noch zwei große Teller verschiedenster Käsesorten in breitem Farbspektrum, vom weißen Hirtenkäse bis zum Gorgonzola in Blaugrün.

Auch beim Wein hatten sich die Gastgeber nicht lumpen lassen. Horndeich würde sich nachher lieber einen Benz mit gelbem Schild leihen, als sich von Margot, Rainer oder jemand anderem nach Hause kutschieren zu lassen.

Er war verwundert gewesen, dass Margot ihn zu ihrem Vater mitgenommen hatte, und dann hatte sie sich sogar noch neben ihn gesetzt.

Die Schwingungen zwischen den Anwesenden elektrisierten die Luft, und Horndeich spürte das Kribbeln, das vor allem zwischen Margot und Evelyn Hartmann knisterte, während ihr Vater sich redlich bemühte, es nicht wahrzunehmen. Margots Mann Rainer schien davon nicht viel mitzubekommen, und Rainers Tochter Dorothee, inzwischen siebzehn, war damit beschäftigt, ihren Chihuahua Che Kunststückchen vollführen zu lassen, die Evelyn und besonders diesen schrägen Typen Freddy zu affektiertem Beifall veranlassten. Na ja, vielleicht war nicht der Hund, sondern eher der Cabernet Sauvignon dafür verantwortlich.

Horndeich vertrieb sich die Zeit damit, all den aufgetischten Leckereien Respekt zu zollen, und versuchte aus Spaß, die Köstlichkeiten in alphabetischer Reihenfolge zu naschen. Nach dem R musste er allerdings übersättigt aufgeben.

»Espresso?«, fragte Sebastian Rossberg in die Runde, die den Vorschlag ohne Enthaltung annahm.

»Und dann erzählst du uns etwas über dieses andere Darmstadt, okay?« Margot strahlte ihren Vater an, und für einen kleinen Moment konnte Horndeich erahnen, wie sie ihn als kleines Mädchen um den Finger gewickelt hatte. Sie hatte als Kind sicherlich dreimal so viel Eis bekommen, wie es ihrer Mutter recht gewesen war. Heimlich natürlich. So ein Papa-Tochter-Ding. Horndeich musste schmunzeln.

Sebastian Rossberg warf Evelyn einen Blick zu, und sie deutete ein Nicken an. Gnädig, dachte Horndeich.

»Was für ein anderes Darmstadt meinst du?«, fragte Rainer seine Gattin.

Doch die Antwort kam vom Experten höchstselbst. »Darmstadt in Amerika. Dort gibt es auch eins. Es gab sogar mal zwei, eines in Illinois, ist aber inzwischen eingemeindet worden und hat damit seinen Namen verloren. Und in der Ukraine und in Russland gab's an die sieben. Aber heute gibt's nur noch zwei Darmstadts: unseres und das in Indiana, USA.« Sebastian Rossberg kam langsam in Fahrt. »Gebt mir einen Moment, wenn euch das interessiert, dann zeig ich euch ein paar Bilder.«

Horndeich fragte sich, wie es Sebastian Rossberg geschafft hatte, sich trotz Geburtstagsfeier so gut auf seinen Vortrag vorzubereiten. Offenbar gefiel ihm das Thema.

Rossberg stand auf, holte ein Netbook und einen kleinen Beamer, stellte beides auf den Wohnzimmertisch und richtete den Projektor auf eine Wand, von der er ein Gemälde abnahm, um dort Platz zu schaffen, irgendein modernes Gekleckse; wenn Horndeich so etwas sah, beschlich ihn immer der Verdacht, der Künstler hätte eine leere Leinwand für drei Stunden einer Kindergartengruppe überlassen, um sie später bunt bekleckst für zigtausend Euro an den Mann zu bringen.

Die Gäste gruppierten sich im Wohnzimmer auf Couch und Sessel. Dorothee nahm ihren Hund auf den Schoß, kraulte ihn gedankenverloren. Margot und Evelyn Hartmann nahmen so weit voneinander entfernt Platz, wie es die Sitzgelegenheiten zuließen. Rainer, der sich neben Evelyn gesetzt hatte und neben dem noch ein Platz frei war, winkte Margot zu sich, doch die schüttelte nur den Kopf, womit Horndeich in den Genuss kam, neben Rainer sitzen zu dürfen.

»Das ist es«, sagte Sebastian Rossberg und zeigte eine Luftaufnahme aus Google Earth: ein paar Straßenzüge, dann ein paar versprengte Gebäude – das amerikanische Darmstadt war offenbar nicht mehr als ein verschlafenes Kaff. Rossberg vergrößerte die Satellitenaufnahme. »Südlich von Darmstadt liegt Evansville. Das hat etwas weniger Einwohner als unser Darmstadt.« Nun wurde deutlich, dass Darmstadt zum Metropolgürtel der Großstadt gehörte.

Rossberg zeigte einen noch größeren Ausschnitt. »Hier ist Indiana. Evansville liegt an der südlichen Grenze, direkt am Ohio River. Oben am Michigansee liegt Chicago, knapp fünfhundert Kilometer nördlich von Darmstadt.«

»Ach, da ist das«, äußerte Horndeich, der endlich eine Vorstellung davon bekam, wo dieser Fishkin zu Hause gewesen war.

Rossberg zeigte das Foto eines großen Platzes vor einer einstöckigen Ladengalerie, die von mehreren Spitzdächern geziert wurde, eines davon ein exponiertes Uhrentürmchen. »Das ist der Marktplatz und gleichzeitig der Stadtmittelpunkt. Darmstadt hat rund tausendfünfhundert Einwohner. Eigentlich eher eine Schlafstadt, denn die meisten arbeiten in Evansville. Dennoch ist Darmstadt, USA, eine eigenständige Stadt, seit 1973 mit Brief und Siegel.«

»Waren Sie schon mal dort?«, fragte Horndeich.

Sebastian Rossberg unterdrückte, so schien es, einen Seufzer. »Nein, ich selbst noch nicht«, antwortete er dann, und seine Stimme war eine Spur leiser geworden, als hätte jemand den Lautstärkeregler zurückgedreht.

Er zeigte das nächste Bild, eine Kirche. »Die Salem Church of Darmstadt. Hat eine starke Kirchengemeinde. Machen auch Konzerte.«

»Woher weißt du das alles, wenn du noch nie dort warst?«, wollte Margot wissen.

»Internet, werte Tochter.«

»Du sammelst Informationen über dieses völlig unbedeutende Darmstadt in Indiana?«

»Es interessiert mich eben.«

Der Polizist in Horndeich registrierte sehr wohl, dass Rossberg in einem Tonfall antwortete, als wäre er der Tatverdächtige bei einer Vernehmung, der vehement eine Tat leugnet, der er schon so gut wie überführt ist. Er nahm Rossberg nicht ab, dass er nie in dem anderen Darmstadt gewesen war. Aber er konnte sich nicht erklären, weshalb Rossberg das nicht zugeben wollte.

Rossberg klickte weiter. »Das ist das ›Bauerhaus‹, der erste Veranstaltungsort am Platz. Eine ganz alte Aufnahme, aus den Fünfzigern.«

Im Vordergrund sah Horndeich einen alten Straßenkreuzer mit breiten Doppelscheinwerfern und Heckflossen, einen Plymouth Fury, und Horndeich dachte sofort an den Film »Christine«, in dem solch ein Auto dank bösem Eigenleben zahlreiche Menschen meuchelte. Neben dem Auto prangte ein Schild mit dem Schriftzug »Bauer's Grove« an einem Baumstumpf, und daneben wiederum strahlte eine bezaubernde junge Frau mit wallendem Haar den Fotografen an.

»Was ist das für ein Auto?«, fragte Rainer.

»Plymouth Fury, Baujahr 1958«, antwortete Sebastian Rossberg.

»Wow!«, entfuhr es Rainer.

»Meint ihr nicht, es ist jetzt genug Heimatkunde unterrichtet worden?«

Horndeich konnte Evelyn nicht sehen, weil Rainer ja zwischen ihnen saß, aber ihr war deutlich anzuhören, dass sie das Thema – noch dazu an ihrem Geburtstag – langweilte.

Sebastian Rossberg eilte zum Lichtschalter, und das Bild von Bauer's Grove, Auto und Mädchen verblasste.

»Ich würde gern noch mehr Bilder sehen«, sagte Margot.

»Schatz, wollen wir nicht langsam nach Hause«, intervenierte Rainer.

»Nein«, entgegnete Horndeichs Chefin trotzig.

»Doro muss ins Bett, sie hat morgen Frühdienst.«

»He, wenn ihr euch nicht einigen könnt, dann lasst mich außen vor, ja?«, fauchte die junge Dame. Ihr Hund nahm das Aufbruchsignal pragmatischer und gähnte ausgiebig.

Wie zu Beginn des Abendessens spürte Horndeich wieder das Knistern zwischen Margot, Evelyn und Dorothee. Da kein Faradaykäfig in der Nähe war, der ihn vor dem Funkenregen schützen konnte, verkündete er: »Ich rufe mir jetzt ein Taxi.« Er hatte keine Lust, Zeuge von Familienstreitigkeiten zu werden. »Noch jemand ohne Fahrschein?«

»Kann ich mitfahren?«, fragte Dorothee. »Der Zickenkrieg hier geht mir gehörig auf den Keks.«

»Dorothee!«, kam es von Rainer und Margot wie aus einem Mund. Evelyn und Sebastian Rossberg sagten nichts, bedachten Rainers Tochter aber mit Blicken, dass der Hund die Ohren aufstellte.

»Ich zahl Ihnen meinen Anteil. Und ich geh schon mal runter.« Damit war sie – und auch der Hund – verschwunden.

Horndeich verabschiedete sich und folgte den beiden.

»Ich hab gar kein Geld dabei«, gestand ihm Dorothee, während sie im Benz Richtung Dorothees Heim fuhren. Das Haus, in dem sie mit Rainer und Margot wohnte, lag im Richard-Wagner-Weg. »Aber ich kann dieses Gezicke echt nicht mehr ertragen. Schlimmer als Mädcheninternat. Ich geb Ihnen das Geld später, Herr Horndeich.«

»Mach dir da mal keinen Kopf.«

»Mein Opa«, redete sie weiter, »seine Tussi hat ihn echt an der Kandare. Also wenn das mein Freund wäre, der so kuscht – danke, das wäre nichts für mich.«

Horndeich äußerte sich nicht dazu. Wenn sich Sebastian Rossberg dabei wohlfühlte, sollte es auch für andere okay sein. Aber für solche Erkenntnisse war Dorothee vielleicht noch etwas zu jung. Obwohl er sich nicht sicher war, ob sie nicht doch ein kleines Stückchen recht hatte.

FREITAG, 10. DEZEMBER

9.00 Uhr

Nachdem Horndeich Dorothee abgesetzt hatte, war er direkt nach Hause gefahren. Als er und Sandra vor knapp einem Jahr geheiratet hatten, war er aus seiner Altbauwohnung in ihr kleines Häuschen in der Waldkolonie gezogen.

Sandra hatte schon geschlafen und war auch nicht erwacht, als er sich neben sie ins Bett gelegt hatte, hatte sich aber im Schlaf an ihn gekuschelt. Und er war zufrieden mit sich, der Welt und seinem Schicksal eingeschlafen.

Nun war er wieder im Büro und machte sich einen Kaffee, danach goss er das Bürogrünzeug.

Das Faxgerät schien in der Nacht Überstunden gemacht zu haben. Horndeich nahm die Papiere, erstaunt darüber, dass so viele Leute noch immer Faxgeräte benutzen. Aber die hatten einen entscheidenden Vorteil: So ein Fax konnte nicht so einfach im Nirwana eines Spamordners verschwinden.

Drei der Faxe stammten von großen Handyprovidern, die damit kundtaten, dass kein William Fishkin einen Handyvertrag bei ihnen unterzeichnet hatte oder eine Prepaidkarte auf einen solchen Namen lief. Das war keine große Überraschung. Horndeich wusste nicht einmal, ob ein Amerikaner in Deutschland so einen Vertrag abschließen konnte.

Unter den Faxpapieren fand sich auch ein mehrseitiger Bericht von Hinrich. Der hatte Nachtschicht eingelegt, weil er an diesem Tag in den Urlaub wollte. Nach der Obduktion hatte er das Alter des Toten etwas nach unten korrigiert, etwa auf vierzig. In dieser Hinsicht waren sie dank der Informationen aus den USA bereits schlauer. Hinrich bestätigte seine erste Einschätzung der Todesursache. Der erste Schlag war nicht todesursächlich, wie er es so schön formulierte, wäre es aber sicherlich gewesen, wäre das

Opfer nicht mit dem Kopf auf den Grenzstein gestürzt; das hatte den Schädel dann gänzlich zu Bruch gehen lassen, wodurch das Gehirn eine enorme Verletzung erlitt. Exitus.

Ansonsten war Fishkin kerngesund gewesen. Keine Drogen, Nichtraucher, wenig Alkohol, trainiert, aber nicht über das gesunde Maß hinaus.

Es klopfte an der nur angelehnten Bürotür, dann trat Baader von der Spurensicherung ein. »Morgen, Horndeich.«

Horndeich grüßte zurück.

»Ich hab gestern noch eine erste Auswertung gemacht. Wir haben auch ein paar Teilabdrücke seiner Schuhe gefunden.«

»Gut, dann wissen wir jetzt, dass das Opfer am Tatort war.«

»Scherzkeks. Nein, wir wissen außerdem, dass er nicht gerannt ist, nicht mal gejoggt. Er ist in ganz normalem Tempo gelaufen. Das heißt, dass er vor niemandem weggerannt ist.«

»Das ist ja schon mal 'ne Aussage. Damit gibt es zwei Möglichkeiten. Entweder hat sich ihm jemand von hinten genähert und ihm den Stein auf den Kopf gebrezelt, um vielleicht ein paar Kröten und ein Handy zu krallen; die Klamotten haben ja deutlich erkennen lassen, dass der Mann nicht ganz arm gewesen ist. Oder aber er kannte den Täter, und der hat ihm ganz unvermittelt eins über die Rübe gezogen. Vielleicht ging's um Geld, oder das Opfer hat einmal den falschen Text gesagt. Habt ihr noch andere Schuhabdrücke sichern können?«

»Nein, leider war nur ein kleiner Teil des Bodens aufgeweicht, der Rest war bei den Minustemperaturen hart gefroren. Es gibt ein paar Teilabdrücke, aber nichts davon lässt sich dem Täter zuordnen; kann auch alles von ganz harmlosen Spaziergängern stammen.«

Horndeich sah aus dem Fenster. Seit Mittag des vergangenen Tages hatte es nicht mehr aufgehört zu schneien. Horndeich hatte seinem Crossfire richtig gute Winterreifen gegönnt, nachdem er im vergangenen Winter bei Kurvenfahrten dreimal mit dem Heck ausgebrochen war.

»Danke, Paul«, murmelte er. »Das hilft schon mal weiter.«

Nachdem er die Faxnachrichten und Memos durchgesehen

hatte, kamen die E-Mails an die Reihe. Noch in der Nacht hatte Peckhard einen elektronischen Brief geschickt. Horndeich zauberte ihn auf den Bildschirm und las.

Peckhard kam schnell auf den Punkt. Er hatte Fishkins Exfrau vom Tod ihres Gatten unterrichtet. Die habe sofort eine Geliebte in Deutschland für den Mord verantwortlich gemacht, von deren Existenz sie wusste, deren Namen sie aber nicht kannte. Oder vielleicht nicht kennen wollte.

Im Anhang befanden sich ein Dossier, das Peckhard zusammengestellt hatte, und auch ein paar aktuelle Fotos des noch lebenden William Fishkin. Das Dossier sei nur recht kurz, schrieb Peckhard in seiner Mail, aber er habe seine Kollegen beauftragt, weitere Fakten über das Opfer zu sammeln und zu sortieren, die er dann nach Deutschland schicken würde.

Zum Schluss erklärte er, dass er und Mrs Fishkin sich noch am selben Tag in den Flieger setzen und laut Flugplan um vierzehn Uhr fünfzig in Frankfurt eintreffen würden. Dann las er die letzten Sätze: »Das bin ich meinem Freund schuldig. Und Sam möchte von ihrem Exmann persönlich Abschied nehmen, bevor er begraben wird. Ich hoffe, es kommt nicht ungelegen.«

Horndeich sah auf die Uhr. Es war inzwischen neun Uhr elf. Wo blieb Margot?

Er druckte sich gerade das kleine Dossier über William Fishkin – den Peckhard in der Mail immer nur Bill nannte – aus, als Margot das Büro betrat. »Moin«, grüßte sie ihn in einem Tonfall, der besagte: »Wage ja nicht zu fragen, wie es mir seit deinem Abgang gestern ergangen ist!«

Ganz diplomatisch antwortete Horndeich: »Moin.«

»Was Neues?«

»Einiges«, sagte Horndeich. Während sich Margot ebenfalls einen Kaffee zubereitete, brachte Horndeich seine Kollegin auf den neuesten Stand. Hätte die Kaffeemaschine über ein zartes Seelchen verfügt, sie hätte sich sicher gefragt, wodurch sie sich an diesem Morgen eine solch rüde Behandlung verdient hatte.

Margot schaufelte sich zwei Löffel Zucker in den Kaffee. Ganz schön viel Bitterkeit, dachte Horndeich.

»Hier ist das Kurzdossier von Peckhard. Hat wohl nicht allzu viel zusammentragen können, bevor er in den Flieger sprang.«

Horndeich hatte das PDF-Dokument bereits auf dem Server abgelegt, sodass auch Margot es am Bildschirm lesen konnte.

William Fishkin war am 10. März 1971 im Krankenhaus von Evansville geboren worden und auch in Evansville aufs College gegangen. Dort hatte er mit einem Stipendium Spanisch und Deutsch studiert, da er offensichtlich eine große Begabung für Fremdsprachen gehabt hatte. Danach hatte er für die Detektei »Franks & Partner« gearbeitet, die vorwiegend im Bereich der Wirtschaftskriminalität ermittelte. Vor zehn Jahren hatte sich Fishkin dann als Detektiv selbstständig gemacht, ebenfalls mit dem Spezialgebiet Wirtschaftskriminalität, allerdings bevorzugt für Unternehmen, die auch in Europa tätig waren.

1993 hatte er geheiratet, war dann mit seiner Frau Samantha nach Evansville gezogen. 1995 war der Sohn Randy geboren worden. 2005 hatte er sich scheiden lassen und war nach Darmstadt in die West Wortman Road gezogen.

Margot beendete die Lektüre zeitgleich mit Horndeich.

»Vierzehn Uhr fünfzig rauscht er an?«, vergewisserte sie sich.

»Exakt. Wie, meinst du, sollen wir weiter vorgehen?«

»Wenn dieser Peckhard hier ist, soll er dafür sorgen, dass seine Leute in Evansville in Erfahrung bringen, ob Fishkin vielleicht jemandem bei seinen Ermittlungen zu sehr auf die Füße getreten ist. Fishkins Leiche wurde an der Traisaer Hütte gefunden, da ist es sicherlich keine abwegige Hypothese, dass er in unserem Darmstadt gewohnt hat. Ich schlage vor, wir checken zuerst mal die Hotels. Gibt ja nicht so viele in Darmstadt.«

»Gut.« Horndeich betätigte ein paarmal die Computermaus, dann druckte er eine Liste der Darmstädter Hotels aus. Zweimal. »Du fängst bei A an, ich bei Z. Wer ihn findet, bekommt vom anderen einen Döner spendiert.«

Er telefonierte gerade mit einem Hotelier, dessen Hotel mit R anfing, als Margot laut »Döner!« rief. Horndeich bedankte sich bei seinem Gesprächspartner, meinte, es habe sich erledigt, und verabschiedete sich.

»Wo ist er untergekommen?«, fragte er.

»Bockshaut. Mitten in der Stadt.«

»Wunderbar. Dann mal los.«

11.00 Uhr

»Veronika Dollerz« stand auf dem Namensschildchen, welches das Kleid der Dame hinter der Rezeption zierte. Sie war Anfang fünfzig und eine aparte Erscheinung, wenn auch die buschigen Augenbrauen ihr etwas Eulenhaftes verliehen. Fehlt nur noch, dass sie den Kopf um hundertachtzig Grad dreht, wenn sie auf das Schlüsselbrett hinter sich schaut, dachte Margot.

Frau Dollerz klickte sich auf ihrem Computer durch diverse Menüs, dann sagte sie: »Da haben wir ihn. William Fishkin. Aus Darmstadt in Indiana. Lustig, ich wusste bis vor ein paar Wochen gar nicht, dass es noch ein Darmstadt gibt.«

Margot hatte der Dame vor ein paar Minuten eines der Fotos gezeigt, die Peckhard ihnen per E-Mail geschickt hatte. Die Hotelangestellte hatte Fishkin sofort erkannt. Und war sehr betroffen gewesen, als Margot ihr mitgeteilt hatte, dass Fishkin nicht mehr lebte.

»War er schon öfters hier?«, fragte die Polizistin.

Wieder klickte sie ein paarmal mit der Maus, dann hörte Margot, wie der Drucker zu arbeiten begann. »Im Oktober war er das erste Mal hier. Dann immer in zweiwöchigem Abstand. Er ist vorgestern hier angekommen. War ein angenehmer Gast. Ein Ami, der Deutsch spricht! Wow, hab ich gedacht. Und er sprach nicht schlecht. So musste ich mich nicht mit meinem mittelmäßigen Englisch blamieren. Hat auch immer gutes Trinkgeld gegeben.«

Die Hotelangestellte reichte Margot und Horndeich ein DIN-A4-Blatt, auf dem die genauen Übernachtungsdaten von William Fishkin verzeichnet waren.

»Danke, Frau Dollerz«, sagte Margot. »Hat sich Herr Fishkin bei Ihnen im Restaurant mit anderen Leuten getroffen?«

»Das weiß ich nicht genau. Ich arbeite nur selten im Service. Aber ich kann die Kollegen fragen. Ich jedoch habe ihn immer nur allein gesehen. Er war zwar freundlich, aber eher der verschlossene Typ. Wie ist er denn gestorben?« Die Dame konnte ihre Neugier nicht mehr zügeln.

»Er wurde umgebracht«, sagte Margot nur.

»Das ist ja schrecklich!« Die Frau hinter der Rezeption fragte nicht weiter nach. Offensichtlich eine regelmäßige »Tatort«-Konsumentin, die wusste, dass sich die Polizisten mit Details zurückhielten.

»Können wir sein Zimmer sehen?«, fragte Horndeich.

»Ja, natürlich. Aber der Zimmerservice war schon dort.« Auch das ein Hinweis darauf, dass sie sich mit Krimis auskannte.

»Können wir mit der Dame sprechen, die das Zimmer gereinigt hat?«, fragte Horndeich. »Und bitte, wir müssten auch den Inhalt des Papierkorbs untersuchen.«

»Der ganze Müll der Etage ist aber jetzt in einem Müllsack.«

»Dann nehmen wir den mit«, entschied Margot.

Veronika Dollerz nickte und reichte Margot einen Zimmerschlüssel.

Das Zimmer lag im zweiten Stock. Es war ein schlichter Raum mit Doppelbett, einem kleinen Tisch, einem Stuhl, einem Fernseher und einem Kleiderschrank mit antikem Flair. Eine Tür führte in ein Duschbad, und aus dem Fenster konnte man die Stadtkirche sehen, das unmittelbare Nachbargebäude.

»Alles sehr ordentlich«, meinte Horndeich, nachdem er einen Blick in den Kleiderschrank geworfen und mit den Latexhandschuhen zwischen die Kleidungsstücke gefasst hatte, um eventuell versteckte Gegenstände zu ertasten, auch wenn Margot nicht daran glaubte, dass ein Profiermittler sein Notizbuch zwischen Unterhose und Unterhemd ablegen würde.

Der leere Koffer war unters Bett geschoben, und jedes Kleidungsstück hatte seinen Platz im Schrank gefunden. Gebrauchte Wäsche hatte Fishkin in einem Plastiksack im rechten Teil des Schranks verstaut. Darüber hingen gebügelte Hemden sowie ein heller und ein dunkler Anzug. Zwei Paar klassisch schwarze Halbschuhe aus Leder standen neben dem Schrank.

»Yep. Sehr ordentlich«, bestätigte Margot. Und dachte an den kleinen Kleiderberg, der sich immer auf Rainers stummem Diener im Schlafzimmer türmte. Und an den großen, den sie selbst bisweilen auf dem Stuhl im Schlafzimmer häufte.

Auch das Bad zeugte davon, dass Fishkin ein ordentlicher Mann gewesen sein musste. Ein Reisenecessaire hing an einem Haken, der Akkurasierer stand in der Ladeschale, und Zahnbürste und Zahnpasta teilten sich den Platz auf dem kleinen Bord unter dem Spiegel.

Neben dem Tisch im Wohnraum stand ein Aktenkoffer. Margot hob ihn auf den Tisch. Zuvor streifte sie sich Latexhandschuhe über, um keine eigenen Fingerabdrücke oder DNA-Spuren darauf zu hinterlassen.

Der Koffer wurde von zwei vierstelligen Zahlenschlössern vor unbefugtem Zugriff geschützt und wirkte stabil genug, um Langfingern zumindest zehn Minuten lang Widerstand zu leisten.

»Wie kriegen wir den jetzt auf?«, fragte Horndeich und wollte bereits die eingestellten Zahlenkombinationen verdrehen.

Margot schob seine Hände beiseite, legte die Finger an die Öffnungstaster, drückte sie, und beide Schlösser schnappten auf.

»So.«

»Chapeau!«, gratulierte ihr Assistent.

Im Koffer war nicht viel untergebracht. Eine kleine Tasche, in der sich ein Netbook mit Netzteil befand. Ein Spiralheft, in dem noch nichts notiert war. Kulis, eine kleine Taschenlampe. In einer der Seitentaschen fand Margot ein Kästchen mit drei SIM-Karten. Sie pfiff durch die Zähne. »Also können wir davon ausgehen, dass er auch ein Handy hatte. Oder sogar mehrere.«

Horndeich schaute auf die Kärtchen. »Das hier ist eine Prepaidkarte vom rosa Riesen. Aber die beiden anderen?«

Margot betrachtete sie. »Ich tippe auf spanische.«

»Damit er in jedem Land kostengünstig telefonieren konnte?«

»Oder umgekehrt – damit ihn seine Kunden und Informanten kostengünstig erreichen konnten.« Margot spendierte jedem der drei Kärtchen ein neues Zuhause in einem Plastiktütchen. Dann klappte sie das Netbook auf und drückte den Einschaltknopf.

Noch bevor die Festplatte die erste Drehung aufgenommen hatte, tauchte auf dem Bildschirm die Aufforderung auf: *Please enter your password!*

»Okay, das ist etwas effektiver als ein mechanisches Zahlenschloss«, sagte Horndeich. »Nehmen wir mit. Irgendein inneres Stimmchen sagt mir, dass nicht nur der Rechner mit einem Passwort geschützt ist, sondern auch die Festplatte verschlüsselt ist.«

Margot grinste. »Ein Fall für Sandra.«

Horndeich nickte.

Sandra Horndeich, geborene Hillreich, war dereinst der Computercrack im Polizeipräsidium gewesen. Das Landeskriminalamt in Wiesbaden hatte sie vor eineinhalb Jahren abgeworben. Was Margot sehr bedauert hatte. Zwar hatten sie Ersatz bekommen, doch Bernd Riemenschneider war in seinem Fach bei Weitem nicht so schnell, unkompliziert und flexibel wie seine Vorgängerin. Deshalb gaben Margot und Horndeich knifflige Sachen gern nach Wiesbaden – wenn es Sandras Terminplan zuließ, mal schnell einen kleinen Sonderauftrag einzuschieben.

»Ich ruf sie mal an«, sagte Horndeich und griff zum Handy. Ein liebevolles Lächeln überzog sein Gesicht, das Margot immer wieder neidisch machte. Sandra und er strahlten eine Harmonie aus, die sie sich für ihre Ehe mit Rainer auch gewünscht hätte. Nachdem Sandra fast fünf Jahre um Horndeich herumgeschlichen war, hatte der endlich begriffen, wer wirklich zu ihm gehörte.

Margot hörte kaum hin, als ihr Assistent mit seiner Frau telefonierte, sah nur dessen verliebten Dackelblick. Sei es ihm gegönnt, dachte sie, und sie war sich sicher, dass es zwischen ihm und seiner Sandra keine solch blödsinnigen Dispute gab wie den, den sie am Morgen noch mit Rainer ausgefochten hatte. Weil der ihren Vater noch in Schutz nahm, wenn dieser sich von Prof. Dr. Evelyn bevormunden ließ wie ein kleiner Junge.

»Er ist ein erwachsener Mann und weiß, was er tut«, hatte

Rainer gesagt. »Du versuchst ihn mindestens ebenso zu bevormunden, indem du ihm ständig unter die Nase hältst, dass seine Lebensgefährtin nicht zu ihm passt.« Das waren Rainers letzte Worte gewesen, bevor er das Haus verlassen hatte.

Sie erinnerte sich, wie sich ihre Eltern gestritten hatten, als sie als Zwölfjährige einen Hund hatte haben wollen. Ihr Vater hatte es nicht erlaubt, also hatte sie ihre Mutter gefragt, die es dann gestattet hatte. Danach hatten sich die beiden hinsichtlich der Verantwortung gestritten, die die kleine Margot nicht oder eben doch zu übernehmen in der Lage war. Schließlich hatten sie sich doch noch geeinigt, und so war Max ins Haus gekommen, ein Meerschweinchen, an dem Margot beweisen sollte, dass sie Verantwortung für ein Tier übernehmen konnte. Sie hatte Max sofort ins Herz geschlossen, aber Gassi gehen mit selbst gehäkelter Leine durch Flur und Wohnzimmer war ihr schnell langweilig geworden. Woran sie sich jedoch am deutlichsten erinnerte, war, dass dieser Streit zwischen den Eltern nicht leise, aber respektvoll und auf Augenhöhe ausgefochten worden war.

»Hallo, Erde an Margot!« Horndeich riss sie aus ihren Gedanken. »Sandra sagt, wir sollen das Ding gleich mit Kurier nach Wiesbaden schicken. Sie schaut sich das Teil in der Mittagspause an.«

»Geht doch nichts über gute persönliche Kontakte«, witzelte Margot.

Sie packten Netbook und SIM-Karten zusammen und verließen das Zimmer.

Im Foyer sprachen sie noch kurz mit der Reinigungskraft, die sich aber an nichts Außergewöhnliches in Fishkins Zimmer erinnern konnte. Sie meinte sogar, dass der Papierkorb leer gewesen war bis auf einen Kronenkorken und eine leere Bierflasche.

Sie wollten schon aufbrechen, da hielt Margot noch einmal inne und fragte die Frau an der Rezeption: »Frau Dollerz, hat Fishkin sein Zimmertelefon benutzt?«

Wieder erklangen hinter der Theke ein paar Mausklicks und das Klappern der Tastatur. »Ja, einmal hat er telefoniert. Gestern

Morgen, noch bevor er gefrühstückt hat. Eine Nummer in Frankfurt«, erklärte Veronika Dollerz mit Blick auf den Monitor. Dann surrte wieder der Drucker, und sie gab Margot ein Blatt mit der Frankfurter Telefonnummer.

»Darf ich kurz Ihr Telefon benutzen?«, fragte Margot.

Veronika Dollerz reichte ihr ein schnurloses Telefon.

Margot wählte die Nummer auf dem Blatt. Das Freizeichen ertönte keine drei Male, dann meldete sich eine Stimme: »Detektei Mänderwitt, Sie sprechen mit Franka Mänderwitt. Was kann ich für Sie tun?«

Margot nannte ihren Namen und sagte, dass sie für die Kriminalpolizei Darmstadt arbeite. »Frau Mänderwitt, kennen Sie einen William Fishkin?«

Ein kurzes Zögern, dann antwortete die Dame, deren tiefe Stimme Margot an die Sängerin Alexandra erinnerte: »Ja. Natürlich. Darf ich fragen, warum Sie das wissen möchten?«

»Das würden wir Ihnen gern unter vier Augen verraten. Könnten wir Sie in etwa einer halben Stunde treffen?«

»Ja. Natürlich. Ist Bill etwas zugestoßen?«

Margot ignorierte die Frage, registrierte jedoch sehr wohl, dass Franka Mänderwitt die Kurzform »Bill« verwendet hatte. »Würden Sie uns bitte Ihre Adresse geben?«

Margot notierte sie, verabschiedete sich und gab Veronika Dollerz das Telefon zurück.

»Sind bei Ihnen derzeit noch zwei Einzelzimmer frei?«, fragte sie die Dame an der Rezeption.

»Nun, das Zimmer von Fishkin auf jeden Fall.« Sie traktierte wieder Maus und Tastatur. »Ja, kein Problem.«

»Prima. Wir bekommen nämlich heute noch Besuch aus Amerika.«

»Für wie lange?«

»Das werden wir sehen. Für ein paar Tage sicherlich.«

13.00 Uhr

Edel, dachte Horndeich, als er aus dem Fassadenfenster im zwanzigsten Stockwerk über Frankfurt schaute. Leider konnte er dank des Schneetreibens kaum den benachbarten Wolkenkratzer erkennen.

Horndeich und Margot standen am Empfang der Wirtschaftsdetektei Mänderwitt. Der junge Herr hinterm Empfangstresen hatte ihnen mitgeteilt, dass Franka Mänderwitt, die Geschäftsführerin, sie in wenigen Minuten empfangen würde.

Mit seinen siebenundzwanzig Stockwerken war das Japan-Center mit der roten Granitfassade eher eines der kleinen Hochhäuser Frankfurts. Horndeich und Margot hatten ihren Wagen in einem unweit gelegenen Parkhaus am Goetheplatz abgestellt. Allein der Gedanke, einen legalen, kostenfreien Parkplatz im Hochhausviertel zu finden, ließ das Pendel zwischen Optimismus und Irrsinn eindeutig in Richtung des Letzteren ausschlagen.

Margot blätterte in einer Broschüre, deren Herstellung sicher das Fünffache eines Taschenbuchs gekostet hatte. Der Umschlag war mit glänzender Silberfarbe bedruckt, und auch im Innern herrschte Hochglanz vor. Billig war anders.

Franka Mänderwitt schien auf ihren hohen Schuhen mit den Pfennigabsätzen eher zu schweben als zu gehen. Sie trug ein Businesskostüm im klassischen Schnitt, dazu teure Armreifen, Ohrringe sowie eine Perlenkette und hatte ein dezentes Parfüm aufgelegt.

Ihr Outfit und ihr Auftreten ließen keinen Zweifel daran, dass sie die Chefin war.

»Die Herrschaften von der Polizei, herzlich willkommen!«, begrüßte sie Margot und Horndeich in einem Tonfall, mit dem sie sicherlich auch den Chef der Deutschen Bahn, der Post oder der Telekom oder eine Delegation von allen drei Unternehmen begrüßt hätte. »Bitte folgen Sie mir in mein Büro. Dort können wir ungestört reden. Hans, sorgen Sie bitte für unser leibliches Wohl.«

Horndeich war sich nicht sicher, ob Franka Mänderwitt einfach nur affektiert war oder tatsächlich adligen Hintergrund hatte – oder zumindest adlige Manieren.

Franka Mänderwitts Büro war großzügig und lichtdurchflutet und zudem stilvoll eingerichtet. An einer Wand hingen gerahmte Fotografien, selbstverständlich in Schwarz-Weiß, damit sie das von Glas und Stahl dominierte Ambiente nicht störten. Einziger Kontrastpunkt war der schwere Art-déco-Schreibtisch, der sich im Raum breitmachte wie Goliaths Schuhe in Davids Schuhschrank.

»Bitte nehmen Sie doch Platz«, forderte die Geschäftsführerin die Beamten auf und deutete auf die Sitzecke, bestehend aus zwei schwarzen Ledersofas und einem passenden Sessel.

Margot und Horndeich nahmen jeweils auf einem Sofa Platz, Franka Mänderwitt ließ sich in dem Sessel nieder.

»Frau Mänderwitt«, begann Margot, »in welchem Verhältnis stehen Sie zu William Fishkin?«

»Warum wollen Sie das wissen?«

»Bitte beantworten Sie zunächst einfach unsere Fragen«, bat Horndeich.

»Gut, wenn das Ihre Spielregeln sind, werde ich mich daran halten und mitspielen.« Sie bedachte Horndeich mit einem abschätzigen Blick. »Ich kenne Bill seit sechs Jahren. Wir sind Geschäftspartner. Er hat eine Detektei in den USA, die auf Wirtschaftskriminalität spezialisiert ist. In diesem Zusammenhang ermittelt er ab und an auch in Deutschland. Dann kooperieren wir, insbesondere wenn es um Ausrüstung und Logistik geht. Er kann ja schlecht jedes Mal sein ganzes Equipment mit nach Deutschland bringen. Und wenn Sie einmal versucht haben, Ihr Diktiergerät aufzuladen, und feststellen mussten, dass Ihr Ladegerät einen falschen Stecker hat und lieber nur hundertzehn Volt statt zweihundertzwanzig haben möchte, dann suchen Sie sich einen Logistikpartner vor Ort. Diese Geschäftsbeziehung beruht übrigens auf Gegenseitigkeit. Wenn wir in einem Fall im Mittleren Westen der USA ermitteln, sind Bill und sein Team oft unsere Partner dort.«

»Wie groß ist Ihr Unternehmen?«, fragte Margot.

»Wir beschäftigen rund zwanzig Leute fest und arbeiten auch mit Externen zusammen.«

»Und Mr Fishkin?«

»Zehn feste Mitarbeiter und mindestens noch mal so viele frei. Er hat vor zehn Jahren allein angefangen und erstaunlich schnell expandiert. Aber er ist auch ein Fuchs!« So kontrolliert Franka Mänderwitt bei ihren Ausführungen auch wirkte, bei der letzten Bemerkung huschte ein Lächeln über ihr Gesicht, scheu wie ein Reh und gleich wieder verschwunden.

»Kennen Sie Mr Fishkin auch privat?«, wollte Horndeich wissen.

»Darf ich fragen, was das für eine Rolle spielen könnte? Worum geht es hier eigentlich?«

Margot sah Horndeich an und spielte ihm mental den Ball zu. »Frau Mänderwitt«, sagte Horndeich, »Bill Fishkin ist tot.« Er wählte absichtlich die vertrauliche Form des Namens, denn er war inzwischen überzeugt davon, dass die Mänderwitt Fishkin viel besser gekannt hatte, als sie bislang zugegeben hatte.

Es klopfte an der Tür. Franka Mänderwitt hauchte ein »Herein«, wiederholte es dann mit kräftigerer Stimme. Ihr freundlich-professioneller Gesichtsausdruck hatte sich nach Horndeichs Antwort sang- und klanglos verabschiedet.

»Stellen Sie es einfach hier ab«, sagte sie zu Hans, der ein Tablett hereintrug, auf dem nicht nur drei Tassen Cappuccino und eine Flasche Mineralwasser samt Gläsern standen, sondern ebenso ein Teller mit belegten Brötchen und eine Schale mit Knabbereien. Ein Stapel Servietten lag daneben, an deren Ecke das Logo des Hauses Mänderwitt aufgedruckt war. Horndeich war angemessen beeindruckt.

»Kann ich noch etwas für Sie …?«, begann Hans.

»Gehen Sie bitte einfach.« Nachdem er verschwunden war, wandte sich Franka Mänderwitt an Horndeich. »Was ist passiert?«

»Das wissen wir noch nicht genau. Wir wissen nur, dass er gestern getötet wurde.«

»Mord? Bill ist ermordet worden? Gestern war er doch noch hier. Mein Gott.« Sie senkte den Blick, kämpfte vergebens gegen die Tränen an. Dann griff sie, ohne aufzusehen, nach einer der Servietten.

Als sie Horndeich wieder anschaute, waren ihre Augen feucht. »Bill war ein feiner Mann. Einer der feinsten, die ich kannte. Aufrichtig. Gut in seinem Job. Aber nie hinterhältig, schadenfroh oder überheblich.«

»Wie nah standen Sie sich?«

»Ist das die berühmte Frage nach der intimen Beziehung?« Mänderwitts Tonfall hatte sich vollkommen verändert. Nun sprach keine Geschäftsführerin mehr, sondern eine zutiefst erschütterte und trauernde Frau.

»Ja, genau das ist die Frage«, bestätigte Horndeich.

»Dann sage ich Ihnen, wie es wirklich war. Wir lernten uns vor sechs Jahren kennen, als Bill – damals war er noch verheiratet – eine Recherche in der deutschen Vertretung einer amerikanischen Versicherung erledigen musste. Es bestand der Verdacht, dass eine Abteilung bei den Provisionen schummelte und man sich dort von Großkunden bestechen ließ. Er brauchte einen Partner und fand mich im Branchenbuch, rief an, und wir trafen uns. Zunächst in diesem Büro. Dann abends im Restaurant. Wo wir uns, was das Geschäftliche anging, sehr schnell einig wurden. Bill war ein Mann, der mich sofort faszinierte. Er unterhielt sich mit mir auf Deutsch über die italienische Oper und schwärmte von Leoš Janáček, einem tschechischen Komponisten. Es hat mächtig geknistert an diesem Abend, aber Fishkin trug einen Ehering. Und auch ich war vorsichtig, denn ich wusste, dass dieser Mann mir gefährlich werden könnte. Er arbeitete eine Woche in Frankfurt. Und wir gingen gemeinsam zweimal in die Oper. Bei ›La Traviata‹ nahm er meine Hand. Diese Nacht verbrachten wir zusammen und blieben auch den kommenden Vormittag einfach im Bett. Es war das erste Mal in meinem Leben, dass ich meinen Job einfach habe Job sein lassen. Allein dafür war ich ihm dankbar. Dann flog er zurück nach Amerika. Ich schrieb ihm E-Mails, aber er antwortete immer nur mit wenigen belanglosen Zeilen, also gab ich es auf und schalt mich eine dumme Pute, die einem Charmeur auf den Leim gegangen war. Ich hörte ein ganzes Jahr lang nichts von ihm. Bis er vor fünf Jahren plötzlich wieder vor meiner Tür stand. Ein neuer Fall, wie er sagte, in München. Er wollte wieder mit mir zusammenarbeiten, brauchte auch einige deutsche Ermittler zur Unterstützung. Wir begegneten uns auf rein professioneller Ebene. Er trug nicht mehr den Ehering, aber die Stelle, an der er gesteckt hatte, war noch immer ein heller Streifen an seinem Finger. Ich dachte damals, dass es ein plumpes Zeichen war, denn ich wusste nicht, dass er eine Woche vor dieser Reise geschieden worden war. Bei seinem nächsten Auftrag in Deutschland ein halbes Jahr später war der Ring immer noch ab und der Ringfinger ohne hellen Streifen. Von da an versuchten wir so etwas wie eine Beziehung zu führen, doch das scheiterte, musste scheitern. Die Entfernung war zu groß. Wenn wir zusammen waren, war alles herrlich. Aber ich musste hier eine Firma leiten und er auf der anderen Seite des großen Teichs. Welch Euphemismus. Es ist ein Meer, kein Teich. Vor drei Jahren versuchte ich eine Beziehung zu einem anderen Mann einzugehen, aber das funktionierte auch nicht. Und so waren Bill und ich ein Paar, wenn er hier war. Und wenn er nicht hier war, waren wir keines.«

Franka Mänderwitt griff zu einer der Cappuccinotassen. »Bitte, bedienen Sie sich doch«, sagte sie, dann brach ein Schluchzer den Damm, sie verschüttete etwas Kaffee auf das teure Kostüm, stellte die Tasse ab und schlug sich die Hände vors Gesicht.

Sie weinte leise und hatte sich wenige Sekunden später wieder im Griff. Zumindest ihre Stimme. Die Tränen flossen einfach weiter, gleichmäßig wie Regentropfen.

»Mit der Zeit hat sich unsere Beziehung verändert«, sprach sie weiter, ohne dass Margot oder Horndeich sie dazu auffordern mussten. »Wir wurden Freunde. Gute Freunde. Auch wenn wir nicht die Finger voneinander lassen konnten. Aber mit ihm habe ich die schönsten Opern erlebt. ›La Traviata‹ haben wir dreimal besucht. In Frankfurt, in Darmstadt, und einmal sind wir sogar nach München geflogen.«

»Frau Mänderwitt, ich muss Sie das fragen«, ergriff Margot schließlich wieder das Wort. »Wo waren Sie gestern zwischen zwölf und fünfzehn Uhr?«

Sie sah auf, und gleich einem halb durchsichtigen Schleier legte sich wieder dieser professionelle Ausdruck auf ihr Gesicht. »Um zwölf habe ich unten beim Italiener im Erdgeschoss einen Espresso getrunken. Salvatore wird Ihnen das bestätigen. Danach war ich bis fünfzehn Uhr dreißig in meinem Büro. Ich habe einen Abschlussbericht für einen schwierigen Kunden verfasst. Um zwanzig vor vier hatte ich hier im Haus ein Meeting mit der Marketingtruppe.«

»Gibt es Zeugen für die Zeit, in der Sie im Büro gearbeitet haben?«, fragte Margot.

»Nein. Ich habe mir jede Unterbrechung verbeten. Ich war einmal auf der Toilette, aber da ist mir niemand begegnet.«

»Wissen Sie, an was für einem Fall Fishkin gerade gearbeitet hat?«, wollte Horndeich wissen.

Franka Mänderwitt schüttelte den Kopf. »Nein, ich weiß es nicht. Ich weiß nicht einmal, ob er wegen eines Falles hier war. Wir waren gestern um zehn zusammen frühstücken. Er machte ganz merkwürdige Andeutungen, dass er hier in Deutschland Familie habe, wurde aber nicht konkret. Ich hatte den Eindruck, dass ihn etwas bedrückte.«

»Wissen Sie, ob Fishkin ein Handy hatte?«, fragte Margot.

Franka Mänderwitt runzelte die Stirn. »Sie fragen mich, ob der Papst katholisch ist?«

»Nein, wir fragen nach der Nummer des Handys«, konkretisierte Horndeich.

»Er hatte ein Dual-SIM-Smartphone. Darin hatte er eine amerikanische SIM-Karte stecken und eine deutsche oder spanische, je nachdem, in welchem Land er gerade war. Ich kann Ihnen sowohl die amerikanische Nummer geben als auch die, unter der er in Deutschland offiziell zu erreichen war.«

»Wieso? Gab es auch eine inoffizielle?«

»Natürlich. Fishkin war Privatdetektiv und hatte immer einen Satz Prepaidkarten, die nicht auf seinen Namen liefen, ganz einfach, um anonym operieren zu können. Aber deren Nummern kenne ich nicht.«

»Haben Sie eine Ahnung, ob sich William Fishkin Feinde gemacht hatte?«, fragte Margot. »Vielleicht bei einem der Fälle, die er bearbeitet hat?«

»Höchstens, wenn er bei einem Prozess aussagen musste. Aber wir reden hier über Wirtschaftskriminalität, nicht über das organisierte Verbrechen, Mafia oder Ähnliches, wo man die Vendetta übt.«

»Wir benötigen von Ihnen eine Zusammenstellung der Fälle, an denen Sie gemeinsam gearbeitet haben«, sagte Horndeich. »Sagen wir, die der letzten drei Jahre.«

»Nein, die kann ich Ihnen nicht geben. Wir bearbeiten unsere Fälle vertraulich, das fängt bereits beim Namen des Auftraggebers an. Absolute Diskretion ist unser Kapital. Wenn Sie morgen zu einem unserer Klienten gehen, weil ich Ihnen dessen Namen verraten habe, können wir den Laden vier Wochen später dichtmachen. Sorry, das geht nicht.« Die verletzte und verletzliche Frau hatte sich verabschiedet, und die Geschäftsführerin hatte wieder das Ruder übernommen.

Horndeich war sich nicht sicher, ob ihm Frau Häuptling genauso sympathisch war. »Frau Mänderwitt, wir haben einen Mord aufzuklären. Und wenn ich Sie vorhin richtig verstanden habe, sind auch Sie daran interessiert, nicht wahr?«

»Bitte verstehen Sie mich nicht falsch. Ich kann Ihnen diese Daten unmöglich freiwillig geben. Wenn Sie mir allerdings einen richterlichen Beschluss vorlegen, bin ich machtlos, aber selbst dann würde ich Sie bitten, mit äußerster Diskretion vorzugehen.«

Sosehr es Horndeich wurmte, dass sie die entsprechenden Daten nicht bekommen würden, zumindest nicht in diesem Moment, er konnte Mänderwitts Standpunkt durchaus verstehen. »Gut, dann besorgen wir den Beschluss.«

Franka Mänderwitt nickte einfach nur.

»Nach dem gemeinsamen Frühstück«, fragte Margot, »was tat Fishkin dann? Hat er Ihnen gesagt, was er vorhatte? Und wissen Sie, was für einen Wagen er fuhr?«

»Er stieg immer vom Flieger direkt in einen Leihwagen, meist irgendeinen Mercedes. Ich habe seinen Wagen gestern nicht gesehen, aber nach dem Frühstück wollte er zurück nach Darmstadt, wo er sich einquartiert hatte. Keine Ahnung, warum ausgerechnet in der Provinz. Normalerweise wohnte er immer direkt in Frankfurt.«

»Gibt es irgendetwas, was Sie uns sagen können und das uns etwas darüber verraten könnte, was er genau hier wollte?«, hakte Margot nach.

»Nein«, antwortete Franka Mänderwitt. Doch dann hielt sie kurz inne. »Doch, da war was. Während wir unsere Cappuccini tranken, fragte er mich, ob er mein Handy benutzen könnte, er müsse noch jemanden anrufen, und seine deutsche Prepaidkarte habe kein Guthaben mehr. Er ging vor die Tür, als er telefonierte.«

»Wissen Sie, mit wem er telefoniert hat?«

Franka Mänderwitt stand auf, ging zu ihrem Schreibtisch und griff nach ihrem Mobiltelefon. »Zehn Uhr einunddreißig«, sagte sie schließlich. »Nur sechsundfünfzig Sekunden – kein langes Gespräch.«

Horndeich notierte sich die Darmstädter Nummer, dann tippte er sie in sein eigenes Handy.

»Hallo«, meldete sich die Stimme einer älteren Dame.

»Guten Tag, Kommissar Steffen Horndeich, Kriminalpolizei Darmstadt. Mit wem spreche ich bitte?«

»Da kann ja jeder anrufen und behaupten, er wäre die Polizei. Was wollen Sie bitte?«

»Werte Dame, können Sie mir bitte sagen, ob Sie William Fishkin kennen?«

»Was soll das denn jetzt? Ich rufe gleich die Polizei!«

Während Horndeich noch sagte: »Die ist doch am Apparat«, legte die Dame schon auf.

Horndeich seufzte, wählte die Nummer von Kollege Marlock.

»Ralf, könntest du bitte klären, zu welcher Adresse dieser Anschluss gehört?« Er diktierte ihm die Nummer und verabschiedete sich.

»Danke, Frau Mänderwitt, Sie haben uns sehr geholfen«, sagte Margot, während sie aufstand. »Bitte halten Sie sich zu unserer Verfügung. Und wenn Sie verreisen müssen, unterrichten Sie uns rechtzeitig.«

»Und sollte Ihnen noch etwas einfallen, zögern Sie nicht, es uns mitzuteilen«, ergänzte Horndeich und reichte ihr sein Kärtchen. Franka Mänderwitt nahm die Karte, steckte sie ein und gab den Polizisten die Hand. »Hans wird Ihnen meine Kontaktdaten geben.« Nach diesen Worten geleitete sie die Kommissare aus ihrem Büro.

15.00 Uhr

Margot und Horndeich waren von der Detektei Mänderwitt direkt zum Flughafen gefahren. Der Flieger sollte eine halbe Stunde nach ihrer Ankunft landen und wurde pünktlich erwartet. Nachdem sie Franka Mänderwitts Gastfreundschaft so schmählich ignoriert hatten und weder von den Käsebrötchen noch von dem Gebäck gegessen hatten, verspürte Margot Hunger. Schon in dem Büro mit der tollen Aussicht hatte ihr Magen geknurrt, aber sie hatte es nicht über sich gebracht, vor der weinenden Frau herzhaft in eines der belegten Brötchen zu beißen.

»Auch Hunger?«, fragte Kollege Horndeich.

Sie nickte nur.

»Ich schulde dir noch einen Döner«, meinte er.

»Gibt's hier nicht.«

Horndeich zeigte sein Lausbubengrinsen. »Aber ein kleines schottisches Restaurant.«

»Was für eins?«

»Schottisch. Du weißt schon, die Männer in den komischen Röcken und mit dem Dudelsack.«

Margot konnte sich immer noch keinen Reim darauf machen, was für ein Restaurant Horndeich meinte.

»Ich rede von McDonald's«, erklärte er schließlich.

Margot hob die linke Augenbraue. »Deine Kalauer waren auch schon mal besser. Außerdem gibt es dort keine Männer mit Röckchen.«

»Egal. Komm, lass uns eine Runde Burger killen.«

»Ich hasse Burger.«

»Ich auch. Darum vernichte ich sie, wo immer ich sie antreffe. Außerdem kannst du dort auch Hühnchen vernichten. Und Kartoffeln.«

»Komm, lass uns gehen.«

Wenig später saßen sie im besagten schottischen Restaurant. Margot hatte ihren Dogmatismus beiseitegeschoben und dachte nicht an Massentierhaltung, Viehfutterplantagen auf Kosten des Regenwaldes, an die Gesundheitsschädlichkeit von frittiertem Fett und den Zuckergehalt von Coca-Cola, sondern gönnte sich ebenfalls ein großes XXL-Menü. Danach war sie wenigstens satt.

»Meinst du, die Mänderwitt verarscht uns?«, fragte Horndeich, noch immer genüsslich seinen Burger kauend. »Will sie nur Zeit gewinnen, indem sie uns nicht verrät, an welchen Fällen sie mit Fishkin gearbeitet hat?«

Der Gedanke war Margot auch schon gekommen. »Ich weiß nicht. Aber ich denke nicht, dass ihre Trauer gespielt war.« Sie zuckte mit den Schultern. »Dennoch setze ich eher auf die Unterstützung von diesem Peckhard. Die Jungs in Amiland können bestimmt in Erfahrung bringen, an was für Fällen er gearbeitet hat, wenn sie sein Büro in Evansville unter die Lupe nehmen. Dann finden wir auch schnell heraus, welche ihn nach Deutschland geführt haben.«

Peckhard. Margot war wirklich neugierig auf den amerikanischen Kollegen, der so gut Deutsch sprach. Nein, der so gut Deutsch mit einer so verdammt sexy Stimme sprach. Sie hatte mal eine Studie gelesen, nach der für Männer das wichtigste Erotikkriterium die Haare einer Frau waren. Nun, Rainer mochte es, wenn sie ihr Haar offen trug, obwohl es ihr kaum bis zur Schulter reichte. Für Frauen aber sei die Stimme das wichtigste Erotikmerkmal, hatte in dieser Studie gestanden. Das hatte sie vergessen, bis sie Peckhards sonoren Bariton am Telefon gehört hatte. Was sie dabei empfunden hatte, würde sie nie jemandem verraten. Na gut, vielleicht einmal ihrer Freundin Cora. Bei Gelegenheit.

»Was grinst du so?«, holte Horndeich seine Chefin ins Hier und Jetzt zurück, und das bereits zum zweiten Mal an diesem Tag.

»Nichts, schon gut.«

Horndeichs Handy verriet mit einem Tonsignal, dass es eine SMS empfangen hatte. Er warf einen Blick darauf, dann sagte er: »Jack und Annie Mahone, Rossdörfer Straße 126. Dort hat Fishkin gestern angerufen.«

»Die Namen klingen auch nicht gerade deutsch«, meinte Margot. »Sollten wir nachher auf jeden Fall mal vorbeischauen.«

»Ja. Aber jetzt müssen wir erst mal unsere Gäste in Empfang nehmen.« Horndeich räumte beide Tabletts aufeinander und den riesigen Müllberg beiseite. Nein, auch über den würde sie im Augenblick nicht nachdenken, beschloss Margot.

Der Frankfurter Flughafen wirkte auf Margot immer wie ein Labyrinth. Nachdem sie jedoch den Ankunftsbereich gefunden hatten, durch den Nick Peckhard und Samantha Fishkin in die Wartehalle treten würden, fühlte sie sich beruhigt.

»Wie erkennen wir die beiden eigentlich?«, fragte Horndeich. »Die wissen ja nicht, dass wir sie abholen.«

Daran hatte Margot auch nicht gedacht. »Er wird anrufen. Er hat ja meine Handynummer.«

»Toll, dann wird er anrufen, wenn er im Taxi oder im Leihwagen sitzt.«

»Ich rufe ihn an«, sagte Margot und griff zum Handy.

Das Freizeichen ertönte, doch nach dem dritten Piep meldete sich nur die Mailbox.

»Da sind sie«, sagte Horndeich und steuerte auf ein Pärchen zu, das gerade mit voll beladenem Kofferkuli durch die Schiebetür trat.

Erst auf den zweiten Blick erkannte auch Margot, woran ihr Kollege die beiden identifiziert hatte. Die etwa vierzigjährige Frau war in Schwarz gekleidet, Ton in Ton mit dem ebenfalls schwarzen Haar, das sie zu einem Pferdeschwanz gebunden hatte. Der Mann neben ihr zeigte sich ebenfalls einfarbig, und zwar ganz in Grau: Anzug, Kurzhaarschnitt und Dreitagebart waren farblich perfekt aufeinander abgestimmt.

»Mrs Fishkin? Mr Peckhard?«

Beide sahen sie Horndeich an. »Yes.«

Margot gab zuerst Nick Peckhard die Hand. Ihr fiel auf, wie kraftvoll sein Händedruck war, während sie sagte: »Sehr angenehm, Mr Peckhard. Ich bin Margot Hesgart – und das ist mein Kollege Kommissar Steffen Horndeich.«

Peckhard begrüßte auch Horndeich, dann stellte er beiden Samantha Fishkin vor.

»I am so sorry about what happened to your husband«, sagte Margot zu ihr, obwohl es sich ja eigentlich um Samanthas Exmann handelte; doch das erschien Margot nicht so wichtig angesichts der Tatsache, dass Samantha wegen seines Todes mal eben über den Atlantik geflogen war.

»Thank you.« William Fishkins Exfrau wirkte zwar gefasst, dennoch war nicht zu übersehen, wie sehr sie um ihren ehemaligen Gatten trauerte.

Auf dem Weg zum Wagen erklärte Horndeich, dass sie in Darmstadt zwei Hotelzimmer für sie reserviert hätten.

Peckhard bedankte sich und hob die Koffer in den Wagen. Dann nahm er vorn neben Margot Platz, Horndeich setzte sich in den Fond neben Samantha Fishkin, die einschlief, kaum dass der Wagen angefahren war.

»Es ist lange her, dass ich in Deutschland war«, sagte Peckhard.

»Wieso sprechen Sie so gut Deutsch?«, fragte Margot, die den Wagen auf den Autobahnzubringer steuerte.

»Meine Vorfahren kommen aus Deutschland, so wie bei vielen in unserer Region. War vor hundertfünfzig Jahren ein echtes Einwanderergebiet. Mein Vater spricht ebenfalls Deutsch, und er hat darauf bestanden, dass wir Kinder zweisprachig aufwachsen.«

»Hat funktioniert.«

Peckhard lachte. »Ja. Aber fragen Sie nicht, wie sehr ich mich als Jugendlicher dagegen gewehrt habe. Doch als ich meine erste Rundreise durch Europa machte, hat es mir schon erstaunlich geholfen. Und vor zehn Jahren habe ich sogar mal einen Austausch mitgemacht, irgendein Programm der Landesregierung in Niedersachsen, da habe ich dann ein Jahr lang Ihren Kollegen in Hannover auf die Finger sehen dürfen.«

Margot war beeindruckt. »Und?«, fragte sie. »Gefällt Ihnen Deutschland?«

»Ja, natürlich. In vielen Dingen ist es Amerika sehr ähnlich, in anderen Dingen hingegen ganz anders. Ich mag die alten Gebäude in Deutschland. Burgen, Schlösser, zum Teil Tausend Jahre alt. Vor allem die Königsschlösser in Bayern. Bei uns gab es ja nie Könige und deshalb natürlich auch keine Schlösser. Und das deutsche Bier – einfach gut. Ein Klischee, ich weiß, aber dennoch wahr.«

Horndeich meldete sich von der Rückbank. »Waren Sie schon mal in Darmstadt?«

»Ja, vor acht Jahren habe ich mit meinem Vater noch einmal Deutschland besucht. Wir haben eine Rundreise gemacht – Germany in five days, sozusagen. Mein Vater hat sich immer für Kunst interessiert, deshalb wollte er unbedingt den Hügel sehen, auf dem all die Häuser stehen, die gebaut wurden im … Wie heißt das noch mal auf Deutsch? Wir nennen es Art Nouveau.«

»Jugendstil«, übersetzte Horndeich.

»Genau, die Jugendstilhäuser wollte er sehen. Ich erinnere mich nur noch an den Turm, der oben aussieht wie fünf Finger.«

»Vielleicht wollen Sie sich zuerst ein wenig frisch machen?«, wechselte Margot das Thema. »Wir müssen noch zu einer Befragung, aber wir können danach gemeinsam zu Abend essen.«

»Das klingt gut. Bis dahin ist auch Sam wieder fit. Sie haben sicher viele Fragen an sie. Ich kann dann übersetzen. Haben Sie schon etwas herausgefunden?«

»Nicht wirklich viel«, antwortete Horndeich. »Fishkin war hin und wieder in Deutschland, um hier Fälle von Wirtschaftskriminalität zu untersuchen, und hat dabei auch manchmal mit einer Detektei in Frankfurt zusammengearbeitet. Mit deren Geschäftsführerin Franka Mänderwitt hatte er ein Verhältnis. Sie hat kein wirkliches Alibi, aber es gibt bislang auch kein Indiz, dass sie etwas mit Fishkins Tod zu tun hat. Er war in den vergangenen zwei Monaten öfters in Deutschland, ob dienstlich oder privat, wissen wir noch nicht.«

»Bei der Leiche fand sich weder seine Brieftasche noch sein Handy«, ergänzte Margot, »und wir fanden auch keinen Terminkalender oder ein Adressbuch. Aber wir haben sein Netbook. Eine Kollegin in Wiesbaden versucht gerade, an die Daten zu gelangen.«

Peckhard lachte auf, ein Lachen, das in Margots Ohren sehr angenehm klang. Überhaupt war dieser Mann verdammt attraktiv. Typ junger Sean Connery, nur kleiner und drahtiger. »Die Kollegin in Wiesbaden wird den Rechner nicht knacken.«

»Oh, sie ist meine Frau«, sagte Horndeich, als wäre das die Schlüsselqualifikation.

»Ich zweifle nicht daran, dass Sie hier gute Experten haben«, lenkte Peckhard ein. »Aber Bill hat mir sein Netbook einmal gezeigt und mir eine Viertelstunde lang einen Vortrag darüber gehalten, dass dieses kleine Teil so gut abgesichert sei wie einige Militärrechner. Er hat darauf ein Verschlüsselungsprogramm installiert, an dem sich sogar das Pentagon die Zähne ausbeißen würde. Aber … vielleicht hat er auch nur ein bisschen angegeben.«

Horndeich sagte nichts mehr, doch sein »Warten wir es mal ab« dachte er so laut, dass es alle hören konnten.

»Er hat eine Familie Mahone in Darmstadt angerufen«, fuhr Margot fort. »Die werden wir gleich aufsuchen, während Sie erst mal ankommen können.«

»Mahone? Oder meinen Sie vielleicht Mahone?«, fragte Peckhard und sprach den Namen das zweite Mal amerikanisch aus – *Ma-Hounie.*

»Keine Ahnung. Aber sie heißen Jack und Annie. Vielleicht wirklich Amerikaner.«

»Jack und Annie Mahone?«, fragte Peckhard. »Seltsam, in Darmstadt – also in unserem Darmstadt –, da gab es einen Jerome Mahone, dem gehörte ein Großteil des Landes um Darmstadt, und der hatte einen Sohn namens Jack. Er und seine Frau haben Darmstadt verlassen, aber ich weiß nicht mehr genau, wann und wohin sie gezogen sind. Ja, ich glaube, seine Frau hieß Annie. Jack war auf derselben Schule wie ich, aber vier Klassenstufen über mir. Dennoch erinnere ich mich, dass er, als er die Highschool verließ, ein richtig schweres Motorrad fuhr, eine Harley Electra Glide, so ein röhrendes Gedicht aus Rot und Chrom. Nun, die Familie hatte Geld.«

Horndeich blätterte durch die Dateien auf seinem Handy. »Moment. Marlock hat mir die Daten geschickt. Jack Mahone, geboren am 1. Mai 1947 in … Darmstadt, Indiana, USA. Tatsächlich. Und seine Frau Annie heißt eigentlich Angelika. Geboren am 14. Juni 1951 in Hamburg, Germany.«

»Dann ist das vielleicht wirklich der Jack, den ich kenne«, sagte Peckhard. »Wäre es Ihnen recht, wenn ich mitkomme zu den Mahones?«

»Klar, warum nicht«, meinte Margot. »Aber jetzt fahren wir erst mal zum Hotel, dort können Sie sich etwas frisch machen. Wenn wir um sechs bei den Mahones sind, langt das immer noch.«

18.00 Uhr

Sie fuhren die Rossdörfer Straße entlang, brav mit dreißig Stundenkilometern, wie es die Verkehrszeichen geboten, Margot, Horndeich und Peckhard.

Samantha hatte gesagt, dass sie sich im Hotel ins Bett legen und ausschlafen würde; der Flug sei für sie sehr anstrengend gewesen, und die Nacht zuvor habe sie kaum geschlafen aus Trauer um ihren Exgatten.

»Was ist denn da los?«, fragte Horndeich, als er die rotierenden Blaulichter sah, die das Schneetreiben auf surrealistische Weise blau illuminierten.

»Ein Krankenwagen«, erkannte Margot.

»Das ist das Haus, in dem die Mahones wohnen«, erklärte Horndeich und zeigte auf den Bau mit der Nummer 126. Bis zum Dach reichende Treppenhausvorbauten und flache Anbauten rechts und links verliehen dem Haus eine interessante Architektur.

»Da wohnen mehrere Parteien«, beschwichtigte Margot.

Doch Horndeich hatte ein ziemlich ungutes Gefühl. Er brachte den Polizei-Benz nicht weit vom Rettungswagen und dem Einsatzfahrzeug des Notarztes entfernt zum Stehen und sprang ins Freie. Margot und Peckhard taten es ihm nach.

Der Fahrer des Notarzt-Mercedes stand neben dem Wagen und rauchte eine Zigarette. Zwei Sanitäter kamen soeben mit einer Trage aus dem Haus, deren Rollgestell sie nach unten klappten, um sie dann in Richtung des Rettungswagens zu schieben. Der Notarzt, der neben der Trage herlief, hielt eine Infusionsflasche mit Kochsalzlösung in der Hand, den Arm nach oben ausgestreckt.

Horndeich ging direkt auf das Gespann zu und hielt seinen Ausweis in die Luft: »Horndeich, Kripo Darmstadt. Wer ist das auf Ihrer Trage?«

»Mahone, Jack.« Sanitäter und Arzt eilten an Horndeich vorbei.

Der machte kehrt und lief neben ihnen her. »Was ist mit ihm?«

»Kollaps nach Brechdurchfall. Vielleicht Lebensmittelvergiftung.«

»Wo bringen Sie ihn hin?«

»Bezirkskrankenhaus.« Und schon waren sie im Rettungswagen verschwunden.

Eine Frau um die sechzig kam aus dem Haus geeilt und versuchte, im Gehen den Mantel zu schließen, bevor auch sie hinten in den Rettungswagen stieg. Einer der Sanitäter schloss die Hecktüren, und wenige Sekunden später beschallte das Martinshorn die Szenerie, während der Rettungswagen, gefolgt vom Benz des Notarztes, durch die Flockenwand von dannen brauste.

»Warum überrascht mich das nicht?«, fragte Margot.

Horndeich ließ sie und Peckhard stehen und ging auf die zwei Frauen neben dem Hauseingang zu. Beide schätzte er auf Anfang bis Mitte dreißig, sie trugen Jeans, die eine ein rot kariertes Baumwollhemd aus dickem Stoff, die andere einen schwarzen Pullover, doch einen Mantel hatte keine von ihnen übergestreift. »Entschuldigen Sie, kennen Sie die Mahones?«

»Ja«, sagte die eine, die im Baumwollhemd. Das zu einem Zopf geflochtene Haar unterstrich die Strenge, welche die Haltung ihres schlanken Körpers ausstrahlte. »Mein Name ist Esther Mahone. Ich bin die Tochter.«

Die andere war in Größe, Körperfülle und Ausstrahlung das genaue Gegenteil von Esther. »Jamie Langfass«, stellte sie sich vor. »Ich bin auch eine der Töchter.« In einer Hand hielt sie eine brennende Zigarette.

Horndeich zeigte noch einmal seinen Dienstausweis. »Können Sie meinen Kollegen und mir sagen, was hier passiert ist?«

»Muss das jetzt sein?«, fragte Esther Mahone mürrisch. »Wir müssen zum Krankenhaus!«

»Es ist wichtig«, erklärte Horndeich. »Wir ermitteln in einem Mordfall.«

»Fahr du ins Krankenhaus, ich rede mit den Polizisten und richte oben die Wohnung«, schlug Jamie vor. »Ich komme dann nach.«

»Gut«, sagte Esther Mahone, umarmte ihre Schwester und eilte dann zu ihrem silberfarbenen Opel Astra.

Horndeich winkte seine Kollegen heran. Auch sie stellten sich Jamie Langfass vor. Jamie inhalierte einen letzten Zug, ließ die Zigarette zu Boden fallen, trat sie aus und hob die Kippe auf. Dann erklommen sie zu viert das Treppenhaus.

»Meine Eltern wohnen in der Maisonettewohnung unter dem Dach«, erklärte die Tochter. Sie schloss die Wohnungstür auf und führte die Beamten ins Wohnzimmer. Es befand sich in der unteren Etage der Maisonettewohnung.

»Sie wohnen nicht hier?«, fragte Horndeich.

»Nein.«

»Aber Sie haben Schlüssel für diese Wohnung?«

»So wie meine Schwestern auch.«

Der Raum war rustikal eingerichtet, aber nicht überladen. Horndeich registrierte die neue Unterhaltungselektronik: Ein großer Flachbildfernseher mit Blu-ray-Player und eine Soundanlage von Teufel sorgten für den rechten Heimkinogenuss. Die Couchgarnitur aus schwarzem Leder schien neu zu sein.

Jamie Langfass bot den Polizisten Platz an. Immer noch hielt sie die ausgetretene Zigarettenkippe in der Hand. »Möchten Sie etwas trinken?«, fragte sie freundlich.

Horndeich bat um ein Glas Wasser, und nachdem Jamie Langfass in der Küche verschwunden war, sah er sich schnell um. Ein Regal war voller Bücher, die Buchrücken passten alle nicht zueinander. Das sprach dafür, dass sie dort wegen ihres Inhalts und nicht zur Dekoration standen.

Im Büfettschrank daneben war eine ganze Fotogalerie aufgestellt. Ganz links, klein und in Schwarz-Weiß, ein Hochzeitsbild, dann die junge Mutter mit einem Baby, schließlich wurden die Fotos größer und bunt, aus dem Baby wurde ein Kleinkind und ein Baby, und aus denen wurden ein Kind, ein Kleinkind und ein neues Baby, umrahmt von den stolzen Eltern.

Rechts daneben befand sich ein gerahmtes Foto – das größte –, das wohl am aktuellsten war: die ganze Familie vor typisch blauem Fotostudiohintergrund.

Margot hatte sich neben Horndeich gestellt. »Glückliche Familie, scheint es.«

Jamie Langfass kam mit einem Tablett, zwei Flaschen Wasser und vier Gläsern zurück. Die Kippe hatte sie weggeworfen. Sie stellte das Tablett auf dem Tisch ab und nahm in einem Sessel Platz. »Warum sind Sie hier?«, fragte sie nun unumwunden.

»Frau Langfass, sagt Ihnen der Name William Fishkin etwas?«, fragte Margot.

»Bill? Ja, natürlich. Das ist mein Bruder.«

»Ihr Bruder?«, rief Peckhard erstaunt.

»Na ja, mein Halbbruder. Väterlicherseits. Von früher, als mein Vater noch in den USA gelebt hat. Warum? Was ist mit Bill? Hat er was ausgefressen?«

Horndeich sah Margot an, sie nickte ihm zu, und er war ihr dankbar, dass sie diesmal den Job übernahm, die Hiobsbotschaft zu überbringen. Er hatte an diesem Tag bereits eine Frau zum Weinen gebracht.

»Frau Langfass, wir haben eine schlechte Nachricht für Sie. Ihr Halbbruder, er ist tot.«

»Tot? Wieso denn das?« Jamie Langfass schien eher erstaunt als erschüttert. »Was ist passiert? Hatte er einen Unfall auf dem Highway?«

»Nein, Frau Langfass, er ist hier in Darmstadt ums Leben gekommen. Gestern.«

»Jetzt verstehe ich gar nichts mehr. Was hat er denn in Darmstadt gemacht? Ich hatte keine Ahnung, dass er hier ist. Ich hab ihn ohnehin nur zweimal gesehen.«

»Vielleicht erzählen Sie uns einfach mal alles, was Sie über William Fishkin wissen«, schlug Margot vor, die erkannte, dass Jamie Langfass die »Hiobsbotschaft« wenig erschütterte.

»Klar«, sagte die junge Frau. »Meine Eltern hatten aber intensiveren Kontakt zu ihm. Sie sollten morgen oder übermorgen mit ihnen sprechen. Ich hoffe, meinem Vater geht es dann wieder besser.«

»Was ist mit Ihrem Vater?«, hakte Horndeich ein. Irgendwie erschien ihm die Tochter nicht wirklich besorgt über den Zustand ihres alten Herrn.

»Der Magen ist Papas schwache Stelle. Er hat immer wieder Probleme damit. Hat bereits zweimal ein Magengeschwür gehabt, eins wurde operativ entfernt, ein anderes haben Medikamente kleingekriegt. Heute musste er sich übergeben, dann kam der Durchfall. Ich will Ihnen die Einzelheiten ersparen. Wir haben den Arzt gerufen, denn so schlimm war es noch nie. Kurz bevor die Sanitäter kamen, ist er ohnmächtig geworden. Aber ich bin sicher, sie werden ihn schon wieder hinkriegen.«

Horndeich wunderte sich darüber, dass die junge Frau das

derart auf die leichte Schulter nahm, äußerte das aber nicht, sondern wollte wissen: »Was, meinen Sie, hat das ausgelöst? Eine Lebensmittelvergiftung?«

»Kaum, wir haben ja alle gemeinsam zu Abend gegessen. Ich weiß nicht, aber es ist, wie gesagt, nicht das erste Mal, dass sein Magen verrücktspielt.«

»William Fishkin«, mischte sich Peckhard ein. »Wie lange kannten Sie ihn?«

»Ich habe Bill vor zwei Monaten kennengelernt, als er meine Eltern besuchte und meinen Vater damit konfrontiert hat, dass er sein Sohn sei. Aus einer Liaison aus der Zeit, als Vater noch in Amerika gelebt hat. Papa war mächtig überrascht. Ich weiß nicht, was genau damals passiert ist, aber er hat sich sogar gefreut, dass der verlorene Sohn wieder aufgetaucht war. Ich weiß nur, dass er aus einer Beziehung stammt aus einer Zeit, bevor sich meine Eltern kennenlernten, und dass Bill erst erfahren hat, wer sein Vater ist, nachdem seine Mutter starb. Alles etwas dramatisch, nicht wahr?

Bill war eine Woche hier, da habe ich ihn, wie gesagt, zum ersten Mal gesehen. Ich hatte den Eindruck, er und mein Vater haben sich gut verstanden. Auch meine Mutter fand ihn sympathisch. Ich zunächst auch.«

»Warum hat sich das geändert?«, fragte Margot.

»Er wollte eigentlich noch länger bleiben. Aber dann ist er ganz plötzlich abgereist. Er hatte ja irgend so eine Wirtschaftsdetektei. Und war offenbar so unabkömmlich, dass er auch auf keine E-Mail mehr geantwortet hat. Ich dachte, das war's dann. Na gut, war mein Bruder halt wieder weg.«

»Danach haben Sie ihn nicht mehr gesehen?«, wollte Margot wissen.

»Doch. Eine Woche nach seinem Abgang meldete er sich bei meinen Eltern. Faselte wohl irgendwas von, er habe erst mal mit der ganzen Sache zurechtkommen müssen, weil er immer dachte, er wäre ganz allein, und dann plötzlich so eine tolle Familie hätte. Er wollte ein Riesenfest schmeißen, hier bei uns, und alles an Verwandtschaft einladen, was da ist.«

»Kam es zu diesem Fest?«, fragte Peckhard.

»Aber hallo – er hat sich nicht lumpen lassen, hatte noch einen kleinen Disput mit meinem Vater, da Bill darauf bestand, alles zu bezahlen. Und dann haben wir ein tolles Familienfest gehabt. Es waren auch noch gute Freunde da, zusammen etwa vierzig Leute. Phantastisch. Wir haben gefeiert, bis es wieder hell wurde. In Seeheim. Sauteures Hotel, aber super Service. Mein Vater ist ja nun auch nicht arm, aber das Fest war richtig teuer. Bill hat bezahlt, und Mama hat alles organisiert, und das innerhalb von drei Wochen. Alle waren da, sogar für Emily wurde perfekt gesorgt.«

»Emily?«, fragte Margot.

»Das ist meine Nichte. Sie ist schwer krank. Leidet unter SMA – eine Art Muskelschwund. Sie kann sich nur im Elektrorolli bewegen und auch nur die Hände rühren, die Arme kaum noch; alles andere geht gar nicht mehr. Na, und Bill hat sofort gesagt, die sollen für das Fest einfach von einem Pflegedienst zwei Kräfte für das ganze Wochenende mieten inklusive Hotelzimmer. Großzügig, was?«

»Aber das hat Ihre Beziehung zu Ihrem Bruder nicht verbessert?«, hakte Horndeich nach.

»Nein, denn er zog das gleiche Spiel wieder ab – am Morgen nach dem Fest war er verschwunden. Sang- und klanglos. Und reagierte auf keine Mail, rief nicht zurück. Also wenn Sie mich fragen, hat der mächtig einen an der Klatsche. Keine Ahnung, was der in Amerika erlebt oder womit er hier ein Problem hat, auf jeden Fall vermisse ich ihn nicht wirklich. Auch Mara nicht, unsere jüngste Schwester. Die mochte ihn von Anfang an nicht wirklich. Nur Esther, mit der verstand er sich blendend. Aber auch mit ihr hatte er keinen Kontakt. Keine Ahnung, was den Mann geritten hat.«

»Hatten Sie eine Handynummer von William Fishkin?«, fragte Peckhard.

»Nein. Ich wäre ja auch kaum so blöd, von hier aus ein US-Handy anzurufen. Mein Vater hat Geld, mein Mann und ich sind aber keine Großverdiener.«

»Frau Langfass, wo waren Sie gestern zwischen vierzehn und fünfzehn Uhr?«, fragte Horndeich ganz offiziell.

»Wieso fragen Sie mich das? Moment – Fishkin ist ermordet worden?«

»Ja«, bestätigte Horndeich, »William Fishkin ist gestern ermordet worden.«

»Jetzt verstehe ich gar nichts mehr. Also bei uns hat er sich nicht gemeldet. Ich wusste nicht mal, dass er in Deutschland ist, geschweige denn in Darmstadt.«

»Niemand hat gesagt, dass er in Darmstadt war«, sagte Margot.

Jamie Langfass erhob sich. »Jetzt werden Sie mal nicht spitzfindig. Sie säßen ja kaum hier, hätte man ihn in Hamburg um die Ecke gebracht, oder?«

»Das beantwortet immer noch nicht meine Frage«, sagte Horndeich. »Wo waren Sie gestern …«

»… zwischen zwei und drei, ich habe schon verstanden. Ich bin Hausfrau, deshalb war ich zu Hause. Meine Kinder sind drei und vier, sie sind also nur schlechte Zeugen. Außerdem haben sie zu der Zeit Mittagsschlaf gemacht.«

»Wo sind Ihre Kinder jetzt?«, fragte Peckhard.

»Zu Hause, bei meinem Mann. Freitags essen wir immer zusammen, meine Eltern und die Töchter. Mal ist meine Familie dabei, mal nicht. Heute nicht.« Jamies anfängliche Offenheit war inzwischen offener Abneigung gewichen. »Lassen Sie mich jetzt gehen? Ich würde gern nach meinem Vater sehen.«

»Wenn Sie uns bitte noch Ihre Adresse und die Ihrer Schwestern geben«, bat Margot.

Und Horndeich fügte hinzu: »Vielleicht hat Ihre Mutter auch eine Handynummer, unter der wir sie erreichen können.«

Jamie Langfass holte Zettel und Stift und schrieb Adressen und Telefonnummern darauf. »War's das jetzt?«

»Ja, herzlichen Dank«, sagte Margot.

»Und gute Besserung für Ihren Vater«, wünschte Horndeich.

»Danke«, sagte Jamie, während sich die Polizisten erhoben.

20.00 Uhr

Margot war zuerst zum Präsidium gefahren, wo sie und Horndeich in ihre privaten Fahrzeuge umstiegen. Peckhard tätschelte das Dach von Horndeichs rotem Crossfire und feixte: »Hätte nicht gedacht, dass sich amerikanische Wertarbeit in Deutschland durchsetzt.«

»Das ist der schönste Sportwagen, den Mercedes je gebaut hat«, parierte Horndeich und spielte darauf an, dass der Crossfire auf dem Mercedes SLK basierte und in Deutschland gebaut wurde. »Können morgen gern eine Runde zusammen drehen«, bot er an. »Aber jetzt muss ich nach Hause. Sandras Eltern kommen uns besuchen.« Er stieg ein und war kurz darauf auch schon verschwunden.

»Ich fahre Sie zum Hotel«, bot Margot an und deutete auf ihren Mini, und als sie dann vom Parkplatz auf die Landskronstraße abbogen, meinte sie: »Sie müssen furchtbar müde sein.«

»Ich habe im Flugzeug geschlafen. Sam hat da kein Auge zugetan, auch die Nacht zuvor nicht, und ich denke, sie wird erst morgen früh wieder aufwachen.« Er schwieg kurz, dann sagte er: »Da ist etwas, das lässt mir keine Ruhe.«

»Was?«

»William schien irgendetwas auf der Spur zu sein. Ich weiß nicht, ob er bei einem Auftrag, den er für einen seiner Kunden bearbeitete, auf etwas gestoßen ist oder ob er in eigener Sache recherchiert hat.«

»Was meinen Sie?«, hakte Margot nach.

»Er bat mich vor ungefähr zwei Wochen, mich mal im Archiv umzusehen, ob es bei uns in Darmstadt oder der näheren Umgebung um 1973 ungeklärte Vermissten- oder Todesfälle gegeben habe oder in diesem Zeitraum nicht identifizierte Leichen aufgefunden wurden. Ich fragte ihn, wie er denn darauf käme. Er antwortete nur, es mir zu gegebener Zeit zu sagen, vielleicht sei auch alles nur heiße Luft. Danach hat er nie mehr darüber gesprochen.«

»Und haben Sie was gefunden?« Margot lenkte ihren Mini in die Parkgarage neben dem Justus-Liebig-Haus. Dort hatte auch das Hotel Stellplätze.

»Ja und nein«, antwortete Peckhard. »Es gab damals keine Vermisstenfälle, die noch nicht aufgeklärt sind. Ein Junge ist 1972 verschwunden, man fand seine Überreste zwei Jahre später im Wald, konnte jedoch keine Gewalteinwirkungen feststellen. Aber es war auch nicht viel von ihm übrig.« Sie stiegen aus und gingen durch die Unterführung in Richtung Hotel, während Peckhard weitersprach. »Es gab auch keine Leichenfunde, die man nicht identifizieren und zuordnen konnte. Und keine ungeklärten Todesfälle.«

»Das klingt nach einem ›Aber‹«, erkannte Margot an seinem Tonfall.

Peckhard sah sie an. »Erinnern Sie sich noch an Ihre erste Leiche?«

Margot nickte. »Ja. Natürlich. Die erste Leiche …«

»… vergisst man nie.«

»Genau.«

»Meine erste Leiche hatte ich 1973«, erzählte Peckhard. »In der Princeton Road, kurz hinter Darmstadt. Aber ich langweile Sie. Bekommt man hier irgendwo eines Ihrer guten Biere?«

»Klar. Aber ich würde Ihre Geschichte gern hören. Und ich habe außerdem Hunger. Wollen wir noch gemeinsam was essen?«

»Wenn Sie Zeit haben, gern. Auch ich habe jetzt einen – wie sagen Sie so schön? – *Bärenhunger.*«

»Kein Problem. Ich muss nur kurz Bescheid sagen.« Sie wollte eben Rainers Nummer wählen, als ihr Handy losdudelte. Rainer. Konnte er Gedanken lesen?

Sie hatte ihm vorhin eine SMS geschickt, dass sie noch eine Zeugin befragen müsse und nicht genau wisse, wann sie nach Hause käme.

Sie nahm das Gespräch an. »Ja, Rainer, ich wollte gerade …«

»Margot, ist dein Vater bei dir?«

»Was? Mein Vater? Nein, wieso? Ich bin gerade vor der

Bockshaut und bringe unseren amerikanischen Gast ins Hotel. Was ist mit Papa?«, fragte Margot besorgt.

»Evelyn hat mich angerufen. Sebastian ist nicht zu Hause und schon seit zwei Stunden weg. Er geht auch nicht ans Handy.«

Margot spürte einen unangenehmen Druck in der Magengrube. »Ich versuche ihn zu erreichen«, sagte sie.

Sie brach das Gespräch ab.

Evelyn rief also Rainer an, wenn sie sich um ihren Sebastian sorgte, und nicht sie. Na, bravo. Damit war die Rangordnung definiert. Fragte sich nur, wer ganz an unterster Stelle stand.

»Einen Moment, Nick«, bat sie den amerikanischen Kollegen, dann erst fiel ihr auf, dass sie ihn beim Vornamen genannt hatte. Himmel, was war nur mit ihr los? Doch nachdem sie schnell in ihrer Vorurteilsdatenbank recherchiert hatte, sagte sie sich, dass das für einen Amerikaner sicherlich nicht von Bedeutung war.

Nick nickte ihr nur zu.

Sie wählte die Handynummer ihres Vaters. Er war ein offener Mensch, doch manchmal machte er Dinge ganz still und heimlich mit sich selbst aus. Wenn er einen dummen Streit mit Evelyn gehabt hatte, war es gut möglich, dass er einfach nur einen Spaziergang machte, um sich zu beruhigen und die Sache objektiv zu betrachten. Und wenn der Streit heftiger ausgefallen war, war das auch eine Erklärung dafür, weshalb er Evelyns Anrufe ignorierte.

Margot erinnerte sich, dass er sich ihr gegenüber auch schon so verhalten hatte, doch als er dann Rainers Nummer auf dem Display gesehen hatte, hatte er den Anruf sofort entgegengenommen, nicht ahnend, dass sich Margot einfach das Handy ihres Göttergatten ausgeliehen hatte.

Dass Evelyn allerdings an Margots Handy herankam, damit musste ihr Vater ganz bestimmt nicht rechnen.

Vielleicht war er aber auch gestürzt und lag hinter einem Busch im Herrngarten, dachte sie besorgt, und alle Menschen gingen an ihm vorbei.

Sie wählte seine Nummer. Und ertappte sich dabei, dass sie in Gedanken ein kurzes Gebet zum Himmel schickte.

Ihr Vater nahm den Anruf nach dem dritten Klingeln an. »Ma'ot, mein Schadss.«

Sie wusste nicht, welches Gefühl überwog: die Freude darüber, dass er anscheinend wohlauf war, oder das Entsetzen, dass ihr Vater offenbar sternhagelvoll war. »Papa, wo bist du denn?«

»Oh, ma'se'sih'song.«

Das sollte wohl heißen: Oh, macht sie sich Sorgen?

»Ja, und ich mir auch. Wo, zur Hölle, bist du?« Die kurze Freude darüber, dass ihrem Vater zumindest nichts zugestoßen war – von wohlauf konnte man offenbar doch nicht reden –, wurde vertrieben von der Erkenntnis, dass sie sich wohl um ihn kümmern musste, und zwar wie um ein Kind.

»s'lemmm's'nich'gerechd!«

»Nein, Papa, das Leben ist nicht gerecht. Und wo bist du?«

»'ch bin'a soooo fro', dass'ich gibt.«

»Danke, Papa, ich bin auch froh, dass es mich gibt. Und dass es dich gibt ebenso. Aber wo steckst du?« Wenn das so weiterging, würde sie ihn eine halbe Stunde lang professionell verhören müssen, bevor er seinen Standort – oder wohl eher seine Lage – preisgeben würde.

»Noch ein'!«, sagte er, offensichtlich nicht zu Margot.

»Sie haben genug, Herr Rossberg.« Das war die Bedienung. Offenbar ein weiser Mann. Der ihren Vater mit Namen kannte. »Geben Sie mal das Handy«, sagte er. Und dann, deutlicher und lauter: »Hallo?«

»Ja, hallo? Hier Margot Hesgart, die Tochter von Herrn Rossberg.«

»Oh, hallo, Margot. Ich bin's, Achim. Green Sheep.« Margot fiel ein Stein vom Herzen. Das Green Sheep lag keine fünfzig Meter vom Haus ihres Vaters entfernt. »Tut mir leid, ich hab gar nicht mitgekriegt, wie Ihr Vater abstürzte.«

»Kein Problem. Halten Sie ihn einfach vom Alkohol fern. Er wird gleich abgeholt.« Margot beendete das Gespräch, dann rief sie Rainer an.

»Hast du ihn gefunden?«, fragte der sofort.

»Ja, Schatz. Er sitzt im Green Sheep, Evelyn kann ihn dort

abholen. Eher auflesen. Er hat sich dort volllaufen lassen. Du kannst deiner neuen Vertrauten ja bei der Bergung des Schiffbrüchigen helfen. Wenn ich da jetzt auftauchte, käme das sicher nicht so gut an bei der Lateinerin.«

»Wo bist du?«

»Immer noch vor der Bockshaut«, sagte Margot, der bei den minus zwanzig Grad mittlerweile kalt wurde. »Ich muss noch etwas mit Nick Peckhard besprechen, dem Kollegen aus Amerika, wegen dieses Mordes.«

»Hast recht, vielleicht wirklich nicht so gut, wenn du jetzt auf Evelyn triffst.«

»Danke«, sagte sie, drückte die rote Taste, steckte das Handy ein und wandte sich um.

Nick Peckhard, ganz Gentleman, war ein paar Schritte zur Seite gegangen, wartete aber vor dem Hotel auf sie. Als sie sich ihm näherte, fragte er: »Alles okay mit Ihrem Vater?«

»Ja, alles okay«, sagte Margot und war froh, dass Rainer sie von der Rettungsaktion befreit hatte, sodass sie nun mit dem sympathischen amerikanischen Kollegen im Warmen ein leckeres Schnitzel bei einem Glas Wein essen durfte. Dennoch machte sie sich Sorgen um ihren Vater und fragte sich, was wohl in ihn gefahren war. Aber das würde sie an diesem Abend nicht mehr aus ihm herausbekommen können, nicht in dem Zustand, in dem er sich befand. Ein paar Minuten später saßen sie an einem netten Ecktisch in der Bockshaut, ein wenig abseits des großen Trubels. Die Bedienung brachte ihnen die Speisekarte, die sie zunächst schweigend studierten.

»Soll ich Ihnen etwas empfehlen, Mr Peckhard?«

»Bleiben wir doch bei Nick, okay?«

»Gern. Ich bin Margot.«

»Ich weiß.« Er grinste schelmisch. »Ich nehme ein gutes *german* Schnitzel mit *french fries* – Ich meine natürlich Pommes frites.«

»Ja, das nehme ich auch.«

»Und ein gutes Bier nach dem deutschen *Reinheitsgebot* – ein wundervolles Wort.«

Sie gaben ihre Bestellung auf. Margot orderte für sich einen Rotwein.

Nicks Handy dudelte. Das Gespräch dauerte keine Minute, dann informierte er Margot: »Die Kollegen aus Darmstadt, USA. Der Tote hier ist Bill Fishkin. Die DNA passt zu der des Sohnes.«

Margot nickte nur, dann nahm sie das Gespräch von vorhin wieder auf. »Was wollten Sie mir über Ihre erste Leiche erzählen, Nick?«

»Ich war noch jung, es war im Sommer 1973. War ein tolles Jahr. Ich hatte Jethro Tull live in Evansville gesehen, auch Rory Gallagher und Rod Stewart, damals noch mit den Faces. Damals hatte Darmstadt – also *unser* Darmstadt – noch einen eigenen Town-Marshall, ich arbeitete aber schon im Vanderburgh County Sheriff's Office. Es war spät, etwa dreiundzwanzig Uhr, als uns der Town-Marshall anrief. Jemand hatte ein brennendes Fahrzeug gemeldet, an der Princeton Road, etwa eine Meile nördlich von Darmstadt.

Ich fuhr hin. Kam kurz vor der Feuerwehr an. Ein Volkswagen-Bus brannte, ein *Splittie.* So hieß das Modell bei uns, weil seine Frontscheibe geteilt war.«

Margot nickte. »Wir sagen Bulli dazu.«

»Bully? Das klingt in unserer Sprache nicht sehr nett, heißt so viel wie Tyrann. Nun, der *Splittie* war frontal gegen den Baum gerast. Brad, der Town-Marshall, war schon vor mir da und sprühte mit einem lächerlich winzigen Feuerlöscher in das Feuer. Er schrie, weil da ein Mensch mit dem Oberkörper über dem Steuer lag und dampfte. Ich sah es auch und war wie gelähmt. Es war auf den ersten Blick zu erkennen, dass der Fahrer den Unfall nicht überlebt hatte. Sein Körper war schwarz. Als die Feuerwehrleute eintrafen, ging es nur noch darum, einen Waldbrand zu verhindern. Hat über eine halbe Stunde gedauert, bis sie das Feuer im Griff hatten.

Das Schlimme war: Ich kannte den Fahrer. Ein Deutscher. Er hieß Matthias Brassel, doch alle nannten ihn nur Matt. Er hing seit gut einem Monat in Darmstadt rum, nahm Gelegenheitsarbeiten an, hauptsächlich auf den Feldern. Er fuhr diesen auffälligen Wagen, eben diesen *Splittie*, blau, schon etwas lädiert und rostig. Eigentlich ein Lieferwagen, aber Matt lebte darin.«

Die Bedienung kam, brachte Nicks Bier und Margots Rotwein, und sie stießen an. »Prost«, sagte Nick Peckhard und Margot: »Zum Wohl!«

Nachdem er den ersten Schluck getrunken und sich mit dem Handrücken den Schaum von den Lippen gewischt hatte, lobte Nick: »Das schmeckt wirklich gut!« Dann fuhr er mit seiner Erzählung fort: »Ich hab mich mit Matt mal unterhalten und ihn gefragt, was er in Amerika eigentlich will. Sein *Splittie* sah ja aus wie der Familienbus einer Hippiefamilie, aber Matt war trotz seiner langen Haare kein Hippie. Er sagte, er sei auf Schatzsuche. Und er sagte es so ernst, dass ich mir nicht sicher war, ob er komisch sein wollte oder ob er es ernst meinte. Dann unterhielten wir uns über den Wagen. Er sagte, er sei mit dem Schiff gekommen und habe sich halt einen billigen Wagen kaufen müssen. Und der *Splittie* – richtig, er nannte ihn auch *Bulli*, ich erinnere mich, und ich weiß noch, dass ich das gar nicht verstanden hab –, also der Splittie hatte hinten ein selbst gezimmertes Bett, und in dem Ladebereich, da wohnte Matt. Er zeigte mir die spartanische, aber aufgeräumte Inneneinrichtung. Nichts vom Sperrmüll, sondern deutsche Sauberkeit.

Er kurvte drei, vier Wochen lang bei uns in der Gegend von Darmstadt rum. Aber abgesehen von diesem Gespräch hatte ich mit ihm nichts persönlich zu tun. Und nun hing er da über dem Lenkrad, völlig verkohlt, und ich konnte mir einfach nicht vorstellen, dass Matt gegen diesen Baum gekracht war. Ich habe die Straße genau untersucht. Es gab keine Bremsspuren, kein Zeichen dafür, dass er irgendjemandem oder irgendetwas ausgewichen war. Der Wagen war einfach von der Straße abgekommen und dann in kerzengerader Linie auf das Wäldchen zugerast.

Es gab nur die Möglichkeit, dass Matt eingeschlafen war. Oder völlig betrunken gewesen war. Oder einen Trip eingeworfen hatte. Aber ich wollte es nicht wahrhaben.«

Die Bedienung brachte die beiden Schnitzel.

»Guten Appetit«, sagte Nick, und sie aßen zunächst schweigend und hingen beide ihren Gedanken nach. Margot konnte das Bild eines verkohlten menschlichen Körpers nicht verdrängen, das bei Nicks Bericht in ihrem Kopf entstanden war, ebenso wenig wie das ihrer eigenen ersten Leiche. Ein junger Mann, drogensüchtig, HIV-positiv, der sich das Leben genommen hatte. Erhängt. Gefunden hatten sie ihn nach gut einer Woche, da ihn niemand vermisst hatte. Sie erinnerte sich an seinen Anblick. Und an das Summen von abertausend Fliegen.

Das Schnitzel wollte irgendwie nicht mehr so recht schmecken. Sie nippte lieber an ihrem Rotwein.

»Oh, ich hoffe, ich habe Ihnen nicht den Appetit verdorben.«

Margot schüttelte den Kopf. »Nein, ich glaube, das habe ich selbst erledigt.«

Nick aß das Schnitzel, dann schob er seinen Teller ebenfalls zur Seite und nahm wieder einen kräftigen Schluck Bier.

»Wie ging es weiter?«, fragte Margot.

»Ganz einfach. Ich war jung, ich wollte die Welt verändern. Und ich wollte nicht akzeptieren, dass dieser sympathische junge Mann einfach nur wegen Dummheit oder Übermüdung gestorben war. Das musste Mord sein, eine große Verschwörung. Also untersuchte ich den ›Tatort‹, nachdem die Feuerwehr und meine Kollegen abgezogen waren.«

»Und? Haben Sie etwas entdeckt?«

»Nichts, was auf irgendein Verbrechen oder Fremdverschulden hingedeutet hätte. Aber da war keine Kurve, der Wagen war also von der geraden Straße abgekommen. Klar, wenn Matt eingeschlafen war, dann war das möglich. Ich sah mir den ausgebrannten Wagen genauer an, ob ihn vielleicht jemand gerammt und von der Straße gedrängt hatte. Aber da war auch nichts, außerdem hätte es dann Reifenspuren geben müssen. Das Einzige, was mir auffiel, war, dass die Heckklappe, hinter der sich der Motor befand, nicht geschlossen war. Aber auch das war kein Hinweis auf irgendeine Tat, die Klappe konnte ja auch beim Aufprall aufgesprungen sein, oder Matt hatte sie absichtlich offen gelassen. Der Sommer war richtig heiß gewesen, und da dampft dann schon mancher Motor.

Ich habe mich mehrmals mit den Jungs von der Feuerwehr unterhalten. Sie sagten, dass es passieren kann, dass bei der Wucht eines solchen Aufpralls die Kraftstoffleitung reißt. Dann spritzt Benzin auf den heißen Motor, und es dauert keine fünf Minuten, bis der Wagen komplett ausgebrannt ist. Alles, was nicht Metall ist, geht in Rauch auf, Benzinschläuche, Dichtungen … alles weg. Die Temperaturen sind irrsinnig.

Jedenfalls fand ich bei meinen Untersuchungen nichts, das auf Fremdverschulden hindeutete. Matt war offenbar von selbst von der Straße abgekommen und gegen den Baum gekracht.«

Nick schwieg einen Moment, dann schüttelte er vehement den Kopf. »Und dennoch, ich habe in meinem Leben noch ein paar weitere Unfallorte gesehen, aber bei keinem hatte ich ein so starkes Gefühl, dass etwas nicht stimmte. Heute gibt es natürlich in der Forensik ganz andere Möglichkeiten, da hätte man trotz der verkohlten Leiche noch feststellen können, ob Matt Alkohol oder Drogen im Blut hatte. Aber damals … Das ist jetzt fast vierzig Jahre her. Und wenn ich mir gegenüber ganz ehrlich bin: Alles sah aus wie ein Unfall. Ich bin nach all der Zeit auch nur wieder auf die Sache aufmerksam geworden wegen Bills merkwürdiger Bitte. Lassen wir es gut sein.« Nick Peckhard winkte die Bedienung heran. »Die Rechnung bitte.«

»Sehr gern. Zusammen oder getrennt?«

»Zusammen, bitte.«

Margot protestierte: »Nein, das ist nicht nötig.«

»Das ist schon richtig so.«

»Dann danke ich herzlich.«

»Ist mir ein Vergnügen.«

Als sich Margot bereits von ihm verabschiedet hatte, sagte Nick Peckhard noch: »Vielleicht können Sie Samantha morgen früh hier befragen. Es wäre für sie sicherlich angenehmer, als auf dem Präsidium erscheinen zu müssen.«

»Das lässt sich einrichten«, meinte Margot. »Wir sind um neun hier.«

»Wunderbar. Wann, meinen Sie, kann sie ihren Exmann sehen?«

»Ich glaube, da lässt sich vor Montag nichts machen. Ich kann noch mal telefonieren, aber ich bin da eher skeptisch.«

»Okay, dann danke ich für den angenehmen Abend und wünsche eine gute Nacht«, sagte Nick Peckhard.

»Danke, Ihnen auch.«

Als Margot zum Wagen ging, fühlte sie sich seltsamerweise zehn Jahre jünger. Ach was, zwanzig. Dann fiel ihr jedoch ihr Vater ein, und ratzfatz! – war sie wieder fast fünfzig …

SAMSTAG, 11. DEZEMBER

9.00 Uhr

Sie hatte sich schon wieder mit Rainer wegen Professorin Latinum gestritten. Margot konnte es nicht fassen. Wäre offenbar doch besser gewesen, sie wäre gestern selbst ins Green Sheep gefahren und hätte ihren alten Herrn dort abgeholt. Denn als Rainer mit einem lallenden, wankenden Sebastian Rossberg zur Wohnungstür hineingestolpert kam, war Latinata doch tatsächlich theatralisch in Tränen ausgebrochen. Ritter Rainer hatte Evelyn sogar noch geholfen, Sebastian ins Bett zu bugsieren. Das Letzte, was ihr Vater gesagt hatte, war, er sei nicht müde, doch sobald sein Körper in die Waagerechte gelangt war, hatte er nur noch ein fürchterliches Schnarchen von sich gegeben, hatte Rainer berichtet.

Margot hatte lachen müssen, als sie das hörte, und Rainer hatte sie gefragt, was daran so lustig sei. Nun, der Gedanke, dass Professor Evelyn nicht im eigenen Bett hatte nächtigen können, weil dort gerade Extrematmen geübt worden war, hatte Margot geantwortet.

Was Rainer zum Anlass für eine Tirade nahm, Evelyn hätte es nicht verdient, dass man sich derart über sie lustig machte. Im Gegenteil hätte sie ein bisschen mehr Achtung und Respekt verdient.

Zwar hatte Margot Rainers Stimme gehört, aber die Worte schienen eins zu eins von Professor Dr. Dr. Was-tut-ihr-mir-alle-an zu stammen.

Sie hatte Rainer darauf aufmerksam gemacht, dass auch sie schon nach einem Besäufnis seinerseits aus ebendem gleichen Grunde, nämlich seines Wunsches, den gesamten Rest des Regenwalds in einer Nacht abzusägen, auf der Couch genächtigt habe.

Rainer hatte ihren Einwand ignoriert und behauptet, dass sie Evelyn offenbar aus der Familie herausekeln wolle.

»Wie kann ich jemanden aus der Familie ekeln, der gar nicht dazugehört?«, hatte sie entgegnet.

Rainer hatte nach Luft geschnappt, war aus dem Bett gestiegen und aufs Sofa umgezogen, und das, obwohl sie selbst kein bisschen schnarchte.

Bevor sie einschlief, galt ihr letzter Gedanke einem charmanten amerikanischen Polizisten mit einer sonoren Baritonstimme.

Da Rainer am nächsten Morgen noch um halb neun schlief und auch Dorothee nach ihrem Sieben-Uhr-Gassigehen mit Che wieder ins Bett gestiegen war, hatte Margot beschlossen, dann eben auch in der Bockshaut zu frühstücken, und als sie um kurz nach neun dort ankam, saßen Horndeich, Nick und Samantha Fishkin bereits im Frühstücksraum am Tisch und speisten.

»Moin«, grüßte Horndeich. »Wir haben schon angefangen.«

»Hallo«, sagte Margot in die Runde, »hello«, an Samantha gerichtet.

Die nickte ihr zu. Auch an diesem Morgen trug sie Schwarz, allerdings einen Hosenanzug. Sie war eine elegante Erscheinung, wie Margot feststellte.

Peckhard erhob sich und rückte ihr einen Stuhl zurecht. Margot bedankte sich und nahm Platz.

Horndeich hatte zwei Marmeladenbrötchen auf dem Teller, neben dem noch ein Schälchen mit Müsli stand. Peckhard hatte die deftige Frühstücksvariante gewählt: Rührei mit Speck, Würstchen und ein bisschen Salat. Samantha tunkte nur ein Croissant in ihren Cappuccino.

»Danke für die Infos«, sagte Horndeich und legte einen roten Schnellhefter beiseite. »Ich werde mir das kopieren.« An Margot gewandt fuhr er fort: »Nick hat mich auch über Matthias Brassel ins Bild gesetzt.«

Margot wusste zunächst nicht, wen er meinte, bis ihr wieder einfiel, dass dies der vollständige Name von Matt gewesen war, der im Jahre '73 in Darmstadt, USA, in seinem VW-Bulli verbrannt war. Sie nickte und bestellte sich ein Kännchen Kaffee und ebenfalls Croissants.

Während sie aßen, unterhielten sie sich auf Englisch. Peckhard erzählte über eine frühere Deutschlandreise, Samantha beschrieb ihre ersten Eindrücke von dem Land und gestand, dass sie aufgrund von Hollywoodfilmen bisher ein völlig falsches Bild von Deutschland gehabt habe. Horndeich berichtete seinerseits über einen Urlaub an der Westküste Amerikas. Da Margot noch nie in den USA gewesen war, konnte sie zur Unterhaltung nicht viel beitragen.

Als die Bedienung die leeren Teller abräumte, bestellte Margot noch eine Runde Kaffee, dann begann sie mit der Befragung von Samantha Fishkin.

In Gedanken brauchte sie dreißig Sekunden, um die erste Frage auf Englisch zu formulieren, nämlich wann Sam ihren Exmann geheiratet hatte. Mit Fremdsprachen hatte sie schon immer Probleme gehabt, jedenfalls fiel ihr das Sprechen schwer, weil sie sich stets selbst korrigierte, während sie sprach, was dazu führte, dass sie stotterte und sich ständig verhaspelte, und das wiederum trug nicht gerade zu einer flüssigen Konversation bei.

»When had you married William Fishkin?«, fragte sie. Zum einen war das eine saublöde Eröffnung, zum anderen war das grammatisch ein Desaster. »Sorry, when *did* you marry your husband – I mean, your ex-husband.«

Gib's lieber auf, bevor du dich hier bis auf die Knochen blamierst, riet ihr ein lautloses Stimmchen in ihrem Kopf.

Horndeich war wenigstens so nett, ihre Frage in perfektes Englisch zu transferieren.

Doch bevor Samantha Fishkin antworten konnte, schaltete sich Nick ein. »Margot, lass mich der Einfachheit halber übersetzen, okay? Das macht es für euch leichter und auch für Sam, weil sie dann die Fragen schlichtweg besser versteht und auch besser verstanden wird.«

Okay, das war wesentlich netter formuliert als: »Margot, lass es bitte!« Vielleicht hätte sie einfach Horndeich das Fragenstellen überlassen sollen.

Der kramte ein Diktiergerät hervor, legte es auf den Tisch und schaltete es ein. Super. Vor lauter Sprachpanik hatte sie selbst das Wichtigste vergessen.

»Das ist eine gute Idee, Nick, danke«, sagte Horndeich, damit sich Margot nicht noch mehr schämen musste. Die beiden waren also auch beim Vornamen angekommen. Das war Margot nur recht.

Horndeich sah sie an. Was wollte er denn jetzt?

Dann sagte er: »Samantha, wann haben Sie Bill geheiratet?«

Ach so, die Frage. Himmel, sie war jetzt schon froh, wenn dieses Gespräch bald vorüber war.

Samantha erzählte, und Nick übersetzte in kleinen Häppchen. Nun, da Samantha mehrere Sätze am Stück sprach, war Margot sehr dankbar für Nicks Übersetzerdienste. Samanthas Slang war viel breiter als das Englisch, das sie kannte, und selbst Horndeich schien nicht alles zu verstehen, was sie beruhigte.

»Sie hat Bill während des Studiums kennengelernt«, übersetzte Nick. »Ihre Familie stammt aus Louisiana, und sie waren gerade nach Evansville gezogen. Sams Vater hatte dort einen guten Job bekommen, bei Atlas Van Lines. Sie sagt, das zwischen Bill und ihr sei Liebe auf den ersten Blick gewesen. Sie haben sich gesehen, und gleich darauf waren sie unzertrennlich. Ein Jahr später …« Er stellte eine Nachfrage, dann sprach er weiter: »Das war 1993, da haben sie geheiratet. Randy kam zwei Jahre später auf die Welt.«

»Hat sie eine Vorstellung, wer ihren Mann umgebracht haben könnte?«, wollte Margot wissen, und Nick gab die Frage an Samantha weiter.

Die Traurigkeit in ihrem Blick wich augenblicklich Verachtung. »Viele.«

»Wer zum Beispiel?«, fragte Horndeich sachlich.

»Wahrscheinlich eine seiner …« Nick stockte, wusste nicht, wie er das Wort »bitches« übersetzen sollte. »… Geliebten«, sagte er schließlich, was die Sache nicht ganz traf.

Sam sprach weiter, und Nick übersetzte: »Bill hatte immer andere Frauen. Erst zu Hause, später dann, als er durch die Welt zog, in Spanien, dann auch in Deutschland, da hatte er an jedem Finger zehn. Kann gut sein, dass eine, der er erzählt hat, sie wäre die Einzige, herausgefunden hat, dass es nicht so war, und sich dafür rächen wollte.«

Samantha holte Luft, bevor sie fortfuhr, und Nick übersetzte weiter: »Natürlich kann es auch sein, dass ihn einer der Leute umbrachte, die er beschattet hat, oder sie haben ihn beseitigen lassen.«

»Ist da irgendjemand, an den sie konkret denkt?«, wollte Margot wissen.

Nick fragte Samantha und übersetzte dann die Antwort: »Nein, er hat ihr gegenüber kaum über die Arbeit gesprochen. Auch schon vor der Trennung nicht.«

»Wie lange sind sie schon getrennt?«, fragte Margot, erstaunt darüber, wie emotional bewegt diese Frau über ihren Exmann sprach, obwohl der sie doch während der Ehe gleich mit mehreren Frauen betrogen hatte.

»Sechs Jahre lang«, übersetzte Nick. »Geschieden sind sie seit fünf.«

Sam sprach weiter, und auf Margot wirkte es so, als würde jemand im Tonstudio den Lautstärkeregler nach oben schieben und hätte die Drehzahl der Schallplatte von dreiunddreißig auf fünfundvierzig Umdrehungen geschaltet, denn Samantha redete immer schriller und schneller, sodass selbst Horndeich sie überhaupt nicht mehr verstehen konnte, wie die tiefe Furche auf seiner Stirn signalisierte und sein Blick, der nun nicht mehr auf Sam gerichtet war, sondern auf Nick.

Das Einzige, das Margot verstand, war der Terminus »fucking bitches«, was vielleicht aber auch nur daran lag, dass Sam die beiden Worte so oft wiederholte.

»Vor acht Jahren fing es an mit anderen Frauen«, übersetzte Nick. »Sam hat ihm gesagt, das müsse aufhören, sofort. Nach eineinhalb Jahren hat sie ihn dann gebeten auszuziehen. Das hat er getan. Aber Sam sagt, er war immer ein guter Vater. Job hin, Job her, jedes zweite Wochenende hat er mit seinem Sohn etwas unternommen. Nun, Randy hat inzwischen andere Interessen, aber auch weiterhin haben sie einmal im Monat ein Wochenende gemeinsam verbracht. Angeln, Baseball – solche Sachen.«

Sam machte eine kurze Pause. »Yes, that's it.« Der Satz klang wie das groß eingeblendete »Ende« am Schluss eines alten Films.

Auf dem Weg ins Hotel hatte Margot mit Annie Mahone telefoniert, die wieder daheim war und gesagt hatte, dass sich der Zustand ihres Mannes einigermaßen stabilisiert habe. Sie wolle um die Mittagszeit noch mal ins Krankenhaus, sei aber bis zwölf auf jeden Fall zu Hause.

Es war nicht Margots Problem, aber sie fragte sich schon, was Samantha nun allein in Darmstadt machen wollte. Nick würde Margot bestimmt zu Annie Mahone begleiten wollen.

Noch während sie darüber nachdachte, erhellte ein Strahlen Horndeichs Gesicht. Da Margot mit dem Rücken zum Gastraum saß, konnte sie nicht sehen, wer eine derartige Verzückung bei ihm auslöste. Dann aber hörte sie jemanden sagen: »Hello together!«

Es war Sandras Stimme. Als die den Tisch erreichte, gab sie Horndeich einen Begrüßungskuss und stellte sich dann den amerikanischen Gästen vor: »Hi, I'm Sandra Horndeich, nice to meet you.«

Daraufhin stellte Nick Sam und sich selbst vor, während Horndeich Margot zuflüsterte: »Gute Idee, gell?«

»Hallo, Margot«, begrüßte Sandra auch Margot. Sie grüßte zurück. Seltsam, dachte sie, wie fremd man sich wird, wenn man nicht mehr ständig zusammenarbeitet. Sie hatte Sandra mindestens seit zwei Monaten nicht mehr gesehen. Sicher, wenn sie und Rainer im Sommer für ein paar Leute den Grill anwarfen, waren Horndeich und Sandra mit von der Partie. Früher aber hatte sie jeden Tag gewusst, wie es Sandra ging, was sie dachte, was sie trieb. Jetzt war sie einfach nur noch eine Bekannte.

»Sandra wird sich heute ein bisschen um Sam kümmern und ihr Darmstadt zeigen«, sagte Horndeich in die Runde.

»Wunderbar, Steffen«, meinte Nick, »das ist eine gute Idee. Ich hatte schon ein schlechtes Gewissen, Sam allein zu lassen.«

Sandra zog sich einen Stuhl an den Tisch und setzte sich

neben Samantha. Die beiden unterhielten sich auf Englisch, und Sandra redete locker und leicht daher, als wäre es ihre zweite Muttersprache. Margot kam sich klein und ungebildet vor. Wie und wann hatten all die Leute um sie herum nur diese großartigen Fähigkeiten in Fremdsprachen erlangt?

»Hast du schon mit Annie Mahone telefoniert?«, fragte Horndeich.

»Ja, wir können jetzt gleich hinfahren.«

»Dann sollten wir aufbrechen«, schlug er vor.

10.30 Uhr

Annie Mahone saß im selben Sessel wie ihre Tochter am Vorabend. Sie hatte ein Kaffeegeschirr auf dem Wohnzimmertisch drapiert, von dem Horndeich annahm, dass es recht teuer gewesen war, zumal er keinen Zweifel daran hegte, dass die Goldrandverzierungen echt waren, ebenso wie die goldene Kette, der goldene Armreif, Ringe und Ohrringe der Dame des Hauses und die Brillanten, die den Schmuck zierten.

Annie Mahone strahlte mit jeder Pore ihres Gesichts Würde und sogar eine Spur Überheblichkeit aus, doch auch die dicke Schminke konnte nicht verbergen, dass sie in den zurückliegenden Stunden viel geweint hatte.

»Wie geht es Ihrem Mann?«, fragte Margot mitfühlend.

»Es geht ihm – wie heißt das immer so beschönigend? – den Umständen entsprechend«, antwortete Annie Mahone. »Seinen Magen scheinen sie gebändigt zu haben, aber den Kreislauf kriegen sie einfach nicht in den Griff. Meine Tochter sagte mir gestern, Sie wollten mich wegen Bill sprechen …«, sie stockte kurz, »… also wegen William Fishkin. Ist es wahr, dass er tot ist?«

»Ja«, antwortete Horndeich, »er wurde vor zwei Tagen in Darmstadt getötet. Ihre Tochter sagte uns bereits, dass er Sie zweimal hier besucht hat.«

Und Nick Peckhard fragte: »Können Sie uns etwas mehr dazu sagen?«

Frau Mahone schaute kurz zum Fenster, aber ihr Blick galt offenbar nicht den Bäumen davor, sondern wohl eher einer lange zurückliegenden Zeit. »Ja, natürlich. Es ist tragisch. Bill war ein netter Mann. Ich habe ihn gemocht.«

»Wann nahm er zum ersten Mal Kontakt zu Ihnen auf?«, wollte Margot wissen.

»Das kann ich Ihnen genau sagen«, antwortete Annie Mahone. »Es war am vergangenen achten Oktober, dem Geburtstag von Jamie. Er rief an, stellte sich uns mit Namen vor, sagte, er betreibe Ahnenforschung und sei auf der Suche nach seinen deutschen Wurzeln. Er fragte, ob er uns besuchen könnte. Er sprach recht gut Deutsch, und es gab keinen Grund, ihn nicht zu empfangen. Zwei Tage später stand er auf der Matte. Er war höflich, hatte gute Umgangsformen und brachte uns ein kleines Souvenir mit, aus Darmstadt – also seinem Darmstadt, unserem ehemaligen Darmstadt: ein gerahmtes Foto des Marktplatzes.«

Nick Peckhard nickte und sagte: »Annie und Jack – dann lag ich doch nicht falsch.«

Annie Mahone sah ihn an und fragte: »Kennen wir uns?«

Nick schenkte ihr ein Lachen. »Ja, wir sind uns ein-, zweimal über den Weg gelaufen. Ich hatte damals gerade im Vanderburgh County Sheriff's Office angefangen, als einfacher Officer. Und Jack – welcher Jugendliche in der Umgebung kannte ihn nicht. Und vor allem sein Motorrad!«

»Das fuhr er schon nicht mehr, als wir ein Paar wurden«, sagte Annie Mahone.

»Wann kamen Sie von Darmstadt nach Darmstadt?«, fragte Margot. »Also von Amerika nach Deutschland?«

»Im Sommer '73. Jamie war gerade ein Jahr alt.«

»Und vor zwei Monaten tauchte plötzlich William Fishkin bei Ihnen auf«, sagte Horndeich.

»Ja«, sagte Annie Mahone. »Zunächst tranken wir Kaffee, an dem Tisch, an dem wir jetzt auch sitzen. Dann sagte er, er wolle mit meinem Mann allein sprechen. Die ganze herzliche Atmosphäre war plötzlich eiskalt. Und Jack sagte: ›Nein, was immer Sie sagen möchten, meine Frau kann das auch hören.‹ Da zog

Bill die Kopie eines von Hand geschriebenen Briefes aus der Tasche. Das Erste, was mir auffiel, war der offizielle Stempel, ungewöhnlich bei einem handgeschriebenen Brief. William Fishkin legte ihn auf den Tisch und sagte, das sei der letzte Brief seiner Mutter an ihn, sie sei im August gestorben, nach kurzer Krankheit, und in diesem Brief habe sie ihm gestanden, dass sie ihn belogen hatte, dass sein Vater nicht gestorben, sondern nach Deutschland gegangen und Jack Mahone sei.

Sie können sich vorstellen, dass seine Worte wie eine Bombe eingeschlagen haben. Doch Bill war sehr taktvoll, sagte, wir würden wohl erst mal ein bisschen Zeit zum Nachdenken und Reden brauchen, und er käme in zwei Stunden wieder.«

»Das muss ein Schock für Sie gewesen sein«, meinte Margot.

»Auch für Jack.«

»Was sagte Ihr Mann zu dem Brief?«, wollte Horndeich wissen.

»Er sagte mir, dass dieser Mann wohl recht habe. Dass er sein Sohn sei. Dass er eine kurze Affäre mit Melanie gehabt habe. Sie habe ihm damals gesagt, dass sie schwanger war. Es war ein paar Wochen, bevor er mich kennenlernte. Er wollte zu dem Kind stehen, aber mein Schwiegervater verbot ihm, eine solche Frau zu heiraten. Eine Frau, die keine Bildung hatte, die nicht repräsentativ war, unter Stand.

Er sagte seinem Sohn, er würde das mit der Schwangerschaft regeln. Und Jack dürfe Melanie nie mehr wiedersehen.

Als er mir das alles erzählte, fing er an zu weinen, machte sich Vorwürfe, dass er nie nach seinem Kind gesucht hatte.

Zwei Stunden später war Bill wieder da. Und Jack nahm ihn in die Arme. So standen sie da, eine ganze Weile.

Bill wollte eigentlich nur drei Tage bleiben, aber die beiden hatten sich so viel zu erzählen. Sie machten lange Spaziergänge, wir zeigten Bill unsere Heimat, also unsere deutsche Heimat. Frankfurt kannte er schon, wie er uns erzählte, aber Odenwald, Neckar, Heidelberg – es gefiel ihm. Auch Darmstadt. Jack zeigte ihm die Parks, die Mathildenhöhe, und Bill interessierte sich besonders für die Industriekultur. Auch Jack erfuhr noch einiges

Neues, als sie die Stadtführer gemeinsam lasen. Bevor Bill wieder abreiste, waren sie sogar noch gemeinsam im Jugendstilbad. In dieser Woche hat er auch den Rest der Familie kennengelernt, und er war ganz begeistert von seinen drei Halbschwestern und deren Familien.«

»Ihre Tochter Jamie sagte gestern, er sei dann ohne ein Wort des Abschieds einfach verschwunden«, erinnerte sich Margot.

»Ach Jamie, sie sieht immer alles so negativ.« Annie Mahone seufzte. »Das ist ihr großes Problem, damit steht sie sich selbst im Weg. Anstatt sich zu freuen, dass sie einen Bruder hat, für den man sich nun wirklich nicht schämen muss, nimmt sie ihm übel, dass er nach solch einer Woche verwirrt ist und erst mal all seine Eindrücke sortieren muss. Sein ganzes Leben hatte sich in diesen wenigen Tagen verändert. Oder vielmehr erweitert. Und dann, nach einer Woche, hat er sich ja sofort wieder gemeldet und vorgeschlagen, ein riesiges Fest zu feiern.«

Margot nickte. »Jamie hat uns schon davon erzählt.«

»Es war phantastisch«, schwärmte Annie Mahone. »Und er hat es komplett bezahlt …«

»… um dann wieder abzutauchen«, sagte Horndeich.

»Ja. Aber ich war sicher, dass er sich wieder melden würde. Was er dann ja auch vorgestern früh getan hat«, berichtete Annie Mahone. »War schon eine Überraschung, als ich seine Stimme auf dem Anrufbeantworter hörte. Er sei in Darmstadt. Und er wolle mit uns sprechen. Wollte dann vorgestern Abend zu uns kommen. Ich wunderte mich schon, dass er nicht kam. Aber ich dachte, vielleicht ist ihm etwas Geschäftliches dazwischengekommen. Er hatte uns ja erzählt, dass er auch beruflich immer wieder in Frankfurt war. Ich habe mir dann nicht viel dabei gedacht.« Sie schluckte. »Es ist schrecklich, er war wirklich ein so feiner Kerl.«

»Haben Sie die Aufnahme auf dem Anrufbeantworter noch?«, fragte Peckhard.

»Nein, das ist so ein Digitalteil ohne Kassetten. Das Löschen funktioniert nach dem Kölner Prinzip.«

»Kölner Prinzip?«, wunderte sich Nick Peckhard.

»Wie beim Stadtarchiv: Wat fott es, es fott.«

Peckhard runzelte verwirrt die Stirn, und diesmal war es Margot, die *ihm* übersetzen musste: »Was fort ist, ist fort. Das Kölner Stadtarchiv – in sich zusammengefallen beim Bau einer U-Bahn. Zwei Menschen tot, aber keiner trägt die Verantwortung. Weil so was nun mal passiert. Kölner Prinzip eben.«

»Haben Sie den Brief noch, den Fishkin Ihnen gegeben hat?«, fragte Horndeich.

»Ja, natürlich«, antwortete Frau Mahone. »Mein Mann hat ihn in seinen Unterlagen abgelegt. Ich kann ihn fragen, wo er ist. Ich kenne mich in seiner Ablage nicht wirklich aus.«

»Würden Sie das bitte machen, wenn Sie ihn im Krankenhaus besuchen?«, bat Horndeich.

»Natürlich. Ich kann Ihnen den Brief am Montag zukommen lassen.«

»Das wäre sehr nett.«

»Frau Mahone, ich muss Sie das fragen«, mischte sich Margot wieder ins Gespräch. »Wo waren Sie vorgestern zwischen vierzehn und fünfzehn Uhr?«

Wie am gestrigen Abend war das die Frage, die augenblicklich die Freundlichkeit verscheuchte. »Da, wo ich jeden Tag zwischen zwei und drei bin: auf der Couch, auf der Sie gerade sitzen, Frau Hesgart. Dort mache ich jeden Tag um diese Zeit mein Mittagsschläfchen. Das könnte mein Mann bezeugen, würde er nicht selbst *sein* Mittagsschläfchen um diese Zeit machen. Leider haben wir keine Überwachungskameras, um Ihnen das mit den entsprechenden Aufzeichnungen zu belegen, oder eine Putzfrau, die während unseres Nickerchens um uns herum die Bude sauber macht. Sie müssen mir also glauben. Oder auch nicht.«

Das war eine sehr erschöpfende Antwort auf eine sehr kurze Frage, dachte Margot, und da es im Moment nicht mehr zu erfragen gab, verabschiedeten sich die Polizisten kurz darauf.

11.00 Uhr

»Sie wird nicht begeistert sein über diesen Überraschungsbesuch«, vermutete Horndeich.

Margot war das egal. Sie wollte mit den beiden anderen Mahone-Töchtern sprechen, bevor die sich untereinander absprachen. Vielleicht war es schon zu spät, denn Zeit genug hatten sie dazu schon gehabt, aber wenn sie erst am Montag ihre Befragungen fortsetzen würden, hätte bis dahin sicher der ganze Familienrat getagt, und sei es um das Krankenbett von Jack Mahone herum.

Was Margot und ihre Kollegen bisher wussten, war, dass William Fishkin seinen Vater hatte besuchen wollen. Vielleicht hatte er sich noch aus einem anderen Grund in Darmstadt, Germany, aufgehalten, aber dies war schon mal ein Ansatzpunkt, bei dem Margot nachhaken wollte.

Horndeich, Captain Nick Peckhard und sie saßen in Margots Mini. Sie gab Esther Mahones Adresse in der Parkstraße in das Navi ein, und eine Frauenstimme aus dem Lautsprecher verkündete: »Die Route wird berechnet.«

Margot fuhr schon mal los.

»Liegt in Kranichstein«, meinte Horndeich.

Nach zehn Minuten kamen sie an der Adresse an. Margot stellte den Wagen vor dem Zweifamilienhaus ab. Neben der Klingel am Gartentor war ein Messingschild angebracht: Esther Mahone – Grafik.

»Nett hier«, meinte Nick. »Aber es ist schon erstaunlich, wie nah bei euch die Häuser nebeneinanderstehen.«

Horndeich drückte auf die Klingel.

»Hallo?«, tönte es nach ein paar Sekunden aus der Gegensprechanlage. Die Stimme wurde von der Elektronik verzerrt, aber Margot war trotzdem klar, dass es nicht die von Esther Mahone war.

»Die Kommissare Hesgart, Horndeich und Peckhard von der Kriminalpolizei. Wir würden gern mit Frau Esther Mahone sprechen.«

»Einen Moment bitte«, sagte die Stimme, die offenbar einem Mädchen gehörte. »Ich frag meine Mutter.«

Dann passierte sicher eine halbe Minute lang gar nichts. Horndeich wollte noch ein zweites Mal klingeln, doch Margot schob ihm die Hand zur Seite. »Jamie hat gestern doch gesagt, dass Esthers Tochter im Rollstuhl sitzt.«

Im nächsten Moment summte das Türschloss des Gartentors, das wie von Geisterhand nach innen schwang, und auch die Haustür öffnete sich. Die Polizisten traten ein und fanden sich in einem kleinen Treppenhaus wieder. Die Stufen nach oben führten offenbar zur zweiten Wohnung des Hauses im ersten Stock, während die Wohnungstür vor ihnen ebenfalls aufschwang.

Auf den Anblick, der sich ihnen gleich darauf bot, war keiner der drei Ermittler vorbereitet: Im Türrahmen saß ein blasses Mädchen im Rollstuhl, die Arme und Beine so dünn wie die der Kinder aus afrikanischen Hungergebieten, wie Margot sie aus dem Fernsehen kannte. Zudem wirkten die Gliedmaßen deformiert. Das Mädchen saß in einer offenbar speziell geformten Sitzschale, die auch den etwas zur Seite geneigten Kopf abstützte. Der Rollstuhl war befrachtet mit allerlei Kästen und Kabeln.

»Hi, ich bin Emily«, sagte das Mädchen, und ihre Stimme klang nun völlig normal. Sie bewegte mit zwei Fingern einen silbrig glänzenden Hebel auf der Lehne, und der Rollstuhl fuhr zurück. »Meine Mutter hat gesagt, Sie sollen reinkommen. Sie föhnt sich gerade das Haar und kommt gleich.«

Margot war sprachlos und vergaß darüber, das Mädchen zu grüßen. Wenigstens war sie in dieser Hinsicht nicht allein, denn auch ihre beiden männlichen Kollegen bekamen zunächst keinen Laut heraus. Wieder auf Fingerdruck wendete der Hightechrolli. Emily fuhr durch den breiten Flur voran in ein Wohnzimmer. »Nehmen Sie doch bitte so lange Platz.«

»Danke«, sagte Margot und entsann sich ihrer guten Kinderstube: »Erst mal: Guten Tag. Ich bin Margot Hesgart, und das sind Steffen Horndeich und Nick Peckhard.«

Das Mädchen strahlte Nick an: »Das klingt wie aus Amerika. Kommen Sie aus Amerika?«

Nick Peckhard nickte, brachte aber immer noch kein Wort heraus.

»Wow, Amerika! Ich möchte unbedingt einmal in die Rocky Mountains. Ich hab mir schon drei Filme darüber angeschaut. Das ist ja so schön dort! Die roten Felsen, das ist einfach cool! Waren Sie schon mal in den Rockies?«

Nick hatte sich inzwischen gesetzt. »Ja. Ich war mal in den Rocky Mountains. Mit meiner Familie. Du hast recht, es ist wunderbar dort, ein Erlebnis.« Doch sein Tonfall machte Margot klar, dass er nicht davon ausging, dass Emily jemals die Rockies mit eigenen Augen sehen würde.

Plötzlich zuckte etwas in ihr zusammen. Nick hatte von einer Familie gesprochen. Bisher hatte er darüber keinen Ton verloren. Warum erschreckte sie der Gedanke so?

Danach war der Gesprächsstoff erschöpft. Alle starrten das Mädchen an, dessen Stimme, Intelligenz, Fröhlichkeit und Unbekümmertheit einfach nicht zu dem deformierten Körper passen wollten.

Das Schweigen dauerte gut zehn Sekunden. Dann seufzte das Mädchen. »Es ist echt ätzend, dass man mit euch Erwachsenen kein Gespräch führen kann, bevor ihr nicht genau wisst, was mit mir los ist. Also: Die Krankheit heißt SMA, das steht für spinale Muskelatrophie – Muskelschwund. Sie haben das festgestellt, als ich ein Jahr alt war. Und es ist nicht heilbar. Mein Kopf ist davon aber nicht betroffen. Und dank so toller Erfindungen wie diesem Rollstuhl hier kann ich viel selbst machen, sogar Computer spielen.«

»Du bist tapfer«, sagte Horndeich, und Margot war sich nicht sicher, ob es immer klug war, den ersten Gedanken, der einem durch den Kopf schwirrte, auszusprechen.

Emily rollte mit den Augen. »Das kommt immer. Aber weißt du was … Entschuldigung, wissen Sie was: Ich bin auch klug. Stellen Sie mir eine Mathefrage. Vielleicht das Quadrat einer zweistelligen Zahl bis fünfzig.«

Horndeich war perplex, aber Nick sprang helfend ein: »Neunundvierzig im Quadrat.«

»Zweitausendvierhundertundeins«, kam es von Emily wie aus der Pistole geschossen. »Aber das war jetzt echt easy. Denn fünfzig hoch zwei ist zu einfach, und dann denken immer alle, neunundvierzig hoch zwei ist echt schwer. Aber das fragen dann alle, und deswegen kann ich das schon auswendig.«

»Okay«, schaltete sich Margot ein. »Siebenunddreißig im Quadrat.«

Emily sah sie an, dann kurz an die Decke. Ha, jetzt muss sie rechnen, dachte Margot – und schalt sich selbst unsensibel, dass sie dem Kind eine so schwere Aufgabe gestellt hatte. Wenn die Kleine sie nicht lösen konnte, würde sie traurig sein, und man darf doch eine Behinderte nicht traurig machen, die ohnehin schon traurig sein muss, weil sie …

»Eintausenddreihundertneunundsechzig«, sagte Emily strahlend und unterbrach Margots Gedanken.

Horndeich zückte sofort sein Handy, daddelte auf dem Display herum und sagte schließlich erstaunt: »Stimmt.«

»Ja, Taschenrechner kann jeder«, triumphierte Emily. »Noch eine Aufgabe?«

»Nein, junge Dame, jetzt werde ich zunächst mit den Polizisten reden«, sagte Esther Mahone.

Margot registrierte den Blick der Männer. Die Dame im Türrahmen entsprach weder in Kleidung noch im Aussehen der Frau, die sie gestern im Schneetreiben vor dem Haus ihrer Eltern gesehen hatten. Sie trug eine geschmackvolle blaue Bluse, die Jeans, die sie nun anhatte, konnte man aufgrund des Schnitts einfach nur als elegant bezeichnen, und der Pferdeschwanz war einer vollen, luftig geföhnten Mähne gewichen. Offensichtlich wirkte Esther Mahone auch ohne Make-up auf die Männer.

»Hey, Mama, sieht toll aus!«, rief Emily, und den drei Polizisten erklärte sie: »Die Klamotten kamen erst heute früh mit der Post. Hat Mama im Internet bestellt.«

Für Familien in dieser Situation waren Einkaufsmöglichkeiten per Internet natürlich ein Segen, dachte Margot.

»Lässt du uns bitte allein?«, bat Esther Mahone ihre Tochter.

»Wieder Erwachsenengespräche?«

»Genau. Vielleicht versuchst du mal, deinen Highscore in *Need for speed* zu knacken.«

»Dann muss es ganz schön ernst sein, wenn du mir Computerspielen vorschlägst.«

»Emmy, bitte. Nachher kommt Frau Belger, dann beklagst du dich wieder, dass du nicht genug spielen konntest.«

»War nett, sich mit Ihnen zu unterhalten«, warf Emily in den Raum, bevor sie in Richtung Wohnzimmertür rollte. Kurz davor aber drehte sie den Rollstuhl noch mal auf der Stelle und sah Nick an. »Und ich werde die Rockies besuchen.« Sie lachte auf, und in diesem glockenhellen Lachen war ein »auch wenn du mir das nicht glaubst« herauszuhören.

Sie winkte mit zwei Fingern, eine Geste, die Margot berührte, weil die unnatürlich abgespreizte Hand mit den ebenso abgespreizten Fingern so grotesk aussah, jedenfalls nach ihren Maßstäben. Vielleicht eine Kategorie, über die sie einmal nachdenken sollte.

Die Wohnzimmertür schloss sich hinter dem Rollstuhl wieder wie von selbst.

»Wie kann sie denn Autorennen spielen?«, fragte Horndeich erstaunt und offenbarte damit Basiskenntnisse in elektronischer Freizeitgestaltung.

»Geht alles über die Steuerelemente am Rollstuhl. Spezialanfertigung. Und sie liebt es.« Esther Mahone zeigte das zutiefst zufriedene Lächeln einer Mutter, die ihre Tochter ein klein wenig glücklich hat machen können. Dann setzte sie sich. »Sie kommen wegen Bill, richtig? Meine Schwester hat mich vorgewarnt.«

»Ja«, bestätigte Margot und stellte gleich die erste Frage: »Wann haben Sie Bill Fishkin zum letzten Mal gesehen?«

Esther strich sich eine Strähne aus dem Gesicht, eine wahrscheinlich unbewusste Geste, die Margot hingegen sehr wohl registrierte. »Ich habe Bill das letzte Mal auf unserem Familienfest gesehen. Meine Schwester hat Ihnen davon erzählt, nehme ich an.«

»Ja, wir sind im Bilde«, sagte Margot. »Danach nicht mehr?«

»Nein. Er ist ja einfach abgehauen, ohne sich zu verabschieden.«

»Wie standen Sie zu William Fishkin?«, fragte Nick.

Esther Mahone musste zwei, drei Sekunden lang über die Antwort nachdenken, und auf Margot machte sie dabei den Eindruck, als würde sie nicht an ihren Bruder Bill denken, sondern viel eher an Brad Pitt oder einen anderen Frauenschwarm aus dem Hollywoodolymp. »Ich habe ihn gern gehabt«, gestand sie schließlich; ja, es klang wie ein Geständnis. »Wir waren uns sympathisch. Ich meine, ich habe ihn nicht oft gesehen, zweimal, als er zum ersten Mal da war vor zwei Monaten, dann noch einmal auf dem Fest. Ich habe mich wirklich gefreut, noch einen Bruder zu haben. Wie Sie vielleicht mitbekommen haben, ist unsere Familie ziemlich weiblich dominiert. Da war es angenehm, dass die Männerfraktion Zuwachs bekommen hatte. Außerdem hatte er Grips und sprach richtig gut Deutsch.«

Aus dem Flur drang leise Musik, ein Rap.

»Sie tanzt«, sagte Esther mit einer Selbstverständlichkeit, die Margot Respekt abnötigte. Sie versuchte sich vorzustellen, *wie* Emily tanzte. Aber sie traute sich nicht zu fragen. »Ich bringe es nicht übers Herz, sie jedes Mal zu maßregeln. Wenn es Sie also nicht stört …«

Alle drei schüttelten parallel den Kopf. Beamtenballett, dachte Margot.

»Wie machen Sie das?«, wollte Nick Peckhard wissen.

»Was meinen Sie?«, fragte Esther Mahone.

»Das alles. Ich meine, mit Ihrer Tochter. Ihr Mann … Ich denke … Ach, vergessen Sie's. Entschuldigen Sie, das gehört nicht hierher.«

»Ich schaffe es, indem ich nicht zu weit in die Zukunft plane. SMA ist eine progrediente Krankheit. Das heißt, es wird niemals besser, sondern nur immer schlimmer. Die Muskeln bilden sich zurück. Unaufhaltsam. Wir können den Verfallsprozess verlangsamen, aber wir können ihn nicht stoppen. Vor vier Jahren konnte Emily noch mit einem Gehgerüst laufen. Sie sehen, was sie heute noch kann. Und in wenigen Jahren wird sie eine Beatmungsmaschine brauchen, um überhaupt Luft schnappen zu können. Gottlob habe ich einen Job, den ich von zu Hause aus machen kann. Ich arbeite als Grafikerin und habe in der Wohnung oben mein Büro. Habe mich selbst weitergebildet. Habe früher als Krankenschwester gearbeitet, aber an so einen Job ist nicht mehr zu denken. Wenn ich hier arbeite, kann ich für Emily da sein. Die Krankenversicherung zahlt, mein Exmann unterstützt uns, auch wenn er selbst kapituliert hat und seit acht Jahren mit seiner neuen Frau in Berlin lebt. Ich habe meinen Mädchennamen wieder angenommen, den auch Emily trägt. Sie sehen schon, von wem der Kinderwunsch ausging.«

Sie schwieg ein paar Sekunden, bevor sie weitersprach. »Unsere Ehe ist über Emilys Behinderung zerbrochen. Aber ich glaube nicht, dass irgendeine Ehe unter solchen Bedingungen eine gute Chance hätte. Ich meine, natürlich wäre es schön, wenn jemand an meiner Seite stünde, aber ein normales Eheleben, das ist unter solchen Umständen kaum möglich. Egal, Sie sind nicht wegen Emily hier, sondern wegen Bill.«

Die Frau nötigte Margot immer mehr Respekt ab. Und etwas, worüber sie seit der Geburt ihres Sohnes kaum mehr nachgedacht hatte, wurde ihr bewusst: wie froh sie sein konnte, dass Ben gesund war. Einfach gesund.

Sie zwang ihre Gedanken wieder zurück zum Fall. »William Fishkin hat am Tag seines Todes noch eine Nachricht auf dem Anrufbeantworter Ihrer Eltern hinterlassen. Er wollte sie am Abend besuchen. Wissen Sie, was er von ihnen wollte?«

»Ich habe keine Ahnung. Ich wusste nicht einmal, dass er in Darmstadt war. Hat er denn von Deutschland aus angerufen?« Noch bevor Margot darauf etwas erwidern konnte, gab sich Esther Mahone selbst die Antwort: »Dämliche Frage. Wenn er sagte, dass er am Abend meine Eltern besuchen wollte, muss er ja in Deutschland gewesen sein.«

Margot schwieg ein, zwei Sekunden lang, bevor sie den Spruch aufsagte, mit dem sie sich so viele Gesprächspartner zu Feinden machte: »Frau Mahone, wir müssen das fragen: Wo waren Sie vorgestern zwischen vierzehn und fünfzehn Uhr?«

Im Gegensatz zu den anderen Familienmitgliedern, mit denen Margot inzwischen das Vergnügen gehabt hatte, schlug ihr von Esther Mahone keinerlei Feindseligkeit als Reaktion auf die Frage entgegen. »Vorgestern, vierzehn Uhr … Moment. Ich war in der Bücherei. Aber … das war vorher. Danach … Ja, ich war einkaufen. Anschließend bin ich nach Hause. Das muss so gegen drei oder halb vier gewesen sein.«

»Wo waren Sie einkaufen?«

»Aldi-Markt. In der Innenstadt.« Es wäre ziemlich blöd gewesen zu fragen, ob das jemand bezeugen könnte.

»Moment«, sagte Esther Mahone hastig und verschwand kurz aus dem Wohnzimmer. Als sie die Tür öffnete, drang die Musik lauter herein: »I love the way you lie«, sang Rihanna, und Eminem rappte dazu. Margot fragte sich, wie oft und wie sehr Esther Mahone ihre Tochter anlog, was deren Zustand betraf.

»Hier«, sagte Esther Mahone, als sie mit einer dicken Brieftasche zurückkam. »Ich weiß nie, wohin mit den blöden Kassenzetteln. Also stopfe ich sie meist ins Portemonnaie.«

Sie kramte einen Wust zerknitterter Zettel heraus, entfaltete sie und strich sie auf dem Wohnzimmertisch glatt. Dann sagte sie: »Das ist er. Das erste Mal in meinem Leben, dass mir so ein blöder Kassenzettel was nützt.«

Es war eine lange Auflistung von Artikeln, die in einer Summe von vierundachtzig Euro sechsundfünfzig mündete. Auch Datum und selbst Uhrzeit waren angegeben: der 9. Dezember, um vierzehn Uhr neunundvierzig.

»Danke, Frau Mahone. Noch eine Frage: Haben Sie eine Vorstellung, wer William hätte nach dem Leben trachten können?«

Esther Mahone sammelte all die Zettel vom Tisch wieder ein und faltete sie hastig zusammen, was mehr einem Zerknüllen gleichkam. Sie blickte die Polizisten dabei nicht an. Was ist denn jetzt?, dachte Margot, als sie sah, wie Esther Mahone Tränen über die Wangen rannen.

»Entschuldigen Sie«, stammelte Esther und ließ die Zettel wieder auf den Tisch fallen. »Ich habe keine Ahnung, wer einen Grund gehabt hätte, ihn zu töten. Ich habe ihn wirklich gemocht.

Ich habe immer noch keine Ahnung, wie ich das Emily beibringen soll. Wissen Sie, er hat sich nicht nur mit mir verstanden. Er hat Emily behandelt wie das, was sie ist: ein junges Mädchen. Während andere sie anglotzten und sich viele theoretische Gedanken über Behinderung im Allgemeinen und in diesem besonderen Fall machten, hat er sich mit ihr einfach unterhalten. Sie gefragt, welche Musik sie mag. Und ihr dann die CD von Eminem geschenkt.«

Keiner der Anwesenden im Raum schien wahrgenommen zu haben, dass die Musik verstummt war. Und dass sich die Wohnzimmertür einen Spalt geöffnet hatte. Auf einmal schwang sie ganz auf. Der Rolli schoss ins Wohnzimmer. »Was ist mit Bill?«, rief das Mädchen.

»Emmy«, sagte ihre Mutter tonlos, und die Tränen liefen ihr weiter übers Gesicht.

»Was ist mit Bill?«

»Emmy ...«

»Ist er tot?«

»Emmy ...« Die weiteren Silben wurden vom Schluchzen der Mutter verschluckt, die nicht aussprechen konnte, was für die Tochter nicht wahr sein durfte.

Es war Nick, der aufstand und auf Emily zutrat. Vor ihr ging er in die Hocke und legte die Hand auf Emilys dünnes Ärmchen. »Ja, Emmy«, sagte er, »Bill ist tot. Deshalb sind wir hier. Aber ich verspreche dir, Emmy: Wir werden herausfinden, warum er hat sterben müssen.«

Emily sagte nichts mehr.

Sie fuhr mit dem Rollstuhl etwas zurück, dann fuhr sie ihn neben ihre Mutter. »Wie lange weißt du schon, dass er tot ist, Mama?«

»Seit gestern, Emmy. Aber dann musste Opa ins Krankenhaus. Ich wusste nicht ...« Sie verstummte.

Auch Emily sagte nichts mehr. Auch ihr liefen die Tränen über die Wangen.

Esther ergriff die Hand ihrer Tochter, lehnte den Kopf an den ihren.

Horndeich erhob sich, ein Zeichen für Margot, es ihm nachzutun.

»Wir finden es heraus«, sagte Nick, der offensichtlich am besten mit der Situation umzugehen wusste.

Margot hasste es, Menschen vom Tod eines Nahestehenden oder Angehörigen unterrichten zu müssen. Auch wenn sie meist um Distanz bemüht war, nahmen ihr solche Situationen die Luft zum Atmen. Bill Fishkin war offenbar ein anständiger Kerl gewesen. Das war keine professionelle Einschätzung. Keine, die sie als Kriminalistin in irgendeiner Weise weiterbrachte. Und dennoch, bei manchen Fällen erwachte ein persönliches Interesse in ihr, den Täter zu fassen. Wie Nick Peckhard würde auch sie alles daran setzen, den Mörder jenes Menschen zu finden, der Emily Mahone so viel bedeutet hatte.

12.00 Uhr

Sie saßen schweigend an einem der Tische. Horndeich hatte die Idee gehabt, ihrem amerikanischen Gast einen Döner zu spendieren, und Nick biss herzhaft in das gut mit Fleisch gefüllte Riesenbrot. Doch während sie aßen, hingen alle drei ihren Gedanken nach.

Horndeichs Erfahrungen mit Behinderten hatten sich in seinem Leben bisher darauf beschränkt, im Bus warten zu müssen, bis ein Rolli ein- oder ausgeladen war. Das Mädchen im Rollstuhl kam aus einer Welt, die er bislang nie zu Gesicht bekommen hatte. Oder zumindest nicht bewusst wahrgenommen hatte. Er konnte sich nicht vorstellen, was wäre, wenn er selbst ein behindertes Kind …

»Ich habe noch nie so ein Kind gesehen …«, sagte Nick in Horndeichs Gedanken hinein.

Ich auch nicht, dachte dieser.

Doch Nick war mit seinem Satz noch nicht am Ende. »… das solch einen Lebenswillen hat.«

Es war ein sonniger Samstag, die Welt draußen schien zu

erstrahlen. Warum, zur Hölle, schiebe ich hier Dienst?, dachte Horndeich verdrießlich.

Sie wollten nachher noch die dritte Schwester aufsuchen, Mara, die Jüngste des Trios. Oder, wenn man William – Bill – einbezog, die Jüngste des Quartetts. »Der Tod und das Mädchen« fiel Horndeich ein. Von Schubert. Er schüttelte leicht den Kopf.

»Alles okay?«, fragte Margot.

Er zögerte. »Nein. Gar nichts ist okay. Das Mädchen geht mir nicht aus dem Kopf.« Aber er wollte nicht den Rest des Tages darüber grübeln und wandte sich an Peckhard: »Sie haben heute früh gesagt, dass dieser Matthias Brassel in Mainz geboren wurde, ist doch richtig?«

Der Themenwechsel kam für Peckhard wohl etwas unerwartet, doch dann antwortete er mit einem Nicken. »Ja, Matt kam aus Mainz. Aber was hat das mit dem aktuellen Fall zu tun?«

»Sie sagten auch, da sei etwas nicht sauber gewesen, oder?«

»Steffen, ich weiß es nicht«, sagte Nick Peckhard. »Matt ist damals mit seinem Splittie gegen einen Baum gekracht. Mehr ließ sich nicht feststellen.«

»Ich seh mal zu, ob ich da nicht etwas Licht ins Dunkel bringen kann«, sagte Horndeich und stand auf.

»Steffen? Alles okay?« Margot nannte ihn nie Steffen. Nie. Für sie war auch er immer nur Horndeich.

»Gönn mir einfach nur 'nen Tag Pause«, bat er.

»Okay«, sagte sie verwundert. »Wir fahren noch zu Mara?«

»Macht ihr das nur«, sagte Horndeich. Er würde sich in der Zwischenzeit dieses alten Falles annehmen. Matthias Brassel, dessen Akte längst geschlossen war.

Auch wenn es wahrscheinlich völlig sinnlos war – er musste sich irgendwie ablenken.

13.00 Uhr

Der Sonnenschein wurde unvermittelt von einer neuerlichen Schneewolkenwand verschluckt. Margot schaute in Richtung des Hochzeitsturms, des Wahrzeichens ihrer Stadt. Er war vor lauter Schneetreiben kaum zu sehen.

Mara Gollheimer und ihr Mann konnten aus den Ostfenstern über die Mathildenhöhe blicken, über die Rosenhöhe, das Oberfeld und den Wald dahinter. Nach Westen sahen sie über die Rheinebene, direkt auf den Donnersberg. An diesem Tag allerdings konnte man nur erahnen, dass es jenseits der Schneewand noch etwas anderes gab als Schnee.

»Sie wohnen schön«, sagte Margot, als sie vom Westfenster trat.

»Ja, ich habe mich in die Wohnung gleich verliebt, als ich sie das erste Mal betreten habe«, gestand Ingo Gollheimer, Ehemann der jüngsten der Mahone-Schwestern. »Seit zehn Jahren gehört sie mir. Ich habe sie gleich nach der Sanierung gekauft.«

Das Ernst-Neufert-Haus am Fuße der Mathildenhöhe war 1953 errichtet worden und mit seinen acht Stockwerken bereits eines der höheren Häuser in Darmstadt. Um die Jahrtausendwende hatten sie aus dem ehemaligen Junggesellenwohnheim – der »Bullenburg«, wie sie der Volksmund nannte – mit unzähligen Einzimmer-Wohnklos richtige Wohneinheiten gemacht. Und die Maisonette-Penthouse-Wohnungen waren nicht nur teuer, sondern auch richtig schön.

Mara Gollheimer schmiegte sich an ihren Mann. »Ich glaube, schöner kann man in Darmstadt nicht wohnen.«

Na dann, dachte Margot. Nach Horndeichs überstürztem Abgang vorhin wollte sie diese Befragung möglichst schnell hinter sich bringen.

Mara und ihr Mann hatten nebeneinander auf dem Sofa Platz genommen, Nick Peckhard und Margot saßen ihnen in Sesseln gegenüber.

Mara griff zu einer von einem schwarzen Lederetui umhüllten Zigarettenschachtel und wollte ihr einen Glimmstängel entnehmen. Die Hand ihres Mannes legte sich sanft auf die ihre. »Nicht in der Wohnung, Schatz«, bat er in einem Tonfall, als ermahne er ein Kindergartenkind, nicht neben das Klo zu pinkeln.

»Frau Gollheimer, wann haben Sie William Fishkin zum letzten Mal gesehen?«, stellte Margot die erste Frage.

»Das war doch bei der Familienfeier, nicht wahr, Schatz«, antwortete Ingo Gollheimer für seine Gattin, gab die Frage dann aber an sie weiter.

»Ja, da haben wir ihn das letzte Mal gesehen«, bestätigte Mara.

Margot sah Herrn Gollheimer an und hakte nach: »Sie waren auch bei diesem Familienfest?«

»Ja, klar«, bekräftigte er. »War schon schräg. Dieser komische William. Er war wie ein Licht, um das die Motten kreisten. Alle wollten mit ihm reden, wie mit einem Popstar.«

»Was Sie nicht verstehen konnten?«, wagte sich Margot einen Schritt weiter vor.

»Wissen Sie, dieser Fishkin, er war ein Exot. Auf den ersten Blick hat er jeden für sich eingenommen. Ein Strahlemann. Aber unterm Strich: Er war auf der Suche.«

»Auf welcher Suche?«, wollte Margot wissen. Peckhard hörte bisher nur schweigend zu.

»Auf welcher Suche wohl? Auf der Suche nach einem passenden …«, Gollheimer druckste herum, »… Objekt. Weiblich, ledig, jung, willig …«

»Ingo!« Die mahnende Stimme des Eheweibs.

»Ach, Mara, es war ja wohl kaum zu übersehen, wie dieser Fishkin deine Freundin Inga angegraben hat, oder? Und als er bei ihr nicht landen konnte, ist er Esther nicht mehr von der Seite gewichen, hat sie ständig angefasst, sie sogar geküsst. Nur auf die Wange, aber das lag daran, dass sie das Gesicht weggedreht hat und er mich dann bemerkt hat.«

»Hey, sie sind Geschwister!«, erinnerte seine Frau. »Und er hat sich auch mit Emily abgegeben!«

»Unsinn«, widersprach Ingo Gollheimer. »Der hat sich doch nur um Emily gekümmert, weil er scharf auf Esther war. Hat jeder mitgekriegt. Aber niemand hat darüber gesprochen. Weil sie alle so *happy* waren, dass er das Fest finanziert hat. War schon schräg, der Typ.«

»Ingo!« Die Stimme Maras war in der Tonlage um eine Oktave nach oben gerutscht.

»Haben Sie sich mit ihm unterhalten?«, wollte Margot von Ingo wissen.

»Ich? Nein. Ich war eher der beobachtende Zaungast. Ganz offen: Der Mann war mir unsympathisch.«

»Und Sie?«, fragte Peckhard nun Mara.

Die sah ihren Mann an, dann Nick. »Er war ja mein Bruder, und ich musste zumindest höflich sein.« Sie wandte sich wieder ihrem Gatten zu. »Aber, Ingo, dass er Esther angebaggert haben soll, da gehst du echt zu weit.«

Ingo hob die Hände. »Ich hab gesehen, was ich gesehen habe. Und hätte er dich so angeglotzt, hätte ich ihm was erzählt.«

»Frau Gollheimer«, ging Margot dazwischen, »haben Sie irgendeine Idee, wer Ihrem Halbbruder nach dem Leben getrachtet haben könnte?«

»Nein. Also hier, in unserem Umfeld, da war er beliebt und …« Sie hielt inne, sah ihren Mann an, auf den ihre Worte ganz und gar nicht zutrafen, und bevor sie ihren Gatten durch ihre unbedachte Antwort zum Hauptverdächtigen in einem Mordfall machen konnte, sagte sie hastig: »Aber er hat ja erzählt, er hat als Detektiv gearbeitet, und ich kann mir vorstellen, dass er sich da Feinde gemacht hat. Ehemänner, die er in flagranti erwischt hat und die bei der Scheidung deshalb eine Menge bezahlen mussten, oder so was.«

»Wo waren Sie vorgestern zwischen vierzehn und fünfzehn Uhr?«, fragte Margot.

»Ich war arbeiten«, sagte Mara. »Ich arbeite bei der Sparkasse.«

Obwohl nicht gefragt, nannte ihr Mann auch sein Alibi: »Ich war unterwegs, habe Kunden besucht. Solche Besuche lege ich immer auf Mittwoch. Ich habe eine Versicherungsagentur, auch da muss man heutzutage Klinken putzen.«

Da er schon so bereitwillig von sich aus Auskunft gab, hakte

Margot auch sogleich ein: »Und wo waren Sie zwischen zwei und drei genau?«

»Ich hatte einen Termin um dreizehn Uhr, dann einen um fünfzehn Uhr, beide in Darmstadt«, erklärte er. »Dazwischen war ich in meinem Büro.«

»Zeugen?«

»Nein. Doch, mein PC!«

Schlechter Zeuge, dachte Margot.

»Habe ein paar Mails verschickt«, erklärte Ingo Gollheimer.

Vielleicht doch nicht, verbesserte sich Margot in Gedanken.

Er reichte ihr sein Kärtchen. »Wenn Sie möchten, kann ich mit Ihnen gern mal Ihren Versicherungsstatus überprüfen. Kostenlos und ganz unverbindlich natürlich.«

Margot nahm das Kärtchen entgegen. Vor eineinhalb Jahren hatte sich bei einem Fall gezeigt, dass ein Internetalibi nicht immer wasserdicht war.

Und das freundliche und sicherlich nicht gänzlich uneigennützige Angebot, ihre Versicherungen von der Agentur Gollheimer checken zu lassen, würde sie ganz bestimmt nicht annehmen.

19.00 Uhr

Horndeich konnte sich seine Unruhe selbst nicht erklären. Zu Hause angekommen, machte er sich erst mal eine Kanne Tee, in der Hoffnung, dass ihn der wieder beruhigen würde. Dann schaltete er den DVD-Player und den Fernseher an. Vor zwei Jahren hatten sie im Präsidium zu Weihnachten einmal Schrottwichteln gemacht, und in dem Päckchen, das er gezogen hatte, waren drei DVDs gewesen: Rosamunde-Pilcher-Filme. Margot hatte laut gelacht und sich damit als die edle Spenderin geoutet. Eines der bestgehüteten Geheimnisse in Horndeichs Leben war, dass er sich solche Liebes-Lore-Schnulzen durchaus ab und an mal reinpfiff, und zwar immer dann, wenn die Realität dort draußen wieder ein wenig zu düster war. So wie an diesem Tag.

Er legte eine der DVDs ein, doch der Film wollte ihn nicht in seinen Bann ziehen. Dann kam auch noch die SMS von Sandra, dass der deutsch-amerikanische Freundschaftstag ein bisschen andauern würde; die beiden Damen verstanden sich offensichtlich ziemlich gut.

Er schaltete Pilcher ab und den Fernseher aus und zog sich die Jacke an, den Schal, eine Mütze und warme Schuhe, um frische Luft zu schnappen. Er ging vor die Tür. Einen Schritt. Schnee. Schnee in rauen Mengen, von eisigem Wind ins Gesicht geblasen. Er ging wieder ins Haus, entledigte sich der textilen Winterverpackung.

Dann fiel sein Blick auf die rote Mappe, die ihm Nick Peckhard am Morgen in die Hand gedrückt hatte und die er auf der kleinen »Hier-landet-erst-mal-der-ganze-Kruscht-den-man-so-ins-Haus-schleppt«-Kommode abgelegt hatte.

Mit Tee und Mappe ging er die Treppe nach oben. An Sandras ursprünglicher Raumaufteilung hatten sie bislang nicht viel geändert. Oben gab es zwei Dachzimmer, links das Schlafzimmer und rechts Sandras Arbeitsraum – der eher einem Serverraum glich. Horndeich hatte dort noch ein Regal mit Büchern untergebracht und sich ein Plätzchen für seinen Laptop erkämpft, auf dem Tisch und im Sandra-Netzwerk, sodass er problemlos auf einen der drei Drucker zugreifen konnte.

Er setzte sich auf den Bürostuhl. Der war neu. In seiner alten Wohnung hatte er kein Arbeitszimmer gehabt, sein Sofa und der Laptop hatten ihm genügt. Doch Sandra hatte ihm einen Vortrag darüber gehalten, dass ihn ein guter Stuhl vor argen Rückenproblemen bewahren würde. »Dein Iliosakralgelenk wird es dir danken«, hatte sie gesagt.

»Ich kenne überhaupt kein Iloio… Wie heißt das Gelenk?«

»Du *willst* es gar nicht kennenlernen«, hatte Sandra gesagt und sich instinktiv in die Nierengegend gefasst. Von da an wusste Horndeich zumindest, wo er suchen musste.

Er lehnte sich auf seinem tollen neuen Stuhl zurück – solche Teile sollten sie im Präsidium auch mal anschaffen – und blätterte sich durch das kleine Dossier zu Matthias Brassels vermeintlichem Unfalltod, besah sich die Fotos des ausgebrannten Busses und die zwei Bilder der verkohlten Leiche. Polizeibilder eben.

Doch am aufschlussreichsten fand er die Weitwinkelaufnahme, die Peckhard gemacht hatte. Er hatte die Straße fotografiert, die der Bus entlanggefahren war. Sein Standpunkt war etwas erhöht gewesen, Peckhard war wohl auf einen der Feuerwehrwagen geklettert. Die Straße zog sich gerade wie ein Lineal durch die Natur, links und rechts nur Felder. Der Bus war gegen einen der ersten Bäume des Wäldchens gekracht. Wenn das ein Unfall gewesen war, musste Matthias Brassel einen halben Kilometer auf der Straße zwischen den Feldern gefahren sein, um dann exakt auf der Höhe des beginnenden Waldes das Lenkrad nach rechts zu verreißen, um die ersten Bäume zu erwischen.

Horndeich überflog den Polizeibericht. Die Überreste des Wagens waren untersucht worden, aber man hatte keine Manipulationen feststellen können.

Dennoch teilte Horndeich Peckhards Meinung, dass die Sache nicht nach einem Unfall aussah, aber bei ihm entstand eher der Eindruck, dass sich Matthias Brassel das Leben genommen hatte.

Mit dem Bus waren auch die persönlichen Dinge des Mannes verbrannt. Aber eine Kopie des Visumantrags war beigelegt. Matthias war in Mainz geboren, am 5. Mai 1944. Er wäre inzwischen sechsundsechzig Jahre alt gewesen.

Horndeich warf den Laptop an und gab den Namen bei Google ein. Immer ein guter Anfang, wenn man etwas über Menschen herausfinden wollte. Über dreiundvierzigtausend Treffer. Er setzte den Namen in Anführungsstriche, sodass nicht mehr nach den einzelnen Worten »Matthias« und »Brassel« gesucht wurde, sondern nur noch nach dem zusammengehörenden Namen »Matthias Brassel«. Diesmal nur noch neunundachtzig Treffer, der erste Matthias Brassel ein Physiotherapeut in Dresden. Es folgten ein Steuerberater aus Stuttgart mit diesem Namen, ein Arzt und eine Hundeschule in Hamburg, dann ein Pfarrer, wieder der Steuerberater, dann ein paar genealogische Hinweise zum Namen Brassel der vergangenen zweihundert

Jahre in Amerika. Erst auf der achten Seite fand Horndeich etwas, was vielleicht mit seinem Matthias Brassel zu tun haben konnte, einen Hinweis auf »keepmates.de«, eine Seite, auf der Leute mit ehemaligen Mitschülern in Kontakt treten konnten.

Horndeich hatte auf all den relevanten Seiten der sogenannten »sozialen Netzwerke« einen Account, stets inkognito. Es bedurfte einer unglaublichen Disziplin, um das falsche Alter Ego konsequent vom wahren Ich abzuschotten. Sandra hatte ihm dabei geholfen. So hatte er sich etwa eine E-Mail-Adresse angelegt, die er nur für diese zweite Inkognitoexistenz nutzte. Wer es darauf anlegte, konnte ohne jeden illegalen Trick ein unglaublich detailliertes Profil über einen Menschen erstellen, allein mithilfe dessen, was der über sich selbst ins Netz stellte. Auch Horndeich, der Polizist, profitierte davon. Wobei natürlich über *seinen* Matthias Brassel weniger herauszufinden war, denn zu dessen Lebzeiten war das Internet nur ein Verbund einiger Universitätsnetzwerke gewesen und noch nicht öffentlich zugänglich.

Horndeich meldete sich auf der Website »keepmates.de« an, suchte dort nach dem Namen Matthias Brassel und landete auf dem Profil eines Friedrich Holltz. Der schrieb sehr viel über sich, war verheiratet, hatte drei Kinder, sieben Enkel, einer davon lebte in Australien. Er selbst war pensioniert, nachdem er ein Leben lang als Ingenieur bei Y&E, einem bedeutenden Autozulieferer für Getriebe am Edersee, gearbeitet hatte.

All das interessierte Horndeich nur am Rande. Interessant war aber das Klassenfoto, das Holltz auf seiner Seite veröffentlicht hatte. Es zeigte den elften Jahrgang des Gutenberg-Gymnasiums in Mainz aus dem Jahr 1961. Auf diesem Bild war Matthias Brassel markiert.

Mit wenigen Klicks hatte Horndeich die Fotografie heruntergeladen. Er vergrößerte sie, aber Matthias Brassel blieb schemenhaft, das Bild war nicht hoch genug aufgelöst.

Doch Horndeich stieß auf noch etwas Interessantes. Matthias Brassel stand neben einem hübschen Mädchen namens Klara Hübchen. Und neben Klara stand ein Gerald Brassel.

Er klickte auf den Namen und sah, dass Gerald Brassel nicht bei Keepmates registriert war. Wäre ja auch zu schön gewesen. Horndeich schaute sich nochmals die große, unbeschriftete Version des Fotos an. Er konnte nicht sagen, ob sich die beiden Jungen ähnlich sahen.

Er kopierte den Namen, öffnete ein neues Fenster des Internetbrowsers und suchte nun nach Gerald Brassel. Dieser Name ergab nur zwei Treffer: einen Arzt in den USA und einen Fotografen in Wiesbaden.

»Danke, Google«, sagte Horndeich.

Dann gab er Namen und Ort auf die Telefonbuchseite im Netz ein. Treffer. Gerald Brassel lebte im Norden von Wiesbaden. Horndeich notierte sich die Telefonnummer, griff zum Apparat und hatte Glück; nachdem das Freizeichen viermal ertönt war, meldete sich eine männliche Stimme.

»Gerald Brassel, guten Abend.«

»Guten Abend, mein Name ist Steffen Horndeich, Kripo Darmstadt. Ich recherchiere in einem alten Todesfall. Das Opfer hieß Matthias Brassel, starb 1973 in den USA, und ich suche nach Menschen, die ihn kannten. Sind Sie zufällig verwandt mit Herrn Matthias Brassel?«

Der Mann am anderen Ende der Leitung schwieg ein paar Sekunden. Dann: »Es ist lange her, dass jemand den Namen meines Cousins erwähnte. Wie sind Sie ausgerechnet auf mich gekommen?«

Horndeich entschloss sich zur Offenheit und erklärte, dass Gerald Brassel und sein Cousin auf einem alten Klassenfoto markiert worden waren.

»Das Internet. Es raubt einem noch den letzten Funken Privatsphäre.« Gerald Brassel seufzte. »Aber vielleicht ist es ja nicht schlecht, dass Sie mich gefunden haben. Nach Matthias' Tod hat sich niemand mehr für ihn interessiert. Und das mit dem Unfall, das war ja so was von Blödsinn.«

»Herr Brassel«, sagte Horndeich, »dürfte ich Sie vielleicht besuchen? Ich würde mich gern mit Ihnen persönlich über Ihren Cousin unterhalten.«

»Ja, natürlich. Aber am Montag fahre ich zu einem Fototermin nach Italien, für sicher zwei Wochen.«

»Würde es Ihnen etwas ausmachen, wenn ich Sie morgen, am Sonntag, besuche?«

»Nein, wenn das Gespräch nicht zu lange dauert, ist es kein Problem. Ich nehme an, dass Sie meine Adresse haben?«

»Ja. Wann passt es Ihnen?«

»Zum Kaffee?«

»Gern. Dann werde ich morgen gegen drei bei Ihnen sein.«

23.00 Uhr

»Wie war euer Mädelstag?«, fragte Horndeich, als Sandra neben ihm auf dem Sofa im Wohnzimmer saß und sich an ihn schmiegte. Auf einmal wusste er wieder, was er an diesem Samstag so schmerzlich vermisst hatte. Er küsste sie aufs Haar.

»Seltsam«, sagte Sandra nur. Sie war erst vor wenigen Minuten nach Hause gekommen.

Horndeich hatte noch eine Flasche Wein entkorkt und für beide Gläser auf den Wohnzimmertisch gestellt. Er sah auf die Uhr. Es war schon nach elf. »Aber immerhin hast du einen ganzen Tag mit ihr verbracht.«

»Ja. Aber das war im Dienste der Polizei.«

»Wie meinst du das?«

Sandra richtete sich auf, nahm die beiden Gläser, gab Horndeich eines. »Prost.«

Sie stießen an.

»Puh – ist der Wein wirklich gut?«

Horndeich nippte erneut. »Ja.«

»Dann schmeckt mir heute kein Wein«, sagte Sandra.

Horndeich stand auf, ging in die Küche. »Was möchtest du stattdessen?«

»Einfach nur Wasser bitte.«

Horndeich kam zurück mit einer Flasche stillem Wasser und einem Glas.

»Danke«, sagte Sandra.

»Seit wann magst du keinen Wein mehr?«, wunderte er sich.

Sie zuckte nur mit den Schultern.

»Schwanger?«

Sie grinste breit. »Das wüsste ich.« Dann begann sie zu erzählen. »Vormittags waren wir shoppen, und die kleinen Geschäfte in der Innenstadt haben sie fasziniert. So eine Fußgängerzone kennen sie in den USA nicht, da kam sie sich vor wie auf einem anderen Planeten. Bei denen ist das überdacht und nennt sich ›mall‹. Das Luisencenter fand sie richtig spaßig. ›A mini-mall‹ nannte sie es. Mittags sind wir was essen gegangen. Dann habe ich ihr noch das Loop5 gezeigt.« Hinter dem kryptischen Namen, bei dem man nie wusste, ob man ihn deutsch oder englisch aussprechen sollte, verbarg sich ein Einkaufszentrum, das Samanthas Vorstellungen einer heimatlichen »mall« wahrscheinlich sehr nahe kam.

»Das fand sie richtig gut«, fuhr Sandra fort. »Abends sind wir dann ins Stella. Ich dachte, wir schlürfen dort noch einen Cocktail. Aber es blieb nicht bei dem einen. Zumindest nicht bei ihr.«

»Und was war daran seltsam?«

»Zuerst sprach sie über ihren Sohn, was für ein toller Junge er sei und so vielseitig interessiert. Sie hätten in der Schule eine Reise organisiert und sind sogar zum Wallops Flight Facility in Virginia gefahren.«

»Was ist das?«

»Ein Raketenbahnhof, so was wie Cape Canaveral, eintausendzweihundert Kilometer von Evansville entfernt. War mit dem Bus ein Dreitagesausflug.«

»Wow. Aber warum ist das wichtig?«

»Es ist wichtig, weil sie nach dem zweiten Cocktail angefangen hat, die Liste der Frauen aufzurollen, mit der ihr Mann sie angeblich betrogen hat.«

»Angeblich? Du meinst, er hat gar nicht?«

»Keine Ahnung. Aber sonnenklar ist, dass die Frau nicht mehr alle Tassen im Schrank hat. Da war mal nach einer Dienstreise ein dunkles Haar am Anzug ihres Gatten, dann mal ein blondes, dann kontrollierte sie sein Handy nach verdächtigen SMS-Nachrichten. Die meisten seiner Geliebten sind reine Hirngespinste, von denen sie weder die Namen kennt noch weiß, wann und wo Fishkin mit ihnen zusammengewesen sein soll. Ich hatte den Eindruck, sie ist völlig besessen davon.«

»Okay. Und du hast dir das bis zur bitteren Neige angehört.«

»Ja. Und jetzt kommt der heikle Punkt: Weißt du, wann ihr Sohnemann zum Raketenbahnhof gefahren ist?«

Allmählich ging Horndeich auf, wo die Pointe der Geschichte lag. »Donnerstag. Als Fishkin erschlagen wurde.«

»Bingo. Er ist Dienstag los und kam Donnerstag zurück. Um übrigens gerade noch seiner Mutter Tschüss zu sagen, die sich soeben mit Peckhard auf den Weg nach Germany machte. Es klingt absurd, aber sie hätte die Gelegenheit gehabt. Und wenn man sich anhört, was und wie sie über ihren Exmann redet, hat man auch ein Motiv. Sie hat förmlich geglüht vor Eifersucht.«

»Und das erzählt sie dir alles einfach so?«

Sandra hob die Schultern: »Nicht einfach so. Sie war so aufgewühlt, dass sie Unmengen getrunken hat, und zum Schluss hat sie in mir wohl so was wie 'ne Busenfreundin gesehen. Vielleicht könnt ihr ja an ihre Kreditkartendaten gelangen und darüber rausbekommen, ob sie wirklich hierhergeflogen ist. Oder ihr telefoniert die Fluggesellschaften ab; so viele fliegen ja nicht über den großen Teich.«

»Hat sie was davon gesagt, dass ihr Mann wieder zu ihr zurückkommen wollte?«

»Nein, nichts dergleichen. Sie war nur rasend vor Eifersucht.«

»Danke«, sagte Horndeich, stellte sein Glas ab und Sandras ebenfalls. »Ich ernenne dich hiermit zum Hilfssheriff.«

Und damit gab er ihr einen innigen Kuss.

SONNTAG, 12. DEZEMBER

10.00 Uhr

»Margot?«

»Ja, Papa«, sagte Margot in den Telefonhörer. »Wie geht es dir heute?« Sie sprach mit ihrem Vater, als wäre er krank.

»Alles wieder okay, mein Schatz.«

Es entstand eine Pause. Margot hatte nur wissen wollen, wie es ihrem alten Herrn ging. Was nicht stimmte. Sie wollte auch und vor allem wissen, was in ihn gefahren war. Was ihn dazu gebracht hatte, sich dermaßen abzuschießen. Für Eltern war es selbstverständlich, dass die eigenen Kinder irgendwann einen über den Durst tranken, und Margot hatte diese Erfahrung bereits mit ihrem Sohn Ben gemacht. Sie erinnerte sich sehr gut daran, wie sie ihn auf dem Sofa abgelegt und einen Eimer neben ihn gestellt hatte. Als sie dann in ihrem Bett gelegen hatte, hatte sie die Würgegeräusche gehört. War eine gute Idee gewesen, das mit dem Eimer. Als sie aber wieder ins Wohnzimmer kam, waren Sofa und Teppich versaut, das Einzige, was nichts abbekommen hatte, war der Eimer.

Aber sie war ja lernfähig: Als Doro das erste – und auch das letzte – Mal in diesem Zustand heimgekommen war, hatten Rainer und sie den kleinen Schluckspecht auf eine Decke in die Badewanne gelegt. Die Reinigungsaktion war wesentlich einfacher gewesen.

Die Frage, ob ihr Vater in der vorletzten Nacht den Eimer getroffen hatte, und wenn nicht, wie Dr. Evelyn damit umgegangen war, zauberte ein boshaftes Lächeln auf Margots Gesicht. Aber der Gedanke, dass sie sich als Mutter und Tochter nicht nur um die nachfolgende, sondern auch um die vorherige Generation und deren Alkoholexzesse kümmern musste, verscheuchte dieses Lächeln gleich wieder.

»Es tut mir wirklich leid«, sagte er.

»Schon gut, Papa. Aber was war los? Du bist öfter im Green Sheep, sagte mir Achim, der Wirt.«

»Ja. Einmal im Monat.«

»Warum?«

»Warum, warum? Weil sie dort guten Whiskey haben.«

O nein, dachte Margot, damit kommst du bei einer Polizistin nicht durch. Sie schwieg und wusste, dass ihr Vater dieses Schweigen am anderen Ende der Leitung richtig interpretieren würde.

»Ja, ich kann mir Whiskey auch selbst kaufen«, sagte er störrisch. War ihr Vater im Begriff, zum Alkoholiker zu werden? Und ging er deshalb in die Kneipe, um dort heimlich zu trinken?

»Margot, ich gehe dort *einmal im Monat* hin. Es ist ein kleines Ritual, dass ich dort meinen Cougar trinke.«

»Cougar. So so. Aber vorgestern, da waren es ein paar Cougars zu viel, nicht wahr?«

»Ja, reite noch darauf rum. Es war ein Ausrutscher, ein … Ach verdammt, keine Ahnung. Hey, seit wann muss sich ein Vater vor seiner Tochter rechtfertigen, wenn er mal einen zu viel pichelt?«

»Hat dich deine Evelyn gut gepflegt?«

Wieder Schweigen, dann sagte er leise: »Nein. Ich hab alles selbst sauber gemacht. Und mir auch selbst eine Hühnersuppe gekocht. Frag nicht, wie. Sie war gestern nicht da.«

Erneut Schweigen. Es war das allererste Mal, dass im Tonfall ihres Vaters auch nur der Hauch von Kritik an Dr. Evelyn Superstar zu vernehmen gewesen war.

»Margot, ich möchte das irgendwie gutmachen. Komm doch heute Abend vorbei, bring Rainer mit, Doro, wenn sie mag – und auf jeden Fall deine amerikanischen Gäste. Ich würde mich freuen, wenn wir für euch alle kochen dürften. Und es wäre für mich auch interessant, mit jemandem zu sprechen, der aus Darmstadt kommt, aus dem anderen Darmstadt. Tut ihr mir den Gefallen?«

Margot war erstaunt über die Einladung. Aber warum nicht?

Wäre für Nick Peckhard und Samantha Fishkin sicher nett, den Abend nicht allein im Hotel verbringen zu müssen. »Ja, gern. Ich sag ihnen Bescheid. Wann sollen wir bei dir sein?«

»Sieben wäre gut.«

»Ist das auch okay für Evelyn?«

Schweigen. Es gab eine ganze Menge Pausen in diesem Gespräch.

»Ja. Sie freut sich auch. Natürlich. Bis heute Abend. Ciao.«

Dann legte ihr Vater auf.

Warum war Margot nicht überzeugt davon, dass Dr. Evelyn die Begeisterung ihres Vaters über einen gemeinsamen Abend teilen würde? Nun, das war ja nicht ihr Problem.

Reichte auch völlig, dass es das Problem ihres Vaters war.

15.00 Uhr

Der Blick über Wiesbaden war phantastisch. Es hatte aufgehört zu schneien. Wobei Horndeich dem Wetter nicht traute. Das Haus von Gerald Brassel und seiner Frau lag in der Prangestraße. Eindeutig nicht der soziale Brennpunkt Wiesbadens.

»Bitte schön«, sagte Marianne Brassel, als sie Horndeich Kaffee in die Tasse aus Meißen einschenkte. Ambiente und die Stimmlage der Gastgeberin sorgten dafür, dass sich Horndeich für einen Moment fühlte, als wäre er in einen Werbespot für Kaffee geraten.

»Wie sind Sie auf den angeblichen Unfall von Matthias aufmerksam geworden?«, fragte Gerald Brassel im nächsten Augenblick, und diese Frage passte nicht mehr zu der anheimelnden Werbespotatmosphäre.

»Derzeit ist ein amerikanischer Kollege bei uns zu Gast. Er war damals am Tatort.«

»Und hat einen Mord zum Unfall erklärt«, sagte Brassel, ohne dass irgendeine Schärfe in seinem Tonfall mitschwang.

»Ich habe die entsprechende Akte dabei«, entgegnete Horndeich. »Sie können gern einen Blick hineinwerfen. Aber ich warne Sie, auf den Polizeifotos sind auch die sterblichen Überreste Ihres Cousins zu sehen. Sie wissen, dass der Wagen völlig ausgebrannt war, oder?«

»Ja. Ich habe damals ziemlich Radau gemacht, weil ich diesen Unfallmist nie geglaubt habe«, sagte Gerald Brassel. »Matthias hatte zwei Eigenschaften: Er war unglaublich gewissenhaft, und zwar in allem, was er tat. Und er trank sehr wenig Alkohol und nahm keine Drogen. Ich selbst gehörte zu dem Kreis von Leuten, die ihn dazu zu überreden versuchten. Aber er lehnte immer ab. Ich war mir damals nicht bewusst darüber, wie viel innere Stärke das erforderte.«

»Ich habe mir gestern die Akte genau angeschaut«, sagte Horndeich. »Wenn es kein Unfall war – halten Sie einen Suizid für möglich?«

»Selbstmord? Herr Horndeich, bei allem Respekt – das ist noch unmöglicher als ein Unfall.«

»Schatz, von *unmöglich* gibt es keine Steigerung«, sagte Frau Brassel zu ihrem Mann.

Der machte eine wegwerfende Handbewegung. »Das hat der Herr Kommissar doch gerade widerlegt. Unmöglich, unmöglicher. Klar gibt es das, spätestens seit jetzt.«

Horndeich war gespannt, ob seine Frau auch die grammatische Konstruktion »spätestens seit jetzt« kommentieren würde. Sie schwieg und legte eine Hand auf die ihres Gatten.

»Matthias und ich – wir waren nicht so dicke«, erklärte Gerald Brassel. »Unsere Väter waren zwar Brüder, haben sich aber nicht verstanden, und damit war der Kontakt recht schwierig. Die elfte Klasse besuchten wir aber gemeinsam, wobei ich die allerdings wiederholen musste. Später sind wir uns öfter begegnet. Ich möchte Ihnen etwas über Matthias erzählen. Und dann denken Sie noch mal darüber nach, ob er wirklich einen Unfall auf kerzengerader Straße gebaut hat.« Er deutete auf Horndeichs Tasse. »Möchten Sie vielleicht was anderes als Kaffee? Vielleicht einen Cognac?«

Horndeich lehnte ab, und Gerald Brassel begann mit seinem Vortrag.

»Matthias war unglaublich intelligent, oft zu schlau für seine Lehrer. Damals, Anfang der Sechzigerjahre, war der kritische Dialog zwischen Schülern und Lehrer noch nicht wirklich angesagt. Matthias' Eltern waren sehr besorgt um ihr einziges Kind. Und sie waren streng. Besonders sein Vater, mein Onkel. Für ihn war der Lebensweg seines Sohnes vorgezeichnet: Abitur, Jurastudium, Rechtsanwalt. Wie er selbst. Doch Matthias hatte an vielem Interesse, sicher auch an Recht, aber er wollte keiner von diesen Fachidioten werden. So wie sein Vater, der sich auf Vertragsrecht spezialisiert hatte und damit sehr wohlhabend geworden war, indem er große Unternehmen beriet.

Matthias war viel klüger als sein Vater. Ich glaube, das hat mein Onkel damals gespürt. Und tief drinnen nagte das an ihm. Matthias begriff, dass er auf sich selbst angewiesen war, wollte er etwas anderes studieren als das, was sein Vater für ihn vorgesehen hatte. Deshalb jobbte er neben der Schule, was der Herr Papa auch nicht gern sah, und verdiente sich so das Geld für den Führerschein. Als er in der zwölften Klasse war, hatte er den Lappen dann; das muss so 1962 gewesen sein. Und das Erste, was er sich kaufte, war ein damals schon uralter VW-Pritschenwagen mit Plane. Dann ließ er Handzettel drucken und inserierte in der Allgemeinen Zeitung: ›Wohnung leer zu räumen? Ich komme gern. Und sofort.‹

Das war der Grundstock seines Unternehmens. Er fing mit Entrümpelung an, als es das Wort noch gar nicht gab, lud mit einem Kumpel den Wagen voll und fuhr zur Müllkippe. Meist waren schon alle guten Möbel ausgeräumt – damals konnte man sich noch nicht für ein halbes Monatsgehalt bei IKEA komplett einrichten –, und er karrte nur Sperrmüll durch die Landschaft. Doch er hatte Kunden im Umkreis von fünfzig Kilometern. Entrümpelungen waren damals noch nicht so verbreitet.

Dann merkte er, dass es auch Kunden gab, denen es gar nicht wichtig war, was sich in der Wohnung befand, ob da noch etwas Brauchbares oder gar Wertvolles stand; sie wollten die Bude einfach nur so schnell wie möglich leer haben. Also sichtete Matthias jetzt die Sachen und mietete eine Garage an.

Es folgte die nächste Anzeige: ›Gebrauchte Möbel günstig zu erwerben!‹ Und ein Jahr später: ›Antiquitäten!‹ Er hatte ein unglaubliches Gespür dafür. Und er hätte richtig reich werden können.«

Klar, dachte Horndeich. Nur ist er leider sehr früh gestorben.

Gerald Brassel fuhr fort: »Aber er konzentrierte sich nicht nur auf das Geschäft, sondern studierte auch. Der ewige Student. Er war in Mainz eingeschrieben für Geschichte. Aber er besuchte auch Vorlesungen in Germanistik, Anglistik, Theologie, Architektur, Kunstgeschichte, und das Unglaubliche war, dass er die Zusammenhänge zwischen all diesen unterschiedlichen Disziplinen erkannte. Denn im Gegensatz zu den großen Kindern vom SDS, dem Sozialistischen Deutschen Studentenbund, die nur Texte herbeten konnten, die sie zwar auswendig gelernt, aber nicht verstanden hatten, war Matthias ein wirklich kluger Mensch. Ich selbst bin nur Ingenieur geworden. Maschinenbau. Ganz gradlinig.«

»Nur?«, tadelte seine Frau. »Wie viele Patente gehen auf dich zurück? Dreißig? Vierzig? Stell dein Licht nicht unter den Scheffel.«

»Ich dachte, Sie wären Fotograf?«, wunderte sich Horndeich.

»Ja. Heute. Aber ich bin kein Helmut Newton. Ich fotografiere Industriegebäude und Maschinen. Ich werde gebucht, wenn Geschäftsberichte angefertigt werden sollen. Oder wenn man Fotos für Werbebroschüren benötigt. Habe vor dreißig Jahren damit angefangen. Zunächst war's reines Hobby, dann tat ich's für meine Firma. Und vor zwanzig Jahren habe ich mich dann selbstständig gemacht.« Er machte eine kleine Pause. »Ich genehmige mir jetzt aber einen Cognac.«

»Mir auch einen«, bat seine Frau.

Während er die bernsteinfarbene Flüssigkeit in zwei Schwenker füllte, fuhr er mit der Beschreibung von Matthias Brassel fort: »Matthias sagte bereits '68 voraus, dass die nächste große Volksbewegung nach der Studentenrevolte nicht dem Sozialismus dienen, sondern der Umweltproblematik gelten würde. Das war zwölf Jahre vor Gründung der Grünen. Natürlich gab es damals schon Berichte über Umweltschweinereien, aber das nahm noch niemand wirklich tragisch oder sah das gar als Bedrohung an. Er erkannte auch, dass Recycling ein großes Thema werden würde. Nun, er sah die Müllkippe ja jeden zweiten Tag.

Ich hatte immer den Eindruck, dass er auf der Suche war. Er war rastlos. Nicht, weil er nicht wusste, wofür er sich interessieren sollte, sondern weil er sich für zu viel interessierte. Und dann fand er die Briefe. Danach hat sich alles verändert.«

»Was für Briefe?«, fragte Horndeich.

Gerald Brassel reichte seiner Frau eines der Gläser und setzte sich wieder. »Er löste damals den Haushalt eines Verstorbenen auf, in Groß-Gerau. Der Sohn des Dahingeschiedenen hatte das Haus geerbt und wollte es so schnell wie möglich vermieten. Deshalb nahm Matthias erst mal alles mit in seine Garage. Als er dort das ganze Zeug genauer unter die Lupe nahm, entdeckte er drei Blechschachteln, Keksdosen oder so was, voller Briefe. Stammten von einem Ludwig Renker. Waren in Deutsch verfasst und chronologisch geordnet. Zufall, dass sich Matthias den letzten als Ersten durchlas. Und darin war von einer Stadt namens Darmstadt die Rede, nur lag die in den USA. ›Albert, die Stadt hier entwickelt sich prächtig. Und ich bereue keinen Tag, dass mein Sohn mich nach Amerika mitgenommen hat. Es ist ein großartiges Land!‹ So was stand da drin.

In den Briefen, die Matthias entdeckt hatte, wurde der Aufstieg einer Siedlung im Bundesstaat Indiana beschrieben, die ebenfalls Darmstadt hieß. Das fand er faszinierend. Und so las er diese Briefe nun in der richtigen Reihenfolge. Jeden Abend einen. Im dritten Brief wurde klar, dass der Adressat Ludwigs Bruder war, der in Groß-Gerau gelebt hatte.

Aber dann muss Matthias in einem der Briefe etwas gelesen haben, was ihn völlig aus der Bahn warf. Er drehte völlig ab, redete mit niemandem mehr, stellte für seine Firma einen Geschäftsführer ein und zog sich zurück. Wenig später erfuhren wir dann, dass er nach Amerika wollte, und sechs Wochen danach erhielten wir die Nachricht von seinem Tod.« Gerald

Brassel sah Horndeich an, als ob damit alles geklärt wäre. »Verstehen Sie?«

»Nein«, gestand Horndeich.

»Gerald, hol die Briefe«, sagte seine Frau.

Er stand auf und kam wenig später mit drei Keksdosen und vier Leitzordnern zurück. »Das war in Matthias' Bankschließfach. Es sind die Briefe, von denen ich sprach: in den Keksdosen die Originale, in den Ordnern fotografische Kopien und Durchschläge von Abschriften, die er zum Teil gemacht hat. Er hat jeden Brief abfotografieren lassen. Gab ja noch keine Copyshops damals, wo er die Dinge einfach hätte kopieren können. Die Abzüge sind hier drin, außerdem einige Durchschläge von Briefen, die er teilweise mit der Schreibmaschine abgeschrieben hatte. Die Originalabschriften fehlen, wir haben sie weder in seiner Wohnung noch in seinem Büro gefunden. Sind sicher in Amerika mit ihm verbrannt. In diesen Briefen steht irgendetwas drin, was ihn nach Amerika trieb. Und das hat ihn das Leben gekostet.«

»Darf ich?«, fragte Horndeich und griff nach einem der Leitzordner.

»Gern.«

Horndeich blätterte die dünnen Seiten durch und überflog einige Zeilen, die von der Weizenernte berichteten, von Stürmen, die Teile derselben vernichtet hatten, dann vom Brand eines Nachbarhauses und anschließend von einer tollen Hochzeitsfeier. Horndeich blätterte weiter bis zu einem Brief, auf dem drei Namen unterstrichen worden waren, offenbar von Matthias Brassel: Sie lauteten Furler, Lautenschläger und Georg Moller.

»Haben Sie herausbekommen, weshalb er diese Namen markiert hat?«, fragte Horndeich und wies auf die entsprechenden Zeilen.

Gerald Brassel schüttelte den Kopf. »Ich habe mich kurz nach Matthias' Tod mit diesen Briefen befasst und konnte auch in Erfahrung bringen, wer Georg Moller war. Aber warum Matthias diese Namen so wichtig waren, weiß ich nicht.«

Der Name Georg Moller war Horndeich nicht unbekannt. So

hatte ein Architekt und Stadtplaner geheißen, der viele Gebäude in Darmstadt, Germany, entworfen hatte, etwa die St.-Ludwigs-Kirche, den ersten katholischen Sakralbau von Darmstadt, oder das alte Theater, in dem jetzt das Staatsarchiv beherbergt war.

»Ich habe es dann aufgegeben«, fuhr Brassel fort. »Alles beiseitegepackt. Und gehofft, dass irgendwann einmal irgendeiner auftaucht, der sich dafür interessiert. Sie glauben gar nicht, wie viel mir dieser Moment bedeutet.«

»Darf ich die Unterlagen zur weiteren Durchsicht mitnehmen?«, fragte Horndeich. »Sie erhalten sie selbstverständlich unversehrt zurück.«

»Ja, nehmen Sie alles mit. Wenn Sie herausfinden, was Matthias wirklich zugestoßen ist, brauche ich auch den alten Kruscht nicht mehr. Sie können die Briefe eigentlich gleich beim Hessischen Staatsarchiv abgeben. Bei uns liegen sie ohnehin nur herum, und wenn wir nicht mehr sind, enden sie noch in der Müllverbrennung.«

Horndeich erhob sich, bedankte und verabschiedete sich. Doch im Türrahmen drehte er sich noch einmal um. »Haben Sie vielleicht ein Foto von Ihrem Cousin?«

»Ja, natürlich, einen Moment«, sagte Marianne Brassel und verschwand kurz. Sie kam mit zwei Fotos zurück. »Hier, so sah er aus, kurz bevor er nach Amerika ging.«

Auf dem Bild sah man einen langhaarigen Mann mit Vollbart. Noch die passende Brille mit runden Gläsern, dann hätte man ihn für Fritz Teufel halten können.

»Dieses Foto wurde vielleicht zwei Jahre früher gemacht.«

Nun sah Horndeich einen jungen Mann mit kurzem Haarschnitt und ohne Bart.

»Danke«, sagte er, obwohl er nicht wusste, ob er die Fotos auch brauchen würde. Aber besser jetzt umsonst mitgenommen als nachher jammern, wenn man eins brauchte, während das Ehepaar in Italien weilte.

Horndeich wünschte ein erfolgreiches Fotoshooting und verließ schwer bepackt die Wohnung. Wenn diese Briefe ein Geheimnis enthielten, würde er es lüften.

21.00 Uhr

Ihr Vater hatte sich den ganzen Abend über mit Nick unterhalten. Die beiden hatten sich auf Anhieb verstanden und saßen schließlich in trauter Einigkeit am Esstisch vor einem Laptop. Ihr Vater zeigte seine ganze Sammlung von Darmstadt-Bildern, geschossen auf der anderen Seite des großen Teichs. Nick hatte auch noch ein paar digitalisierte Aufnahmen. Er hatte sie ihrem Vater auf einer Speicherkarte gegeben, der deren Inhalt auf seinen Laptop kopiert hatte. Nun half Nick Sebastian Rossberg dabei, die Aufnahmen richtig zu betiteln. Sie hatten auch Google-Earth aufgerufen, sodass Nick ihrem Vater noch zeigen konnte, wo die einzelnen Gebäude standen. Rainer hörte den beiden aufmerksam zu.

Im Wohnzimmer saß die Damenriege des Abends, und Dorothee unterhielt sich angeregt mit Samantha. Erst hatten sie das Thema Mode erörtert, dann das Thema Männer respektive Jungs, und Doro fragte Samantha nun ein Loch in den Bauch über die Jungs in Amerika. Margot staunte nicht schlecht, dass sich auch Doro fließend in Englisch unterhalten konnte. Wieder haderte Margot mit ihrem eigenen Englisch, das nicht gut genug war, eine intensivere Unterhaltung zu bestreiten. Sie hatte nicht das Gefühl, dass sie die Sprache grundsätzlich nicht mochte, sondern vielmehr den Eindruck, die Sprache mochte *sie* nicht.

Frau Ablativ hatte sich den ganzen Abend nicht blicken lassen. Die war, so hatte ihr Vater verkündet, bei einer Freundin. Nicht, dass Margot darüber besonders traurig gewesen wäre. Allerdings war es doch bemerkenswert, denn es war das erste Mal, seit Evelyn bei ihrem Vater wohnte, dass Margot ihn ohne sie antraf.

Der war in der Gegenwart von Nick richtig aufgeblüht und hatte Melanie in den CD-Spieler gelegt, »Ballroom Streets« von 1979. Die Platte war eine ihrer Trostspenderinnen in jungen Jahren gewesen. Der Song »Cyclone« hatte ihr über den ersten Liebeskummer hinweggeholfen. Das war damals gewesen, vor Äonen von Jahren, als sie und Rainer in der Schule ein Paar gewesen waren und sie sich zum Schluss nur noch gestritten hatten.

A fool to continue but love keeps me holding on.
And it feels good real slow.
I love you to hurt me
But pain makes me let you go.

Da war ihr Englisch noch besser gewesen. Sie hatte ihren Vater damals sehr dafür geschätzt, dass er nicht nur Elvis gehört hatte wie die meisten Eltern ihrer Freundinnen, sondern auch aktuelle Musik. Wie derzeit Sofia Karlsson, die am heutigen Abend von Melanie aus der Vergangenheit verdrängt wurde. Margot nahm wieder den fürchterlichen Klang der Brüllwürfel wahr, die derzeit das Zimmer beschallten. Sie vermisste die riesigen Boxen, die vor eineinhalb Jahren Opfer von Frau Evelyns Simplify-your-life-Wahn geworden waren, sowie nahezu die gesamte Inneneinrichtung und all die vielen kleinen Dinge, die ihrem Vater lieb geworden waren. Etwa der McIntosh-Verstärker. Und die beiden Arcus TL 1000, Lautsprecher mit der stattlichen Höhe von einhundertdreißig Zentimetern. »Bach kann man einfach nicht schöner hören als über McIntosh und Arcus«, hatte ihr Vater jahrelang behauptet – meist ohne dass man ihn dazu aufgefordert hätte. Nach Evelyns Kahlschlag hatte er das Wohnzimmer wieder mit schönen, großen und vor allem gut klingenden Boxen bestücken wollen, war mit dem Versuch aber am massiven Widerstand seiner Lebensgefährtin gescheitert. Auch Melanie aus diesen Metallwürfeln zu hören tat Margot körperlich weh. Sie hätte nie gedacht, dass sie den Schränken von Lautsprechern jemals eine Träne nachweinen würde.

Sie wollte einen Schluck Wein nehmen, doch das Glas rutschte ihr weg, und der Weißwein ergoss sich über ihre Bluse. »Mist!« Sie sprang auf.

Doro sah sie an. »Zum Glück Weißwein«, sagte sie und widmete sich wieder Samanthas Beschreibung der großartigen US-Boys beim Baseball.

Margot wollte ins Bad.

»Alles okay?«, fragte Sebastian, als sie durch das Esszimmer ging.

»Ja, ich hab nur etwas gekleckert.«

Um ins Bad zu gelangen, musste sie durchs Schlafzimmer der Altbauwohnung. Sie war das letzte Mal vor über einem Jahr in diesem Zimmer gewesen. Bevor sie die Tür öffnete, rief sie sich das alte Bild ins Gedächtnis. Dann öffnete sie die Tür, machte das Licht an. Immer noch nur ein Kleiderschrank, ein Paravent, zwei stumme Diener und ein Bett. Immer noch das fürchterliche abstrakte Gemälde an der Wand. Alles wie vor einem Jahr. Sie verstand nicht, wie sich ihr Vater hatte so aufgeben können.

Im Bad zog sie die Bluse aus, wusch sie im runden Waschbecken aus und musste dabei an ihre Mutter denken. Sie hatte die Wohnung damals eingerichtet und ihr sozusagen ihren persönlichen Stempel aufgedrückt, und obwohl Margot als Teenager ihren Eltern gegenüber nicht gerade friedfertig eingestellt gewesen war, hatte sie ihr Zuhause immer als gemütlich empfunden, als Schutzzone. Vielleicht war Professor Dr. Evelyn deshalb wie eine Abrissbirne durch die Wohnung gepoltert: um die Spuren der Frau vor ihr zu tilgen.

Margot nahm den Föhn, trocknete den Fleck auf ihrer Bluse, zog sie wieder an.

Als sie gerade im Flur war, klingelte das Telefon.

Sie trat an die Kommode – nannte man so ein chrom-weiß-schwarzes Miniungetüm eigentlich noch Kommode? – und sah auf das Mobilteil, das nicht nur eine unsägliche Melodie zum Besten gab, sondern auch noch den Namen des Anrufers verkündete: »Steffen H« war auf dem Display zu lesen.

Horndeich? Wieso rief der ihren Vater an? Und das am Sonntagabend nach neun?

»Kannst du mal drangehen?«, rief ihr Vater.

Margot nahm das Gespräch an. »Bei Rossberg! Bist du das, Horndeich?«

»Margot? Ja, ich bin's. Kannst du mir mal deinen Vater geben?«

Margot brachte das Telefon zu ihrem Vater.

»Rossberg, guten Abend«, sagte der, immer um gute Manieren bemüht. »Steffen, was kann ich für Sie tun?«

Horndeich redete eine Weile, dann sagte Sebastian Rossberg: »Kommen Sie doch einfach kurz vorbei. – Nein, Sie stören nicht. – Bis gleich.« Er beendete das Gespräch und gab Margot das Telefon zurück. »Dein Kollege kommt auch noch.«

»Was will er?«

»Ich habe keine Ahnung. Er sagte etwas von alten Briefen und Georg Moller. Mal sehen, was er da entdeckt hat.«

Margot brachte das Telefon zurück in seinen Heimathafen, wo es wieder Energie tanken konnte. Sie hörte Nicks Kommentar, als ihr Vater das nächste Foto auf den Bildschirm des Laptops zauberte. »Wie kommen Sie denn zu dieser Aufnahme? Da ist ja Chloe drauf.«

»Diese Fotos hat mir vor einigen Jahren ein Herr überlassen, der ein paarmal in Darmstadt in Indiana war. Von dort hat er auch ein paar ganz alte Aufnahmen mitgebracht wie diese hier.«

»Die haben wir doch am Donnerstag schon gesehen«, sagte Rainer.

»Ja, kann sein«, meinte Sebastian.

»Sie fährt ihn heute noch«, sagte Nick.

»Wie?«, fragte Rainer ungläubig. »Diese Chloe fährt heute noch diesen Wagen?«

»Ja, einen Plymouth Fury, Baujahr 1958. Gehörte erst ihrem Vater, als der starb, ihrer Mutter, und seit gut fünfundzwanzig Jahren fährt ihn Chloe selbst. Sieht aus wie neu. Immer noch die Originallackierung. Erstaunlich.«

Margot war inzwischen hinter die Männer getreten und sah ebenfalls auf den Bildschirm des Laptops. Wirklich ein netter Schlitten, dachte sie. Ein dunkler Zierstreifen lief von hinten über die ganze Länge des Wagens nach vorn spitz zu, was ihm ein besonders schnittiges Aussehen verlieh.

»Was macht Chloe heute?«, fragte Sebastian Rossberg.

»Chloe Manfield ist Rentnerin. Davor war sie Lehrerin. Hat Geschichte studiert und die Historie unserer kleinen Stadt aufgeschrieben. Ihr Haus ist eigentlich das Archiv von Darmstadt.«

Margot wunderte sich über die Formulierung, die ihr Vater bei der Frage verwendet hatte: »Was macht Chloe heute?« Wusste er denn, was diese Chloe früher gemacht hatte?

Die Türglocke klingelte. Sebastian Rossberg erhob sich, ging zum Türöffner.

Das Treppenhauslicht ging an, und wenig später begrüßte ihr Vater Horndeich. Nur konnte der Sebastian nicht die Hand geben, weil er eine blaue Klappkiste aus Plastik vor sich hertrug. Sie enthielt einige Blechschachteln und ein paar Ordner, bei denen an einigen Stellen verschiedenfarbige Markierungskleber hervorlugten.

Horndeich stellte die Klappkiste ab, dann endlich gab er Sebastian Rossberg die Hand. »Ich glaube, ich bin auf was ganz Heißes gestoßen«, sagte er.

Auch Nick und Rainer waren in den Flur getreten.

»Oh, Nick«, grüßte Horndeich. »Gut, dass Sie auch da sind. Es könnte sein, dass ich etwas wirklich Erstaunliches über Matthias Brassel herausgefunden habe. Rainer«, sagte er dann zu Margots Göttergatten, »das ist ja super, jetzt haben wir das ganze Kompetenzteam vereint.«

Margot konnte sich auf die Begeisterung von Horndeich keinen Reim machen. Er wirkte wie ein Pfadfinder auf Schnitzeljagd. »Worum geht es?«

»Herr Rossberg, Sie kennen sich aus in Stadtgeschichte. Können Sie die Stichworte ›Georg Moller‹, ›Traube‹ und ›Kirchenplan‹ in irgendeinen sinnvollen Zusammenhang bringen?«

Sebastian legte die Stirn in Falten. »Georg Moller, Architekt. Lebte von 1784 bis 1800 und noch was und hat in Hessen viele Spuren hinterlassen. Hat den hessischen Landtag in Wiesbaden gebaut und in Darmstadt das Mausoleum auf der Rosenhöhe, St. Ludwig und den langen Lui.«

»Wen?«, fragte Nick.

»Das Ludwigsmonument auf dem Luisenplatz.«

»Dieses Mini-Washington-Monument mit dem Typen drauf?«

»So kann man es auch nennen. Der Typ ist Ludwig I., der erste Großherzog …« Sebastian Rossberg verstummte und machte eine wegwerfende Handbewegung. »Vergessen Sie's. Ja, das Mini-Washington-Monument mit dem Typen drauf.«

»Okay, Moller kenne ich auch«, meldete sich Horndeich wieder zu Wort. »Aber ›Traube‹ und ›Kirchenplan‹, da hängt es. Ich habe hier die Briefe von einem, der ist 1866 in die USA ausgewandert und schließlich in Darmstadt in Indiana hängen geblieben. Er schrieb viele, viele Briefe an seinen Bruder, der damals in Groß-Gerau wohnte, und in ein paar davon berichtet er von einer komischen Geschichte, bei der ein Arbeitskollege von ihm den Plan einer Kirche gefunden haben soll, und Georg Moller soll für diesen Plan bezahlt haben.«

»Vom Kölner Dom ist 1814 ein Plan in Darmstadt aufgetaucht. In einem Gasthaus. Traube, ja, das war in der Traube«, sagte Rainer. »War damals eine Sensation, und nur so konnte der Kölner Dom überhaupt fertig gebaut werden. Das heißt, wirklich fertig ist er ja noch immer nicht. Heute hängt der Plan im Kölner Dom. Der Brief ist also historisch nicht uninteressant, wenn darin von diesem Plan die Rede ist, aber das hat längst keinen Sprengstoff, um dafür etwa einen Mord zu begehen.«

»Es muss sich aber um einen anderen Plan handeln«, wandte Horndeich ein, »denn Renker – so heißt der Verfasser der Briefe – schreibt explizit, dass er den Plan behalten habe. Jedenfalls befand er sich noch 1870 in seinem Besitz.«

»Dann hat es mit der Geschichte um den Kölner Dom nichts zu tun«, schloss Rainer messerscharf.

»Moment, ich habe im Arbeitszimmer noch ein paar Artikel darüber, wie dieser Plan verschwunden und wieder aufgetaucht ist«, sagte Sebastian Rossberg. »Ich geh mal nachschauen.«

Nick wandte sich an Rainer: »Sie sagen, der Dom wurde erst nach 1814 fertiggestellt? Ich dachte, der stammt aus dem Mittelalter.«

»Wollen wir uns nicht lieber setzen?«, schlug Horndeich vor.

Der Tross trottete ins Esszimmer, und die Männer ließen sich am Tisch nieder. Samantha kam aus dem Wohnzimmer, im Schlepptau mit Doro. »Nick, when do you wanna go to the hotel? I am very tired now.«

»Me too, Sam«, sagte Doro, an Margot gewandt. »Margot, wann gehen wir nach Hause?«

Margot kannte dieses Schimmern, das sie in Rainers Augen und auch in denen ihres Vaters gesehen hatte. Kölner Dom, alte Geschichten – da waren die beiden in ihrem Element.

»Der Bau des Kölner Doms wurde im 13. Jahrhundert begonnen«, erklärte Rainer dem amerikanischen Gast, als hätte er Sam und Doro gar nicht gehört. »Grund dafür war, dass der Kölner Erzbischof die angeblichen Gebeine der Heiligen Drei Könige von Mailand nach Köln brachte. Die alte Kirche in Köln verkraftete den Ansturm der Pilger kaum, also musste was Neues, Schickeres her.«

»Für die Leichen der Heiligen Drei Könige?«

»Jep. Heutzutage weiß man, dass in dem Schrein die Überreste von drei ganz anderen Menschen liegen, aber damals hat das niemanden geschert; wenn die Kirche sagte, dass da die Heiligen Drei Könige drin waren, dann waren sie drin.«

Mittlerweile leuchteten auch Nicks Augen wie die eines kleinen Jungen, dem man erklärt, wie ein Ferrari-Motor funktioniert. Die Männer würden noch eine Weile beisammensitzen, und der Inhalt von Horndeichs Plastikkiste würde sich an diesem Abend als Sensation erweisen – oder eben nur als ein paar unbedeutende alte Briefe.

»Ich bringe Sie ins Hotel«, sagte Margot zu Sam. Horndeich und Nick übersetzten parallel: »Margot will take you to the hotel.«

»Genau, und danach fahren Doro und ich nach Hause«, erklärte Margot. »Rainer, du kümmerst dich um Nick?«

»Ja«, versprach ihr Mann.

Margot ging ins Arbeitszimmer ihres Vaters, der gerade fluchend eine Leiter an einen Schrank schob. »Das ist doch echt nur Mist mit diesen bescheuerten Glastüren«, schimpfte er. »Da kommt man an gar nichts richtig ran.« Auch sein Arbeitszimmer war seinerzeit in die Generalzerstörung der Wohnung einbezogen worden. Alle Bücher und Ordner waren hinter Rauchglastüren verschwunden, und die Schränke rechts und links der

Wand zogen sich bis unter die Decke, weshalb neben dem Schreibtisch auch noch eine Leiter zum Inventar des Raumes zählte, auch wenn sich diese in Farbe und Stil nicht ganz einpassen wollte.

»Ich wollte dir nur Tschüss sagen«, sagte Margot und schaute zu ihrem Vater hoch.

»Ja, tschüss, meine Liebe.«

»Sag mal …« Margot konnte sich die Frage nicht verkneifen. »Kennst du diese Chloe Manfield?«

»Wen?«

»Die Frau vor dem schicken Auto. Auf dem Foto aus den Fünfzigern.«

»Die? Nein. Warum?«

»Nur so«, sagte Margot, nicht überzeugt davon, dass ihr Vater ihr wirklich die Wahrheit gesagt hatte.

Eine kurze Verabschiedungsrunde später machte sie sich mit Sam und Doro auf den Weg. Die beiden unterhielten sich weiter, als ob Margot nicht anwesend gewesen wäre.

War sie ja auch nicht.

Sprachlich.

Nachdem die Weiblichkeit die Wohnung verlassen hatte, fuhr Rainer mit seinen Erläuterungen über die Entstehung des Doms fort.

»Sie bauten die nächsten zweihundertfünfzig Jahre lang am Dom, also bis ins 16. Jahrhundert hinein, dann ging ihnen das Geld aus. Und der Dom stand unfertig rum, ohne Nordturm und ohne Mittelteil. Ein klägliches Bild für die nächsten dreihundert Jahre. Nicht etwa ein schöner Glockenturm prägte das Stadtbild von Köln, sondern ein weit sichtbarer Holzkran auf dem halben Südturm.«

»Und wann wurde dann weitergebaut?«, fragte Nick Peckhard. »Und wie und warum?«

»Da kam vieles zusammen«, sagte Rainer. »In der Zeit der Romantik entdeckte man die Liebe zum Mittelalter. Außerdem galt der Dom als Zeichen für die nationale Einheit der Deutschen. Aber den letzten Ausschlag gaben die Pläne aus dem Mittelalter, die man wiederentdeckte, einen für den Nordturm und einen für den Südturm. Den ersten 1814 in Darmstadt, eben in dem Gasthaus Traube, und den anderen ein gutes Jahr später in Paris.«

Horndeich hörte aufmerksam zu. »Was ist da genau passiert in der Traube?«

»Das kann ich Ihnen sagen, Steffen«, mischte sich Sebastian Rossberg ein, der mit einem Aktenordner unter dem Arm zurück ins Esszimmer kam. »Aber dazu muss ich ein bisschen ausholen. 1280 – also wirklich noch im Mittelalter – wurde ein Plan gezeichnet, wie die Türme des Doms aussehen sollten. Auf Pergament, denn damals gab es ja noch kein Papier. Die Pläne lagerten später wohl im Dom. Ganz am Anfang des 19. Jahrhunderts wollte man den Dom endlich weiterbauen. Aber da waren alle Pläne aus dem Mittelalter verschwunden.«

»Wer hat die denn geklaut?«, fragte Horndeich.

»Niemand«, antwortete Sebastian Rossberg. »Doch im Zuge der Französischen Revolution hatten die Domherren ziemliche Angst, dass die Franzosen bald vor den Domtüren stehen würden. Der Dom stand einfach auf der falschen Rheinseite. Also lud man 1794 alles Wertvolle auf Pferdewagen, und ab ging's nach Osten. Die ganzen Schätze landeten dann im Kloster Wedinghausen bei Arnsberg.«

Nick und Horndeich sahen den alten Herrn fragend an, und auch Rainer machte nicht den Eindruck, als würde er wissen, wo sich dieses Arnsberg befand.

»Hundert Meilen nordöstlich von Köln«, sagte Sebastian.

»Aber wie kam der Plan dann nach Darmstadt?«

Sebastian Rossberg hob beschwichtigend die Hand: »Nicht so schnell. Erst mal kommt Napoleon. Reißt die Macht an sich – und damit werden auf der europäischen Karte fleißig Grenzen verschoben. Alles links des Rheins wird französisch, also auch der Dom. Gut, dass die Schätze jetzt rechts des Rheins sind. Und Arnsberg wird hessisch, und damit gehört auch alles in der Klosterkirche Wedinghausen den Hessen. Aber die Franzosen wollten natürlich was ab vom großen Domschatzkuchen. Und so traf man sich an neutralem Ort und verteilte die Pfründe. Dieser neutrale Ort war der Gasthof Traube in Darmstadt. Eine richtig gute Adresse seinerzeit. Franzosen und Hessen saßen 1803 im Gasthaus, zechten und verteilten. Und dabei muss der Plan vergessen worden sein. Gefunden wurde er elf Jahre später.«

»Und jetzt kommt Moller ins Spiel, nicht wahr?«, fragte Horndeich aufgeregt.

»Nein. Jetzt kommt erst mal Furler, das war ein …«

»Moment!«, unterbrach Horndeich. »Furler?«

»Ja, Johann Furler«, bestätigte Rossberg. »Wieso? Den kennt doch keine Socke …«

»Der wird aber hier in dem Brief erwähnt«, sagte Horndeich, und in seinen Augen funkelte es. Jagdinstinkt. Er hatte sich nicht getäuscht. Dieser Briefwechsel stand im Zusammenhang mit etwas ganz Großem. Und Matthias Brassel war dem auf die Spur gekommen. Blieb zu klären, was es war. Und ob es etwas mit seinem Tod zu tun hatte. »Wer war dieser Furler?«

»Ein Zimmermann und in der Traube mit einer Dachreparatur beauftragt. Und er findet einen Holzrahmen, über den ein Pergament gespannt ist. Darauf waren Bohnen zum Trocknen ausgelegt. Er muss Platz schaffen, räumt die Bohnen ab und sieht das Bild eines Kirchturms.«

»War Furler allein?«, fragte Horndeich.

»Keine Ahnung, davon steht hier nichts. Hier steht nur, dass er das Pergament seinem Meister Karl Christian Lautenschläger zeigte …«

»Der wird hier auch erwähnt«, warf Horndeich ein. »Der Brief von Renker ist auf den 4. Oktober 1870 datiert. Dort schreibt er: ›Mein Gott, der Furler hat vom Lautenschläger gerade mal einen Kronenthaler erhalten. Ich bin mir sicher, der Georg Moller hat ihm zehn, vielleicht zwanzig, womöglich sogar dreißig gegeben. Und dann haben sie die ganze Kirche wieder aufgebaut.‹«

Sebastian Rossberg sah Horndeich voller Erstaunen an. »Dieser Renker spricht wirklich von diesem Plan. Zwanzig Kronentaler hat Moller diesem Lautenschläger dafür gegeben. Und weil der Plan wieder aufgetaucht war, wurde der Dom überhaupt weitergebaut. Der Plan betraf allerdings nur den Nordturm.«

»Dann hat Renker vielleicht den Plan für den Südturm gefunden«, vermutete Horndeich. »›Gott sei heute noch gedankt, dass ich meinen Plan mitgenommen habe‹, schreibt er.«

»Nein, das ist Quatsch«, schaltete sich Rainer ein, während Nick Peckhard nur noch staunend zuhörte. »Der Plan des Südturms wurde ein gutes Jahr später in Paris gefunden. Heute hängen beide wieder vereint in Köln im Dom.«

»Also noch ein anderer Plan?«, dachte Horndeich laut nach. »Moment«, sagte er und blätterte zu einer weiteren markierten Stelle. »Das schreibt er drei Jahre später, als sein Bruder wissen will, ob er den Plan nicht doch zu Geld machen will: ›Albert, ich werde den Plan nicht verkaufen. Schau, die Kirche steht ja schon wieder fast. Wozu brauchen sie den Plan? Er wird nur wertvoller, je länger er in meinem Besitz verbleibt. Und wenn meine Enkel einmal in Not geraten, dann können sie den Plan veräußern. Er ist auch nicht so schön wie jener von Furler, er zeigt ja nur einen Grundriss. Nein, Albert, dieser Plan ist meine letzte Verbindung zur alten Heimat, und ich weiß, dass ich die Heimat nicht mehr mit eigenen Augen schauen werde. Deshalb bleibt der Plan bei mir, bis ich nicht mehr bin.‹«

»Einen Grundriss …«, sagte Sebastian Rossberg und blätterte in dem Aktenordner, den er mitgebracht hatte. Auf einmal rief er: »Da ist es! Mein Gott!« Er sah auf und in die Runde. »Es gab damals zwei Pläne! Den Aufriss der Türme, also die Türme von vorn. Und einen Grundriss, also die Kirche von oben! Und dieser Plan war genauso groß wie der der Türme!«

»Wie groß waren die?«, fragte Horndeich.

»Vier Meter in der Höhe.«

»Das passt«, sagte Horndeich und blätterte wieder zu einer markierten Stelle. »Hier schreibt er: ›Es war nicht einfach, den Plan mitzunehmen, damals. Ich habe ihn schweren Herzens in zwei Hälften geteilt, wobei mich jede davon immer noch in der Höhe überragte.‹«

»Fassen wir das mal zusammen«, sagte Rossberg. »Dieser Renker hat 1814 zusammen mit diesem Furler in der Traube im Dach gewerkelt. Dabei entdecken sie ein Holzgestell, auf den der Plan des Nordturms gespannt ist. Außerdem liegt dort noch der Plan mit dem Grundriss. Renker und Furler einigen sich: Der eine bekommt den einen Plan, der andere den zweiten. Furler rennt zu seinem Chef, diesem Lautenschläger, und kriegt für seinen Plan 'nen Apfel und 'n Ei. Renker denkt sich, dass es sich dafür nicht lohnt, den Plan herzugeben. Und dann bekommt er mit, dass das alles ganz großes Kino ist, weil der Plan ein uralter Grundriss des Kölner Doms ist. Und Renker denkt: ›Wow, jetzt hab ich 'ne echt gute Rentenversicherung!‹«

»Ja, das kann so gewesen sein«, meinte Horndeich. »In den Briefen an seinen Bruder schreibt er immer wieder, dass er den Plan nicht verkauft hat, obwohl es ihm nicht gutging und es für die Familie richtig knapp wurde. Und als sie dann umsiedelten, nahm er den Plan mit nach Amerika.«

Es war Nick Peckhard, der die nächste Schlussfolgerung aussprach. »Die Renkers landen im amerikanischen Darmstadt. Dann ist der Plan immer noch dort, wenn ihn niemand vertickt, Bohnen darauf getrocknet oder ihn ein Nachfahre in einen anderen Teil des Landes geschleppt hat.«

»Genau das muss sich Matthias Brassel auch gedacht haben«, war Horndeich überzeugt. »Er begibt sich nach Darmstadt in Indiana und versucht dort herauszubekommen, ob jemand den mittelalterlichen Grundriss des Doms in Köln hat.«

Nick Peckhard nickte zustimmend. »Ich habe ihn damals ja gefragt, was er bei uns in Darmstadt suchen würde. Und er hat gelacht und gesagt, er wäre auf Schatzsuche. Ich habe das für einen Witz gehalten, aber damit lag ich offenbar falsch.«

Daraufhin saßen die Männer zunächst schweigend am Tisch, bis Margots Vater entschied: »Darauf trinken wir jetzt einen!«

Er stellte vier kleine bauchige Gläser mit langen Stielen auf den Tisch, öffnete die Hausbar und entnahm ihr eine Flasche Whiskey. Horndeich konnte auf dem Etikett den Schriftzug »Cougar« erkennen. Kannte er nicht.

Rossberg füllte die Gläser. »Darauf, dass wir vielleicht einem großen Geheimnis auf der Spur sind. Und auf das andere Darmstadt, das in Indiana.«

Die vier stießen an. Und Horndeich meinte für einen Augenblick, das Schimmern einer Träne in Sebastian Rossbergs Auge zu sehen. Er war der einzige Mensch, den Horndeich kannte, den Geschichte sentimental machte.

»Es war Bill Fishkin, der mich wieder auf Matt Brassels vermeintlichen Unfalltod aufmerksam machte«, sinnierte Nick Peckhard. »Und das zu einem Zeitpunkt, da er erfährt, dass Jack Mahone sein leiblicher Vater ist. Ist das Zufall?«

»Auf jeden Fall müssen wir uns mit Jack Mahone unterhalten«, entschied Horndeich. »Der sollte ja morgen wieder ansprechbar sein.«

»Aber die andere Spur, die Sache mit Matts Suche nach dem Plan, die sollten wir auch verfolgen«, meinte Nick. »Möglicherweise weiß auch Chloe etwas über den Plan. Wenn sich jemand mit der Geschichte des kleinen Darmstadt auskennt, dann sie. Ich fürchte, dieser Fall kann nur von beiden Seiten des Atlantiks aus gelöst werden. Ich werde also morgen wieder zurück nach Indiana fliegen.«

»Dann sollten wir auf das Wissen von Chloe anstoßen.« Sebastian füllte die Gläser erneut.

MONTAG, 13. DEZEMBER

9.00 Uhr

Nicht nur Samantha Fishkin trug an diesem Morgen Schwarz, sondern auch Annie Mahone. Ein schwarzes Kostüm, schwarze Bluse, schwarze Strümpfe und schwarze Schuhe. Sie stand im Türrahmen und machte keine Anstalten, das Ermittlerteam hereinzubitten, das aus Margot Hesgart, Horndeich und Nick Peckhard bestand.

»Was wollen Sie denn noch?«, fragte sie.

»Mama?«, hörte Margot eine weibliche Stimme im Hintergrund. »Wer ist da?«

»Polizei«, sagte Annie Mahone so leise, dass Margot daran zweifelte, dass die Schallwellen das Ohr der Frau im Hintergrund erreichten. Mussten sie auch nicht, denn Jamie Mahone trat im nächsten Moment neben ihre Mutter.

»Was wollen Sie denn schon wieder von uns?«, fragte sie. Auch sie trug Schwarz. Das war sicherlich kein kurzfristiger Modetrend, der unter den Mahone-Frauen ausgebrochen war.

»Ist jemand …?« Weiter kam Margot nicht, denn Jamie fiel ihr ins Wort.

»Mein Vater. Er ist vorgestern Abend im Krankenhaus verstorben.«

»Er ist … *was*?«, staunte Horndeich voller Unglauben. Auch Nick Peckhard starrte die beiden Frauen verdutzt an.

»Er ist tot«, bestätigte Jamie. »Das Herz hat nicht mehr mitgemacht, sagen die Ärzte.«

»Was soll das heißen?«, fragte Horndeich, noch immer verwirrt. Und Nick Peckhard präzisierte die Frage mit den Worten: »Woran genau ist er gestorben?«

Annie Mahone brach in Tränen aus. Weder sie noch Jamie gaben den Eingang zur Wohnung frei.

»Mein Gott, fragen Sie doch den Arzt«, sagte Jamie ungehalten. »Ich bin kein Mediziner. Ich weiß nur, dass mein Vater tot ist, weil sein Herz nicht mehr schlagen wollte. Und jetzt würde ich Sie bitten, mich durchzulassen, denn ich muss jetzt nach Hause. Ansonsten wäre ich Ihnen dankbar, wenn Sie meine Mutter nicht weiter belästigen. Sie hat Ihnen doch bereits vorgestern schon alles gesagt, was sie weiß.«

»Es tut mir leid, Frau Mahone. Und natürlich auch für Sie, Frau Langfass«, sagte Margot und spürte, wie die Spannung in der Luft etwas nachließ. Manchmal brauchte es nur ein paar Zauberworte.

»Mama, ich muss jetzt.« Jamie gab ihrer Mutter einen Kuss auf die Wange. »Ich melde mich heute Mittag. Dann kommt auch Mara.« Sie schob sich an den drei Polizisten vorbei und ging die Treppe hinab.

»Frau Mahone, dürften wir Ihnen noch ein paar Fragen stellen?«, sagte Margot mit sanfter Stimme.

Annie Mahone nickte schwach. »Kommen Sie schon herein.« Sie trat zur Seite.

»Ich fahre ins Krankenhaus«, sagte Horndeich. Margot nickte. Es war sinnvoll, mit dem Arzt zu sprechen.

Annie Mahone führte Nick und Margot an den Esstisch.

»Frau Mahone, sagt Ihnen der Name Matthias Brassel etwas?«, fragte Margot.

Sie hatte sich vor einer Stunde mit Horndeich und Nick im Präsidium getroffen, und die beiden hatten sie über die Ergebnisse ihrer Nachforschungen am vergangenen Abend in Kenntnis gesetzt. Margot war erstaunt gewesen, dass Horndeichs Euphorie hinsichtlich der alten Briefe tatsächlich eine neue Spur ergeben hatte. Nun gut, Spur war vielleicht ein wenig übertrieben. Vielleicht keine so gute Spur wie etwa Pfotenabdrücke eines Hundes im Schnee. Eher so ein paar Moleküle eines Hundepupses, die darauf hindeuteten, dass da mal ein Hund gewesen war. Auf jeden Fall wäre Annies Antwort auf die Frage interessant …

»Brassel? Der Name sagt mir nichts.«

… oder auch nicht.

»Vielleicht kann ich Ihnen noch ein bisschen helfen«, sagte Nick und schlug ein kleines Notizbuch auf. »Matthias Brassel ging im Sommer 1973 in die USA, präzise im Juni '73, und zwar zunächst nach New York. Dort kaufte er sich einen VW-Splittie. Also einen Bulli. Hellblau. Schon ein bisschen mitgenommen, an der rechten Seite mit Blumen bemalt. Mit dem Bus fuhr er nach Darmstadt, *Ihr* Darmstadt in Indiana. Und blieb für etwa vier Wochen dort.«

»Matt! Natürlich, Matt und sein Splittie!«, rief sie aus. »Ja, jetzt erinnere ich mich!« Sie lachte kurz auf.

»Sie kannten Matt?« Nick fragte weiter, und Margot ließ ihn machen.

»Ja. Jeder in Darmstadt kannte Matt und seinen Splittie. Ich meine, Darmstadt hat keine fünfzehnhundert Einwohner. Wer mit seinem Wagen auf den Parkplatz vor dem Einkaufszentrum fährt, wird irgendwann wahrgenommen. Und Matt fiel auf mit dem Wagen. Ich meine, Darmstadt war ja nicht gerade das Zentrum der Hippiebewegung. Und dann er, mit seinen langen Haaren. Aber die Leute mochten ihn.«

»Was wollte er in Darmstadt?«

»Ich weiß es nicht. Keine Ahnung.«

»Haben Sie nie mit ihm geredet?«

»Doch, habe ich. Matt machte Musik, aber er hatte keine Gitarre wie die meisten, sondern ein Akkordeon. Es hatte sich schon herumgesprochen, dass er aus *Germany* kam. Und dann sang er. Pete Seeger. Bob Dylan. Peter, Paul and Mary – eben all die Songs, die man damals hörte. Und dann spielte er ›All Along the Watchtower‹ von Jimi Hendrix. Unglaublich. Auf dem Akkordeon. Ja, Matt Brassel ist mir im Gedächtnis geblieben.«

»Und Sie haben keine Ahnung, warum er nach Darmstadt gekommen ist? Und weshalb er so lange in der Gegend blieb?«

»Nein. Darüber haben wir nicht gesprochen. Wir haben nur über Musik geredet.«

Nick machte eine Pause. Dann lehnte er sich sehr weit aus dem Fenster, wie Margot fand, indem er fragte: »Hatten Sie engeren Kontakt zu Matt Brassel?«

»Hören Sie mal, ich war verheiratet, glücklich verheiratet, und hatte eine Tochter. Ja, ich habe es geliebt, wie er Musik gemacht hat. Es war so schön, dass ich meinen Mann gefragt habe, ob er nicht Akkordeon spielen wollte.«

»Und?«, fragte Nick.

»Was, und?«

»Hat Ihr Mann angefangen, Akkordeon zu spielen?«

»Ja. Und irgendwann spielte er ›All Along the Watchtower‹.«

Margot warf Nick erneut einen Blick zu. Bei Horndeich funktionierte es manchmal: Mit ihren Blicken konnte sie seine Gedanken wie mit einer Fernbedienung steuern. Ob sie und Nick auch so ein gutes Team werden konnten?

Nick verstand tatsächlich. »Frau Mahone, hat Matt jemals mit Ihnen über einen Plan gesprochen? Einen gezeichneten uralten Plan, auf dem eine Kirche abgebildet war?«

»Herr Peckhard, Matt hat mit mir über Musik gesprochen, über mehr nicht.«

»Matt starb in Darmstadt, USA. Kam von der Princeton Road ab, er und der Bus verbrannten. Haben Sie damals von dem Unfall gehört?«

»Jeder in Darmstadt hat davon gehört. Passierte dort nicht so oft, dass jemand durch einen Autounfall ums Leben kam. Alle haben darüber geredet.«

»Und – was haben sie gesagt?«

»Herr Peckhard, befragen Sie mich jetzt ernsthaft über Gerüchte von vor fast vierzig Jahren?«

Nick lächelte. Auch eine Art von Antwort.

»Alle waren schockiert«, sagte Annie Mahone. »Alle haben sich gefragt, wie Matt gegen diesen Baum fahren konnte. Alle fragten sich, ob er Drogen genommen hatte.«

»Und?« Das schien die neue Standardfrage des amerikanischen Kollegen zu sein.

»Nix und! Die einen konnten es sich nicht vorstellen, die anderen … Na, Sie kennen doch diese Leute. Die hatten es schon immer gewusst. Aber was, um Gottes willen, hat Matt mit William Fishkin zu tun?«

Damit sprach Annie Mahone exakt die Frage aus, die sich auch Margot schon seit geraumer Zeit stellte.

Statt darauf zu antworten, wollte Nick Peckhard wissen: »Wann sind Sie und Ihr Mann eigentlich nach Darmstadt gekommen? Ich meine jetzt dieses Darmstadt hier.«

»Das war auch Sommer '73, im August. Ja. Am 8. August.«

»Am 8. August 1973?«

«Ja.«

»Sie erinnern sich genau an das Datum?«

»Ja, weil wir am Tag danach den Geburtstag meines Mannes in Darmstadt, also hier, gefeiert haben.« Tränen liefen ihr über die Wangen, und sie zog ein Papiertaschentuch aus einer bereits offenen Packung, die auf dem Tisch lag.

Margot wollte die Dame nicht länger bedrängen und in ihrer Trauer stören. Sie stand auf, und Peckhard folgte ihrem Beispiel, dann verabschiedeten sie sich von Annie Mahone.

Wenig später saßen Nick und Margot wieder in ihrem Mini, und sie steuerte den Wagen in Richtung Präsidium.

Peckhard zögerte kurz, dann sagte er: »Margot, ich habe gestern Abend noch meinen Flug gebucht. Ich fliege heute wieder zurück. Wir sollten von beiden Seiten des Meeres ermitteln. Das ist effizienter.«

Margot sah ihn nicht an, sondern hielt den Blick auf die Straße gerichtet. Der Gedanke daran, dass dieser sympathische Kollege bereits wieder abreiste, behagte ihr nicht. Vieles schoss durch ihren Kopf, aus allen Richtungen. »Vielleicht …«

»Es könnte sein …«, fing Nick gleichzeitig an zu sprechen.

»Du zuerst.«

»Ja, das ist mir lieber mit dem Du.«

»Entschuldigung, ich wollte …«

»Alles okay, Margot. Ich wollte dich nur fragen, ob es vielleicht sinnvoll wäre, dass du mit rüberfliegst. Vier Augen sehen mehr als zwei, und du kannst dich dann mit Steffen hier in Deutschland abstimmen.«

Margot antwortete nicht gleich. Das Gedankenscharmützel im Kopf hielt nach wie vor an. Die Idee war ihr ebenfalls gekommen, aber konnte sie Kollege Horndeich wirklich für ein paar Tage hier allein lassen? Was würde Staatsanwalt Relgart dazu sagen? »Geht das so kurzfristig?«

Nick lachte. »Ich habe mir erlaubt, das bereits in die Wege zu leiten. Wenn du mitkommen willst, ist das kein Problem.«

»Okay, ich setze dich im Hotel ab, dann kläre ich das.«

»Wunderbar.« Irgendwie erinnerte Nick sie an einen großen Jungen, der sich freut, seiner Mama gerade eine große Tüte Eis abgeschwatzt zu haben.

Inzwischen waren sie an der Kreuzung der Nieder-Ramstädter angekommen. Margot hatte sich schon auf der Linksabbiegerspur eingeordnet, um zum Präsidium zu gelangen, setzte aber schnell den Blinker nach rechts und ignorierte gelassen das Hupen der anderen Verkehrsteilnehmer hinter ihr und zu ihrer Rechten.

Sie freute sich über den Abstecher nach Amerika. Relgart konnte sie sicherlich überzeugen. Schnelle Ergebnisse durch Ermittlung vor Ort. Solche und ähnliche Formulierungen sollten wirken.

10.00 Uhr

Horndeich hatte an der Rezeption des Bezirkskrankenhauses erfahren, dass Jack Mahone auf Station vier gelegen hatte, und fuhr mit dem Aufzug nach oben. »Im Brandfalle bitten wir von der Benutzung des Fahrstuhls abzusehen«, stand auf einem Schild. Man kann das auch kürzer formulieren, dachte Horndeich. Im Brandfalle Brandfalle.

Er zeigte einer korpulenten Krankenschwester seinen Polizeiausweis und bat: »Ich müsste mit dem Arzt sprechen, der vorgestern den Tod von Herrn Mahone festgestellt hat.«

»Oh, der arme Herr Mahone. Tat mir leid. Ich war die, die ihn tot aufgefunden hat.«

»Oh, dann bräuchte ich Ihren Namen und die Anschrift«, sagte Horndeich und zückte sein Notizbüchlein. Als er das leichte Erschrecken in ihrem Gesicht sah, fügte er mit einem beruhigenden Lächeln hinzu: »Reine Routine. Falls sich später noch eine Frage ergeben sollte.«

»Helena Grust«, stellte sich die Schwester vor und nannte ihre Anschrift und Telefonnummer.

»Haben Sie etwas Ungewöhnliches beobachtet?«

»Nein, gar nichts. Wieso?« Als Horndeich nicht antwortete, fuhr sie fort: »Wir hatten gerade Übergabe, ich hatte die Nachtschicht.«

»Wer hat Herrn Mahone zuletzt lebend gesehen?«

»Eine Kollegin von mir, Maria Wettge. Sie hat um halb sieben noch mal die Infusion gewechselt.«

Auch diesen Namen notierte Horndeich. »Und dann?«

»Müssen wir darüber hier auf dem Flur reden?«, fragte Schwester Helena. »Kommen Sie mit.«

Horndeich folgte ihr ins Schwesternzimmer. In dessen Mitte standen ein einfacher Tisch und drumherum schlichte Stühle mit roten Plastiksitzschalen und an den Wänden weiße Medikamentenschränke, verziert mit verschiedensten Urlaubspostkarten.

»Kaffee?«, fragte Schwester Helena.

»Gern.«

Sie goss aus einer Kanne ein, die sie aus einer Kaffeemaschine zog.

»Nachdem Schwester Maria die Infusion gewechselt hatte«, nahm Horndeich das Gespräch wieder auf, »was passierte dann?«

»Um zwanzig Uhr hatten wir Übergabe. Um halb neun betrat ich dann Herrn Mahones Zimmer. Ich dachte, er würde schlafen. Seine Decke war ein wenig nach unten gerutscht. Ich wollte ihn wieder zudecken. Da merkte ich, dass er nicht mehr atmete. Ich habe sofort nach dem Arzt gerufen, Dr. Jakubolit. Aber es war zu spät, der Patient war tot.«

»Ist dieser Dr. Jakuku…«, verhaspelte sich Horndeich.

»Dr. Jakubolit«, wiederholte Schwester Helena.

»Ist der jetzt hier?«

»Da haben Sie Glück. Ich funke ihn an, Sekunde.« Sie drückte auf einen Knopf auf der Telefonanlage. Nur Augenblicke später klingelte das Telefon, Schwester Helena nahm ab und erklärte Dr. Jakubolit, worum es ging, dann sagte sie, während sie den Hörer wieder auflegte: »Er kommt gleich.«

»Wunderbar, danke. Was passierte, nachdem der Arzt den Tod festgestellt hatte?«

»Na, es ging wie immer.«

»Was heißt das, wie immer?«

»Entschuldigen Sie, man verfällt ein wenig in die Routine. Doch Menschen sterben. Und alte Menschen im Krankenhaus sterben öfter. Wissen Sie, so wie die Piloten im Flugzeug haben auch wir eine Checklist. Oder besser: eine To-do-Liste, was also zu tun ist, wenn ein Patient verstorben ist.«

»Und die sieht wie aus?«

»Wir richten den Toten her. Wickeln eine Binde um den Kopf und unter den Unterkiefer, damit der Mund geschlossen bleibt und bei der Totenstarre nicht offen steht. Dann rufen wir die Angehörigen an. Sie können dann in Ruhe vom Verstorbenen Abschied nehmen.«

»Das war also gegen einundzwanzig Uhr?«

»Ja, so ungefähr. Auf die Uhr hab ich nicht geschaut.«

»Und wer kam zu Jack Mahone?«

»Nun, seine Frau und ihre drei Töchter.«

»Haben die auch mit dem Arzt gesprochen?«

»Ja. Dr. Jakubolit hat ihnen erklärt, was passiert ist.«

»Und was ist passiert?«

»Wissen Sie, das soll er Ihnen lieber selbst sagen.«

»Was ist danach mit dem Toten geschehen?«

»Nachdem die Angehörigen gegangen waren, hat ein Kollege von mir Jack Mahone in den Kühlraum gebracht.«

»Ist er dort jetzt noch?«

Schwester Helena sah auf ihre Uhr. »Nein. Er ist wahrscheinlich schon abgeholt worden.«

»Vom Bestattungsunternehmen?«

»Ja.«

»Können Sie in Erfahrung bringen, wer die Leiche abgeholt hat?«

Noch bevor Schwester Helena antworten konnte, trat ein Mann in weißem Kittel in den Raum. »Sie sind von der Polizei?«

Horndeich erhob sich. »Kommissar Steffen Horndeich, Kripo Darmstadt.«

Der Arzt gab ihm die Hand und stellte sich vor. »Dr. Bruno Jakubolit.«

Schwester Helena verabschiedete sich, und Horndeich und Jakubolit nahmen am Tisch Platz.

»Was kann ich für Sie tun?«, fragte der Arzt. »Schwester Helena sagte, Sie hätten Fragen zum Tod von Jack Mahone?«

»Ja. Er war Zeuge in einem Mordfall. Woran ist er gestorben?«

»Sein Herz hat nicht mehr mitgespielt.«

»Hat jemand nachgeholfen?«, fragte Horndeich unverblümt.

»Wie meinen Sie das?«

»Nun, ist er ermordet worden?«

»Ermordet? Nein. Warum? Uns hat niemand informiert, dass irgendwelche besonderen Maßnahmen notwendig wären. Er war gefährdet?«

»Keine Ahnung«, sagte Horndeich, und ein Anflug von Resignation lag in seiner Stimme. »Woran genau ist er gestorben?«

»Jack Mahone ist mit heftigem Brechdurchfall eingeliefert worden. Als er hier ankam, litt er bereits unter starker Exsikkose.«

»Exsi-was?«

»Entschuldigen Sie, Berufskrankheit. Exsikkose heißt Austrocknung. Er hatte unheimlich viel Flüssigkeit verloren, und bei ihm hatte sich bereits eine Elektrolytentgleisung eingestellt.« Auf Horndeichs fragenden Blick fügte er erklärend hinzu: »Viel zu wenig Kalium. Die Folge: Herzrhythmusstörungen. Wir haben ihn über Nacht auf der Intensiv behalten. Am Samstagmittag hatte sich sein Zustand deutlich verbessert, und er schien wieder stabil. Da haben wir ihn auf die Station verlegt. Und dann, gegen acht, hat sich sein Herz verabschiedet.«

»Keine Auffälligkeiten?«

»Herr Horndeich, was erwarten Sie? In unserem Krankenhaus sterben jedes Jahr gut siebenhundert Menschen. Das liegt nicht daran, dass wir unseren Job nicht richtig machen, sondern weil bei vielen Menschen, die zu uns kommen, die Linie zwischen Leben und Tod schon ziemlich dünn ist. Wir tun unser Bestes, um sie auf der Seite des Lebens zu halten, aber das gelingt nicht immer. Als Herr Mahone zu uns kam, war sein Zustand kritisch. Er war auch nicht mehr der Jüngste. Einen Moment.« Er erhob sich, ging ins Stationszimmer, kam kurz darauf mit einer Akte zurück und blätterte sie durch. »Herr Mahone hatte seit Jahren Probleme mit dem Magen. Vor drei Jahren ein Ulcus ventriculi …« Bevor Horndeich fragen konnte, erklärte der Arzt: »Ein Magenwandgeschwür. Bei uns operativ entfernt. Ein weiteres vor sieben Jahren, medikamentös behandelt. Das ist nur das, was hier angegeben ist.«

»Können wir ihn nach Frankfurt zur Gerichtsmedizin bringen lassen?«, fragte Horndeich.

»Bei begründetem Verdacht auf einen unnatürlichen Tod ist das natürlich immer möglich«, gestand Dr. Jakubolit ein. »Aber mit Verlaub, ich glaube nicht an eine unnatürliche Todesursache. Er hatte kein Einschussloch im Körper, auch keine Würgespuren.«

»Gift?«

»Ich muss Sie enttäuschen, Herr Kommissar. Keinerlei Hinweis. Der Kollege in der Pathologie hat sich den Patienten genau angeschaut. Er hat schon was gefunden: im Magen ein neues Geschwür; die Narbe von der Entfernung des früheren Geschwürs; die Galle ist nicht mehr vorhanden; der Darm entzündlich verändert.«

»Sie haben ihn also obduziert?«

»Nicht so, wie Kollege Hinrich in Frankfurt dies tun würde. Wir untersuchen nur die Organe, und da gab es absolut keine Auffälligkeiten. Und seien Sie versichert: Hinweise auf einen Mord wie einen Schusskanal, Schaum vor dem Mund oder geplatzte Äderchen im Augenweiß übersieht auch bei uns niemand. Wenn Sie aber dennoch einen begründeten Verdacht haben, jemand könne da nachgeholfen haben, dann lassen Sie den Leichnam zu Kollege Hinrich überführen, der freut sich bestimmt.«

»Nun, einen solchen Verdacht gibt es nicht«, gestand Horndeich und erhob sich. »Ich danke Ihnen ganz herzlich.«

»Gern geschehen. Und … es tut mir leid. Für die Angehörigen. Aber auch für Sie, wenn er ein Zeuge war.«

13.50 Uhr

Bequem ist was anderes, dachte Margot, als sie sich auf den mittleren Platz der Dreierreihe setzte. Nick hatte den äußeren Sitz, der Fensterplatz war noch frei.

Sie und Nick hatten gerade die Maschine nach Detroit bestiegen. Ihr Kollege Marlock hatte sich um die ganzen Formalitäten gekümmert, sodass Margot noch eine halbe Stunde Zeit gehabt hatte, um zu packen.

»Die haben in den Flieger an Sitzen reingequetscht, was geht«, kommentierte Nick.

Margot schob ihre Handtasche unter den Sitz. Sie hatte es tatsächlich geschafft, innerhalb einer halben Stunde ihren Koffer zu packen. Doro hatte ihr den roten Hartschalenkoffer geliehen. Für gewöhnlich brauchte Margot locker eine Stunde allein für die Auswahl der Klamotten, wenn sie verreiste. Dann entdeckte sie in ihrem Kleiderschrank jedes Mal alte Bekannte, die sie längst vergessen hatte. Im Gegensatz zu ihr packte Rainer in knapp zwanzig Minuten für eine Drei-Wochen-Reise und reagierte zunehmend gereizt, wenn sie ihn fragte, ob sie die grüne oder lieber die türkise Bluse mitnehmen sollte. Während er sonst ein Mann der schnellen Entschlüsse war, schien es unmöglich, ihm auf solch eine Frage ein simples »Nimm die grüne« zu entlocken. Womit er zumindest eine Mitschuld daran trug, dass sie beim Packen für gewöhnlich länger brauchte als er.

Rainer war über ihre spontanen Reisepläne nicht entzückt gewesen. Er selbst müsse in zwei Tagen zu einer wichtigen Veranstaltung nach Kassel, hatte er verkündet, zu einer dreitägigen Konferenz, auf der er unabkömmlich sei.

Einmal mehr hatte sie gemerkt, dass das Tragen eines Eherings nicht zwingend die Kommunikation zwischen den Partnern verbesserte. Wer denn dann bei Doro bleiben sollte, hatte er gepoltert. Und sie hatte ihn daran erinnert, dass er zwar der Vater der jungen Dame war, sie aber nicht die Mutter.

»Meine Damen und Herren, wir werden in wenigen Minuten starten und warten nur noch auf einen letzten Passagier, der aber inzwischen auf dem Weg zum Flugzeug ist«, erklang die Stimme der Chefstewardess über Lautsprecher.

Sie unterhielt sich mit Nick über den Fall, und so registrierte sie den Mann erst, als er neben Nick stand und sie beide ansprach: »Entschuldigung, aber ich sitze dort am Fenster.«

Margot glaubte ihren Augen nicht trauen zu dürfen. »Papa? Was machst du denn hier?«

»Erst mal guten Tag«, sagte Sebastian Rossberg. »Ich glaube, wir haben denselben Weg.«

»Du fliegst auch nach Amerika?« In Anbetracht ihrer Überraschung verzieh sich Margot die dumme Frage. Und ihr Vater verzichtete auf eine seiner sonst so schlagfertigen Bemerkungen wie etwa »Nein, ich springe über Irland ab«.

»Ja. Ich komme mit nach Darmstadt. Nick hat mich neugierig gemacht.«

Nick grinste breit. Offensichtlich hatte er bereits gewusst, dass ihr Vater mitfliegen würde.

Nick und Margot standen auf, um Sebastian zu seinem Sitz zu lassen, dann ließen sie sich alle drei nieder und schnallten sich an.

»Hast du schon ein Hotel?«, fragte Margot ihren Vater.

»Klar. Nick hat mir bereits ein Zimmer besorgt. Wir wohnen in *einem* Hotel. Ist das nicht schön?«

Margot war sich nicht sicher, was sie davon halten sollte. »Warum bist du zu spät?«, wollte sie wissen. Und außerdem wunderte sie sich, dass der Flieger auf ihn gewartet hatte.

»Ich kann nichts dafür«, antwortete er. »Ich war der Letzte in der Schlange vor dem Sicherheitscheck, und dieses komische Scangerät hat irgendein Geisterbild auf den Bildschirm gezaubert, sodass ich mein Handgepäck bis aufs letzte Molekül auspacken musste. Na, jetzt bin ich ja da.«

Margot konnte sich des Eindrucks nicht erwehren, dass sich ihr Vater im Moment so wohl fühlte wie seit Langem nicht mehr. Ein kleiner Junge auf Klassenfahrt nach Disneyland.

Die Stewardessen führten das Notfallballett auf, während eine Stimme vom Band die Sicherheitsvorkehrungen erklärte. Für einen kurzen Augenblick beschlich Margot ein Gefühl der Klaustrophobie. Die Stewardessen lächelten, als sie sich die Sauerstoffmasken auf die Gesichter pressten. Skurril. Margot wandte den Kopf und erkannte, dass sie keine drei Meter von zwei Notausgängen entfernt war. Ob das bei einem Absturz die Rettung bedeuten konnte?

Die Turbinen dröhnten, der Flieger rollte zur Startbahn. Mit einem Mal nahm Margot die Enge des Raums wahr. In dieser schmalen Röhre würde sie die nächsten neun Stunden verbringen, zehn Kilometer über festem Grund, dann zehn Kilometer über dem Atlantik. He, können Sie den Flieger noch mal anhalten!, hätte sie am liebsten gerufen. Ich bleib doch besser hier! Muss auf die Tochter meines Mannes aufpassen!

»Alles okay?«, fragte Nick.

»Ja, wieso?«, meinte Margot. Wieso?, fragte eine spöttische Stimme lautlos in ihren Gedanken. Vielleicht, weil du käseweiß geworden bist und piepst wie Kate Bush in ihren besten Tagen!

»Es ist alles in Ordnung«, sagte Nick und strich ihr sanft über den Unterarm. Für den Bruchteil einer Sekunde nahm sie diese Berührung als angenehm wahr, dann schwappte die Welle der Panik wieder über ihr zusammen.

In diesem Augenblick beschleunigte das Flugzeug. Sie fragte sich, was Menschen diesem Gefühl an positiven Empfindungen abgewinnen können. Sie würde auf jeden Fall nie in ihrem Leben auf einen Ferrari sparen.

Als der Flieger abhob, meinte sie zu hören, wie ihr Vater ein leises »Ja!« rief, und es klang wie ein verhaltener Schlachtruf.

Sie spürte nicht, dass sich ihre rechte Hand in Nicks Arm verkrallte, bis er einen Schmerzenslaut hören ließ.

»Das gibt einen blauen Fleck«, kommentierte er, als sie ihn losließ.

Die Bemerkung lenkte Margot wenigstens kurz von ihrer Panik ab. Dann begann sie sich darüber Gedanken zu machen, wie sie die kommenden acht Stunden und neunundfünfzig Minuten überleben wollte, ohne Nick zu verletzen. Und ohne sich heiser zu brüllen.

14.00 Uhr Ortszeit Darmstadt, Hessen

Nein, er fand es nicht witzig. Ganz und gar nicht. Margot hatte den Abflug gemacht, und das im wahrsten Sinne des Wortes. Nach Amerika. Was für eine Schnapsidee!

Horndeich hatte den Verdacht, dass es mehr der amerikanische Polizist gewesen war, der Margot zu dieser Reise veranlasst hatte, als dass sie wirklich daran glaubte, den Fall vor Ort lösen zu können. Vielleicht tat er seiner Kollegin damit ja unrecht, aber er war es, der jetzt mit der schwarz gekleideten Amazone nach Frankfurt in die Gerichtsmedizin fahren musste, denn Samantha wollte ihren Gatten – ihren *Ex*gatten – noch einmal sehen. Konnte er ja auch verstehen. Aber warum musste ausgerechnet er Kindermädchen für die amerikanische Witwe spielen? Immerhin arbeitete er gerade an einem Mordfall. Also hatte er Marlock gefragt, ob der nicht vielleicht … Oder vielleicht Kollege Taschke … Aber alle machten ihn darauf aufmerksam, dass er, Horndeich, ja mit Abstand am besten Englisch sprach.

In der Schule war Horndeich nie besonders gut gewesen. Nur in diesem Fach. Hatte vielleicht damit zu tun, dass er schon immer die Lieder im Radio hatte verstehen wollen. Doch als er dann die erste Eins in Englisch nach Hause gebracht hatte, verspotteten ihn die Kumpels als Streber.

Und auch jetzt hatte er wieder das Gefühl, mit seiner Sprachbegabung den Schwarzen Peter gezogen zu haben.

Dabei schwieg Samantha, seit sie vor dem Hotel in Horndeichs Crossfire gestiegen war, was in dem eng anliegenden schwarzen Kleid gar nicht so einfach gewesen war. Horndeichs Freund Henrik hatte einmal gesagt, er würde sich nie so einen Wagen kaufen, bei dem ihm ein Dackel bei einem Ampelstopp frech ins Gesicht grinsen konnte. Nun, damit lag er falsch: Bei einem Crossfire musste das Hündchen auf der Straße zumindest ein Boxer sein.

Horndeich hatte keine Ahnung, wie er ein Gespräch mit der Witwe beginnen sollte. Sind Sie sehr traurig, dass ihr Exmann tot ist? Er war nicht gut in diesen Dingen. Also fragte er nur auf Englisch: »Etwas Musik?«

»Ja, gern.«

Horndeich schaltete den CD-Player an. Na, das schien ja zu passen: Das war die MP3-CD, die er sich mit bunt gemischtem Country-Rock gebrannt hatte. Carrie Underwood hieß die Dame, die gerade mächtig losrockte.

War Horndeich allein in seinem Wagen, sang er lauthals mit. An diesem Tag ließ er es. Er sah zu seiner Beifahrerin, tippte den Rhythmus mit den Fingern auf dem Lenkrad mit und sang lautlos mit, denn da sie geradeaus durch die Windschutzscheibe stierte, konnte sie seine Lippenbewegungen nicht sehen.

And he don't know
that I dug my key into the side of his pretty little
souped-up four-wheel drive,
carved my name into his leather seat,
I took a Louisville slugger into both head lights,
slashed a hole in all four tires …

Und er wusste nicht,
dass ich meinen Schlüssel in die Seite seines nett
frisierten Allrad-Boliden grub,
meinen Namen in seinen Ledersitz schnitzte,
einen Louisville-Schläger auf beide Scheinwerfer
knallen ließ
und ein Loch in alle vier Reifen stach …

Horndeich wechselte unwillkürlich auf die ganz linke Spur, denn die Musik beflügelte ihn. Dann aber merkte er, wie sich Samantha verkrampfte, und er erinnerte sich daran, dass man in den USA ein weit strengeres Tempolimit hatte. Also nahm er die Geschwindigkeit zurück und fuhr brav wieder nach rechts.

Carrie machte im Refrain des Songs klar, wozu die kleine Gewaltorgie, die sie zuvor geschildert hatte, dienen sollte:

And maybe next time he'll think before he cheats!

Vielleicht denkt er das nächste Mal nach, bevor er fremdgeht!

Offenbar rief das bei Horndeichs Beifahrerin schmerzliche Erinnerungen hervor, denn er sah, wie ihr eine Träne über die Wange lief. Er gab anscheinend keinen guten Seelentröster ab, erkannte Horndeich.

Er versuchte einen Titel mit unverfänglicherem Text zu finden, wobei ihm bewusst wurde, dass es kaum einen Countrysong gab, der nicht von erfüllter oder unerfüllter Liebe handelte. War in diesem Fall beides gleich schlecht. Horndeich wünschte sich nichts sehnlicher, als dass er seine verdammte Bach-CD eingelegt hätte. Oder der Radiochip des Geräts nicht vorgestern den Geist aufgegeben hätte …

Schließlich lenkte er den Wagen auf den Parkplatz des gerichtsmedizinischen Instituts, während Billy Currington gerade darüber sang, wie toll er im Biertrinken sei. Offenbar war Bill Fishkin kein Alkoholiker gewesen, denn Samanthas Tränen waren getrocknet, als Horndeich hinter der alten Jugendstilvilla in Sachsenhausen den Motor abstellte.

Keiner hätte vermutet, dass in diesem prächtigen Gemäuer Leichen seziert und mit Hightech untersucht wurden. Allein die auch am Tag heruntergelassenen Rollläden deuteten an, dass dort etwas vor der Öffentlichkeit verborgen wurde.

Der Wagen, neben dem Horndeich seinen Crossfire geparkt hatte, war ebenfalls schnittig: ein Maserati Quattroporte, auch in dunklem Metallicrot. Nett, dachte Horndeich, so ein Wägelchen hätte mich auch verdient.

Er ging um den Crossfire herum und half Samantha Fishkin beim Aussteigen, was mit dem Kleid noch schwieriger war als einzusteigen. Sie hakte sich bei Horndeich unter, was vielleicht auch den Pfennigabsätzen und dem Schneegrund geschuldet war, und er führte sie bis ins Geschäftszimmer.

»Ah, Herr Horndeich. Und Mrs Fishkin, nehme ich an«, sagte die Dame hinter dem Schreibtisch. Ihre Vorliebe für die Fünfziger äußerte sich in ihrer Garderobe und einer lustigen Kurzhaartolle.

»Ja«, bestätigte Horndeich. »Hinrich meinte, wir sollen um drei kommen, damit Mrs Fishkin von ihrem Gatten Abschied nehmen kann.« Horndeich sah auf seine Armbanduhr: drei Minuten vor fünfzehn Uhr. Da er die amerikanische Fahrweise adaptiert hatte, damit die gute Samantha keinen Herzanfall erlitt, waren sie nicht zu früh.

»Der Chef ist noch unten mit einer anderen Dame beschäftigt«, erhielt er zur Antwort. »Wenn Sie bitte kurz Platz nehmen möchten.«

Horndeich übersetzte, dann setzten sie sich auf die zwei Stühle, die ihnen zugewiesen worden waren.

Es dauerte keine zwei Minuten, dann vernahm Horndeich Hinrichs Stimme und auch die Stimme einer Frau, die ihm bekannt vorkam. Aber er wusste nicht, wo er sie einordnen sollte.

Horndeich stand auf, ebenso Samantha, und trat auf den Flur. Dort stand Hinrich mit dem Rücken zu ihm, doch die Frau, mit der er sprach, wandte ihm das Gesicht zu.

Es war das von Franka Mänderwitt, die laut rief: »Was macht die denn hier?« Damit meinte sie Samantha Fishkin, die im nächsten Moment an Horndeich vorbei war, auf Franka zuhielt und ihr dann eine schallende Ohrfeige verpasste.

Daraufhin ballte Franka Mänderwitt die Fäuste, und bevor Hinrich dazwischengehen konnte, floss Blut, und zwar aus zwei Striemen, die Sam Franka über die linke Wange gezogen hatte.

Horndeich erreichte Samantha, packte sie am Arm und zog die vor Wut laut aufheulende Frau zur Seite, während sich Hinrich so vor Franka stellte, dass auch sie nicht an die Kontrahentin herankam, wobei er stammelte, völlig überfordert von der Situation: »Frau Mänderwitt, das … das tut … tut mir leid!«

Samanthas Heulen war inzwischen in ein Schluchzen übergegangen, dazwischen rief sie Ausdrücke, die Horndeich zu vierzig Prozent nicht verstand und zu weiteren vierzig nicht kannte. Die restlichen zwanzig Prozent aber ließen ziemlich fundierte Rückschlüsse darauf zu, was Samantha Fishkin von Franka Mänderwitt hielt. Und »bitch« war sicher noch eine der harmloseren Bezeichnungen.

Franka Mänderwitt tat das einzig Vernünftige – sie verließ das Gebäude. Daraufhin lockerte Horndeich seinen Griff. »Ist der Anfall jetzt vorbei?«, fragte er Samantha auf Englisch.

Sie nickte. »Sorry …« Horndeich las das Wort mehr von ihren Lippen ab, als dass er es hörte. »Es tut mir leid, ich …« Sie verstummte kurz, dann zischte sie: »Diese Frau hat meine Ehe zerstört!« Wieder schwang Aggression in ihrer Stimme mit.

»Ich dachte, Sie kennen diese Frauen nicht, mit denen Ihr Mann Sie betrog?«, wunderte sich Horndeich.

»Aber diese Franka kenne ich. Wir haben uns nämlich immer wieder geschrieben.« Sie lachte bitter auf und korrigierte sich: »Das heißt, meistens habe ich geschrieben. Aber sie traf sich immer noch mit meinem Mann.«

Deinem Exmann, dachte Horndeich, wollte aber durch einen solchen Hinweis nicht einen weiteren Ausbruch riskieren. Interessant war jedoch, dass auch Franka Mänderwitt nichts davon erzählt hatte, Mrs Fishkin zu kennen. Auch mit ihr würde er sich noch einmal unterhalten müssen.

»Die Schlampe muss ganz schön schockiert gewesen sein, als ich die Mail von Bill an sie weitergeleitet habe, in der er mich fragte, ob ich zu ihm zurückkommen will.« Sie schnaufte, versuchte sich wieder in den Griff zu bekommen und sagte dann: »Und jetzt möchte ich zu ihm. Ein letztes Mal. Allein.«

Horndeich richtete sich an Hinrich. »Begleiten Sie Frau Fishkin nach unten. Ich warte hier.«

Doch der Gerichtsmediziner schüttelte den Kopf. »Sind Sie verrückt, Horndeich?«, fragte er auf Deutsch. »Ich gehe doch nicht mit dieser Furie allein in den Keller! Außerdem spreche ich kaum Englisch!«

»Na, das macht es dann doch einfacher«, meinte Horndeich. »Auf diese Weise müssen Sie nicht mit ihr diskutieren. Und Ihr medizinisches Fachkauderwelsch kann ohnehin niemand verstehen, weder auf Deutsch noch auf Englisch.«

»Nichts da. Sie glaubt nachher noch, ich hätte ihren Gatten …«

»Ihren Exgatten«, unterbrach ihn Horndeich. Wobei er sich immer mehr wunderte. Hatte Bill Fishkin wirklich zu dieser Frau zurückkehren wollen? Wenn, dann wäre das ein Motiv für Franka Mänderwitt. Nicht für einen kaltblütigen Mord, aber sicherlich für einen Stein an den Kopf.

»Und wenn sie meint, dass ich ihren *Ex*gatten nicht hübsch genug hergerichtet hätte«, brachte Hinrich seinen Einwurf zu Ende, »geht sie auch auf mich los.«

»Sie werden sich doch einer zierlichen Frau erwehren können«, entgegnete Horndeich. »Wer einen Toten herrichten kann, wird sich doch von einer Lebenden nicht zurichten lassen.«

Samanthas Blick pendelte zwischen den beiden Männern hin und her – und Horndeich war sicher, dass sie kein Wort verstand.

»Sicher kann ich mich ihrer erwehren«, sagte Hinrich. »Aber dann brauche ich einen Zeugen, sonst heißt es noch … Sie wissen schon, Horndeich. Ich will ja nicht enden wie der Schweizer Wetterfrosch!«

Das fand Horndeich wenig witzig. Aber er hatte auch keine Lust, noch eine halbe Stunde lang mit dem Meister des Skalpells zu diskutieren. Also lenkte er ein und bot an, Hinrich und Mrs Fishkin zu begleiten.

An der Freitreppe war am deutlichsten zu erkennen, dass man sich in einer ehemaligen Villa befand. Zu dritt schritten sie die

Stufen empor in den zweiten Stock, dann ging es über den ehemaligen Dienstbotenaufgang wieder hinunter ins Souterrain, in dem die Sektionsräume und auch der Kühlraum lagen.

»Einen Moment, ich gehe vor und hole ihn aus dem Fach«, sagte Hinrich, und Horndeich übersetzte, allerdings nicht ganz so flapsig.

Kurz darauf öffnete ihnen der Doc die Tür, und Samantha trat ein. William lag unter einem grünen Tuch. Hinrich zog es dem Toten vom Kopf. Er hatte gute Arbeit geleistet, die Wunden zu kaschieren.

Im Gegensatz zu ihrem Auftritt in der Empfangshalle wirkte Samantha nun gänzlich gefasst. »Würden Sie mich bitte ein paar Minuten mit ihm allein lassen?«

So viel Englisch schien Hinrich dann doch zu verstehen, denn er schüttelte energisch den Kopf. Nur half ihm das wenig, denn Horndeich zog ihn am Ärmel seines Kittels aus dem Raum.

Draußen vor der Tür zischte Hinrich: »Und wenn sie mir jetzt da drinnen den nächsten Anfall kriegt und alles kurz und klein haut?«

»Besteht keine Gefahr. Ist ja keine ihrer Nebenbuhlerinnen da.«

Zwei Minuten später verließ Samantha den Raum. Tränen liefen ihr über die Wangen. Sie bedankte sich bei Hinrich und verabschiedete sich von ihm.

Hinrich öffnete ihr und Horndeich die Tür, die direkt auf den Parkplatz führte.

Sam sagte kein Wort mehr. Auch auf der Fahrt nach Darmstadt nicht. Horndeich war es egal. Und er ließ die Country-CD einfach laufen, ohne dass er sich um die Texte der einzelnen Songs scherte.

Kurz vor Egelsbach richtete er dann das Wort an sie: »Sie haben gar nicht gesagt, dass Bill zu Ihnen zurückkehren wollte.«

Samantha starrte aus dem Seitenfenster, als würde sie auf einmal die Landschaft draußen interessieren, während sie mit leiser Stimme antwortete: »Vor zwei Wochen. Ich erhielt eine E-Mail von ihm. Es war ein richtiger Liebesbrief.«

»Hat er Franka davon in Kenntnis gesetzt?«

Sie lächelte bittersüß. »Nein, das war mein Job. Für so was war er zu feige. Deshalb hab ich seine Mail einfach an sie weitergeleitet.« Sie wandte den Kopf und sah Horndeich an. »Ich weiß, dass Sie mich nicht mögen. Und mein Auftritt vorhin – das war sicher nicht klug.«

War das so eine Art Entschuldigung?, fragte sich Horndeich.

»Aber ich bitte Sie«, fuhr Samantha Fishkin fort, »ich bitte Sie als Polizisten: Sperren Sie sie ein, lassen Sie sie mit diesem Mord nicht ungeschoren davonkommen.«

Horndeich antwortete nicht. Doch wenn es diese E-Mail wirklich gegeben hatte, musste er Franka Mänderwitts Aussage in einem anderen Licht sehen.

»Können Sie mir diese E-Mail zukommen lassen?«

»Ja, natürlich.«

»Warum haben Sie das mit der E-Mail nicht früher gesagt?«

»Ich habe Ihnen doch schon vorgestern im Hotel gesagt, dass er zu mir zurückwollte.«

Aber Sandra hatte sie nichts gesagt, dachte Horndeich.

Als sie das Hotel erreichten, sagte Samantha: »Danke, dass Sie mit mir nach Frankfurt gefahren sind.«

»Schon okay.« Ein »gern geschehen« wäre gelogen gewesen. »Aber eine Frage muss ich noch loswerden.«

»Welche?«

»Wo waren Sie, als Ihr Exmann ermordet wurde?«

Das »Ex« rutschte ihm über die Lippen, doch Sam blieb erstaunlich ruhig. »Zu Hause. Allein.«

Horndeich war froh, als sie aus dem Crossfire gestiegen war.

18.00 Uhr auf Margot Hesgarts Armbanduhr

Margot war es gelungen, ihre Panik in den Griff zu bekommen. Vielleicht lag es auch an dem Whiskey, den ihr Vater unmittelbar nach dem Erlöschen der Anschnallzeichen für sie bestellt hatte. Auch Nick hatte sich einen genehmigt. Und war kurz darauf eingeschlafen, wobei er etwas nach unten und zur Seite gerutscht war, sodass sein Kopf nun an ihrer Schulter lag.

Ihr Vater hatte kurz gelächelt, als er das sah. Es war nicht zu übersehen, dass er und Nick sich verstanden. Wie er sich auch mit Rainer stets bestens verstanden hatte. Ohne ihn wären sie wohl niemals zusammengekommen.

Mittlerweile hatte sich Sebastian Rossberg die Edelkopfhörer seines nagelneuen iPad eingestöpselt. Auch Margot konnte sich ein Lächeln nicht verkneifen. Auf Dr. Evelyns Geheiß hin hatte ihr Vater zwar seinen ganzen alten Elektroschrott (oder die Exponate seines genialen Technikmuseums, je nach Sichtweise) entsorgt, aber in den vergangenen knapp zwei Jahren hatte er viel Zeit und Geld in den Aufbau eines neuen Technikmuseums investiert. Einen Blu-ray-Player, eine HD-Videokamera, die natürlich direkt auf einen Speicherchip aufnahm – alles etwas kleiner und feiner. Solange ihr Vater dieses Technikspielzeug sammelte, wusste Margot, dass er gesund war. Er war der einzige Mensch über siebzig, den sie kannte, der nicht nur E-Mails las und verschickte, sondern in mehreren Diskussionsforen im Internet unterwegs war und sich auch einen Account auf Facebook angelegt hatte.

Er sah sie an, lächelte wieder und nahm sich einen der Stöpsel aus dem Ohr. »Schön, dass wir mal wieder zusammen wohin reisen, nicht wahr?«

Margot nickte, und eine Welle der Sentimentalität schwappte über ihr zusammen. »Papa, bei Evelyns Geburtstag …«

Ihr Vater hob den rechten Zeigefinger vor die Lippen. »Schhh… Da warst du so kratzbürstig, weil am Tag zuvor der Geburtstag deiner Mutter war. Du hast geglaubt, den hätte ich vergessen, aber da irrst du. Ich war am Grab deiner Mutter und hab sehr lang mit ihr gesprochen.«

Margot wusste nicht, was sie mehr berührte, dass ihr Vater sie so gut kannte oder dass er Mamas Geburtstag doch nicht vergessen hatte. Und sie selbst? Sie war nicht auf dem Friedhof gewesen. Sie mochte keine Friedhöfe. Doch sie hatte trotzdem an ihre Mutter gedacht und war bei ihr gewesen. Denn die Toten waren nicht an jene Orte gebunden, wo man sie begraben hatte, sondern existierten auf Erden in den Gedanken derer, die sich ihrer erinnerten.

»Was für einen Film schaust du?«, fragte sie ihren Vater, um sich selbst abzulenken.

Auf einmal wirkte er verlegen. »Ich schaue mir Fotos an.«

»Was für Fotos? Und wozu brauchst du Kopfhörer, wenn du dir Fotos anschaust?«

»Es sind alte Fotos. Und ich höre etwas Countrymusik. Die beste Einstimmung auf eine Reise in die USA, meinst du nicht?«

Margot mochte keine Countrymusik. Und sie war noch nie in den USA gewesen. Zumindest Letzteres hatte sie auch mit ihrem Vater gemein.

Sie versuchte einen Blick auf das iPad zu erhaschen, doch ihr Vater ließ es nicht zu.

»Alte Bilder«, sagte er nur und schaltete das iPad aus.

»Judy, Judy«, brabbelte Nick in diesem Moment leise, den Kopf noch immer an ihrer Schulter.

Judy, dachte sie. Musste sich wohl um seine Frau handeln. Und er träumte von ihr.

Okay, damit war auch diese Sache geklärt.

»Kann ich Ihnen noch etwas bringen?«, fragte die Stewardess mit freundlichstem Lächeln.

»Noch einen Whiskey«, verlangte Margot.

DIENSTAG, 14. DEZEMBER

16.00 Uhr Ortszeit Darmstadt, Hessen

Horndeich saß im Foyer der Detektei Mänderwitt, und vor ihm dampfte ein Espresso. Man hatte ihm gesagt, dass Franka Mänderwitt ihn gleich empfangen würde.

Horndeich fühlte sich wie vor einer Audienz beim Papst. Aber es hatte keinen Sinn, deshalb einen Tanz aufzuführen; dann würde er die Chefin vielleicht fünf Minuten früher sprechen dürfen, würde sie jedoch wahrscheinlich gegen sich aufbringen, zumindest aber ihre Mitarbeiter.

Margot hatte ihm eine E-Mail geschickt. Sie waren pünktlich um zweiundzwanzig Uhr Ortszeit in Evansville gelandet. »Sobald ich diese E-Mail an dich verschickt habe, gehe ich schlafen. Es ist Mitternacht. Zumindest auf den Uhren hier. Du stehst wahrscheinlich gerade auf, denn bei Dir ist es ja schon sieben Uhr früh«, hatte sie geschrieben.

Er hatte gestern noch mit der Mänderwitt telefoniert. Denn er hatte ein schlechtes Gewissen gehabt. Zwar war er nicht schuld an Samantha Fishkins Ausbruch, aber er hatte ihn nicht verhindern können. Als er ihr sagte, sie noch einmal sprechen zu müssen, hatte Franka Mänderwitt einen Termin um sechzehn Uhr mit ihm vereinbart. Und nun wartete Horndeich. Kippte den Espresso hinunter. Schaute auf die Uhr. Zehn nach vier.

Er wollte gerade aufstehen und den Lakaien hinter dem Tresen fragen, wann denn die Chefin nun endlich zu sprechen sei, da kam Franka Mänderwitt auch schon auf ihn zu. »Herr Horndeich. Schön, dass Sie es einrichten konnten.«

Horndeich fühlte sich auf einmal wie ein Kunde.

Eine Minute später saßen sie in dem Horndeich bereits vertrauten Büro.

»Noch einen Kaffee? Ein Wasser?«, fragte Franka Mänderwitt.

»Nein. Ich will nur ein paar Antworten.« Horndeich ging gleich in die Offensive. Er wollte nicht noch mehr Zeit mit Small Talk vergeuden. »Bill Fishkin wollte zurück zu seiner Frau.«

Franka Mänderwitt sagte nichts.

»Und?«, fragte Horndeich.

»Sie sagten, Sie wollen Antworten.«

»Ja, genau.«

»Bislang habe ich noch keine Frage gehört.«

»Frau Mänderwitt«, sagte Horndeich sehr ernst, »Sie haben uns ein paar Dinge verschwiegen. Sie haben uns nicht gesagt, dass Bill Fishkin zu seiner Frau zurückwollte. Sie haben uns nicht gesagt, dass Sie in E-Mail-Kontakt zu seiner Frau standen.«

»Ich höre immer noch keine Frage.«

Na gut, sie wollte die Bullentour. Konnte sie haben. »Frau Mänderwitt, *Sie* haben Bill Fishkin umgebracht.«

»Ist das jetzt die Frage?«

»Nein. Das ist eine Feststellung. Samantha Fishkin hat herausgefunden, dass Sie es waren, die ihm den Mann ausgespannt hatte. Sie hat Ihnen geschrieben, dass die Geschichte mit Bill beendet sei, weil der nämlich zu seiner Exfrau zurückkehren wollte. Als Bill dann nach Deutschland kam, wollten Sie mit ihm sprechen. Aber nicht hier in Ihrem Büro, sondern lieber ein wenig abseits. Sie verabredeten sich in Darmstadt zu einem Spaziergang und fragten ihn dann, ob er wirklich zu seiner hysterisch-schlagfertigen Samantha zurück wolle. Er bestätigte es, erzählte von seinem Sohn, der den Vater brauche, von einem Neuanfang, erklärte Ihnen, dass sie sich nicht mehr sehen würden, dass die Opernabende der Vergangenheit angehörten. Sie wollten das nicht wahrhaben. Wenn Sie auf ihn verzichten mussten, dann sollte ihn die Ex auch nicht bekommen. Sie griffen zu einem Stein und schlugen zu.«

»Ich höre immer noch keine Frage.« Franka Mänderwitt saß in ihrem Sessel und sah Horndeich ganz ruhig, aber aufmerksam an.

»Samantha hat die E-Mail an Sie weitergeleitet, in der ihr Mann ankündigte, reumütig auf allen vieren zu ihr zurückzukriechen.« Samantha hatte ihm die E-Mail am Abend noch zukommen lassen.

»Herr Horndeich«, sagte Franka Mänderwitt schließlich, »auch wenn ich bisher noch keine einzige Frage gehört habe – und Sie behaupteten gestern, noch ein paar Fragen an mich zu haben –, werde ich Ihnen jetzt ein paar Antworten geben, auf die Fragen, die Sie sich nicht trauen zu stellen. Erstens: Es gibt keine E-Mail von Bill Fishkin an seine Exfrau, in der er ankündigt, zu ihr zurückzukommen.«

»Ich habe sie selbst erhalten«, konterte Horndeich. »Samantha hat sie mir zugeschickt.«

»So eine E-Mail kann man leicht faken«, erklärte Franka Mänderwitt. »Sie müssen sich nur eine eigene E-Mail schicken, dann auf ›Bearbeiten‹ drücken und einfach nur die Sender- und Empfängerdaten austauschen, bevor sie die Mail weiterschicken. Kinderspiel.«

So weit hatte Horndeich noch gar nicht gedacht. Der Punkt ging an Franka Mänderwitt.

»Und mit Verlaub«, fuhr sie fort, »Bill hätte nie solch einen Text in Pilcher-Manier verfasst. Er war sensibel, ja. Aber er war nicht weich gespült. Und er war kein Idiot. Der Text entstammt dem Wunschdenken einer Frau, die sich nichts sehnlicher wünscht, als dass ihr Ex geläutert und reumütig zu ihr zurückkommt. Bill war bei mir, wie ich es Ihnen gesagt habe, am Tag, als er ermordet wurde. Ich habe ihn gefragt, ob er diese Mail an seine Exfrau geschrieben habe. Er hat sie gelesen, und erst hat er gelacht, dann ist er unglaublich wütend geworden. Schimpfte, sagte, er würde sie anzeigen, sobald er wieder in den Staaten wäre. Damit war das Thema für mich durch. Und deshalb habe ich es auch nicht erwähnt, als wir am Freitag miteinander sprachen.«

Klang plausibel. Oder zurechtgelegt. »Frau Mänderwitt, das ist etwas dünn. Samantha Fishkin hat einen ganzen E-Mail-Wechsel mit Ihnen, und Sie …«

Franka unterbrach ihn: »Sie hat über fünfzig E-Mails, die sie alle an mich geschrieben hat, und vielleicht fünf Antworten von mir, in denen jedes Mal das Gleiche steht: Lass mich endlich in Ruhe! Leider habe ich diesen ganzen Irrsinn von Mailverkehr nicht mehr, denn ich habe diesen ganzen neurotischen Kram einfach gelöscht. Ich weiß ja nicht, wie das mittlerweile ist mit der Vorratsdatenspeicherung, aber wenn mein Provider meine gelöschten Mails noch hat, können Sie die gern alle lesen, denn sie beweisen genau eines: dass diese Frau ein Rad ab hat. Und sonst nichts.«

Horndeich sagte nichts mehr. Schließlich hatte auch sie ihm keine Frage gestellt, und er war lernfähig.

»Ja, es gab E-Mail-Verkehr«, stellte sie noch einmal klar. »Nein, Bill Fishkin wollte nicht zu seiner Frau zurück. Nein, ich war nicht mit Bill Fishkin in Darmstadt. Und nein, ich habe ihm auch keinen Stein an den Kopf geknallt.«

Nun, da sprudelten die Antworten ja plötzlich wie ein Springbrunnen. Horndeich glaubte ihr. Er hatte Samantha erlebt. Nicht nur in der Gerichtsmedizin, auch im Hotel. Und er hatte noch Sandras Schilderung des gemeinsamen Abends im Ohr. Samantha war der Gegenentwurf zu einem ausgeglichenen, in sich ruhenden Charakter.

Aber mal angenommen, Samantha hatte ihren Ex nicht umgebracht, wer konnte es dann gewesen sein? Da kamen wieder all jene ins Spiel, die Bill Fishkin beschattet und ausspioniert hatte. Und was diese Informationen betraf, saß Franka Mänderwitt an der Quelle.

»Sie glauben mir, nicht wahr? Sie wissen, dass es eher diese durchgeknallte Schlampe …«, sie verbesserte sich schnell, »diese Frau war, nicht ich.«

»Frau Mänderwitt, das eben *weiß* ich nicht. Geben Sie mir etwas, damit ich daran glauben kann.«

»Das ist jetzt ein Scherz, oder?«

»Nein, das ist kein Scherz. Gehen wir für einen Moment davon aus, dass Sie die Wahrheit sagen. Gehen wir aber auch mal davon aus, dass Samantha Fishkin nicht nach Deutschland geflogen ist, um ihren Exmann umzubringen. Dann wurde Bill Fishkin womöglich von einem Menschen beseitigt, den er beschattet hat. Hier in Deutschland. Offenbar nicht weit von Darmstadt entfernt, denn dort hatte er sich ja ein Hotel genommen. Helfen Sie mir. Wem ist er auf den Schlips getreten? Wem hätten seine Ermittlungen schaden können?«

Franka Mänderwitt schwieg, doch wenn Horndeich sie richtig einschätzte, hatte sie sich über diese Frage in den vergangenen Tagen ausreichend Gedanken gemacht und überlegte nur noch, wie viel sie ihm sagen sollte.

»Ich habe mir am Wochenende all die Unterlagen über jene Fälle angesehen, bei denen wir mit Bill kooperiert haben«, sagte sie dann auch, »selbst wenn wir ihm nur eine Kamera geliehen haben. Dabei bin ich auf eine Firma gestoßen mit Sitz in Frankfurt. Hinsichtlich dieser Firma hat er ermittelt, und das schon seit geraumer Zeit.«

»Und diese Firma heißt? Und seine Zielperson dort war?«

»Ich habe Ihnen schon gesagt, dass ich das nicht so einfach preisgeben kann.«

»Ja, das sagten Sie bereits. Aber wie weit würden Sie gehen, um erhebliche Schwierigkeiten mit der Polizei und der Staatsanwaltschaft zu vermeiden? Immerhin handelt es sich hier um Mord, Sie kannten das Opfer, und dessen Exfrau bezichtigt Sie sogar der Tat, was Sie zu einer Verdächtigen macht, und dann halten Sie auch noch wichtige Informationen zurück, die zur Aufklärung des Falls – ich wiederhole: eines Mordes! – beitragen könnten!«

Franka Mänderwitt musste tatsächlich schlucken. »Herr Horndeich, ich …« Sie straffte sich. »Ich *kann* nicht!«

Horndeich wusste, dass es nur noch eines einzigen Stoßes in die richtige Richtung bedurfte, um Franka Mänderwitt zum Einlenken zu bewegen. Er hatte sie fast so weit.

Er holte zu dem entscheidenden Schlag aus und …

Sein Handy klingelte, riss ihn aus der Konzentration.

Nein, er durfte sich nicht ablenken lassen! Er musste …

»Ihr Handy klingelt«, sagte Franka Mänderwitt, als würde er das nicht selbst merken, und das machte endgültig alles zunichte.

»Entschuldigen Sie bitte«, sagte er.

Eine ausländische Nummer. Wer außerhalb Deutschlands kannte die Nummer seines Diensthandys?

Verwundert nahm er den Anruf entgegen. »Kripo Darmstadt, Steffen Horndeich. Mit wem habe ich das Vergnügen?«

»Hier ist Margot. Horndeich, hör zu. Ich habe was für dich.«

Eine Stunde zuvor
8.00 Uhr Ortszeit Darmstadt, Indiana

Margot hatte, kurz bevor sie ins Bett ging, noch eine Mail von Horndeich gelesen, in der er vorschlug, Samanthas Alibi in den heimischen Gefilden noch mal gründlich zu überprüfen, denn sie habe sich gegenüber Franka Mänderwitt wie eine Furie verhalten.

Margot hatte noch kurz geantwortet, dann war sie todmüde auf ihr Hotelbett gesunken. Aber um vier war sie wach geworden. Denn nach ihrer inneren Uhr war es schon elf. Nur war vor dem Fenster der Mond zu sehen gewesen.

Sie hatte versucht, noch etwas zu lesen, war aber darüber wieder eingedöst. Durch diesen halb wachen, halb schlafenden Zustand hatte sie sich die nächsten drei Stunden und fünfzig Seiten gequält. Um dann um sieben unter die Dusche zu gehen.

Um halb acht war sie hinunter zum Frühstücksraum gegangen, in dem ihr Vater bereits einen Tisch in Beschlag genommen hatte. »Guten Morgen, mein Sonnenschein! Ist es nicht herrlich? Wir sind in Amerika!«

Mehr als einen Nuschelmix aus »Hm, hm« und »Morgen« bekam sie nicht heraus.

»Erst mal einen Kaffee, was?«

Die fröhliche Ausgelassenheit ihres Vaters irritierte sie. Was war, bitte schön, so toll an einem stickigen Frühstücksraum, in dem eine ganze Fernsehersippe untergebracht war, alle fünf Meter einer. Zwei Reporterinnen berichteten in einem Regionalsender live über einen lokalen Stau. Margot schüttelte den Kopf.

Ihr Vater missverstand die Geste. »Keinen Kaffee?«

»Doch, doch, bitte.«

Sebastian Rossberg stand auf, kam wenig später mit einer dampfenden Kaffeetasse vom Büfett zurück, dann ging er noch mal hin, um schließlich mit einem Teller Rührei mit Speck und etwas Salat zurückzukehren – und jedes Mal hatte er mit der Bedienung geflirtet, die das Büfett auffüllte. So frisch und aufgedreht hatte sie ihren Vater schon lange nicht mehr erlebt.

Eine Viertelstunde später tauchte Nick auf und setzte sich zu ihnen an den Tisch. »Habt ihr gut geschlafen?«

»Phantastisch!«, verbreitete Sebastian Rossberg weiter seine Euphorie. »Ich fühle mich gleich zehn Jahre jünger!«

Nick sah Margot an. »Und du?«

Sie hob die Augenbraue, nickte.

Nick grinste breit. »Jetlag. Legt sich. Morgen hast du dich daran gewöhnt. In die andere Richtung ist es noch viel schlimmer.«

Na, das war ja dann mal ein Trost.

»Können wir?«, fragte Nick irgendwann.

»Ich bin startklar und zu allem bereit!«, fühlte sich Sebastian Rossberg angesprochen.

Margot schaute auf die Reste ihres Rühreis. Der Kaffee war wichtiger gewesen. »Ja, gehen wir.«

Sie stiegen in Nicks Buick. Der Wagen war riesig. Die gesamte Seite sah aus, als wäre sie mit Holz verkleidet. Als Margot sie berührte, fühlte sie sich allerdings wie Folie an. Sie stieg hinten in den Fond des Kombis. Auf der Sitzbank hätte sie sich hinlegen und schlafen können, ohne die Beine anzuwinkeln. Ihr Vater saß vor ihr.

Nick fuhr Sebastian zunächst nach Darmstadt. »Ich habe meiner Schwester Lory Bescheid gesagt«, erklärte er. »Sie ist der Clerk-Treasurer, so was wie ein Bürgermeister. Sie wird Ihnen erst mal Darmstadt zeigen, Sebastian. Sie hat schon gesagt, dass es was Leckeres zum Mittagessen gibt. Margot und ich kommen am Abend wieder mit ins Spiel. Dann gibt es ein mindestens so leckeres Abendessen. Chloe kommt auch dazu, sodass wir mit ihr über Annie und Jack sprechen können.«

Er bog von der West Booneville New Harmony Road in den Pine Valley Court ein und hielt vor einem schmucken Häuschen mit Veranda. Lory, Nicks Schwester, kam aus dem Haus, während Sebastian gemeinsam mit Nick aus dem Wagen stieg.

»Hi, nice to meet you, Sebastian. I'm Lory. How are you?« Lory war deutlich jünger als Nick; Margot schätzte sie auf höchstens vierzig.

Nick öffnete für Margot die Fondtür und half ihr beim Aussteigen, dann stellte er sie seiner Schwester vor. Nach drei Minuten Small Talk stiegen er und Margot wieder in den Wagen, Margot diesmal auf den Beifahrersitz.

»So, dein Vater ist in besten Händen«, sagte Nick.

»Daran habe ich keinen Zweifel.«

Margot sah sich im Inneren des Fahrzeugs um, während sie zurück Richtung Evansville fuhren. Der Buick war riesig. »Mit so einem Wagen würde ich in Darmstadt niemals einen Parkplatz finden. Ich meine, in unserem Darmstadt in Germany.«

Rainer hatte ein halbes Jahr lang einen Opel Omega gefahren, knappe fünf Meter lang, denn er hatte sich ein bisschen Luxus gönnen wollen. Doch schon nach dem ersten Mal, als er damit durch ein Innenstadtparkhaus gekurvt war, hatte er die Faxen dick gehabt und den Wagen wieder verkauft.

»In unserem Darmstadt ist das mit den Parkplätzen nicht so ein Problem«, feixte Nick. »Ist ein 96er Buick Roadmaster Estate Wagon. Alt, aber treu. Ich glaube, es gibt nichts, was man in den Wagen nicht reinbekommt. Im Heck sind übrigens Klappsitze, sodass hier acht Leute mitfahren können, und dann gibt's immer noch mehr Beinfreiheit als im Flieger.«

»Wie alt ist eigentlich deine Schwester Lory?«

»Oh, Maggie kam zuerst, elf Monate später kam ich auf die Welt. Dann hatten meine Eltern erst mal genug. Als aber nach siebzehn Jahren klar war, dass aus mir doch noch ein vernünftiger Mensch werden würde, meldete sich Lory an. Mein Vater war damals schon siebenundvierzig, meine Ma vierzig. Lory war ihr Sonnenschein. Kann man ihnen nicht verdenken. Ich war der Rebell, und Maggie lebte schon immer in einer anderen

Welt, der Welt ihrer Bücher. Hätte es den Beruf der Bibliothekarin noch nicht gegeben, hätte man ihn für sie erfinden müssen.«

Sie fuhren eine Weile schweigend durch die Winterlandschaft. Margot genoss die Weite des Landes. Zu Hause konnte sie kaum einen Kilometer fahren, ohne auf die nächste Ortschaft zu stoßen. Hier war alles weiter und größer.

Während sie fuhren, telefonierte Nick über die Freisprechanlage seines Buick mit seiner Dienststelle. Nachdem er das Gespräch beendet hatte, sagte er zu Margot: »Ich habe zwei meiner Leute zu Fishkins Haus geschickt. Sie stellen seine Bude auf den Kopf, während wir uns in Fishkins Firma umsehen. Vielleicht finden wir dort ja etwas, was uns weiterhilft. Bills Detektei liegt direkt am Fluss.«

Margot erinnere sich an die Nachhilfestunde ihres Vaters von vor zwei Tagen. Auf einer Satellitenaufnahme hatte er ihnen gezeigt, dass Indiana im Süden an den Ohio River grenzte, und Evansville lag ganz im Süden von Indiana am Fluss.

Dass er ihr erzählte, mit wem er telefoniert hatte und worum es dabei gegangen war, obwohl er die Freisprechanlage benutzt hatte, war nach ihrer Ansicht Beweis genug, dass auch er nicht auf ihre Englischkenntnisse vertraute.

Sie erreichten wieder Evansville, und Nick lenkte den Wagen ins Zentrum der Stadt, während Margot ihm von Horndeichs Erlebnissen in der Gerichtsmedizin am Vortag berichtete. »Wir sollten das Alibi von Samantha überprüfen«, schloss sie.

Nick aktivierte wieder die Freisprecheinrichtung. Er sprach schnell, offenbar erneut mit einem Kollegen, und Margot hörte mehrmals den Namen Sam Fishkin. Anschließend steuerte er den Wagen auf den Parkplatz eines schicken Bürogebäudes am Northwest Riverside Drive. »Bills Assistentin heißt Blanche. Sie weiß, dass wir kommen, ich hatte uns für heute Morgen angekündigt.«

Sie klingelten, und als der Türsummer ertönte, stieß Nick die Haustür auf. Anschließend fuhren sie mit einem antik wirkenden Aufzug in den dritten Stock. Margot zählte jedoch nur zwei Zwischendecken und wunderte sich. Dann erinnerte sie sich, wie Horndeich ihr nach einer Russlandreise erzählt hatte, dass es zwischen den USA und Russland mehr Gemeinsamkeiten gäbe, als man annehmen mochte, nachdem dort so lange Zeit so unterschiedliche politische Systeme geherrscht hatten. Eine dieser Gemeinsamkeiten war, dass das Erdgeschoss sowohl in Russland als auch in Amerika bereits als erster Stock zählt. Somit waren sie nach deutscher Zählung erst im zweiten Stock, nach amerikanischer – und somit auch russischer – bereits im dritten.

Blanche Tannoy stand im Türrahmen der Detektei mit der Lässigkeit einer Lauren Bacall. Überhaupt schien die Frau einem Film noir der Vierzigerjahre entsprungen. Fehlte nur noch, dass Humphrey Bogart für die Detektei arbeitete.

Blanche begrüßte Margot und Nick und bat sie in die Detektei, die aus einem kleinen Empfangsraum und sechs Büros bestand. Eines gehörte dem Chef, die fünf anderen den festen Mitarbeitern.

Blanche führte sie in William Fishkins Büro. Sie hatte nach Nicks Anruf bereits alle Akten herausgesucht über Fälle, die Fishkin während der vergangenen fünf Jahre in Deutschland bearbeitet hatte. Sie verabschiedete sich und ließ die Polizisten allein.

Nick besah sich die Akten und murmelte: »Frankfurt, München, Wiesbaden, Mainz, Frankfurt, Frankfurt …«

»Schauen wir mal den letzten Fall in Frankfurt an«, schlug Margot vor und nahm die entsprechende Akte. »IT-Sec, Eschenheimer Straße in Frankfurt«, las sie vom Deckblatt, dann blätterte sie bis zu den ältesten Unterlagen. »Eine Telefonnotiz. Von Mitte des Jahres.«

Sie reichte Nick die Akte, und er las die Notiz.

»Und?«, fragte Margot gespannt.

»Interessant«, meinte Nick. »Der Geschäftsführer von IT-Sec in Frankfurt hat Fishkin angerufen. Der war ihm von einem Bekannten in München empfohlen worden. IT-Sec erstellt Sicherheitsprogramme für Großunternehmen, um deren Rechner vor unberechtigtem Zugriff und Wirtschaftsspionage zu schützen. Ein recht erfolgreiches US-Unternehmen mit Ableger in Deutschland. Und deren deutscher Geschäftsführer Jens Islay hegte den Verdacht, dass ein Mitarbeiter seiner Frankfurter Filiale krumme Dinger dreht. Hatte plötzlich zu viel Geld. Und da der Mitarbeiter auch Zugriff auf sensible Kundendaten hatte, wollte dieser Islay, dass sich den mal jemand näher ansieht.« Nick blätterte nach vorn. »Aha. Hier. Der Vertrag mit Fishkin wurde über das US-Stammhaus von IT-Sec abgeschlossen; die haben ihren Hauptsitz in New York.« Er blätterte weiter. »Hier ist die Kopie des Vertrags. Hm … Steht aber nicht viel drin. Ermittlungsdienstleistungen und … ups – netter Tagessatz! Zweitausend, und zwar US-Dollar.«

Nicht zum ersten Mal fragte sich Margot, ob sie nicht doch den falschen Beruf ergriffen hatte …

Nick blätterte weiter und überflog ein paar Seiten. Fishkin hatte den Fall zwar in Deutschland bearbeitet, aber die Unterlagen waren in Englisch verfasst.

»Da hab ich ihn!«, rief Nick plötzlich und deutete mit dem Zeigefinger auf einen Namen. »Martin Segro. Das ist der Typ, den sich Fishkin genauer ansehen sollte.«

»Stehen da noch irgendwelche Einzelheiten?«

Nick blätterte zu den jüngeren Dokumenten. »Hier ist der Abschlussbericht – Moment.« Nick begann zu lesen.

»Ich bitte Blanche mal um einen Kaffee«, sagte Margot. »Magst du auch einen?« Und in Gedanken fügte sie hinzu: Frag jetzt bloß nicht, ob du übersetzen sollst!

»Ja, gern. Schwarz.«

Blanche Tannoy freute sich, dass sich Margot offenbar mit ihr unterhalten wollte. Nun, das wollte sie eigentlich nicht, aber der Weg zum Kaffee führte nur über Konversation.

Blanche erzählte ihr, dass sie und ihr Mann einmal in Munich gewesen seien, auf dem Oktoberfest. Margot fragte, wie ihr Deutschland gefallen habe. Well, das Bier sei prima, und auch die Klamotten der Deutschen hätten ihr gefallen. In so ein Dirndl würde sie zwar nie hineinsteigen, aber ihr Mann habe sich eine echte Lederhose gekauft, und die ziehe er jedes Mal an, wenn er im Garten arbeite.

»Aber Autofahren in der Stadt, das ist eine Katastrophe«, sagte Blanche auf Englisch.

»Warum?«, wollte Margot wissen.

»Also erstens sind bei euch die Straßen einfach viel zu eng. Und zweitens hängen die Ampeln immer dort, wo das erste Auto steht.«

Wo sonst?, fragte sich Margot. Hinter dem dritten würden die Ampeln wenig Sinn machen.

»Man muss immer den Kopf verrenken, um sie überhaupt zu sehen«, fuhr Blanche fort. »Bei uns hängen sie auf der anderen Seite der Kreuzung. Da kann man sie besser sehen.«

Erst da wurde Margot bewusst, wie recht Blanche hatte. Schon oft hatte sie etwa über die Ampel auf der Rheinstraße, Ecke Heidelberger geflucht. Rechts war nur die Rechtsabbiegerampel auf Augenhöhe angebracht, und wenn man als erster Wagen an der Linie stand, musste man erst übers Lenkrad klettern, um die Ampel oben zu sehen. Für manche Probleme gab es wirklich simple Lösungen.

Wie ihr Amerika gefalle, wollte Blanche nun wissen. Sie wirkte enttäuscht, als Margot erklärte, dass sie noch nicht wirklich viel gesehen habe, weil sie erst in der Nacht gelandet sei. Aber der Blick über den Fluss, fügte Margot schnell hinzu, der wäre wirklich schön. Damit schien Blanche zufrieden.

Mit zwei dampfenden Kaffeepötten kam Margot zurück in Bills Büro.

Nick klappte die Mappe zu, griff nach einem der Becher und sagte: »Ich weiß ja nicht, was wir in den anderen Ordnern noch finden, aber das, was ich gerade gelesen habe, sollte sich Steffen mal genauer ansehen. Er sollte sich auch mal mit diesem Jens Islay unterhalten und ihn zu Martin Segro befragen. Viel gibt die Akte nicht her, aber offenbar hatte die IT-Sec Angst, dass Segro ihren Ruf beschädigen könnte. Ein unzuverlässiger Mitarbeiter in einer EDV-Sicherheitsfirma – nicht gerade ein Aushängeschild.«

Margot griff zu ihrem Handy und wählte Horndeichs Nummer. »Horndeich, hier Margot. Hör zu, ich hab was für dich.«

Stimmte zwar nicht, denn es war Nick, der was für ihn hatte, aber er überließ ihr das Telefonieren und die Lorbeeren. Scheißgefühl.

16.15 Uhr Ortszeit Darmstadt, Hessen

»Also?«

»Ja.«

»Was ja? IT-Sec oder Martin Segro?«

»Ja.«

Manchmal empfand Horndeich die Dialoge mit Zeugen als nahezu surrealistisch. Nach Horndeichs Erfahrung antworteten nur Frauen auf eine »Oder«-Frage mit Ja oder Nein.

»Also IT-Sec *und* Martin Segro?«

»Ja.«

Na also, ging doch. »So, jetzt mal Klartext«, sagte Horndeich. »Meine Kollegin ist in den USA und hat die Unterlagen über Fishkins Untersuchungen bei IT-Sec. Das heißt, alles, was Sie mir jetzt sagen, kann ich mithilfe dieser Unterlagen nachprüfen lassen. Sie könnten also uns, sich selbst und letztlich auch Bill beziehungsweise der Gerechtigkeit einen großen Gefallen tun, wenn Sie mir jetzt in diesem noch immer informellen Gespräch alles sagen, was sie über IT-Sec und Martin Segro wissen.«

Franka zögerte kurz. »Okay. Tabula rasa.«

Dann schwieg sie wieder.

Horndeich seufzte.

Und wartete.

»Im Juni tauchte Bill plötzlich hier auf. Sagte, dass er einen Auftrag bei IT-Sec hätte und ob ich ihm vielleicht einen IT-Spezialisten ausleihen könnte. Wär auch gut bezahlt.«

»Und? Haben Sie?«

»Ja, ich habe. Ich gab ihm Klaus Franzen. Wenn einer mit Computern umgehen kann, dann er. Er hat zum Beispiel drei – ja, ich glaube, es waren drei – Programme geschrieben, mit denen man von der Festplatte gelöschte Daten wieder lesbar macht. Ich könnte mich über solche Nebentätigkeiten meiner Mitarbeiter aufregen, denn so etwas untersagen ihnen eigentlich unsere Arbeitsverträge, aber das lasse ich lieber, denn sonst wären sie ganz schnell weg.«

»Und? Was hat Fishkin bei IT-Sec gemacht?«

»Genau weiß ich es nicht. Er sollte einen Mitarbeiter unter die Lupe nehmen. Ebendiesen Martin Segro. Das hat er getan. Klaus hat ihm an vier Tagen geholfen. Das letzte Mal Anfang September.«

»Kann ich mit diesem Klaus Franzen sprechen?«

»Ja, aber erst im nächsten Jahr«, antwortete Franka Mänderwitt. »Er ist seit zehn Tagen in Australien. Ist dem Winter auf der Nordhalbkugel entflohen. Feiert dort unten Weihnachten und Silvester.«

»Okay. Also, was war jetzt mit diesem Segro?«

»Ich hab das nur am Rande mitbekommen. Wenn ich einen Mitarbeiter ausleihe, dann schreibt er auch keine Berichte für mich, sondern für denjenigen, für den er tätig ist. Und das war in diesem Falle Bill.«

»Und in den Opernpausen hat der Ihnen nicht geflüstert, was er über Segro herausgefunden hatte?«

»In einer dieser Opernpausen sprach er mit mir tatsächlich über IT-Sec. Dieser Segro, der war offenbar im Bereich Betriebsspionage tätig. Ganz genau konnte Bill das noch nicht eingrenzen. Er hatte nur herausgefunden, dass der Kerl wohl ein absoluter Crack war, wenn es darum ging, sich in geschützte Datenbestände einzuhacken. Aber es war noch nicht klar, bei wem er sich einhackte und wie er dieses Wissen dann zu Geld machte.«

»Und? Hat Bill es herausbekommen?«

»Ich denke schon. Danach hat er über den Fall nicht mehr gesprochen, und auch Franzen hielt sich bedeckt. Was er nicht getan hätte, wenn er keinen Erfolg gehabt hätte.«

»Bescheiden, Ihre Mitarbeiter.«

»Ja, zum Glück. Lieber die als die, die überall mit ihren Supererfolgen prahlen. Wir haben ein eher diskretes Business. Aber die Macher in der IT-Szene, das sind Popstars, wenn auch ihr Publikum nicht ganz so zahlreich ist.«

»Dann ist es also durchaus möglich, dass dieser Segro nicht besonders glücklich darüber war, dass Fishkin aufgetaucht ist.«

»Ich glaube nicht, dass Segro mitbekommen hat, dass er überprüft wurde. Und selbst wenn, er hätte Bill niemals enttarnt, dazu war Bill zu gut.«

»Das heißt?«

»Das heißt: Wenn sich der Kontakt zur überwachten Person nicht vermeiden ließ, stieg Bill in verschwitzte Klamotten, klebte sich einen Bart an und zog eine Augenklappe an. Hätte ihn jemand danach in Anzug, rasiert und zweiäugig gesehen, hätte er diesen gelackten Opernliebhaber niemals in Verbindung mit Käpt'n Einauge gebracht. Sorry, jetzt ist wieder meine eigene Geschichte mit mir durchgegangen …«

»Haben Sie die Adresse von IT-Sec?«

»Ja. Nicht weit von hier. Am Eschenheimer Turm.«

»Gut, dann werde ich mit den Jungs dort sprechen. Mal sehen, was die zu Martin Segro sagen.«

»Aber bitte …«, begann Franka Mänderwitt.

»… kein Wort über Sie«, vollendete Horndeich. »Alle Infos aus den USA. Schon klar.«

»Danke«, sagte Franka Mänderwitt.

»Ich danke Ihnen.« Horndeich verabschiedete sich. Und entschloss sich, als er mit dem Aufzug vom Himmel wieder auf den Boden der Tatsachen zurückgebracht wurde, IT-Sec gleich einen Besuch abzustatten.

16.45 Ortszeit Darmstadt, Hessen

Horndeich ging den Kilometer zu Fuß. Mit dem Auto hätte er sicher zwei Kilometer zurücklegen müssen, denn ein Teil seines Weges führte durch eine Einbahnstraße, ein anderer durch eine Fußgängerzone.

Es hatte aufgehört zu schneien, wofür Horndeich dankbar

war. Er stapfte die Straße entlang, bis er sein Ziel schließlich erreichte. IT-Sec residierte in einem Neubau.

Horndeich klingelte, wurde eingelassen und nahm die Treppe in den dritten Stock.

IT-Sec residierte auf guten dreihundert Quadratmetern. Der Empfang war nicht ganz so pompös und weitläufig wie der von Mänderwitts Detektei, dennoch roch auch dieses Interieur nach Geld. Nach viel Geld.

Diesmal musste Horndeich nicht warten. Ein Mann um die fünfzig, gekleidet wie ein Armani-Model, kam sofort auf ihn zu. »Kommissar Horndeich, mein Name ist Jens Islay. Was kann ich für Sie tun?«

Ohne Horndeichs Antwort abzuwarten, führte er den Kriminalisten sofort in sein Büro. Irgendwie schienen alle Firmen, mit denen sie es in diesem Fall zu tun hatten, außerordentlich solvent zu sein. Das Büro war zwar wesentlich holzlastiger eingerichtet als das der Mänderwitt, aber nicht weniger teuer.

Mit einer Geste bot ihm Islay Platz in einem Designersessel an. Horndeich setzte sich und berichtete knapp vom Mord an William Fishkin. »Wir sind in den Unterlagen seines amerikanischen Büros auf den Namen Ihrer Firma gestoßen nebst Frankfurter Adresse, weil er im Sommer einem Ihrer Mitarbeiter auf die Finger schauen sollte: Martin Segro. Leider ist der Abschlussbericht genauso diskret wie Mr Fishkins Vorgehen. Deshalb möchte ich Sie bitten, dass Sie mir etwas über den Fall verraten.«

Islay hatte ebenfalls Platz genommen. Er fixierte Horndeich und dachte offenbar nach, wofür er die Fingerspitzen aneinanderlegte und damit ein Dach formte. Es dauerte ein bisschen, bis er anfing zu sprechen.

»Ich kann mir nicht vorstellen, dass Fishkins Tod etwas mit dieser Untersuchung und erst recht nicht mit Martin Segro zu tun hat. Ich hoffe, ich kann diesen Gedanken bei Ihnen ausräumen, bevor Sie mein Unternehmen lahmlegen, indem Sie zum Beispiel alle Rechner mitnehmen.«

»Erzählen Sie«, forderte Horndeich. »Warum war Fishkin hier? Und was hatte Segro ausgefressen?«

»Wie Sie wissen, hat sich unser Unternehmen auf IT-Sicherheit spezialisiert. Wir sind die deutsche Tochter eines amerikanischen Stammhauses. Zum einen vertreiben wir die Software, zum anderen installieren und warten wir sie. Diese Software stellt die Vertraulichkeit von Daten sicher. Damit nur die Leute sie einsehen und verändern können, die dazu befugt sind. Klingt einfach, ist aber kompliziert.«

»Und welche Rolle spielte Martin Segro dabei?«

»Er war einer unserer Programmierer und passte unsere Software für Kunden an, sodass sie sich optimal in deren Softwareumgebung einfügt. Stellen Sie sich das so vor: Unsere Software muss zu einem Puzzleteil der gesamten Software des Kunden werden, und da muss man manchmal feilen, damit es genau sitzt. Und so ein Feiler war Segro.«

»War?«

»Ja, war. Er arbeitet nicht mehr für unser Unternehmen.«

»Warum?«

»Das war der Grund, warum wir uns an Bill Fishkin wandten. Segro lebte auf einmal auf zu großem Fuß für das, was er in unserer Firma verdiente. Fuhr plötzlich Porsche, zog in ein eigenes Haus … Der neue Lebensstil und sein Einkommen waren nicht kompatibel. Er verdiente gut hier, aber er war eben nicht der Chef des Unternehmens. Er behauptete, von seinem Vater geerbt zu haben. Aber herauszufinden, dass der noch lebt, kostete mich genau drei Telefonate. Also nahm ich Kontakt zu Fishkin auf. Ich hatte den Verdacht, dass Martin Segro Teile unserer Software an die Konkurrenz vertickte. Nun, ich mache es kurz: Fishkin hat ihn zwei Monate lang genau unter die Lupe genommen. Segro leistete sich hier in der Firma offenbar keine krummen Dinge, aber er suchte immer wieder ein Internetcafé in Bad Homburg auf, und von dort kommunizierte er tatsächlich mit Leuten, denen er etwas verkaufte. Aber keine Software, sondern Infos über Angebote, die wir an potenzielle Kunden abgegeben hatten.«

»Und dann haben Sie meine Kollegen in Frankfurt angerufen, und seitdem wohnt Segro in Preungesheim, und zwar in Untersuchungshaft«, vermutete Horndeich.

»Nein.«

»Nein?«

»Nein. Die große Preisfrage war, wie Segro überhaupt an solche Daten gelangen konnte. Alles, was ich Ihnen jetzt sage, ist off the record. Sehen Sie, wir arbeiten in unserem Haus mit unserer eigenen Software. Und Segro hatte darin ein Leck entdeckt, einen Bug, einen Fehler. Er konnte auf Dokumente zugreifen, die etwa ich abgelegt hatte. Das bedeutete nicht, dass jeder Hinz und Kunz das gekonnt hätte. Aber es zeigte sich, dass unser System an dieser Stelle angreifbar war. Also habe ich lange mit unserer Zentrale in den USA telefoniert. Und es gab zwei mögliche Szenarien: das Leck still und leise beseitigen – und das konnte keiner besser als Segro, der es entdeckt und genutzt hatte – oder Segro festnehmen lassen und riskieren, dass die Konkurrenz von der Sache Wind bekommt und es an die große Glocke hängt. Der Schaden für IT-Sec wäre unkalkulierbar gewesen.«

»Also haben Sie die erste Variante gewählt.«

»Ja. Wir haben Segro zwei Wachhunde zur Seite gestellt, die mit ihm gemeinsam den Fehler behoben haben. Dann haben wir bei Kunden, die ebenfalls betroffen waren, den Fehler im Rahmen der Systempflege beseitigt. Und dann haben wir Segro eine fette Abfindung bezahlt und ihm ein tolles Zeugnis ausgestellt. Ende der Geschichte. Wenn ich richtig informiert bin, hat er schon wieder eine Stelle. In Heidelberg. Aber das interessiert mich nicht mehr. Auf jeden Fall hegte Segro bei der Abfindung, die er von uns bekommen hat, bestimmt keinen Groll gegen Fishkin – eher war es Dankbarkeit, die er ihm entgegenbrachte. Und wir sind mit einem blauen Auge davongekommen. Genau genommen war es gut, dass Segro den Fehler entdeckt hat. Aber es hätte billigere Wege gegeben, ihn zu beseitigen, hätte er nicht eine derartige kriminelle Energie entwickelt.«

»Und mit Fishkin lief alles glatt?«

»Zu guter Letzt schon.«

Horndeich wurde hellhörig. »Wie darf ich das verstehen?«

»Nun, wir hatten noch eine … nennen wir es Diskussion. Über das Honorar. Wir hatten ein Pauschaltageshonorar ausgemacht und auch den IT-Techniker, den er brauchte, bezahlt. Aber Fishkin wollte dann noch einen großen Batzen Spesen drauflegen.«

»Und dann ist er wutschnaubend hier rausgerauscht?«

»Nein. Wir haben uns geeinigt. Vielleicht, so dachte ich mir, will ich ja noch einmal seine Dienste in Anspruch nehmen. Und er wollte uns als Kunden nicht verlieren. Also kam er mir etwas entgegen und ich ihm.«

»Waren das nicht Peanuts, gemessen an der Abfindung, die Sie Martin Segro zahlten, und dem Aufwand, das Leck zu stopfen?«

Islays Stimme wurde etwas kühler. »Ich denke, unsere betriebswirtschaftlichen Rechnungen müssen wir der Kripo Darmstadt nicht offenlegen.«

Horndeich zuckte nur gleichgültig mit den Schultern. »Ich werde dennoch mit Segro sprechen müssen.«

»Tun Sie, was Sie nicht lassen können. Aber er wird über diese Geschichte nicht reden. Die offizielle Version ist die, dass er ein fähiger Mann ist, der sich beruflich verändern wollte.«

»Wo wohnt er jetzt?«

»Ich weiß nicht, ob er umgezogen ist. Ansonsten hätten Sie es nicht weit – er wohnt in Darmstadt, ist jeden Tag gependelt. Frau Henschel am Empfang wird Ihnen die Adresse geben.«

Horndeich bedankte sich und verabschiedete sich dann.

Nachdem er die Adresse hatte, verließ er das Haus. Es hatte wieder angefangen zu schneien, Horndeich stellte den Kragen des Mantels hoch und dachte noch mal über das Gespräch mit Islay nach und über Martin Segro. Wenn Islay die Wahrheit gesagt hatte, dann hatte Segro wirklich keinen Grund, sich zu beklagen. Aber Fishkin? Wenn sich Segro nicht an Fishkin hatte rächen wollen, war es vielleicht andersherum gewesen, und Fishkin hatte sich den Fehlbetrag, den er bei IT-Sec eingefahren hatte, bei demjenigen holen wollen, der mit einer fetten Abfindung aus der Sache herausgegangen war.

Als Horndeich wenig später den Crossfire auf die Straße lenkte, war ihm klar, dass er für die Rückfahrt bei diesem Wetter sicher eine Stunde Fahrzeit veranschlagen musste. Minimum.

18.00 Uhr Ortszeit Darmstadt, Indiana

Margot saß im Wohnzimmer des Hauses von Nicks Schwester auf dem Sofa. Im Essbereich deckte Lory gemeinsam mit ihrer Tochter Sandy fürs Abendessen. Der massive Esstisch war groß. Musste er auch sein. Sieben Gedecke. Für Lory, ihren Mann Jerry und ihre Tochter, für Margots Vater, für Nick und natürlich auch für Margot selbst. Zusätzlich hatte Lory auch Chloe Manfield eingeladen. Wenn sich jemand mit der Geschichte der kleinen Stadt auskannte, dann sie. Vielleicht wusste sie auch etwas über einen Plan des Kölner Doms, und sicher konnte sie etwas über Matthias Brassel erzählen. Nick hatte sie am Nachmittag angerufen und ihr die Themen genannt, die sie besonders interessierten.

Sebastian Rossberg saß seiner Tochter in einem Sessel gegenüber, genoss ein Glas Sherry und erzählte ihr, was er an diesem Tag bereits alles gesehen hatte. Lory war mit ihm durch die Stadt gefahren und hatte ihm all die interessanten Plätze gezeigt, etwa den Peace Tree. »Wusstest du, dass diese Linde ein Geschenk der Deutschen an Amerika war. Nach dem Krieg?«

»Nein.« Das war typisch für ihren Vater. Kaum in Amerika angekommen, nahm er die Umgebung historisch in seinen mentalen Katasterkasten auf. Sie staunte wieder einmal darüber, wie fit ihr Vater wirkte. Woher nahm er diese Energie?

»War aber nach dem Ersten Weltkrieg«, fügte er hinzu. »Heute schmücken sie den Baum an jedem Feiertag. Am Memorial Day, am Independence Day und natürlich am Veterans Day.«

Je mehr er erzählte, desto mehr fiel Margot auf, dass ihr Vater nicht nur voller Energie war, sondern richtig aufgekratzt.

Nick kam hinzu und setzte sich neben sie auf das Sofa. »Meine Schwester hat mich aus der Küche gescheucht.«

Eine Frage beschäftigte Margot, seit sie neben ihm im Flugzeug gesessen hatte: wer Judy war, ob er Familie hatte.

Die Polizistin in ihr kam zu dem Schluss, dass sie eine Antwort auf diese Fragen am ehesten erhalten würde, wenn sie ebendiese Fragen laut stellte. Also tat sie es.

»Sie lebt nicht mehr«, antwortete Nick.

»Was ist passiert?«

»Sie ist vor drei Jahren gestorben.«

»Das tut mir leid«, sagte Margot. Das meinte sie aufrichtig, bemerkte jedoch wieder einmal, dass diese vier Worte wie eine seelenlose Phrase klangen.

Margot wollte nicht weiter nachbohren. Ihr Vater spürte offenbar, dass Nick erzählen wollte, aber ohne Aufforderung nicht weitersprechen würde. Also übernahm er den Part: »Woran?«

Nick hob die Schultern. »Judys Herz hat einfach aufgehört zu schlagen.«

In diesem Moment erklang die Türglocke, und Sebastian Rossberg machte auf einmal den Eindruck, als würde gleich ihm das Herz stehen bleiben, und er wurde weiß wie die Wand.

Lory öffnete und begrüßte ihren Mann. Jerry gab ihr einen Kuss, und Lory stellte die Gäste vor. Nick erhob sich und unterhielt sich mit seinem Schwager.

Sebastian nippte an seinem Sherry und sagte nichts mehr.

»Alles okay?«, fragte Margot.

»Ja, ja. Alles in Ordnung.«

War ihm Nicks Geschichte so nahegegangen?

Margot litt noch immer unter dem Jetlag und war müde. Nick und sie hatten Fishkins Akten mitgenommen und sie in Nicks Office im Präsidium noch einmal quergelesen, dann hatte Nick mit Fishkins Kunden telefoniert, auf Englisch und auf Deutsch. Als er dann erkannte, wie müde sie war, hatte er sie in einen Nebenraum gebracht, wo ein Sofa stand.

»Schlaf eine halbe Stunde«, hatte er gesagt, ihr eine Decke gegeben – und sie wieder geweckt, als es bereits Zeit wurde, zu Lory aufzubrechen. Es war ihr noch immer peinlich, denn sie hatte den ganzen Nachmittag verschlafen. Nick hatte nur gegrinst.

Sie fühlte sich nur ein bisschen besser und litt weiterhin unter der Zeitverschiebung.

Auf einmal meinte Margot, klassische Musik zu vernehmen. Bach. Das Doppelviolinkonzert. Begleitet von einem Motorengeräusch. Vielleicht war das mit dem Jetlag doch schlimmer, als sie dachte.

Doch auch ihr Vater schien die Musik zu vernehmen, denn er lauschte angestrengt.

Beides wurde lauter, Bach und das Motorengeräusch, und im nächsten Moment sagte Nick, offenbar belustigt: »Chloe!«

Chloe Manfield schien eine interessante Person zu sein. Ein Wagen hielt vor dem Haus. Erst erstarb Bach, dann der Motor. Eine Autotür klappte, Sekunden später erklang die Türglocke. Lory öffnete, und Chloe trat ein.

Margot hatte jene junge Frau vor Augen, die sie auf dem alten Foto ihres Vaters gesehen hatte. Die Frau, die zur Tür hereintrat, ähnelte dieser Frau immer noch, auch wenn sich die Spuren des Lebens in ihr Gesicht graviert hatten. Aber die Augen, sie strahlten. Diese Frau wirkte quirlig und lebenshungrig. »Hi, everybody«, warf sie in die Runde.

Jerry begrüßte sie, Sandy fiel ihr um den Hals, Nick küsste sie links und rechts auf die Wange. Dann hakte sich Lory bei Chloe unter und führte sie zu Margot, die vom Sofa aufstand.

»Ah, Sie sind die junge Kommissarin aus Deutschland, die meinem Nick zeigt, wie man in Deutschland ermittelt«, sagte sie auf Deutsch. Ihre Aussprache war etwas holperig und eine seltsame Mischung aus hessischem Dialekt und amerikanischem Akzent.

»Her name is Margot Hesgart«, stellte Lory sie vor.

»Ah, Margot – ich darf Sie doch Margot nennen?«

»Ja, natürlich.«

Lory zog Chloe weiter zu Margots Vater.

Auch der war aufgestanden und wirkte, als wollte er vor der weißen Zimmerwand Chamäleon spielen.

»Chloe, may I introduce you to Sebastian Rossberg.«

Chloe starrte Margots Vater an.

Und Margot begriff.

Chloe und ihr Vater. Ihr Vater und Chloe. Mit einem Mal fügten sich all die Puzzleteile zu einem Bild. Ihr Vater und Chloe –

irgendwann, in einem früheren Leben. Oder auch in der Zeit, in der sie selbst bereits auf dieser Erde weilte?

»Sebastian?«, fragte Chloe.

Ihr Vater sagte nichts. Machte einen Schritt auf sie zu. Nickte. Und Margot sah die Träne, die in seinem rechten Auge schimmerte.

Fast zärtlich sagte Chloe: »Seb.« Kein Fragezeichen dahinter. Kein Ausrufezeichen. Nur ein Punkt.

Dann knickten ihr die Beine weg.

Lory fing die Dame auf, brachte sie den halben Meter zum Sofa.

»Chloe«, murmelte Sebastian Rossberg, setzte sich neben sie aufs Sofa, tätschelte ihr die Wange. »Chloe«, wiederholte er. Lorys Blick pendelte verständnislos zwischen Sebastian Rossberg und Chloe hin und her.

»Sie kennen sich«, benannte Nick auf Englisch das Offensichtliche.

»Chloe!«

Die Angesprochene öffnete die Augen. Die Lider flatterten. Dann sah sie Margots Vater mit festem Blick an. »Schelm. Du kommst einfach vorbei, ohne dich anzumelden. Ich sollte dir böse sein!« Aber ihre Stimme verriet, dass sie alles andere als böse war. Ebenso wie ihre Hände, die Sebastians Rechte hielten und streichelten. »Seb. Ich hätte nie gedacht, dass ich dich in diesem Leben noch einmal wiedersehe.«

Sebastian Rossberg sagte nichts mehr. Mit der freien Hand wischte er sich seine Tränen aus dem Gesicht.

Jerry fragte seine Frau auf Englisch: »Hey, hast du gewusst, dass sie sich kennen?«

Lory schüttelte den Kopf.

»Lory, please, give me some water«, bat Chloe.

Lory eilte in die Küche und kam mit einem Glas Wasser zurück, das Chloe in einem Zug leerte.

»Ah, das ist immer noch das beste Getränk. Aber, Lory – heute Abend solltest du eine Flasche Champagner aufmachen. Ich habe Seb wiedergetroffen«, sagte sie auf Englisch. Dann drückte sie Margots Vater einen Kuss auf die Wange, strich ihm mit der Hand über die andere Wange, und Margot sah ihren Vater rot werden. Was sie aber viel mehr irritierte, war die Zärtlichkeit, mit der Chloe ihn berührte. Sie konnte sich nicht erinnern, dass ihre Mutter ihn einmal so berührt hätte. Und umgekehrt auch nicht.

Chloe stand auf. »Lory, hast du für gutes Essen gesorgt?«

»No, I did«, sagte Sandy und erklärte in rasend schnellem Englisch, dass sie an diesem Abend zum ersten Mal das Menü ganz alleine zubereitet hatte, extra für die deutschen Gäste. Nick übersetzte für Margot und Sebastian.

Während des Essens sprachen dann alle Englisch, und Margot verstand nur die Hälfte. Manchmal übersetzte Nick, der neben ihr saß, aber nach dem zweiten Bier schwand seine Aufmerksamkeit dafür, wann eine Übersetzung notwendig war.

Also konzentrierte sich Margot darauf, die Menschen am Tisch zu beobachten. Sandy war offensichtlich Daddys Sonnenschein, wodurch er seine Gattin Lory ein wenig vernachlässigte. Dafür schienen Nick und seine Nichte einander sehr nahezustehen. Oft warfen sie sich kurze Blicke zu, als würden sie sich auf diese Weise Kommentare zum Gesagten zusenden, die niemand anderes außer ihnen verstehen konnte.

Chloe und ihr Vater jedoch erstaunten Margot am meisten. Chloe hatte den Platz neben ihm erobert. Oder umgekehrt. Was nicht weiter wichtig war, denn die beiden wirkten, als hätten sie Jahr und Tag den Tisch geteilt.

Nach dem Essen gingen sie alle wieder in den Wohnbereich zurück. Chloe und Margots Vater nahmen nebeneinander auf der Couch Platz, Nick ließ sich wie Margot und Lory in einen Sessel nieder, und zwar zwischen den beiden Frauen, Sandy verabschiedete sich, weil sie fernsehen wollte, und Jerry meinte, er müsse noch ein paar Sachen am Schreibtisch erledigen.

»Chloe, wir haben ein paar Fragen an dich«, begann Nick dann und sprach Deutsch, damit Margot auch alles verstand. »Du kanntest Bill Fishkin?«

»Natürlich«, sagte Chloe. »Es ist schlimm, was passiert ist.

Und ihr wollt jetzt herausfinden, wer ihm das angetan hat, richtig?«

»Ja. Die eine oder andere Spur führt in die Vergangenheit, und deshalb wollten wir unbedingt mit dir sprechen.«

»Da gibt es etwas, was ich gleich loswerden muss: Bill war bei mir. Und er hat mir Fragen gestellt. Zu den Mahones. Also nicht zum alten Mahone, sondern zu Jack und Annie.«

»Was wollte Fishkin wissen?«

»Alles. Er wollte alles über Jack Mahone wissen. Besonders über die Zeit, nachdem er Annie kennengelernt hatte.«

»Was hast du ihm erzählt?«

»Alles. Wir hatten ja Zeit, haben einen guten Tee getrunken, und erst um elf Uhr abends ist er gegangen. Ich versuche, das Wesentliche zusammenzufassen: Jack ist der Sohn von Jerome Mahone und …« Sie wandte sich Margots Vater zu: »Seb, den hast du doch auch kennengelernt, oder? Ihm gehörte unter anderem der kleine Einkaufsmarkt im Zentrum. Der kantige Mann, immer mit Zigarre im Mund.«

Sebastian zuckte nur mit den Schultern. Und Margot erkannte einmal mehr, dass ihr Vater und Chloe eine sehr intensive Vergangenheit teilten. Sie fragte sich, warum er ihr nie von Chloe erzählt hatte. Weil er danach ihre Mutter kennengelernt hatte und sie deswegen nicht mehr wichtig für sein Leben gewesen war? Oder waren er und seine Mutter bereits verheiratet gewesen, als das mit Chloe lief?

»Nun, Jerome, er war der König der Stadt«, fuhr Chloe fort. »Ihm gehörte sicher die Hälfte der umliegenden Felder, und er war der größte Arbeitgeber im Ort. Jack hatte noch einen Bruder. Sean. Sean starb jedoch, als er bei der Ernte in einen der riesigen Mähdrescher geriet. Darüber ist Jerome nie hinweggekommen. Er war schon immer ein unfreundlicher Despot gewesen, aber nach dem Tod von Sean, da war er nur noch … Nun gut, man soll nichts Schlechtes sagen über die Toten. Auf jeden Fall war danach Jack sein Ein und Alles.

Der Junge wollte aufs College, aber Jerome wollte, dass er das Familienunternehmen übernahm. Er wollte ihm selbst alles beibringen, was nötig war. Jack war darüber alles andere als glücklich. Dann tauchte Annie auf. Sie kam aus Deutschland. Keine Ahnung, was sie nach Indiana verschlagen hatte. Viele junge Europäer reisten damals durch die Staaten – Woodstock, Flower-Power –, aber die wenigsten landeten ausgerechnet hier in Darmstadt, USA. Nun, wie auch immer, Jack sah sie, und sein Herz stand in Flammen. Es gab ein paar Mädels hier, die ein Auge auf ihn geworfen hatten. Er sah gut aus, hatte Charme und war definitiv eine gute Partie. Nun, die Gerüchteküche in Darmstadt hat auch damals schon immer gut gebrodelt, und wenn auch nur die Hälfte davon stimmt, was so geklatscht und getratscht wurde, war Jack kein Kind von Traurigkeit. Aber durch Annie veränderte er sich. Er legte den Plan mit dem College ad acta. Er wollte da sein, wo Annie war. Später jobbte auch sie auf Mahones Feldern. Und sie hat ihn lange zappeln lassen. Man hätte sie vielleicht als arrogant bezeichnet, hätte sie nicht solch einen Charme gehabt. Auf jeden Fall wickelte sie Jack um den kleinen Finger. Bis sie geheiratet haben. Dann veränderte sich alles.

Jack musste nicht mehr um sie werben und wurde immer mehr wie sein Vater, zu einem Despoten. Oft lief Annie mit der Sonnenbrille rum, sogar im Winter. Dann kam Jamie zur Welt.

Annie konnte sich nicht wirklich integrieren, und ich glaube, sie wollte es auch nicht. Jack war aktiv in der Gemeinde der Salem Church und wollte, dass sich Annie dem Frauenverein der Kirche anschloss, was sie schließlich auch halbherzig tat. Außerdem war Jack Mitglied im Scott Township Civic Club, der soziale Projekte in der Region leitet oder unterstützt, und auch da machte Annie ein bisschen mit.

Dennoch konnte sie sich nie wirklich integrieren. Ich hatte damals ein wenig Kontakt zu ihr, weil mir das Gelegenheit gab, Deutsch zu sprechen.«

Sie machte eine Pause, die Nick nutzte, um zu fragen: »Die Ehe von Jack und Annie war also alles andere als glücklich?«

»Ja, das muss man so sagen. Jack hat einen Cousin, eigentlich einen Cousin zweiten Grades. Er heißt Bob Hemerode und wohnte in Hillsdale. Wohnt dort, glaube ich, immer noch. Er besuchte Jack immer wieder. Hatte sich wohl auch ein bisschen in Annie verguckt. Nun, ich glaube, er hat ihr manchmal die Knochen gerettet.

Ja, das ist die Geschichte von Jack und Annie. 1973 sind sie dann ausgewandert. Ich habe nie wieder was von ihnen gehört – bis Bill Fishkin mich vor zwei Monaten nach ihnen gefragt hat.«

»Hat er dir gesagt, warum er nach ihnen gefragt hat?«, wollte Nick wissen.

Chloe zögerte.

»Chloe, Jack ist tot, er ist vor ein paar Tagen gestorben. Eines natürlichen Todes. Er war der Vater von Bill – das hat Jack auch bestätigt.«

»Nun, wenn ihr es wisst, ist es wohl kein Geheimnis mehr. Ja, das hat Bill mir erzählt. Auch, dass er Jack in Deutschland kennengelernt habe. Dass sie sich gut verstanden hätten. Ich erzählte ihm das, was ich euch gerade erzählt habe, und er meinte, das fremde Land müsse Jack irgendwie verändert haben, denn er und Annie seien sehr freundlich miteinander umgegangen.«

»Hat er noch mehr dazu gesagt?«, hakte Nick nach.

»Nein. Aber ich habe gespürt, dass etwas nicht ganz in Ordnung war.«

»Erinnerst du dich an Matthias Brassel?«

»O ja. Der war lecker!« Der Glanz in ihren Augen verriet genau, wie sie das meinte. Margot konnte sich ein Grinsen nicht verkneifen, als sie den entrüsteten Blick sah, den ihr Vater Chloe zuwarf.

Chloe legte ihm eine Hand auf den Oberschenkel. »Seb, hilf mir doch bitte, ich habe im Auto noch ein paar Fotoalben. Möchte euch gern die Bilder zeigen, wenn ich euch die Geschichten erzähle.«

Ihr Vater stand auf. »Ich komme mit«, sagte Margot.

Zu dritt verließen sie das Haus. Der Fury, den Chloe in der Einfahrt abgestellt hatte, sah beeindruckend aus. Wie auf dem alten Foto verlief die pfeilförmige Verzierung die ganze Seite entlang.

»Wow!«, entfuhr es Margot. Einerseits faszinierte sie der Wagen, auf der anderen Seite hörte sie in Gedanken das Rattern der Zapfuhr, und ihr kam der Gedanke, dass es kaum möglich war, mit solch einem Wagen durch eines der Parkhäuser von Darmstadt – in Hessen – zu kurven.

»Er fährt immer noch«, sagte Sebastian Rossberg in ehrfurchtsvollem Tonfall.

»Ja, er hält sich genauso gut wie ich«, sagte Chloe schmunzelnd. »Nun ja, fast.«

Sie knuffte ihn in die Seite, dann schloss sie den Wagen auf und nahm einen kleinen Waschkorb voller Fotoalben vom Beifahrersitz. Margot nahm ihn ihr ab. Chloe verschloss den Wagen wieder, dann gingen sie zurück ins Haus.

Wenig später schlug Chloe das erste Album auf. Sie hatte ein paar Seiten mit farbigen Klebestreifen markiert. Sie wies auf ein Schwarz-Weiß-Foto, das einen VW-Bus zeigte, dessen Seite mit Blumen bemalt war. Genauso hatte sich Margot den Bus nach Nicks Beschreibungen vorgestellt. Ein langhaariger Mann saß lässig in der offenen Seitentür, sah direkt in die Kamera und hielt vor dem Bauch ein Akkordeon.

»Er hat eine Menge Wirbel verursacht, als er hier auftauchte«, meinte Chloe. »Aber für einen Deutschen war sein Englisch wirklich sehr, sehr gut.«

Margot ergriff in dieser Runde zum ersten Mal das Wort, indem sie fragte: »Hat er denn gesagt, was er wollte?«

»Ja. Nach einer Woche hatte er erfahren, dass ich mich bestens in der Geschichte der Stadt auskenne. Da stand er plötzlich vor meiner Tür und wollte wissen, ob ich ihm etwas über Ludwig Renker sagen könnte. Und das konnte ich.«

»Erwähnte er einen Plan?«, fragte Margot. »Den Grundriss von einer Kirche?«

»Nein. Er sagte mir nur, dass er ein wenig Familienforschung betrieb«, antwortete die alte Dame. »Für einen Cousin. Klang alles etwas sonderbar, aber ich half ihm. Erstens war er nett, und zweitens: Was konnte schon schlimm daran sein, wenn ich ihm etwas über die frühen Einwohner von Darmstadt erzählte?«

»Lebten die Renkers denn lange in Darmstadt?«

»Ja. Und einige ihrer Nachfahren wohnen noch heute hier. Jack Mahone war einer davon. Bob Hemerode in Hillsdale ist auch einer. Oder Linda Selphim und ihr Bruder Robert Trucklore, Fred Reiner, Mike Reiner, Stick Ortum, Mal Ortum. Jetzt hoffe ich, ich habe keinen vergessen. Sie alle leben hier in der Gegend.«

»Jack Mahone war mit diesem Ludwig Renker verwandt?«, hakte Nick nach.

»Ja. Wartet, ich habe euch das aufgezeichnet, weil ich mir denken konnte, dass euch das interessiert!« Sie wühlte kurz in dem Wäschekorb, zog dann eine Klarsichthülle hervor, in der ein Blatt Papier steckte, und reichte sie Nick. »Hier, oben steht Ludwig Renker. Er starb 1878 hier in Darmstadt, Indiana. Sein Grab befindet sich auf dem Friedhof der Salem Church. Ludwig hatte einen Sohn, Friedrich. Der ist noch in Deutschland geboren. Die Familie kam im Herbst 1866 hier in Darmstadt an, da war Friedrichs Frau schon schwanger. Friedrich war wie sein Vater Zimmermann, und die Familie ließ sich in Darmstadt, Indiana, nieder. Friedrichs drittes Kind, seine Tochter Susanne, war das einzige, das das Erwachsenenalter erreichte. Sie heiratete Phil Mahone, den Großvater von Jerome und Urgroßvater von Jack. Das Diagramm zeigt nur die Linie der Erstgeborenen. Die Seitenlinien habe ich auch noch, aber nicht dabei. Da kommen dann die Hemerodes, Selphims, Ortums und Trucklores ins Spiel.«

»Dieser Stammbaum«, fragte Margot, »hat den auch Matt Brassel gesehen?«

»Ich habe extra einen für ihn gezeichnet.«

»Und was machte er damit?«

»Er fuhr herum und besuchte die Familien. Er fotografierte auch viel.«

»Du sagtest eben, er habe eine Menge Wirbel hier verursacht«, erinnerte sich Nick. »Wie meintest du das?«

Ein Lächeln umspielte ihren Mund. Ein Lächeln, so kam Margot sogleich in den Sinn, dem ihr Vater vor vielen Jahren nicht hatte widerstehen können. »Er machte die ganzen Mädels hier verrückt. Ich war zum Glück ein bisschen älter als er, aber auch ich fand ihn – na ja, ich sagte das ja schon – attraktiv.«

»Bestand der Wirbel darin, dass die Mädchen ihre Boyfriends für ihn sitzen ließen?«, wollte Nick wissen.

»Ja, auch. Aber viel schlimmer war, dass sich Annie Mahone und Matthias Brassel ineinander verliebten. Und nicht nur ein bisschen, sondern so richtig. Und das blieb natürlich auf Dauer auch Jack nicht verborgen. Anfangs hat es niemand mitbekommen, aber dann sind sie mal beim Spazierengehen erwischt worden. Nun, offenbar nicht nur beim Spazierengehen. Das hier ist ein weites Land, aber dass zufälligerweise die falschen Leute zur falschen Zeit am falschen Platz auftauchen, das kann auch hier passieren. Und es ist passiert. Es gab eine ganze Menge Männer, die wären froh gewesen, hätte sich Matt in seinen Bus gesetzt und wäre verschwunden. Tja, und dann hat Matt ja diesen Unfall gebaut.«

»Ich war damals noch ein junger Officer, als ich zu dem verbrannten Wagen kam«, sagte Nick. »Ist dir je zu Ohren gekommen, dass es vielleicht kein Unfall war?«

»Nein. Wieso?« Chloe staunte, dann runzelte sie die Stirn und meinte: »Natürlich hätte Jack allen Grund gehabt, Matt um die Ecke zu bringen. Aber das mit dem Bus wäre doch viel zu aufwendig gewesen. Er hätte ihm viel leichter irgendwo auflauern und ihn erschlagen können, um ihn dann irgendwo in der Wildnis zu verbuddeln, dann wäre er nie wieder aufgetaucht. Auf der anderen Seite …« Sie stockte. »Annie und Jack sind kurz nach Matts Tod ausgewandert. Ich habe später noch einmal mit Jacks Cousin Bob Hemerode gesprochen. Er sagte, sie seien nach Deutschland, aber er habe auch keinen Kontakt mehr zu ihnen. Ich habe nur mitbekommen, dass Jack nach und nach seine ganzen Ländereien verkaufte. Das muss er irgendwie von Deutschland aus gemacht haben. Jetzt gehört den Mahones nicht mehr viel Land hier.«

Sie klappte das Album an einer anderen Markierung auf. »Hier, das ist ein Bild von Jack und Annie. Großes Barbecue am

4. Juli. Annie wieder mit Sonnenbrille. Und da, dort steht Matt. Er war immer mit dabei. Fast so was wie unser deutsches Maskottchen. Schon verrückt.«

Sie blätterte weiter. Es war eine Zeitreise. Nick und Chloe kannten die Menschen und die Umgebung, Margots Vater war interessiert, aber Margot wurde zunehmend müde. Annie und Jack waren auf vielen Bildern zu sehen, auch Matt Brassel noch auf einigen. Sie musste Chloe recht geben: Sie selbst hätte ihn zwar nicht unbedingt als »lecker« bezeichnet, dafür waren seine Haare nach ihrem Geschmack zu lang, und er hatte auch zu viele im Gesicht, aber er hatte eine tolle Ausstrahlung. Gehabt.

Auch Nick wurde mit der Zeit etwas müde, was man ihm ansah. Zweimal konnte er ein Gähnen nicht unterdrücken. Margot warf einen Blick auf die Armbanduhr. »Vielleicht sollten wir schlafen gehen.«

»Ja«, pflichtete ihr erstaunlicherweise ihr Vater bei.

»Dann fahre ich euch zum Hotel«, schlug Chloe vor.

»Nein, das musst du nicht«, widersprach Nick. »Ich mach das.«

»Nein, ich bestehe darauf. Du kannst sie ja morgen wieder abholen.«

Nick protestierte nicht mehr. Der arme Kerl war in der vergangenen Woche einmal nach Europa geflogen und wieder zurück. Margot hatte sich schon die ganze Zeit gefragt, wie er das weggesteckt hatte. In Deutschland hatte sie bei ihm keine Müdigkeit bemerkt, doch es war nicht verwunderlich, dass er allmählich auf Reserve lief.

Chloe packte die Alben wieder zusammen, und Lory trommelte noch mal ihre Familie für den großen Abschied zusammen.

Schließlich versenkte Nick den Wäschekorb im Kofferraum des Fury. In diesen Weiten musste sich der Korb recht verloren vorkommen, denn außer ihm hätte man dort ohne Drücken und Schieben noch locker zwei Leichen und einen Hund unterbringen können. Anschließend verabschiedete sich Nick von Sebastian und Chloe, dann von Margot.

»Schlaf gut«, sagte er. »Ich hole dich morgen so um neun ab.« Er hielt Margot die Hand hin, die sie ergriff. Und sie ertappte sich bei dem Wunsch, Nick hätte sie zumindest auf die Wange geküsst. Gleichzeitig schalt sie sich für den Gedanken.

Nick stieg in seinen Buick, ließ den Motor an, und wenig später sah sie nur noch die Rücklichter des Wagens.

Ihr Vater hielt ihr die Beifahrertür des Fury auf, doch Margot stieg wie selbstverständlich auf die Rückbank.

Der Innenraum des Wagens sah aus wie neu. Die Sitzbezüge waren aus beigem Leder. Sie suchte nach einem Sicherheitsgurt, aber da war keiner. Daraufhin rutschte sie in die Mitte der Sitzbank, starrte über die Rückenlehnen der Vordersitze hinweg und staunte über das riesige Armaturenbrett.

Chloe drehte den Zündschlüssel, und der Motor blubberte los, dann schaltete sie das CD-Radio ein, und sofort ertönte wieder Bach, und zwar in ohrenbetäubender Lautstärke.

»Entschuldigung«, schrie Chloe und drehte die Lautstärke herunter. »Mein Spleen. Das Einzige, was an dem Wagen nicht Original ist, ist die Musikanlage. Aber Bach kann man einfach nicht aus einer Monotröte hören.«

Das war eine Einstellung, die sie mit Margots Vater teilte. Der hatte in seinen Citroën DS als Erstes eine anständige Musikanlage einbauen lassen. Da Professor Evelyn ihren eigenen Wagen fuhr, hatte sie Sebastian Rossberg wenigstens diese Marotte gelassen.

Auch was Bach anging, hatten Chloe und Margots Vater den gleichen Geschmack. Chloe drückte auf eine Taste ganz links am Armaturenbrett, und der Wagen rollte rückwärts aus der Einfahrt. Sie drückte die Taste erneut, und der Wagen fuhr geradeaus. Die Automatik, erkannte Margot.

Es waren etwa zehn Kilometer bis zum Hotel, und dort fuhr Chloe langsam auf den Parkplatz.

Sie stiegen aus, und Margot verabschiedete sich von Chloe, ging auf den Hoteleingang zu, in der Erwartung, dass ihr Vater ihr folgen würde. Doch als sie dann die Tür erreichte, bemerkte sie, dass ihr Vater noch immer bei Chloe stand.

Nun, die beiden hatten sich seit Jahren nicht gesehen und würden sich bestimmt eine Menge zu erzählen haben. Das war nicht Margots Angelegenheit. Sie ging ins Hotel und schnurstracks zu ihrem Zimmer.

Vom Fenster aus konnte sie auf den Parkplatz sehen. Chloe stand dort vor ihrem Vater, hatte den Kopf an seine Schulter gelehnt, und sie umarmten sich. Margot hoffte nur, dass sich die beiden zum letzten Mal gesehen hatten, *bevor* ihr Vater ihre Mutter kennengelernt hatte.

Sie sah auf die Uhr. Es war zehn, also fünf Uhr morgens in Darmstadt auf der anderen Seite des Atlantiks. Horndeich würde schlafen, sodass sie ihn nicht mehr über die Entwicklung des Falls unterrichten konnte, jedenfalls nicht telefonisch. Sie fuhr ihren Laptop hoch. Würde sie ihm halt eine E-Mail schreiben.

Als sie ihr E-Mail-Programm öffnete, sah sie die Mail, die Horndeich ihr geschrieben hatte und in der er von seinem Besuch bei IT-Sec berichtete. Er äußerte darin auch den Verdacht, Fishkin könne Geld von Segro erpresst haben. Ein ganz neuer Aspekt. Horndeich kündigte an, sich diesen Segro am nächsten Tag einmal vorzuknöpfen.

Margot fasste in ihrer Antwortmail kurz zusammen, was sie am Abend erfahren hatten. Und erst da merkte sie, dass es eine ganze Menge gewesen war, denn als sie die Mail abschickte, war es fast dreiundzwanzig Uhr.

Sie fuhr den Rechner herunter, dann ging sie ins Bad. Eine Viertelstunde später trat sie frisch geduscht wieder ins Zimmer, löschte das Licht, doch einem inneren Impuls folgend, trat sie nochmals ans Fenster.

Ihr Vater und Chloe befanden sich nicht mehr auf dem Parkplatz. Okay, davon war bei diesen Temperaturen auch nicht auszugehen gewesen. Aber der Fury, er stand immer noch dort.

Margot legte sich ins Bett, zog die Decke hoch und drehte sich von einer Seite auf die andere. Hatte ihr Vater ihre Mutter mit dieser Chloe betrogen? Es ging sie nichts an. Und doch hatte Margot das Gefühl, sie müsse Partei für ihre Mutter ergreifen. Gegenüber dieser Evelyn und nun auch noch gegenüber dieser

Chloe. Natürlich war das Schwachsinn. Es war nicht ihr Problem. Es war nicht ihre Angelegenheit.

Und doch. Sie spürte, wie Traurigkeit in ihr aufstieg.

Ja, verdammt noch mal, sie vermisste sie. Sie vermisste ihre Mutter. Sie konnte sich nicht erinnern, wann sie das letzte Mal ihren Tod beweint hatte. Es war lange her. Sehr lange. Die Tränen ließen sich nicht zurückhalten.

Sie hätte gern jemanden neben sich gehabt, an den sie sich hätte kuscheln können. Und sie merkte, dass sie dabei an Nick dachte, nicht an Rainer.

Rainer, dem sie keine einzige SMS geschickt hatte. Und von dem sie keine einzige bekommen hatte.

Ein Gedanke, der nicht dazu angetan war, den Tränenstrom zum Versiegen zu bringen.

MITTWOCH, 15. DEZEMBER

9.00 Uhr Ortszeit Darmstadt, Hessen

Am frühen Morgen hatte Horndeich im Präsidium zunächst die E-Mails gelesen. Interessant, was Margot da in Sachen Matt Brassel zutage gefördert hatte. Es würde sich sicher lohnen, sich noch einmal mit Annie Mahone zu unterhalten. Umso ärgerlicher war es, dass er nicht mehr mit ihrem Gatten sprechen konnte. Der hätte sicher Erhellendes zum Thema Sonnenbrille beitragen können. Doch womöglich war es ganz gut, dass Horndeich den Schläger nicht mehr befragen konnte. Gegenüber Typen, die ihre Frauen vertrimmten, vertrat er eine ganz eigene Auffassung, und die war nicht unbedingt mit den Statuten und Grundsätzen seines Arbeitgebers kompatibel.

Er hatte Kollegen Marlock angewiesen, doch mal bei Segro vorbeizufahren, während er sich selbst aufmachte, die Witwe zu besuchen.

»Nicht Sie schon wieder«, begrüßte ihn Annie Mahone. Um sodann zu fragen: »Einen Kaffee?«

Horndeich bat darum, während sie ihn ins Wohnzimmer geleitete. Dann verschwand sie kurz in der Küche und kam wenig später mit zwei Tassen zurück. »Schwarz, nicht wahr?«

Horndeich nickte und staunte darüber, dass sich Annie Mahone das hatte merken können. Sie war nach wie vor in Schwarz gekleidet, und auch die dunklen Augenringe waren nicht verschwunden.

»Was wollen Sie denn schon wieder?«, fragte sie, nachdem sie sich gesetzt hatte, wobei der Tonfall freundlicher war als die Frage.

»Frau Mahone, wir untersuchen jetzt auch den Tod von Matthias Brassel noch einmal.«

Sie riss die Augen auf. »Von Matt? Warum das?«

»Wir versuchen in Erfahrung zu bringen, was er in den USA wollte. Wir wissen, dass Sie eine Affäre mit ihm hatten. Wir wissen, dass Ihr Mann Sie nicht gut behandelt hat. Und wir versuchen das Puzzle zusammenzusetzen. Denn das könnte uns zu dem Mörder von Bill Fishkin führen.«

»Bitte verzeihen Sie, aber ich kann Ihnen nicht ganz folgen. Was hat Bill mit Matt zu tun?«

Das war eine berechtigte Frage. Bislang verband beide Fälle nur, dass Bill Fishkin den Polizisten Captain Nick Peckhard gebeten hatte, im Archiv nach ungeklärten Vermissten- oder Todesfällen um das Jahr '73 zu suchen. »Genau das versuchen wir gerade herauszubekommen.«

»Meinetwegen. Ich beantworte Ihre Fragen. Also, was wollen Sie konkret wissen?«

»Wann und wo haben Sie Matt zum allerersten Mal kennengelernt?«

»Ich habe ihn das erste Mal gesehen, als er Jack besuchen wollte. Das war bestimmt vier Wochen vor seinem Unfall. Er klingelte an unserer Tür, stand da in seiner verwaschenen Jeans, dem roten T-Shirt und mit seinen langen Haaren und fragte auf Englisch, ob Jack Mahone hier wohne. Ich sagte ihm, dass das richtig sei, dass Jack aber gerade in Evansville sei und erst in drei Stunden wieder zurück sein würde. Matt dankte und wollte schon gehen, doch ich bat ihn herein und bot ihm etwas zu trinken an. Wir saßen ganze drei Stunden am Tisch, tranken Kaffee, Limonade und unterhielten uns.« Das zarte Lächeln auf Annies Gesicht erzählte parallel dazu, was sie in diesem Moment gefühlt hatte. »Er kam ja wie ich aus Deutschland. Ich war '71 in Darmstadt, Indiana, gestrandet. Er erzählte mir, wie sich die Dinge in Deutschland in diesen zwei Jahren verändert hatten. Ich hatte nicht mehr viel gehört aus Deutschland – vom Attentat bei der Münchner Olympiade '72 mal abgesehen. Ich habe ihm gern zugehört. Bis Jack dann kam, war ich wieder im Bilde über meine Heimat.«

»Warum gingen Sie überhaupt nach Amerika? Mit ihren Eltern?«

»Nein, nicht mit meinen Eltern, Gott bewahre. Ich bin abgehauen. Die kurze Version: Weil ich geklaut habe. Wollen Sie auch die lange hören?«

»Gern.«

»Raub – das ist doch inzwischen verjährt, oder? Sonst sage ich gar nichts mehr.«

»Raub, wenn Sie dabei niemanden umgebracht haben, nach dreißig Jahren.«

»Nein, ich habe in meinem ganzen Leben niemanden umgebracht«, beteuerte sie, und leichtes Entsetzen schwang in ihrem Tonfall mit. Dann begann sie zu erzählen: »Meine Eltern waren die klassischen Nachkriegsspießer. Kann sie heute besser verstehen, aber damals … Wir kommen aus dem Pommerschen, heute ist das Mecklenburg-Vorpommern, aus einem kleinen Kaff namens Löcknitz. Dann die klassische Geschichte: Flucht vor den Russen, gerade noch in den Westen geschafft. Sind in Wedel gelandet, bei Hamburg. Ich wurde ihnen ’51 geschenkt. Das Nesthäkchen. Hab die Flucht also nicht mitmachen müssen, anders als meine vier älteren Geschwister. Konnte nicht verstehen, weshalb alles immer so ernst war, so … unaussprechlich. Ich lebte mein eigenes Leben, soweit mich die Eltern ließen. Und flüchtete mich in die Musik. Erst Elvis, später die Beatles. Bob, Jimi, Mick – das waren die Menschen, die mir was zu sagen hatten. Und einige von ihnen kamen ja auch nach Hamburg. Irgendwann interessierte mich die Musik einfach mehr als die Ausbildung. Ich und Metzgerin? Nicht wirklich. Nur weil mein Vater den Beruf toll fand und sein Cousin eine Metzgerei hatte. Ich verabschiedete mich von den Eltern, von den Geschwistern, von Wedel und ging nach Hamburg. Und dort stürzte ich ab. Damals hätte ich das nie so bezeichnet. Aber ich war ständig im Nebel. Alkohol, Haschisch, auch mal LSD – die ganze Palette. Und das Geld? Das holte man sich vom ›Establishment‹. War ganz einfach. Vier Junkies, ein Schlipsträger – da weiß man, wer am Ende kein Bargeld mehr hat. Ich lebte in WGs, mal hier, mal dort. War eine geile Zeit, wie man heute sagt. Leider nur dann, wenn man nicht zu genau darüber nachdenkt.

Und dann geschah es. Wir brauchten wieder mal Geld. Also überfielen wir einen Imbissstand. Wir vier und ein Baseballschläger. Der Anblick hat gereicht, der Typ hat die Kohle sofort rausgerückt. Aber irgendjemand hat die Bullen … 'tschuldigung, die Polizei gerufen. Auf einmal zuckten die blauen Lichter der grünen Minna durch die Nacht. Wir strömten in alle Richtungen. Lars haben sie geschnappt, und ich wusste, er würde auspacken. Ausgerechnet ich hatte das Geld, doch ich wusste, wenn ich mich jetzt zudröhnte, dann wäre ich die Kohle los. In meiner Jackentasche waren fast achttausend Mark. Aber ich hatte meine Kumpels und die Polente … äh, Ihre Kollegen auf den Fersen. Mein Gott, diese Geschichte kennen nicht mal meine Töchter. Waren Sie mal Pfarrer, Herr Horndeich? Oder warum beichte ich Ihnen all das?

Wissen Sie, es war das erste Mal, dass ich mich wirklich geschämt habe. Ich saß heulend im Elbpark, zu Füßen des Bismarck-Denkmals. Und auf einmal spricht mich ein Mann an. Ein Ami. Jeff. Keine Ahnung, wie sein Nachname war. Er sagte, er sei auf Landgang. Ein Matrose. Ich sagte ihm, dass ich mit nach Amerika wollte, und fragte ihn, ob er mich mitnehmen könnte. Als ich ihm einen Teil der Kohle zeigte, machte er es möglich. So kam ich ins Gelobte Land, versteckt auf einem Frachter.

Wir kamen in Portland an, und schon am kommenden Tag geriet ich an ein paar Verrückte, die in einem grell bemalten VW-Bus nach Los Angeles wollten. Zwei Pärchen. Sie nahmen mich mit, als ich mit hundert Dollar wedelte. Nun, wir fuhren den Highway 64 entlang, als ich mit einer der Tussis richtig Krach bekam. Ihr Typ meinte, jetzt müsse er – Weltfrieden hin, Weltfrieden her – mir mal ganz deutlich zeigen, wo der Hammer hängt. Das Ende vom Lied: Sie schmissen mich aus dem Bus. Pleite und lädiert lief ich einfach immer weiter nach Süden und hielt den Daumen raus.

Der ältere Herr, der anhielt, sagte mir, dass sich jemand mein blaues Auge und die Platzwunde an der Stirn ansehen sollte. Ich war froh, dass mich überhaupt jemand mitnahm.

Carl Spooge gehörte ein Drugstore. Seine Verkäuferin hatte

drei Tage zuvor einen Sohn geboren, deshalb brauchte er jemanden, der dort aushalf. Er brachte mich zuerst zu Greg, dem Arzt. Ich hatte selbst kaum gemerkt, dass ich geblutet hatte. Greg verband mich, sagte, ich solle einfach ein bisschen vorsichtig sein in den kommenden Tagen. Carl nahm mich dann mit sich nach Hause. Seine Frau begrüßte mich freundlich. Die beiden hatten ein Zimmer frei. Carl bot mir geringen Lohn, aber Logis. Ach ja, der kleine Ort, in den er mich mitnahm, hieß Darmstadt. Darmstadt in Indiana. So bin ich dort gelandet. Auweia, ich erzähl Ihnen hier meine ganze Lebensgeschichte ...«

»Schon okay. Meistens haben wir eher damit zu kämpfen, dass uns niemand was erzählen will. Wie ging es weiter? Wann lernten Sie Jack kennen?«

»Zwei Tage später. Er kam in den Drugstore, kaufte den Rolling Stone und eine Cola. Von da an kam er jeden Tag. Er sah gut aus, war aber zunächst sehr zurückhaltend, und so merkte ich anfangs gar nicht, dass er nur meinetwegen kam. Ich war auch viel zu sehr mit mir selbst beschäftigt, überlegte, wie es mit meinem Leben weitergehen sollte. Ich sah mich nicht als Drugstoreverkäuferin. Aber mit dem Abstand von siebentausendfünfhundert Kilometern zu meinem vorherigen Leben begriff ich, dass ich, wäre ich nicht abgehauen, im Knast oder etwas später auf dem Friedhof gelandet wäre.« Sie machte eine kurze Pause, schmunzelte. »Dass Jack um mich warb, merkte ich erst, als Carl immer breit grinste, wenn Jack den Store betrat. Ich fragte ihn, was so lustig sei, und er deutete mit dem Kinn in Richtung Ausgang, durch den Jack gerade verschwunden war.

›Der junge Mann?‹, fragte ich.

›Jack Mahone‹, antwortete er nur.

Am kommenden Tag fragte mich Jack, ob er mich ausführen dürfe. Ich sagte Ja. Von da an trafen wir uns immer wieder.

Mir gefiel der Ort, mir gefiel Amerika. Offener, netter, weiter als Deutschland. Und Jack – er war charmant. Meistens. Er konnte auch ruppig sein. Sehr ruppig.

Dann wurde ich schwanger mit Jamie. Ab da wurde alles anders. Jacks Vater war gegen die Heirat. In einem schwachen

Moment gestand mir Jack, dass sein Vater ihn bedrängte, er solle mich verlassen, das mit dem Kind würde er mit Geld regeln. Heute weiß ich, dass er das damals genauso mit Bills Mutter gemacht hat.

Doch Jack stand zu mir, und wir heirateten. Aber die Ehe stand von Anfang an unter keinem guten Stern. Erst recht nicht, als Jamie auf der Welt war. Jack saß zwischen allen Stühlen, seinem Vater, dem Familienunternehmen, mir und seiner Tochter. Nun, und ich war sicher auch nicht immer nur die liebende Gattin. Dann starb sein Vater, und Jack erbte alles. Musste nun das Unternehmen allein führen.«

»Und dann tauchte Matt auf.«

»Ja, dann tauchte Matt auf. Wir mochten uns auf Anhieb. Er war ruhig, machte Musik, sagte mir schöne Dinge. Er nahm mir die Sonnenbrille ab und küsste mein Veilchen, und als ich sie wieder aufsetzen wollte, hielt er meinen Arm fest und sagte: ›Ich will dich so sehen, wie du bist.‹

Anfangs passierte nicht viel, doch das änderte sich, und zwar nur wenige Tage, bevor Matt starb.

Am Tag, als Matt in der Nacht den Unfall hatte, sagte Jack mir auf den Kopf zu, er wüsste, dass ich ihn betrogen habe. Ich stellte mich auf Prügel ein, doch stattdessen weinte er und sagte, er würde sich für diese ganzen Ländereien nicht interessieren, dass er keinen Bock mehr habe, gegenüber den Angestellten und Saisonarbeitern den Chef zu spielen. Dann auch noch das mit mir und Matt. Er würde für eine Woche verschwinden. Sprach's und verschwand.

In dieser Nacht verunglückte Matt. Ich kann Ihnen sagen, die kommenden Tage waren nicht lustig.«

»Hatten Sie nicht den Verdacht, dass Ihr Mann Matt umgebracht haben könnte?«, fragte Horndeich geradeheraus.

Annie starrte zunächst schweigend auf die Tischdecke. »Natürlich hatte ich den«, bekannte sie dann mit leiser Stimme. »Aber Jack hätte das anders gemacht. Wenn man Matt gefunden hätte, totgeprügelt oder von Schrot oder Kugeln durchsiebt, dann hätte ich Jack für den Täter gehalten. Ich habe immer wieder bei der Polizei nachgefragt, und ich kannte ja auch Leute bei der Feuerwehr. Aber die hatten nichts Verdächtiges entdeckt. Und als Jack nach sechs Tagen wieder auftauchte, sagte er, er wäre in Nashville gewesen. Und er war völlig erschüttert darüber, dass Matt tot war. Er teilte mir mit, dass er am Vortag mit seinem Cousin Bob Hemerode gesprochen habe. Der hatte ein Steuerberatungsbüro und kümmerte sich um Jacks Finanzen, und mit ihm hatte Jack darüber geredet, dass er vorhatte auszuwandern. Denn in Darmstadt, Indiana, da war sich Jack sicher, würde seine Ehe zugrunde gehen und er mit.

Hemerode hatte gute Kontakte nach Deutschland, vor allem zum deutschen Darmstadt und zu dem Büro für Städteverschwisterung. Die hatten sich Jahre zuvor schon mal über Darmstadt hier und Darmstadt dort ausgetauscht. Und Jack, der war stets ein Mann schneller Entscheidungen. Das liegt dem Mahone-Clan offenbar im Blut. Nun, drei Tage später sind wir aufgebrochen. Keine Ahnung, wie Bob das so schnell mit dem Papierkram hingekriegt hatte.«

»Und?«, fragte Horndeich. »Haben Sie es jemals bereut, wieder hierhergekommen zu sein?«

»Sagen wir mal so«, antwortete Annie Mahone. »Nach Hamburg habe ich mich vor zehn Jahren das erste Mal wieder getraut. Aber ansonsten – nein. Und auch Jack hat es nur gutgetan. Voller Ehrgeiz lernte er Deutsch und sprach es schließlich fließend. Wir bekamen noch zwei wundervolle Töchter, und nachdem der Druck weg war, war Jack auch ein wunderbarer Ehemann und Vater. Er wurde zu einem anderen Menschen und förderte seine Töchter, wo er nur konnte. Machte einen antiquarischen Buchladen auf. War einer der Ersten, die über Internet verkauften, und zwar lange vor Amazon. Und Hemerode verwaltete das Geld und das Landgut. Verkaufte zu guten Preisen. Das Geld haben wir hier in Darmstadt angelegt. Wir hatten ein gutes Leben.«

Das Resümee einer Frau, die vor kurzer Zeit ihren Mann verloren hatte. Annie Mahones Augen füllten sich mit Tränen. »Habe ich Ihre Fragen ausreichend beantworten können?«

Es war die freundliche Umschreibung für: »Könnten Sie jetzt gehen?«

»Ja, Frau Mahone. Haben Sie herzlichen Dank.«

Annie brachte ihn noch zur Tür.

10.30 Uhr Ortszeit Darmstadt, Hessen

Das Wetter war phantastisch. Am Tag zuvor hatte der Schnee bei drei Grad plus zu tauen angefangen, doch in der Nacht hatte es wieder geschneit. Nun strahlte die Sonne mit kaltem, klarem Licht auf die neue weiße Pracht.

Horndeich schaute auf die Uhr. Es war bereits halb elf. Er setzte sich in den Wagen, ließ den Motor aber noch nicht an. Annie Mahone hatte ihm erzählt, wie sich ihr Mann vom George W. Bush zum Mahatma Gandhi gewandelt hatte. Vielleicht sollte er noch einmal mit einer der Töchter sprechen. Vielleicht mit Esther Mahone. Zehn Minuten später fuhr er vor deren Haus vor. Er stieg aus, klingelte, doch niemand öffnete. Horndeich sah auf die Uhr. Es war halb elf. Die Tochter war sicher in der Schule. Und Esther Mahone? Nun, sie wartete bestimmt nicht rund um die Uhr auf Horndeichs Überraschungsbesuche.

Er wollte gerade wieder ins Auto steigen, da sah er einen Kastenwagen vorfahren. Er rangierte auf dem unmittelbar vor dem Haus markierten Behindertenparkplatz, allerdings halb schräg, was Horndeich nicht verstand. Aus dem weißen Benz stieg eine Dame mit hellblauem Hosenanzug. Sie sah Horndeich an, der sie anstarrte. »Kann ich Ihnen helfen?«

»Ist das der Transporter für Emilys Rollstuhl?«

»Ja. Warum? Was wollen Sie?« Sie hatte inzwischen die hinteren Klappen geöffnet. Eine Rampe fuhr langsam aus dem Heck des Wagens. Dadurch, dass der Wagen schräg stand, setzte das vordere Ende der Rampe auf dem Bürgersteig auf.

»Schon in Ordnung, Regina«, hörte Horndeich eine Mädchenstimme aus dem Inneren des Wagens. »Das ist der Kommissar, von dem ich dir erzählt habe. Der ist in Ordnung.«

Horndeich nestelte nach seinem Ausweis, zeigte ihn der Dame mit dem Namen Regina.

Sie nickte ihm zu. »Regina Marquardt. Ich bin Emilys Morgentaxi.«

»Ist meine Mutter nicht zu Hause?«, fragte Emily, während sie in ihrem Rollstuhl aus dem Inneren des Wagens zur Rampe fuhr.

»Sie hat nicht geöffnet.«

»Dann muss sie gleich kommen«, sagte Emily, während sie die Rampe hinunterfuhr. »Meist geht sie um diese Uhrzeit kurz einkaufen. Kommen Sie mit rein.«

»Ist das in Ordnung?«, fragte Regina verunsichert.

»Wem soll man noch trauen, wenn nicht der Polizei?«, fragte Emily altklug und zwinkerte Horndeich zu.

Regina sah auf die Armbanduhr, zuckte mit den Schultern und sagte dann: »Ich muss ohnehin los. Bei dem Wetter ist es schwierig, Termine einzuhalten.«

Die Rampe fuhr langsam wieder ein.

»Soll ich dir die Tür aufschließen?«, fragte Horndeich.

»Nicht nötig. Ich kann selbst rein.« Emily tippte mit ihren Fingern auf eine Zahlentastatur, die auf der Lehne des Rollstuhls angebracht war, woraufhin sich das Gartentor öffnete und wenig später auch die Haustür.

»Sechzehnstellig«, sagte Emily. »Das sind zehn Billiarden Kombinationsmöglichkeiten. Das sollte genügen. Der Funk ist genauso sicher wie bei Ihrem Autoschlüssel. Heißt ›Rolling‹ – hab aber nicht ganz kapiert, wie es funktioniert. Meiner Mama war aber wichtig, dass es keine Zahlentafel am Haus gibt. Wer also mit der Nummer einbrechen will, muss sie erst mal aus mir herausbekommen. Und dann meinen Rollstuhl klauen.«

Während Emilys Erklärung waren sie ins Haus gelangt. Im Flur lag ein runder Teppich gleich vor der Tür, wie Horndeich erst jetzt bemerkte. Emily drehte sich darauf mit ihrem Rollstuhl ein paarmal auf der Stelle. »Wenn ich mir bei dem Wetter nicht die Reifen abputze, springt meine Mutter im Dreieck«, feixte sie. »Hängen Sie Ihren Mantel einfach an die Garderobe.«

Horndeich putzte sich ebenfalls die Schuhe ab und hängte den Mantel auf.

»Ich würde Ihnen natürlich was zu trinken anbieten, aber ich komm ja nicht an die Schränke. Vielleicht machen wir es so: Ich biete Ihnen etwas an, und Sie nehmen es sich selbst«, schlug das Mädchen vor.

Horndeich lachte. »In Ordnung.«

Emily fuhr vor in die großzügig dimensionierte Küche. »Mögen Sie einen Kaffee?«

Horndeichs Blick folgte dem von Emily in Richtung der verchromten Edelespressomaschine, eine von der Variante, bei der nur noch fehlte, dass sie den Kaffee, Cappuccino, Espresso, die Latte oder was auch immer noch selbst ins Wohnzimmer brachte.

»Keine Scheu«, sagte Emily. »Meine Mutter sagt immer, dass Gastfreundschaft fast so wichtig ist wie Freundschaft. Also – machen Sie sich bitte einen Kaffee.«

Horndeich betrachtete das Gerät mit Ehrfurcht. Aber der Ein-Aus-Schalter war nicht zu übersehen, und nachdem er ihn betätigt hatte, erklärte ihm die Maschine auf einem Display, dass sie zunächst einmal aufheizen musste.

Emily wurde sehr ernst. »Haben Sie schon etwas herausgefunden? Über Bills Tod?«

Horndeich sah sie an. »Ja und nein. Wir haben vieles in Erfahrung bringen können, aber wir wissen noch nicht, wie das alles zusammenpasst. Deshalb muss ich auch noch mal mit deiner Mutter sprechen.«

»Worüber?«

Horndeich zögerte.

»Hey, ich bin kein kleines Kind«, sagte Emily im Brustton der Überzeugung.

Horndeich konnte sich nicht dazu durchringen, sie nach ihrem Großvater zu befragen. Er wollte sie nicht noch mal in Tränen aufgelöst erleben.

Doch Emilys Kombinationsgabe genügte, um Horndeich zu durchschauen. »Das letzte Mal sind Sie gekommen, um sich nach Bill zu erkundigen, und Sie haben alle Antworten auf Ihre Fragen erhalten. Also nehme ich jetzt an, dass es diesmal um etwas anderes geht. Oder um jemand anderes. Ist Opa auch ermordet worden?«

In ihrem Tonfall schwang mehr Entsetzen als Traurigkeit.

»Nein«, sagte Horndeich schnell, »er ist nicht ermordet worden.«

»Zum Glück. Er war der beste Opa, den es gab.« Das Entsetzen verschwand aus ihren Zügen, die Trauer gewann wieder die Oberhand. »Wissen Sie, mein Opa und Bill – die waren ähnlich. Beide haben mit mir normal geredet. Mein Opa hat mich ernst genommen. Mit ihm … mit ihm konnte ich sogar über die Zukunft reden. Das kann ich nicht mal mit meiner Mama. Ich weiß genau, was mit mir los ist. Ich meine, ich bin ja nicht doof. Ich kann Wikipedia lesen und ebenso Fremdwörterbücher. Und außerdem konnte ich in dieser Sache immer meinen Opa fragen. Von ihm bekam ich wenigstens ehrliche Antworten.«

Horndeich sah sich suchend um.

»Hinter Ihnen. Oben links.«

Horndeich nahm eine Tasse aus dem Schrank und stellte sie unter die Ausgabedüse der Maschine. Dann drückte er »Kaffee – schwarz«.

»Mein Opa, er hat auch das Haus hier umbauen lassen. Und immer, wenn er mit dem Architekten gesprochen hat, durfte ich mit dabei sein. Ich habe die auch darauf gebracht, den Flur vorn so breit zu machen, dass ich mir die Reifen abputzen kann. Er hat auch nachträglich diese elektronischen Türschlösser einbauen lassen, dass ich selbst die Haustür aufmachen kann.«

»Das ist toll.« Horndeich zog den gefüllten Becher unter der Düse hervor. »Haben sich alle mit deinem Opa verstanden?«

»Ich habe schon mal ›Tatort‹ geguckt, da stellen die Kommissare auch immer solche Fragen, um rauszubekommen, ob es eine gute Familie war oder nicht.«

»Ertappt. Seid ihr eine gute Familie?«

»Na ja, ich glaube schon. Es gibt niemanden, der jemanden hasst. Aber nicht alle haben sich gleich lieb. Geht mir ja auch so.

Meine Oma und mein Opa, die haben sich geliebt – ich glaube, die haben sich von allen am meisten geliebt. Immer, wenn wir spazieren gegangen sind, haben sie Händchen gehalten. Und sich sogar geküsst. Als ich noch klein war, fand ich das komisch. Aber jetzt … Ich möchte auch mal einen Mann haben, der mich so liebt und den ich so liebe, wie Oma und Opa sich geliebt haben.«

Horndeich schluckte den Kloß hinunter, der sich in seinem Hals gebildet hatte. Würde Emily einmal einen Mann haben? Und dann? Er dachte nicht weiter darüber nach, denn Emily fuhr fort.

»Oma hat zu ihm immer nur *Honey* gesagt. Als ich noch klein war, hat mich mal jemand gefragt, wie mein Opa heißt. Und ich habe gesagt *Honni Mahone*. Meine Mutter hat Tränen gelacht. Und Opa nannte sie immer *My Annie*, was für mich auch immer klang wie ein Spitzname: Mai-Enny. Hab ich auch nicht verstanden. Meine Mutter – Opa hat sie nur Sunny genannt. Aber zu Tante Jamie und Tante Mara hat er immer Jamie und Mara gesagt.«

»Und deine Tanten – verstehst du dich mit ihnen?«

Emily rollte die Augen und sah dann zur Decke. »Auweia. Die sind anstrengend. Sie reden immer *über* mich, aber ganz selten mal *mit* mir. Ganz schlimm ist da Jamies Mann. Wenn wir uns mal treffen, dann gibt es immer Streit. Mama mag sich einfach nicht sagen lassen, was für mich angeblich das Beste sein soll. Und schon gar nicht von einem, der keine Ahnung von meiner Krankheit hat. Tante Maras Mann, der ist ganz in Ordnung. Aber den sehe ich auch nicht so oft.«

Horndeich trank von dem Kaffee, der wirklich ganz hervorragend schmeckte.

»Herr Horndeich!«, sagte plötzlich jemand hinter ihm, und er kleckerte sich vor Schreck ein paar Tropfen Kaffee über das Hemd.

Er hatte Esther Mahone nicht eintreten gehört.

»Keine Angst, Mama – ich war gastfreundlich«, sagte Emily, die ihren Rolli in Richtung ihrer Mutter ausrichtete.

»Was wollen Sie hier, Herr Horndeich?« Esther Mahone ignorierte ihre Tochter.

»Ich habe noch ein paar Fragen. Und Ihre Tochter war so freundlich, mich hereinzubitten.«

Horndeich konnte Esther Mahone ansehen, wie sie mit sich selbst haderte, ob sie sauer sein oder sich in Gelassenheit üben sollte. Sie entschied sich für Letzteres.

»Dann folgen Sie mir bitte ins Wohnzimmer.«

Emily seufzte. »Jetzt kommen wieder Erwachsenengespräche, oder?«

»Du hast es erfasst«, sagte Esther Mahone.

»Junge Dame«, sagte Horndeich, als Emily vor ihm aus der Küche rollte.

Sie bremste, drehte ihren Rolli herum. »Ja?«

Horndeich griff in die Innentasche seines Jacketts und zog eine CD heraus. »Ich kann mir vorstellen, dass du das magst.« Er hatte die CD am Vortag gekauft, und seitdem steckte sie im Jackett.

Emily musterte ihn misstrauisch, und wenn er ein strahlendes »Danke« erwartet hatte, hatte er sich getäuscht. »Was ist das?«

»Eminem. ›Encore‹. Das letzte Mal hast du die ›Recovery‹ gehört und …«

»Ist das jetzt das Almosen für den Krüppel?«

Esther Mahone fuhr mit einem scharfen »Emily!« dazwischen.

Horndeich wurde rot. Nicht vor Wut. Sondern weil er sich ertappt fühlte. Bei einem Vergehen, das er gar nicht begangen hatte.

Emily begann zu weinen. »Entschuldigung, Herr Horndeich. Danke.«

Horndeich hätte die CD gern Emily in die Hand gedrückt, aber sie konnte das verdammte Ding nicht greifen. Er wollte sie aber auch nicht ihrer Mutter übergeben, denn er hatte sie schließlich für das Mädchen mitgebracht.

Er legte sie ihr auf den Schoß. »›Rain Man‹ ist musikalisch das Beste. Aber lass dir Zeit damit, den Text zu übersetzen.«

Emily hörte nicht auf zu weinen. »Mama. Opa ist tot, Bill ist tot. Es ist so traurig.«

»Entschuldigen Sie«, sagte Esther Mahone. »Bitte gehen Sie doch schon ins Wohnzimmer.«

Emily weinte heftig, aber nur ein leises Wimmern war zu hören, während ihr die Tränen über die Wangen kullerten. Das Sprechen fiel ihr schwer. »Danke, Herr Horndeich. Sie sind ein bisschen wie Bill.«

Esther Mahone entriegelte den elektrischen Antrieb des Rollstuhls und schob ihn auf Emilys Zimmer zu. Horndeich ging, sich an der Kaffeetasse festhaltend, ins Wohnzimmer.

Es dauerte mindestens zehn Minuten, bis Esther Mahone ihm ins Wohnzimmer folgte. Horndeich empfand diese Zeit eher als sechshundert einzelne Sekunden.

»Entschuldigen Sie bitte, Herr Horndeich. Der Tod ihres Großvaters geht ihr sehr nahe. Auch der Tod von Bill. Sie hat wohl gespürt, dass Bill sie wirklich gern hatte. Es ist nicht leicht. Auch für mich nicht.« Sie straffte die Schultern. »Ich habe Emmy hingelegt. Das Problem ist, dass jede Aufregung für sie auch körperliche Anstrengung bedeutet und sie sofort ermüdet. Und das Weinen – sie hat kaum Kraft dafür. Danke für die CD. Ich habe sie ihr schon ins CD-Laufwerk gelegt, dann kann sie sich die Songs nachher selbst auf die Festplatte ziehen. Mein Vater hat viel für die Kleine getan. Auch diese Steuerung gekauft und installieren lassen, damit sie mit kleinsten Bewegungen einen Mauscursor steuern und über eine Bildschirmtastatur sogar schreiben kann. Sie wird ihre Finger nie so schnell bewegen können, um zu chatten, aber sie hat neulich in drei Stunden Arbeit eine E-Mail an Til Schweiger geschrieben. Er ist ihr Schwarm. Irgendwie ist es ihr gelungen, im Netz ›Keinohrhasen‹ zu gucken. Und anschließend musste ich einer Zwölfjährigen erklären, was Oralverkehr ist. *Den* Job hat Til dann nicht übernommen. Aber Sie sind gekommen, weil Sie Fragen haben, Herr Horndeich. Bitte schön.«

»Frau Mahone – Ihre Eltern kamen 1973 aus Amerika nach Darmstadt. Wir haben viele Hinweise darauf erhalten, dass Ihr

Vater in der Zeit in Amerika Ihrer Mutter gegenüber gewalttätig war. Wie war das hier in Deutschland?«

»Herr Horndeich, ich habe keine Ahnung, wer Ihre Quellen sind«, sagte sie erschüttert und pikiert. »Ich kann Ihnen nur sagen, dass ich meine Mutter und meinen Vater für ihren Umgang miteinander stets bewundert habe, und das schon als Kind.«

Horndeich sagte nichts.

»*Honey* und *My Annie* – so haben sie sich immer genannt. Sie waren ein Paar, das sich gegenseitig Respekt zollte. Voller gegenseitigem Interesse und voller Zärtlichkeit. Und das ist jetzt keine Elternverklärung, sondern eine Tatsache. Leider ist es ihnen nicht gelungen, das an ihre Kinder weiterzugeben. Jamie dominiert ihren Mann, Mara steht unter dem Pantoffel ihres Klinkenputzers, und bei mir bleibt keiner für längere Zeit.« Sie machte eine kurze Pause. »Was wollen Sie noch wissen?«

»Das war schon alles.«

»Gut.« Esther Mahone erhob sich. Stumme Aufforderung für Horndeich, zu gehen.

Als sie ihm die Haustür öffnete, sagte sie: »Emmy hat sich sehr über die CD gefreut. Auch wenn sie es in diesem Moment nicht zeigen konnte.«

»Alles okay«, sagte Horndeich. »Richten Sie ihr einen Gruß aus. Und sagen Sie ihr, dass ich ihre Reaktion nicht in den falschen Hals bekommen hab.«

»Das mache ich gern.« Auf einmal lächelte Esther. Ein bezauberndes Lächeln, wie Horndeich fand.

8.00 Uhr Ortszeit Darmstadt, Indiana

In der vergangenen Nacht hatte Margot deutlich besser geschlafen. Sie stand auf, und nachdem sie geduscht hatte, checkte sie erst einmal ihre E-Mails.

Horndeich hatte erst vor ein paar Minuten eine Nachricht an sie abgesetzt: Annie gab ihr Verhältnis mit Matt Brassel unumwunden zu, auch dass es während ihrer Ehe in den USA zu häuslicher Gewalt gekommen war. Doch als sie dann aufgrund eines Burn-out-Syndroms ihres Mannes nach Darmstadt in Deutschland umgesiedelt waren, war aus dem Saulus ein Paulus geworden, und ab da war er so nett wie nie. Angeblich. Auch eine der Töchter bestätigte das. Und es gab keine Anhaltspunkte, dass Jack beim Tod von Matt Brassel nachgeholfen hätte.

Margot sah aus dem Fenster und blickte auf die McDonald's-Leuchtreklame. Und dann fiel ihr Blick auf den Plymouth Fury. Chloe Manfield war nicht mehr nach Hause gefahren? Bedeutete das etwas …? Margot wollte den Gedanken gar nicht zu Ende führen.

Ihr hatte es immer missfallen, dass ihr Vater ausgerechnet mit Professor Evelyn liiert war. Aber dass er Professor Lingua Latina mit Miss America betrog, ging doch wohl gar nicht. Zudem es viel wahrscheinlicher machte, dass er schon früher einmal jemanden mit Miss America betrogen hatte!

Sie mahnte sich zur Ruhe. Sicherlich gab es eine ganz harmlose Erklärung. Ihr Vater und Chloe hatten an der Bar noch etwas getrunken und auf das Wiedersehen – nach hoffentlich mehr als fünfzig Jahren – angestoßen, und anschließend war Miss America so schlau gewesen, sich mit einem Taxi heimfahren zu lassen, statt alkoholisiert Auto zu fahren.

Warum aber strapazierte der kleine Quälgeist ihr Nervenkostüm, indem er ständig »neunzig zu zehn« quäkte? Neunzig Prozent, dass es anders war, als sie es hoffte, und nur zehn für ihre schöne Taxiidee, und das auch nur, um die Hundert voll zu machen.

Margot ging die Treppe hinunter in den Frühstücksraum. Nick saß bereits an einem der Tische. »Guten Morgen. Ich hoffe, du hast gut geschlafen«, grüßte er sie und stand auf.

Er sah unverschämt gut aus. Keine Spur mehr von Müdigkeit. Frisch wie der junge Frühling. Nein, viel besser: Wie ein gereifter Frühling.

Jetzt lass mal gut sein, mahnte eine lautlose Stimme in Margots Kopf.

»Ja, ich habe gut geschlafen, danke«, antwortete sie.

»Und warum schaust du dann so … hm, skeptisch?«, fragte er, während er ihr einen Stuhl zurechtrückte.

Nick war gekommen, weil sie sich an diesem Morgen im Hotel mit Bob Hemerode verabredet hatten, dem Cousin und Finanzverwalter von Jack Mahone. Vielleicht konnte der noch etwas Erhellendes über Matthias Brassel sagen oder zu Jack und Annie Mahones Übersiedlung nach Deutschland.

Abgesehen von Nick und Margot befand sich noch ein japanisch aussehendes Pärchen im Frühstücksraum. Von Margots Vater war nichts zu sehen. Von Chloe Manfield auch nicht.

Margot antwortete ihm, indem sie fragte: »Ist dir aufgefallen, dass Chloes Wagen noch draußen auf dem Parkplatz steht?«

Nick grinste breit. »Ein richtiger Schwerenöter, dein Vater, was?«

Margot errötete. Das Letzte, womit Kinder konfrontiert werden wollten, waren Vorstellungen über das Sexleben ihrer Eltern. »Also …«

Margot stockte. Und das schon nach dem ersten Wort. Kam selten vor. Aber es gab nichts, was sie darauf antworten konnte.

»Nun, sie scheinen sich von früher zu kennen«, sagte Nick. »Und offenbar waren sie sich damals nicht gleichgültig.«

»Aber mein Vater hat zu Hause eine Frau!«, platzte es empört aus Margot heraus. »Äh … ich meine … nein, keine Frau, sondern eine … äh, eine Freundin. Ich meine, eine Lebensgefährtin … äh, eine …« Irgendwie schien keines der Worte richtig passen zu wollen.

»Das ist auf jeden Fall nicht unser Problem«, brachte es Nick auf den Punkt und wechselte das Thema (wofür ihm Margot unendlich dankbar war). »Gibt es Neuigkeiten aus dem alten Darmstadt?«

Sie fasste kurz zusammen, was Horndeich ihr geschrieben hatte, während Nick ihr Kaffee einschüttete. »Annie Mahone gab zu, dass sie selbst ihren Mann damals für einen Moment verdächtigte, Matthias Brassel getötet zu haben, aber er beteuerte, zu diesem Zeitpunkt in Nashville gewesen zu sein. Außerdem hätte ihr Mann, wenn schon, zu einem Gewehr gegriffen; den

Aufwand eines inszenierten Unfalls traut sie ihm heute so wenig zu wie damals.«

»Das schafft auch kaum einer allein«, meinte Nick.

»Willst du sagen, Annie und Jack hätten Matt gemeinsam umgebracht?«, staunte Margot.

»Nein. Annie war ja offenbar mächtig in Matt verliebt gewesen.«

Margot griff sich eins der Brötchen, schnitt es auf und strich Marmelade auf die beiden Hälften, während sie sprach: »Nehmen wir für einen Augenblick mal an, Annie und Jack haben Matt – warum auch immer – umgebracht. Fishkin stößt darauf, dass Jack sein Vater ist. Und er findet einen Beweis für den Mord an Matt. Er fährt nach Deutschland, lernt die beiden kennen – vielleicht findet er diesen Beweis auch erst, nachdem er das erste Mal bei den Mahones war – und beschließt, sie mit dieser alten Geschichte zu erpressen. Dann würde es Sinn machen, dass man sich seiner entledigt.«

Nick dachte kurz darüber nach. »Okay, nette Hypothese. Für die du aber keinen einzigen Beweis, nicht mal ein Indiz hast.«

Sie seufzte. »Ist wahrscheinlich ohnehin alles nur nutzloses Gehirnjogging. Matt hatte einen Unfall, und der Mord an Fishkin hat damit nichts zu tun. Vielleicht gibt die Sache mit diesem Martin Segro von IT-Sec ja mehr her.«

»Captain Peckhard?« Ein etwa Siebzigjähriger in grauem Anzug und mit Krawatte trat an den Tisch. Er hatte eine auffallend glänzende Glatze und trug (vielleicht zum Ausgleich dazu) einen an beiden Enden kunstvoll gezwirbelten Kaiser-Wilhelm-Bart.

Nick stand auf und antwortete auf Englisch: »Ja, der bin ich.«

»Robert Hemerode. Der Cousin von Jack Mahone.«

»Mr Hemerode«, sagte Nick. »Schön, dass Sie es einrichten konnten.«

»Bob«, sagte Hemerode. »Nennen Sie mich Bob.«

»Angenehm.« Nick wies auf Margot. »Das ist Hauptkommissarin Hesgart, aus Darmstadt in Deutschland.«

Hemerodes Blick traf Margots, als würde er sich auf sein Ziel fixieren wie eine Kompassnadel auf Norden. Er deutete einen Handkuss an. »Sehr angenehm.«

Bislang wurde die Unterhaltung auf Englisch geführt. »Sprechen Sie auch Deutsch?«, fragte Nick.

»Nur ein kleines bisschen«, antwortete Bob mit breitem Akzent auf Deutsch. »Ich habe ein paar Kurse besucht, weil mir die Sprache gefällt, aber es mangelt an Praxis. Jacks Vater Jerome bestand darauf, dass die deutschen Wurzeln wichtig sind. Aber mein Dad war da anders, wir haben von Jahr zu Jahr immer weniger Deutsch gesprochen. Damals war ich froh darüber, heute finde ich es schade.«

»Gut, dann unterhalten wir uns auf Englisch, und wenn es zu kompliziert wird, kann ich für Margot übersetzen«, schlug Nick vor.

Hemerode setzte sich zu ihnen an den Tisch, Nick wollte wissen, ob er auch noch frühstücken wollte, doch Bob begnügte sich mit Tee, und als eine dampfende Tasse vor ihm stand, begann Nick mit seinen Fragen. »Bob, Sie haben sicherlich schon gehört, dass Jack Mahone verstorben ist.«

»Ja, Annie hat mich vorgestern angerufen. Es tut mir so leid für sie.«

»Wir ermitteln in einem Mordfall«, erklärte Nick. »Das Opfer hieß William Fishkin.«

»Bill Fishkin? Warten Sie«, sagte Bob, »das war doch der uneheliche Sohn von Jack.«

»Ja. Kannten Sie ihn?«

»Nein, nicht persönlich. Ich habe aber mit Jack über ihn gesprochen. Das war vor etwa zwei Monaten. Er rief mich an und sagte, dass ihn seine Vergangenheit eingeholt habe. Sein verloren geglaubter Sohn hätte ihn besucht – Bill Fishkin. Bill sei ohne jede Vorwarnung bei ihnen aufgetaucht. Er war ganz schön geschockt.«

»Und er hatte keinen Zweifel daran, dass Bill wirklich sein Sohn war?«, fragte Nick.

»Nein. Er hatte einen Brief bei sich. Von Melanie Fishkin, seiner Mutter. Den hatte sie ihrem Sohn hinterlassen. Sie war kurz vorher gestorben, doch in dem Brief beichtete sie ihm, dass Jack Mahone sein Vater sei. Allerdings wüsste sie nicht, wo und ob er überhaupt noch lebe. Aber Jack hatte damals ja gewusst, dass Melanie ein Kind von ihm erwartet hatte. War eine schlimme Sache.«

»Warum?«, fragte Nick.

»Melanie hatte damals ein Auge auf Jack geworfen«, erklärte Bob. »Das muss so 1970 gewesen sein. Mel – wie wir sie alle nannten – gehörte eher zu meiner Clique. Wir haben alle in Evansville Wirtschaft studiert. Das heißt, nicht Mel, die studierte nicht, sondern arbeitete in einem Diner, aber sie war immer mit dabei. Ich erinnere mich nicht mehr, wie sie zu uns gestoßen ist. Jedenfalls gehörte sie zu uns. Doch als irgendwann Jack auftauchte, war es um sie geschehen. Er war einen Tick älter, also schon ein richtiger Mann, war nicht verheiratet, sah bombastisch aus. Jack hat das nicht mitgekriegt, aber Mel hat für ihn geschwärmt wie für einen Popstar.

Dann beschlossen wir, im Juni zusammen zu Jimi Hendrix zu gehen – genau, 10. Juni 1970. Ich habe sogar das Ticket noch. Der Gitarrengott hat bei uns in Evansville ein Konzert gegeben. Mel meinte, ich solle Jack fragen, ob er nicht mitkommen wolle. Jack und ich hatten nicht wirklich viel miteinander zu schaffen, aber ich tat Mel den Gefallen. Und Jack kam tatsächlich mit. Er hatte damals gerade einen Motorradunfall hinter sich, sein rechtes Bein war lädiert, und er konnte daher schlecht Auto fahren, also las ich ihn auf. Und Mel sorgte dafür, dass sie hinten neben ihm saß.

Ich fand Mel selbst ganz interessant, das muss ich zugeben, und es war mir nicht gleichgültig, was da hinten im Auto passierte. Wir parkten den Wagen auf dem riesigen Parkplatz des Roberts Municipal Stadium, und Jimi kam auf die Bühne und fing an mit ›Spanish Castle Magic‹. Es war ein phantastisches Konzert. Wahnsinn. Ich habe sogar ein Bootleg davon. Bei ›Lover Man‹ fing Mel an, Jacks Rücken zu streicheln. Bei ›Foxy Lady‹ haben sie sich dann geküsst. Und dass sie sich bei ›Machine Gun‹ nicht die Klamotten vom Leib gerissen haben, war alles.

Jimi war phantastisch, aber so richtig konnte ich das Konzert nicht mehr genießen. Als er ›Hear My Train A Comin'‹ spielte, da wusste ich nur, dass *mein* Zug längst abgefahren war. Tja, so war das.

Ich musste die beiden dann bei Jack rauslassen. Mel wollte nicht mit zurück nach Hillsdale. Das war die Nacht, in der Bill Fishkin gezeugt worden ist. Bereits drei Tage danach musste ich Mel trösten, weil Jack nicht wirklich an eine Beziehung oder gar ans Heiraten dachte.«

»Hat Jack damals mit Ihnen darüber geredet?«, fragte Nick. »Oder haben Sie sich an ihn gewendet?«

»Da noch nicht, aber sehr bald schon. Ich dachte ja immer noch, dass ich Mel vielleicht noch für mich gewinnen könnte. Und dann stellte sie fest, dass sie schwanger war. Sagte es Jack. Der sagte es seinem Vater. Und das war ein böser Fehler. Mein Onkel Jerome, er hatte sehr klare Vorstellungen davon, wie die Welt zu sein hatte. Er war nicht adlig, aber er gebärdete sich so, als wäre der Stand eines erfolgreichen Unternehmers ein Titel. Er machte seinem Sohn klar, er würde es nicht zulassen, dass er ein mittelloses Dinergirl heiratete und dass Jack schon mit Mel durchbrennen müsse, wenn er zu diesem Balg stehen wolle. Doch Jack war dazu nicht stark genug. Zumal er Mel nicht wirklich liebte. Damals kam er zu mir und sprach mit mir, wusste nicht, was er tun sollte. Er selbst wäre schon bereit gewesen, Mel zu heiraten, und wollte zu dem Kind stehen, aber nicht gegen den Widerstand seines Vaters. Der hat sich dann Mel zur Brust genommen und ihr zwei Alternativen aufgezeigt: das Kind bekommen, und es wäre ein Leben lang finanziell abgesichert, oder Jack zu einer Heirat bekehren, dann aber würde Jack keinen Cent sehen und damit das Kind auch nicht. Er wurde ziemlich massiv, sagte mir Mel Jahre später.«

»Sie hatten noch Kontakt zu ihr? Auch als William schon auf der Welt war?«

»Ja. Aber nur sehr spärlich. Ich war damals nicht bereit, das Kind eines anderen Mannes großzuziehen. Ich hätte Mel heiraten können, sie war nahezu verzweifelt auf der Suche nach einem potenziellen Daddy. Aber damals war die Patchworkfamilie noch keine akzeptierte Lebensform. Um es kurz zu machen: Ich war zu feige, und sie fand auch keinen anderen Vater für das Kind. Wir trafen uns ab und zu, ich lud sie zum Essen ein, und nachdem Jack und Annie nach Deutschland gegangen waren, sorgte ich dafür, dass Mel hier in Darmstadt günstig ein Haus bekam. Aber ich agierte immer aus dem Hintergrund. Auch Jack wusste nicht, dass ich ein wenig die schützende Hand über Mel hielt.«

»Und Sie haben nie versucht, den Kontakt zwischen Jack und Melanie oder seinem Sohn herzustellen?«, fragte Nick.

»Nein, das stand mir nicht zu. Außerdem fand Jack dann ja seine Annie, sie heirateten, bekamen eine Tochter und in Deutschland noch weiteren Nachwuchs. Auch gegen diese Hochzeit hat sich Jerome übrigens ausgesprochen. Aber er spürte wohl allmählich, dass seine Kräfte schwanden, und offenbar wollte er noch ein Enkelkind erleben. Er hat Jamie noch ein paarmal in den Armen halten dürfen, bevor er starb.«

»Annie Mahone sagte uns, dass Sie die finanziellen Angelegenheiten der Familie regeln«, erinnerte sich Nick.

»Ja, ich hatte ein Steuerberatungsbüro und ein paar kleine Kunden. Dann starb Jerome. Jack erbte alles, denn Jacks Mutter war bereits tot, und auch sein Bruder war wenige Jahre zuvor gestorben. Jack hatte auf einmal ein riesiges Erbe und keine Ahnung, wie er damit umgehen sollte, wie er es verwalten sollte. Ich bot mich ihm an. Und gemeinsam sichteten wir den Besitz und entwarfen einen Plan, wie wir ihn sichern und mehren konnten.«

»Er verließ sich auf Sie? Waren Sie Freunde?«

»Nein, wir waren keine Freunde. Wir verkehrten auf geschäftlicher Ebene. Er brauchte jemanden, der Ahnung hatte von Geld und Grund und Boden, und ich brauchte Kunden. Ich stellte erst mal einen Rechtsanwalt ein, gliederte damit eine Anwaltskanzlei an. Jack war von Anfang an mein wichtigster Kunde. Ich wusste ja, dass es Jerome zu etwas gebracht hatte, aber ich hatte keinen Schimmer davon gehabt, wie *reich* er gewesen war. Ich gebe zu, ich sicherte mir ein gutes Honorar, aber ich sorgte durch meine Geldanlagen auch dafür, dass Jack und Annie an jedem Jahresende mehr hatten als am Anfang des Jahres.«

»Bis heute?«

»Bis heute. Ich nehme nicht an, dass Annie daran etwas ändern will.«

»Flogen Sie dann oft nach Deutschland?«

»Nein.«

»Wieso nicht?«

»Weil es nicht nötig war. Einmal im Jahr ist der Anwalt meines Unternehmens nach Deutschland geflogen, den Rest haben wir telefonisch erledigt oder per Fax und seit fünfzehn Jahren per E-Mail. Und wenn es um wichtige Dokumente ging, dann schickte ich sie per Kurier mit dem Flugzeug. Es hat immer funktioniert.«

»Kein Interesse an der Familie in Deutschland?«

Hemerodes Blick hatte bisher Margot immer nur freundlich gestreift, während er sich mit Nick unterhalten hatte. Als sie nun aber diese Frage stellte, richtete er die Augen auf sie, während jegliche Freundlichkeit aus seinen Zügen wich. »Nein. Ich sagte schon, ich verkehrte mit Jack rein geschäftlich. Ich drücke es mal so aus: Man muss sich nicht lieben, damit das Geschäft läuft.«

»Und Jack erzählte Ihnen dann von Bill«, sagte Margot. »Aber von der Geschichte, die er Ihnen berichtete, wussten Sie ja längst, richtig?«

»Ich wusste nicht, dass Melanie Bill diesen Brief hinterlassen hatte«, antwortete er bärbeißig. »Sie hatte mir gesagt, sie würde Bill nie erzählen, wer sein Vater sei. Darum war ich überrascht, als Jack mich anrief und mir von Bills Auftauchen in Deutschland erzählte, über das er sich allerdings sehr gefreut habe. Und er wolle sogar sein Testament ändern und Bill darin bedenken.«

»Was hatten Sie mit seinem Testament zu tun?«, fragte Margot auf Englisch.

»Das erledigen die Anwälte in meiner Firma.«

»Und was steht in dem Testament von Jack Mahone?«

»Ursprünglich sollte Annie vierzig Prozent erben und die

Töchter je zwanzig. Nach der Änderung wird Annie siebenunddreißig bekommen, jede Tochter achtzehn und Bill neun Prozent. Aber da Bill ja nun auch tot ist, werden seine neun Prozent wieder auf die verbliebenen Erben aufgeteilt, allerdings nicht einfach neun durch vier, sondern nach der vorigen Gewichtung: Also kriegt Annie zwei Fünftel von den neun Prozent und die Töchter je ein Fünftel.«

Margots Gehirn arbeitete fieberhaft. Ergab sich aus dieser Konstellation irgendein Motiv für eines der Familienmitglieder, William Fishkin zu ermorden?

Durch dessen Tod erbte Annie statt der siebenunddreißig beziehungsweise zuvor vierzig Prozent nun vierzig Komma irgendetwas. Jacks Töchter würden durch Bills Ableben sogar einen Tick weniger hinter dem Komma erhalten als ursprünglich; wenn Margots Kopfrechenkünste sie nicht ganz im Stich ließen, waren es rund neunzehn Komma acht Prozent statt der zwanzig, was aber natürlich mehr war als die achtzehn Prozent, die sie erhalten hätten, wäre Fishkin am Leben geblieben. Das sah für Margot aber nicht nach einem ausreichenden Motiv aus, einen Menschen zu ermorden. Zumal Annie und ihre Töchter nicht hatten wissen können, dass Jack so kurz nach seinem unehelichen Sohn sterben würde. Oder hatten sie da auch nachgeholfen?

Jetzt wirst du paranoid, mahnte eine lautlose Stimme in ihr, und Margot erinnerte sich daran, dass bei Jack Mahone nichts auf einen unnatürlichen Tod hingedeutet hatte. Und ein Hundertstel mehr Erbschaft von ohnehin unglaublich viel war sicher kein Motiv für einen Doppelmord.

»Sagt Ihnen der Name Matthias Brassel etwas?«, fragte Nick im nächsten Moment. Seine Überlegungen, ob Jacks Testament ein mögliches Motiv für den Mord an William Fishkin sein könnte, hatten wohl zu einem ähnlichen Resultat geführt wie die von Margot.

»Matthias Brassel?« Bob Hemerode schien ernsthaft nachzudenken. »Nein, nie gehört. Wer soll das sein?«

»Matt Brassel ist 1973 mit seinem VW-Bus in Darmstadt, Indiana, gegen einen Baum gefahren und gestorben.«

»1973 – das ist ja nun ein Weilchen her. Moment, der Typ mit dem Splittie! In den sich Annie verguckt hatte. Ja, bei mir ist er auch einmal aufgetaucht.«

»Was wollte er von Ihnen?«, hakte Margot sogleich nach.

»Er war auf der Suche nach seinen Vorfahren, die irgendwann vor hundertfünfzig Jahren von Deutschland hierher ausgewandert sind.«

»Und?«

»Er meinte, wir wären verwandt, über siebzehn, vielleicht auch hundertsiebzig Ecken. Hat mich nicht interessiert.«

»Hat er Sie nach einem Plan gefragt?«, fragte Nick. »Dem uralten Grundriss einer Kirche?«

»Nein. Keine Ahnung. Hätte er das tun sollen? Wie gesagt, ich habe mit dem ganzen Ahnenkruscht nichts am Hut.«

»Okay, Bob«, lenkte Nick ein, »dann danken wir Ihnen für Ihre Zeit.«

»Gern geschehen.« Bob Hemerode erhob sich, beglückte Margot wieder mit einem Handkuss, drückte Nick die Rechte.

Kaum war er weg, trat Margots Vater in den Raum. Allein. Das verstand Margot nun gar nicht. Doch die Taxivariante?

»Guten Morgen, ihr beiden. Ich hoffe, ihr habt gut geschlafen?« Seine Augenringe standen in krassem Missverhältnis zu seinem fröhlich-forschen Auftreten. Er setzte sich an den Nebentisch, obwohl bei Nick und Margot noch Platz war. War er sauer?

»Danke der Nachfrage«, sagte Nick. »Ich kann nicht klagen.«

Statt dass auch sie ihrem Vater eine Antwort gab, fragte Margot: »Ist Chloes Wagen kaputt?«

Bevor Sebastian Rossberg etwas darauf erwidern konnte, trat Chloe in den Raum. »Guten Morgen!«, flötete sie und nickte Nick und Margot zu.

Sebastian Rossberg erhob sich sofort wieder, und Chloe gab ihm einen Kuss auf die Wange. Er rückte ihr den Stuhl zurecht, sodass sie Platz nehmen konnte. »Was magst du?«, fragte er sie und nahm von Nick und Margot noch so viel Notiz wie von der Tapete.

»Kaffee und einen Pancake, bitte.«

Margot war sprachlos. Ihr Vater betrog seine Evelyna Latina ganz ungeniert vor ihren Augen.

Nick bemerkte offenbar das Brodeln in Margots Innerem und legte ihr eine Hand auf den Arm. »Komm, wir müssen los. Der Schlosser ist sicher schon in Fishkins Haus. Und ich will den Inhalt selbst in Augenschein nehmen.« Die Beamten hatten am Vortag bereits das Haus auf den Kopf gestellt, waren aber an den Schlössern des Schreibtisches gescheitert. Für den Morgen hatten sie einen Schlosser bestellt, denn sie wollten den antiken Schreibtisch nicht unnötig beschädigen.

Nicks Berührung ließ all die offenen Fragen verpuffen. Das Leben ihres Vaters war nicht ihre Sache. Sie hatte sich stets verbeten, dass er sich in ihr Privatleben einmischte. Dennoch würde sie mit ihm noch über diese Angelegenheit reden. »Ja, ich komme schon.«

Sie brachte es sogar noch fertig, sich von ihrem Vater und auch von seiner … von Chloe zu verabschieden.

»Bis später, mein Schatz«, warf er Margot hinterher. In ihren Ohren klang das wie bittere Ironie.

Wenige Minuten später stieg sie in Nicks Wagen.

Er startete den Motor und fragte: »Was hältst du von Hemerode?«

Margot musste nicht lange überlegen. »Ein bisschen schleimig. Und aus dem, was wir von ihm erfahren haben, ergibt sich auch kein Motiv für den Mord an Fishkin. Weder eines der Töchter noch von Annie. Es gibt zwei Möglichkeiten: Wir liegen mit der ganzen Familiengeschichte falsch, dann muss der Mord mit seiner Arbeit zusammenhängen …«

»Und Möglichkeit Nummer zwei?«

»Die Sache hat doch was mit der Familiengeschichte zu tun, und es fehlt uns das entscheidende Puzzleteil. Oder wir übersehen etwas. Vielleicht gibt es zwischen Fishkins Tod und dieser Geschichte mit diesem Brassel wirklich einen Zusammenhang. Annie hat zwar gesagt, sie könne sich nicht vorstellen, dass ihr Mann so einen Unfall inszeniert hat, aber vielleicht hat Jack seinen Nebenbuhler ja mit einem Baseballschläger erschlagen und die Leiche dann in den Bus gesetzt, um einen Unfall vorzutäuschen. Und Fishkin hat das herausgefunden und wollte Jack nun erpressen.«

Nick lenkte den Wagen über den Highway 41 nach Süden. Er schwieg zunächst. Dann schüttelte er den Kopf und sagte: »Also ich stimme dir darin zu, dass es möglich ist, dass er Matt umgebracht hat. Es ist auch möglich, dass er den Mord durch den Unfall vertuscht hat. Aber ich glaube nicht, dass Bill Fishkin davon wusste.«

»Wieso nicht?«

»Weil Bill mich sonst direkt auf den Fall angesprochen hätte. Er wollte aber, dass ich mir noch mal ungeklärte Vermissten- oder Todesfälle bei uns in Darmstadt und Umgebung anschaue, und zwar um 1973. Ich bin nur zufällig auf Matt Brassel gestoßen.«

»Nun ja«, meinte Margot, »wenn Bill etwas über Matt wusste, dann hat er Chloe bestimmt zu ihm befragt. Oder ist sogar durch sie auf ihn aufmerksam geworden.«

»Das ist gut möglich.« Nick tippte Chloes Mobilnummer in die Freisprechanlage und unterhielt sich kurz mit ihr.

»Nope«, sagte er kopfschüttelnd, nachdem er das Telefonat beendet hatte. »Mit Chloe hat Fishkin nicht über Matt gesprochen, nur über Jack und Annie.«

»Dennoch erscheint es mir immer noch wahrscheinlich, dass Fishkin Jack – oder Jack und Annie – erpresst hat«, sagte Margot. »Vielleicht sind die beiden damals gar nicht nach Deutschland gegangen, weil sie ihre Ehe retten wollten, sondern weil sie Matt umgebracht hatten. Und Fishkin war ihnen auf die Spur gekommen.«

»Ich weiß nicht. Mal sehen, ob wir in Fishkins Haus noch was finden.« Mit diesen Worten bog er vom Highway in Richtung Darmstadt ab.

15.00 Uhr Ortszeit Darmstadt, Hessen

Horndeich wollte sich diesen Martin Segro zur Brust nehmen. Er war wirklich neugierig zu erfahren, ob der tatsächlich so glücklich und zufrieden war mit der Welt, mit seinem ehemaligen Chef und der Abfindung, die er von ihm kassiert hatte. Und mit William Fishkin.

Horndeich besah sich den Farbausdruck des Fotos, das Margot ihm mit der letzten E-Mail geschickt hatte. Es stammte aus Fishkins Akte, und Segro trug darauf einen Vollbart und hatte strubbelige rote Haare.

Erbacher Straße 71. Das war in der Nähe des Ostbahnhofs. Horndeich fütterte das Navi mit den Daten und ließ sich kurz das Ziel anzeigen. Wie er es sich gedacht hatte: Das Haus lag in einem Block, wo er und Margot vor ein paar Jahren ein paarmal mit dem Vater eines Mordopfers gesprochen hatten. Heino Werder – Horndeich erinnerte sich sogar noch an den Namen.

Horndeich erreichte das Haus, vor dem sogar noch ein Parkplatz frei war, wo er seinen Crossfire abstellen konnte. Er sah auf das Klingelschild, dann drückte er den entsprechenden Knopf. Keine Reaktion. Horndeich klingelte erneut, dann wieder, jedes Mal ohne Erfolg.

Vielleicht stand auch nur noch Segros Name an der Klingel. Denn wenn die Abfindung richtig fett gewesen war, so wie Jens Islay behauptet hatte, wäre es verwunderlich, wenn er noch hier wohnte.

Horndeich hörte das Warnsignal der nahen Eisenbahnschranken. Gleich würden sie sich senken, damit wieder einer der schmucken Triebwagen der Odenwaldbahn die Straße kreuzen konnte. Er war mal im Sommer mit Sandra nach Eberbach an den Neckar gefahren. War ein romantischer Ausflug gewesen, allerdings nur für einen Tag. Seitdem plante er für Sandra und sich einen längeren Urlaub im Odenwald, um dort die Umgebung zu erkunden. Vielleicht sollte er die Idee am Abend noch mal aufs Tapet bringen.

»Hallo?«, klang es auf einmal aus der Gegensprechanlage.

Horndeich erschrak. Er hatte nicht mehr mit einer Reaktion gerechnet. »Kommissar Steffen Horndeich, Kripo Darmstadt«, sagte er in die Sprechrillen. »Könnte ich mich kurz mit Ihnen unterhalten?«

»Einen Moment bitte.«

Der Moment dauerte ein paar Sekunden. Fand der Kerl den Knopf für den Türsummer nicht?

Die Schranken senkten sich.

Horndeich sah hinter dem Drahtornamentglas der Haustür eine Gestalt. Aha. Der Summer war kaputt. Doch die Gestalt machte keine Anstalten, die Tür zu öffnen. Stattdessen verschwand sie, so schien es, in den Keller. Hatte Segro nicht mitbekommen, dass sich die Tür nicht öffnete?

Horndeich klingelte ein viertes Mal.

Keine Reaktion.

Keine zehn Sekunden später tauchte an der Hausecke eine Gestalt in blauer Jogginghose und grauem Kapuzenshirt auf. Die Kapuze war hochgezogen. Empfehlenswert bei dem Wetter. Der Mann schaute kurz in Horndeichs Richtung, dann gab er Fersengeld.

Horndeich setzte sich sofort in Bewegung. Offenbar hatte das Haus eine Hintertür auf Kellerhöhe, und die hatte Martin Segro als Notausgang benutzt.

Horndeich lief um die Schranke herum, die nur die rechte Seite der Straße versperrte.

Der Zug setzte sich gerade in Bewegung, und Segro spurtete schneller. Der Zugführer betätigte die Hupe – laut und durchdringend.

Horndeich schloss die Augen. Und sein Herzschlag setzte für einen Moment aus, so kam es ihm vor.

Er hatte einmal gesehen, wie ein Pkw eine Schranke umfahren hatte und zwei Zentimeter vor dem vorbeirasenden Zug zum Stehen gekommen war.

Als er die Augen wieder öffnete, war der Zug vorbeigefahren – und Segro verschwand gerade in den Park Rosenhöhe, wofür er an dem Pförtnerhäuschen vorbei durch den Eingang lief.

Horndeichs Herz trommelte nach dem kurzen vermeintlichen Aussetzer wie verrückt in seiner Brust und kam ein wenig aus dem Takt. Den Kerl zu verfolgen, daran war nicht zu denken.

Er ging zum Wagen, ließ ihn an und fuhr über den mittlerweile offenen Bahnübergang.

Sie hatten immerhin Martin Segros Namen, hatten seine Adresse. Doch wenn sie jetzt einen Wagen in der Straße abstellten, um zu beobachten, wann er wieder nach Hause käme, würde auch Horndeich nicht um ein oder zwei Nachtschichten herumkommen, zumal sie noch einen zweiten Posten auf der Rückseite des Hauses benötigen würden.

Horndeich seufzte tief.

Wenn der Kerl wirklich über die Rosenhöhe lief, um einen etwaigen Verfolger abzuhängen, würde er wahrscheinlich auf der anderen Seite des Parks auch das weitläufige Oberfeld überqueren.

Einen Versuch war es wert. Horndeich fuhr brav mit fünfzig an der Südseite des Parks vorbei und setzte kurz vor dem ehemaligen großherzoglichen Hofgut den Blinker nach links.

Horndeich sah das Schild vor der Einfahrt zum Hofgut. Der Laden dort hatte geöffnet. Vielleicht sollte er auf dem Rückweg noch eine Tüte Möhren mitnehmen. Er kaufte immer heimisches Gemüse, direkt vom Feld. Ein wenig Lokalpatriotismus musste sein.

Er fuhr in den Scheftheimer Weg. Der war zwar asphaltiert, aber dennoch eher für Forstfahrzeuge und Traktoren geeignet. Da unter dem Schnee stellenweise Eis lag, driftete das Heck des Crossfire immer wieder zur Seite, bevor die Winterreifen Griff fanden. Die Sonne hatte einige Spaziergänger ins Freie gelockt. Es war kalt, aber die Luft von klirrender Frische.

Auf dem Seiterswiesenweg entdeckte Horndeich schließlich den Mann in der blauen Jogginghose und dem grauen Kapuzenshirt. Er lief direkt in seine Richtung.

Horndeich stoppte den Wagen einfach am Wegrand. Als Segro keine fünfzig Meter mehr entfernt war, stieg er aus. So machten Verfolgungsjagden Spaß.

Horndeich tat so, als wäre er ebenfalls ein Spaziergänger, und ging langsam auf Segro zu, ohne ihn anzuschauen. Dann wich er nach rechts aus, als wollte er Segro Platz machen. Als der Abstand zwischen ihnen auf nur noch zwei Meter geschrumpft war, stellte sich ihm Horndeich in den Weg.

»Herr Segro – Horndeich, Kripo Darmstadt. Ich würde gern mit Ihnen …«

Weiter kam er nicht, denn Segro setzte zu einer Drehung an, um abermals zu flüchten.

Horndeich wollte schon losrennen, da sah er, wie Segro noch in der Drehung ein komisches Ballett aufführte, mit den Beinen seltsam schlenkerte und die Arme in die Luft warf, während er einen erschrockenen Schrei ausstieß. Im nächsten Moment lag er fast waagerecht in der Luft, bevor ihn die Schwerkraft nach unten riss und Segro zuerst mit dem Rücken und dann mit dem Hinterkopf auf den Boden knallte.

Horndeich ging neben ihm in die Hocke. »Hallo. Alles okay?«

Keine Antwort ist auch eine Antwort.

Horndeich zückte das Handy, drückte die Kurzwahl für den Rettungsdienst, nannte seinen Namen, seinen Standort und fügte an: »Mann auf Eis ausgerutscht. Mit dem Hinterkopf aufgeschlagen. Bewusstlos. Kein Blut zu sehen …« Er betrachtete sich den Gestürzten noch einmal und sah, wie sich eine kleine Lache unter Segros Kopf bildete. »Korrigiere: blutende Wunde am Hinterkopf.«

Horndeich kramte seine Erste-Hilfe-Kenntnisse aus einer staubigen Ecke seines Gehirns hervor und streckte zunächst Segros Beine. Dann brachte er den linken Arm in die richtige Position, dann das rechte Bein und den rechten Arm und zog Segro zu sich herüber in die stabile Seitenlage.

Es war verdammt kalt und sicherlich noch viel kälter, wenn man auf einem gefrorenen Boden lag. Horndeich wollte Segro nicht noch mehr bewegen. War ja möglich, dass ein Wirbel in Mitleidenschaft gezogen war.

Er zog die Jacke aus und legte sie über den Ohnmächtigen.

Hoffentlich kam der Sanka bald.

Drei Minuten später, nachdem Horndeich gefühlte zwanzig Grad Körpertemperatur verloren hatte, vernahm er das Martinshorn des Rettungswagens, der schließlich zusammen mit dem Notarztwagen eintraf. Zwei Minuten später lag Segro auf einer Trage, und Horndeich hatte seine Jacke wieder und durfte somit hoffen, bald wieder aufzutauen.

»Gut, dass Sie ihn ein bisschen warm gehalten haben«, sagte der Notarzt.

»Was hat er denn nun?«, wollte Horndeich wissen.

»Das Einzige, was ich jetzt schon sagen kann: Schädel-Hirn-Trauma. Wie schwer, das werden die Kollegen im Bezirkskrankenhaus feststellen.«

»Er ist ein wichtiger Zeuge. Ich muss heute noch mit ihm sprechen.«

Der Notarzt lachte auf. »Die Herren von der Polizei. Immer alles vorgestern. Heute können Sie sich abschminken. Das eilt morgen auch noch.«

10.00 Uhr Ortszeit Darmstadt, Indiana

Fishkins Haus lag in der West Wortman Road. Ein nicht sonderlich großes, aber schönes Haus. Zwei Einsatzfahrzeuge standen in der Einfahrt vor dem Garagentor.

»Alle schon fleißig«, sagte Nick. Er stieg aus und ließ es sich nicht nehmen, Margot die Beifahrertür zu öffnen, ganz der Gentleman, der er war.

Nick betätigte die Türklingel, und gleich darauf öffnete eine uniformierte Polizistin, die sagte: »Nick! Gut, dass Sie kommen. Der Mann vom Schlüsseldienst ist am Ende seiner Kunst. Werkelt schon seit einer Stunde an dem Schloss herum. Hat sich jetzt entschlossen, es aufzubohren.«

Nick stellte Margot kurz vor, dann führte ihn die US-Kollegin ins Arbeitszimmer und zum Herrn der Schlösser. Der kniete vor dem massiven Stahlschreibtisch, der unter der Tischplatte drei Schubladen nebeneinander hatte, während die Seiten rechts und links von je einer großen Tür geziert wurden. Der Mann trug einen Overall mit einem Firmenlogo, das einen stilisierten Schlüssel zeigte, und hielt eine Bohrmaschine in den Händen. Eine Bohrmaschine mit Schalldämpfer, wie es aussah, denn dort, wo für gewöhnlich der Bohrer aus dem Gerät ragte, war ein dicker blauer Kolben aufgesetzt.

Dem korpulenten Herrn stand der Schweiß auf der Stirn, obwohl es im Haus nicht sonderlich warm war.

Nick sprach ihn an und unterhielt sich mit dem Mann, dann drehte er sich nach Margot um und erklärte: »Er sagt, in fünf Minuten sollte er die erste Schreibtischlade aufhaben. Aber er rechnet für jedes Schloss mit mindestens einer weiteren Viertelstunde. Er sagt, die Laden seien aus extrem hartem Stahl gefertigt.«

»Und was ist das für ein Teil auf der Bohrmaschine?«

»Ist eine Bohrschablone, damit er an der richtigen Stelle bohrt und nicht zu hoch oder zu tief. Denn wenn das Loch einmal falsch sitzt, sagte er, können wir den Tisch nur noch sprengen.«

»Nun, dann schauen wir uns die Hütte vor der Sprengung doch mal an«, schlug Margot vor.

Sie traten aus dem Arbeitszimmer in den Wohnraum. Der war gemütlich eingerichtet, und von der Hi-Fi-Anlage wäre ihr Vater sicher begeistert gewesen. Die Bücherregale zeugten von Intellekt, die Teppiche von gutem Geschmack.

Die Küche war funktional eingerichtet. Im darüber liegenden Stockwerk fand sich neben einem großzügigen Schlafzimmer, einem Ankleideraum und einem Gästezimmer ein luxuriöses Bad.

»Fein«, sagte Margot. »Arm war er nicht.«

Sie hatte den Satz kaum beendet, als der verhinderte Sprengmeister von unten rief.

»Er hat die Schublade auf«, sprach Nick das aus, was Margot sich bereits gedacht hatte.

Der König der Schlüssel und Schlösser grinste breit und deutete auf die geöffnete Lade. Nick und Margot traten heran.

Offensichtlich hatte der Mann die richtige Lade zuerst erwischt. Neben ein paar Stiften, Post-its und anderen Büroutensilien lagen drei Schlüsselbunde darin. Nick nahm das erste Bund heraus. Daran befanden sich vier Schlüssel mit farbigen Markierungsringen. Sie gehörten zu kleinen Sicherheitsschlössern.

Nick nahm den Schlüssel mit dem roten Ring und steckte ihn in das Schloss der mittleren Schublade am Schreibtisch. Er passte. Er drehte ihn, zog die Lade auf und begann ein Wettgrinsen mit dem Schlüsselkönig (wobei er Margots Meinung nach eine deutlich charmantere Version zeigte).

Die anderen Schlüssel passten in die anderen Schlösser der Schreibtischladen und -türen.

Es fanden sich außer Büromaterial und drei Diktiergeräten nur ein paar Schnellhefter in den Laden. Im rechten Seitenteil waren noch drei Ordner untergebracht; sie waren voller Bankauszüge von drei verschiedenen Konten. Keine Geschäftskonten, wie sich schnell zeigte.

Auch die Schnellhefter enthielten nichts, was für den Fall von Interesse zu sein schien, auch nichts über seine Familie im Allgemeinen oder seine Mutter im Speziellen.

»Habt ihr Material über den Nachlass seiner Mutter gefunden?«, fragte Jack seine Kollegen.

Die schüttelten nur den Kopf. »Hier ist überhaupt kaum etwas Persönliches«, sagte die Polizistin. »Ein paar Fotos vom Sohn, aber das war es dann auch schon.«

Nick nahm das zweite Schlüsselbund. Ein Autoschlüssel, der offenbar zu Fishkins Lexus gehörte, der in der Garage stand, ein Hausschlüssel und zwei Schlüssel mit Doppelbart.

Nick ging zur Eingangstür, und Margot folgte ihm. Der kleinere Schlüssel passte zur Alarmanlage. »Bingo«, sagte Nick. Dann sah er den zweiten doppelbärtigen Schlüssel an. »Und wohin gehörst du?«

»Haben deine Kollegen hier irgendeinen Tresor gefunden?«, fragte Margot.

Nick gab die Frage weiter. Das »No« in der Antwort genügte Margot. Sie musste nicht wissen, in welchen Ecken und hinter welchen Bildern und Schränken sie *keinen* Safe entdeckt hatten.

»Schließfach«, meinte sie. Sie selbst hatte einen ähnlichen Schlüssel zu Hause für ihr eigenes Bankschließfach.

Nick nickte, und sie gingen zum Wohnzimmertisch, wo er sich die drei Ordner mit den Kontoauszügen ansah. Er fotografierte jeweils einen mit seinem Smartphone und notierte sich zudem die Namen der Banken. Dann steckte er die beiden Schlüsselbunde ein, die nicht zum Schreibtisch gehörten, und sagte zu Margot: »Na, dann wollen wir mal.«

10.30 Uhr Ortszeit Darmstadt, Indiana

»Zwei der Banken befinden sich in Evansville, die andere liegt in Indianapolis. Vielleicht haben wir ja Glück.«

Nick lenkte den Wagen quer durch die Stadt, dann hielt er vor dem Hilliard-Lyons Building, einem zehnstöckigen, teilweise mit Terrakotta verkleideten Gebäude. »Dies ist der Sitz der Citizen National Bank of Evansville.«

Nick stieg aus, ging um den Wagen herum und öffnete Margot die Tür. Sie begann, das Ritual zu genießen, das Stoffeligkeit und Feminismus so gründlich ausgerottet hatten. Es sollte eine rote Liste bedrohter Höflichkeitsformen geben. Wäre doch mal ein gutes Forschungsprojekt für Rainer.

Gemeinsam betrat sie mit ihrem Kavalier die Bank. Sie mussten drei Mitarbeiter überwinden, bis Nick endlich mit einem Herrn in typischem Bankeroutfit sprach, der ihnen weiterhelfen konnte. Nick zeigte ihm seine Marke, den Schlüssel und das Foto des Kontoauszugs. Doch bereits als er den Schlüssel sah, schüttelte der Mann den Kopf, und drei Minuten später saßen sie wieder in Nicks Buick.

»Und jetzt?«

»Henshel Bank of Evansville. Ist auch nicht weit von hier.«

Keine zehn Minuten später hielten sie vor einem flachen Gebäude. »Henshel Bank of Evansville« stand in großen Lettern über dem Eingang. Von außen wirkte das Gebäude schlicht, innen jedoch dominierte Marmor das edle Interieur.

Diesmal dauerte es nur einen Mitarbeiter lang, bis sie mit der zuständigen Dame sprechen konnten. »Hi, I am Shirley Sonam«, stellte sie sich vor.

Nick zeigte wieder Marke, Schlüssel und anschließend die Fotografie von dem Kontoauszug vor. Mrs Sonam geleitete die beiden Ermittler in ihr Büro und bat sie, dort Platz zu nehmen. Im Gegensatz zur Lobby machte sich das Büro aus wie ein Hasenkäfig gegenüber einer Manege.

Shirley Sonam selbst setzte sich hinter ihren winzigen Schreibtisch, klapperte kurz auf der Computertastatur herum und klickte ein paarmal mit der Maus, dann nickte sie. »Ja, Mr Fishkin hat bei uns ein Schließfach.«

Der Raum mit den Schließfächern befand sich im Keller. Shirley Sonam führte sie an einer Reihe von Schließfachtüren aus Stahl vorbei zu einer Wand, deren Türen deutlich größer waren, und zeigte auf das Fach mit der Nummer 1034. »Hier ist es«, sagte sie und zog sich diskret zurück.

Nick steckte den Schlüssel ins Schloss, öffnete die Tür und nahm die zum Fach gehörende Metallkassette heraus, die er auf einen Tisch unweit der Fächerwand stellte.

Margot öffnete die Kassette. Darin befanden sich ein Aktenordner und eine rote Plastikkiste im Format eines Schuhkartons. Sie löste den Deckel der Kiste, der an den kurzen Seiten mit Metallbügeln arretiert war.

Margot wusste nicht, was sie erwartet hatte. Aber sicher keine fünf durchsichtigen, verschlossenen Plastikbeutel. Sie waren jenen ähnlich, die sie selbst immer im Dienst zur Beweissicherung im Dutzendpack mit sich führte. In den Beuteln lagen Gegenstände. Margot hob sie an. In zwei Beuteln befanden sich jeweils zwei Zigarettenkippen, in zwei weiteren zerknüllte Papiertaschentücher, und in dem letzten fristete eine gelbe Zahnbürste ihren Lebensabend. An den Gegenständen klebte jeweils ein Etikett mit Barcode, und an den Beuteln war ebenfalls ein solches Etikett befestigt. Diese waren jedoch zusätzlich noch mit einem Namen versehen. Margot entzifferte den ersten: »Jack.«

»Was ist das? Sind das die Trophäen eines schrägen Fetischisten?«, fragte Nick irritiert.

»Nein. Ich denke, das ist Material für eine DNA-Analyse«, schloss Margot aus dem, was sie sah.

Nick nahm sich den Ordner. Er war nicht beschriftet. Margot schaute ihm über die Schulter, als er ihn durchblätterte. Darin fanden sich mehrere Computerausdrucke mit Zahlenkolonnen und verschiedenen Grafiken. »Das sind offenbar die Ergebnisse von DNA-Untersuchungen«, stellte Nick fest. »Und zwar betrifft sie die ganze Familie Mahone – Jack, Annie und ihre drei Töchter!«

Fast ganz hinten im Ordner war eine CD in einer Hülle abgeheftet. Sie war nicht beschriftet, aber Margot nahm an, dass dort die genetischen Fingerabdrücke digital gespeichert waren.

»Fishkin hat sich offenbar mittels DNA-Analyse überzeugen wollen, dass Jack Mahone wirklich sein Vater war«, vermutete Margot.

Nick blätterte kurz vor und zurück. Auf seiner Stirn formte sich ein kleines V. Margot hatte es schon mehrfach zu Gesicht bekommen, wenn Nick angestrengt nachdachte.

»Aber warum nimmt er Proben von all den anderen Familienmitgliedern, wenn er nur wissen will, ob Jack sein Vater ist?« Er deutete auf die rechte obere Ecke eines der Dokumente. »Und das Labor hat ihm die Ergebnisse erst vor zwei Wochen gegeben. Er hat das alles erst *nach* der Familienfeier erfahren. Wenn es ihm nur um Jack gegangen wäre, hätte er bei seinem ersten Besuch dessen Zahnbürste klauen können. Aber offensichtlich brauchte er auch Material von anderen.«

»Wir nehmen das alles mit und schauen es uns in Ruhe an«, schlug Margot vor.

Eine halbe Stunde später saßen sie in einem kleinen Nebenbüro im Vanderburgh County Sheriff's Office. Margot hatte die ehrenvolle Aufgabe, sich die Ergebnisse der DNA-Analysen anzusehen, während Nick für eine halbe Stunde verschwand, um von seinem Team den Stand der Ermittlungen bei all den anderen Fällen zu erfahren, die seine Mitarbeiter bearbeiteten.

Auch wenn Margot nicht den Ehrgeiz hatte, alles im Detail zu verstehen, so musste sie doch das eine oder andere Wort nachschlagen. Zum Glück bot das Internet entsprechende Lexika, und mit ihrem Smartphone konnte sie darauf zugreifen. Sie freute sich, dass sie vor ein paar Monaten auf Rainer gehört hatte, als der ihr geraten hatte, sich doch ein Handy zuzulegen, das nicht nur Zugang zum Internet bot, sondern das auch zwei SIM-Karten beherbergen konnte. Zusätzlich zu ihrer deutschen Karte hatte sie noch die Prepaidkarte eines US-Providers im Handy, sodass der Internetzugang zum deutsch-englischen Wörterbuch die Kosten nicht in schwindelnde Höhen trieb.

Je mehr sie die Analysen des Testlabors verstand, umso klarer wurde ihr, was Bill Fishkin herausgefunden hatte. Um es besser nachvollziehen zu können, ordnete sie die Barcodes auf den Auswertungen den Namen zu, dann skizzierte sie ein Schema aller untersuchten Personen auf ein Blatt Papier.

In die obere Reihe malte sie zunächst einen Kreis mit nach rechts oben zeigendem Pfeil, das Symbol für »männlich«. Darunter schrieb sie »Jack«. Daneben malte sie das Symbol für »weiblich« – den Kreis mit Kreuz darunter – und schrieb den Namen »Annie« darunter.

In der Reihe darunter vermerkte sie in der Reihenfolge der Geburt die Namen von Bill, Jamie, Esther und Mara.

Dann zeichnete sie Linien für die Verwandtschaftsgrade. Eine durchgezogene für »verwandt«, eine gepunktete für »nicht verwandt«.

Sie besah sich das Schaubild – und war verwirrt.

Das war der Moment, in dem Nick wieder zurück ins Büro kam.

»Wann hat dich Fishkin hinsichtlich der ungeklärten Vermissten- und Todesfälle angesprochen?«, erkundigte sie sich bei ihm.

Nick überlegte kurz. »Das war etwa vor zwei Wochen.«

»Dann hatte er wohl gerade das Ergebnis der Tests erhalten.«

»Ja, könnte hinkommen. Wieso?« Nick ging um den Tisch herum und setzte sich neben Margot.

Sie verschob das Papier mit ihrem Ministammbaum, sodass Nick ihn sich betrachten konnte. »Fishkin hat von jedem Familienmitglied eine DNA-Probe gesammelt. Und heraus kam: Jack ist nicht der, für den er sich ausgibt.«

»Wie meinst du das?«, staunte Nick.

Margot fuhr mit dem Finger entlang den Linien: »Schau zunächst mal auf das, was niemand bestreiten kann: Annie ist die Mutter der drei Mädchen. Und sie ist nicht die Mutter von William Fishkin. So weit passt alles. Aber jetzt kommt der Teil, wo es interessant wird. Jack ist zwar der Vater der beiden Mädchen, die in Deutschland geboren wurden, also von Esther und Mara. Er ist aber *nicht* der Vater der ersten Tochter, also nicht von Jamie.«

Wieder sah Margot das Furchen-V auf Nicks Stirn. Sekunden später sagte er: »Also ist Annie fremdgegangen?«

»Vielleicht. Aber das erklärt noch nicht alles. Denn schau hier: Jack ist auch *nicht* der Vater von Bill Fishkin!«

Das V auf der Stirn verschwand, und Nicks Grinsen ließ sich nur noch als anzüglich beschreiben: »Ups. Dann hat Melanie Fishkin den falschen Mann für den Vater ihres Sohnes gehalten.«

»Es kommt noch dicker.« Margot malte auf der Höhe von Jack und Annie noch ein Zeichen für »männlich« und setzte darunter statt eines Namens drei Fragezeichen. »Mit neunundneunzigprozentiger Sicherheit haben Jamie und Bill Fishkin denselben Vater.«

Das Grinsen verschwand. »Jetzt verstehe ich gar nichts mehr. Der Mann, mit dem Annie Jack betrogen hat – wobei Jamie entstanden ist –, hat auch schon zwei Jahre zuvor mit Melanie Fishkin geschlafen und dabei den kleinen Bill gezeugt?«

»So sieht es aus.« Die Fakten waren klar. Doch Margot kam es vor, als hätte sie die Teile von zwei verschiedenen Puzzlespielen vor sich liegen. Sie konnte sie hin und her schieben, wie sie wollte, sie ergaben einfach kein klares Bild. »Wann hat Fishkin das erste Mal die Mahones in Deutschland besucht?«

»Annie hat gesagt, vor zwei Monaten«, antwortete Nick.

»Die Untersuchungsergebnisse hat er aber erst vor zwei Wochen bekommen. Wann hat er die Proben eingereicht?« Margot schob Nick den Ordner zu. »Ich glaube, da bist du schneller.«

Nick blätterte kurz durch die Unterlagen. »Er hat die Gegenstände am Dienstag, den 9. November ins Labor gebracht, also *nach* dem Familienfest. Er hat das Zeug also nicht bei seinem ersten Trip eingesammelt.«

»Nein. Sondern beim Familienfest. Da hatte er alle zusammen.«

»Okay, halten wir mal chronologisch fest: Fishkin liest den Brief seiner Mutter, findet heraus, wo sein Vater wohnt, fliegt nach Darmstadt in Deutschland und trifft dort die Familie.«

»Dann verbringt er eine angenehme Woche mit Dad, mit dem er sich gut versteht«, fuhr Margot fort. »Danach fliegt er wieder heim.«

»Moment«, sagte Nick. »Hatten sich nicht alle ein wenig darüber aufgeregt, dass er so plötzlich verschwunden ist, ohne ein Wort des Abschieds?«

»Ja«, bestätigte Margot. »Annie hat das etwas heruntergespielt, aber die älteste Tochter war darüber noch immer verärgert.«

»Vielleicht ist er so plötzlich abgehauen, weil er festgestellt hat, dass Jack nicht sein Vater war«, vermutete Nick.

»Und woran hat er das gemerkt?«

Nick überlegte kurz. »Fällt mir nichts ein. Vielleicht hat es ihm Jack einfach gesagt?«

»Nein, das glaube ich nicht. Wenn Jack es ihm gesagt hätte, bräuchte er keinen DNA-Vergleich mehr. Und falls er Jack nicht glaubte, hätte er auch wiederum nur dessen DNA mit der eigenen vergleichen müssen.«

Nick stand auf und begann, in dem kleinen Raum auf und ab zu gehen, und während er sprach, schwang er den Zeigefinger wie ein Lehrer durch die Luft. »Okay, nehmen wir einfach mal an, er hat in Deutschland einen Anhaltspunkt dafür erhalten, dass Jack nicht sein Vater ist. Er fliegt in die USA zurück und überlegt, was er tun soll. Er ist völlig verwirrt. Zuerst hat er plötzlich einen Vater und erfährt sogar dessen Namen, er wird sogar von ihm und dessen Frau mit offenen Armen empfangen, und Daddy steht zu ihm, und sie verbringen eine gute Zeit miteinander. Und dann merkt Bill aus irgendeinem Grund, dass sein Vater nicht sein Vater sein kann. Ja, das kann auch einen gestandenen Mann aus den Latschen hauen. Wieder zu Hause, überlegt er, wie er Gewissheit bekommen kann. Und dann kommt ihm die Idee, ein Fest zu schmeißen. Alle denken, der spendable Sohn lässt sich sein Wiedersehen so richtig was kosten. Und ihm geht es nur darum, dass er von allen Beteiligten DNA-Proben abgreifen kann. Kippen und Taschentücher. Und von Esther hat er sogar die Zahnbürste geklaut.«

»Ihre Zahnbürste …«, überlegte Margot laut. »Dann muss er in ihrem Zimmer gewesen sein. Hat nicht der Mann von Mara gesagt, Esther hätte recht auffällig mit Bill herumgeschäkert?«

»Vielleicht ist er ja auch in ihr Zimmer eingebrochen«, meinte Nick.

»Und als er alles eingetütet hat, fliegt er wieder zurück in die USA. Ohne sich zu verabschieden. Das macht auch wieder Sinn, wenn es ihm gar nicht um die liebe Verwandtschaft ging, sondern nur darum, Proben zu sammeln.«

Nick setzte sich wieder. »Dazu passt aber nicht, dass er für Esthers behinderte Tochter noch mal so tief in die Tasche greift.«

Margot zuckte mit den Schultern. »Vielleicht hat Esther gesagt, dass sie ohne Tochter nicht zum Fest käme. Oder er mochte Esther und ihre Tochter. Alle haben erzählt, dass sie sich gut verstanden.«

»Dann bringt er das ganze Material zu einem Labor«, spann Nick die Theorie weiter. »Und bekommt diese Ergebnisse.«

»Das Ergebnis muss ihn umgehauen haben. Damit, dass Jack nicht sein Vater ist, hat er ja bereits gerechnet. Aber dass auch Jamie nicht Jacks Tochter ist, er und Jamie jedoch denselben Vater haben, das war sicher eine Überraschung.«

Wieder stand Nick auf und sagte bestimmt: »Doch. Damit *hat* er gerechnet. Genau damit.«

»Das verstehe ich nicht. Wieso sollte er so was erwartet haben?«

»Ganz einfach«, antwortete Nick. »Hätte er nicht damit gerechnet, hätte er nicht die ganze Familie DNA-mäßig gecheckt. So ein Test ist teuer. Er hat genau die Leute überprüft, die für die Beantwortung seiner Fragen wichtig waren. Die Kinder von Jamie haben ihn nicht interessiert, und auch Esthers Tochter war nicht relevant.«

»Was hat es denn zu bedeuten, dass er und Jamie denselben Vater haben?«, fragte sich Margot laut.

Nick überlegte kurz. »Wir haben vorhin schon gesagt, dass es Zufall sein könnte, dass Jamies Vater auch Bills Vater ist. Dass Annie auf denselben hereingefallen ist, dem auch Melanie zwei Jahre zuvor auf den Leim ging.« Nicks Zeigefinger spielte Rakete. »Aaaber ... Was hat Bob Hemerode über Bills Mutter Melanie erzählt? Sie war verknallt in Jack. Nicht erst seit dem Tag des Konzerts, sondern schon Wochen vorher. Das heißt, sie hat bestimmt nicht kurz vor dem Konzert mit einem anderen Mann geschlafen. Und sicher auch nicht in den Tagen unmittelbar nach dem Konzert. Das bedeutet ...«

»... Jack Mahone *ist* der Vater von Bill Fishkin. Was er aber ja nicht sein kann, weil ...«

»Moment«, unterbrach Nick und starrte Margot an. »Genau das ist es! Jack *ist* Bills Vater. Das bedeutet, dass auch ...«

Margot stand ebenfalls auf. »... Jamie die Tochter von Jack Mahone ist!«

»Ganz genau. Und das bedeutet wiederum ...« Nick sah Margot mit großen Augen an.

Margot brauchte nicht lange für die Antwort: »... dass Annie Mahone ganz genau *weiß*, dass der Mann, der am Wochenende im Krankenhaus gestorben ist, *nicht* Jack Mahone sein kann!«

»Und wer ist der Mann dann, der sich für Jack Mahone ausgegeben hat? Und mit dem Annie über Jahre hinweg zusammengelebt hat? Und den sie auch ihrer Tochter Jamie gegenüber als deren Vater präsentiert hat?«

Nick und Margot sahen sich in die Augen. Für einen ganz kurzen Moment bemerkte Margot, dass Nick nicht nur einen durchdringenden Blick hatte, sondern darin auch ein attraktives

Funkeln lag. Der Gedanke währte nur für den Bruchteil einer Sekunde. Dann kam die Erkenntnis.

»Matt Brassel!«, sagten sie beide gleichzeitig.

Das war ungeheuerlich. Abwegig. Aber in sich schlüssig.

»Das hieße, dass der Tote im Splittie nicht Matt Brassel war«, sagte Margot, »sondern …

»… Jack Mahone!«, vollendete Nick. »Und der kam auch bei dem Unfall ums Leben!«

»Der aber kein Unfall war«, sagte Margot.

»Genau«, meinte Nick. »Denn es war so: Annie und Matt werden von Jack in flagranti erwischt. Im Bus. Jack reißt die Schiebetür des Busses auf. Es kommt zum Kampf. Und Matt bekommt den …« Er überlegte kurz. »… den Wagenheber zu packen. Oder das Radkreuz. Und Jack hat gleich darauf ein Loch im Kopf und ist tot. Was jetzt?«

»Matt fährt den Bus gegen den Baum, springt aber rechtzeitig raus, bevor es zum Aufprall kommt.« Margot hörte ihre eigenen Worte, als würde jemand anderes ihr eine spannende Geschichte erzählen. »Danach wuchten sie Jacks Leiche auf den Fahrersitz des kaputten Busses.«

»Vorher sind sie noch eine halbe Stunde durch die Landschaft gefahren«, vermutete Nick. »Damit der Motor schön heiß wird. Dann gegen den Baum, Jack ans Steuer und die Motorklappe am Heck aufgemacht und den Benzinschlauch abgezogen. Auf Fingerabdrücke mussten sie nicht achten: Das Benzin lief raus, verdampfte, und Sekunden später, als die richtige Konzentration Benzindampf erreicht war, fackelte der Bus lichterloh. Vielleicht haben sie vorher noch etwas Benzin im Bus verteilt. Aber auch ohne Brandbeschleuniger fackelt die Kiste innerhalb von drei, vier Minuten ab. Nur … wie ist es Matt gelungen, so sang- und klanglos Jack Mahones Platz einzunehmen?«

Margot kramte in ihrem Gedächtnis. »Sekunde«, sagte sie und griff zu ihrer Tasche, in der auch das Netbook untergebracht war. Sie fuhr den Rechner hoch, und eine Minute später hatte sie Horndeichs E-Mail auf dem Bildschirm. »Hier – Annie hat gesagt, Jack wäre am Tag vor Matts Unfall nach Nashville gefahren, und eine gute Woche später wären sie nach Deutschland umgesiedelt.«

»Okay. Aber einem muss der Tausch doch aufgefallen sein – nämlich Bob Hemerode. Denn der hat doch über die Jahre alle Finanzen für die beiden gemanagt. Und hier«, er zeigte auf eine Passage in Horndeichs E-Mail, »Annie hat auch gesagt, Hemerode habe sich um die Ausreise nach Deutschland gekümmert. Bob Hemerode muss dann doch mitbekommen haben, dass plötzlich Matthias Brassel vor ihm steht und nicht sein Cousin.«

»Richtig. Das funktioniert nicht. Außerdem stellt sich immer noch die Frage, wie Bill Fishkin das alles herausbekommen hat. Denn von der Matt-Brassel-Geschichte hatte er ja offenbar keine Ahnung.«

»Wahrscheinlich wusste er nur, dass irgendein Identitätstausch stattgefunden haben muss. Mein Gott, stell dir mal vor, was das für Konsequenzen für Bill hatte: Da hat sich jemand als sein Vater ausgegeben, der Jahre zuvor seinen wirklichen Vater umgebracht hat, egal, ob es nun Mord oder Totschlag war. Und dann das ganze Geld, die ganzen Ländereien. Jemand Fremdes hat über Jahrzehnte vom Vermögen seines Vaters gelebt, und das bestimmt nicht schlecht.« Er hielt kurz inne. »Und vielleicht ist unsere Theorie auch nur Müll.«

»Oder vielleicht sollten wir dem guten Bob Hemerode noch einmal auf den Zahn fühlen«, meinte Margot.

»Ihr Deutschen habt manchmal richtig unangenehme Metaphern …«

19.00 Uhr Ortszeit Darmstadt, Hessen

Nicht witzig.

Horndeich nahm einen Schluck Glühwein.

Er hatte Feierabend. Es war ihm völlig egal, dass es für Margot gerade strahlender Vormittag war. Denn *er* hatte Feierabend.

Deswegen war er auch sehr kurz angebunden gewesen, als sie ihn auf dem Handy angerufen und das Gespräch damit begonnen hatte, dass er unbedingt sofort mit Annie Mahone sprechen müsse. Sogleich. Augenblicklich. Im nächsten Atemzug hatte sie ihm bereits von den Ergebnissen einer DNA-Untersuchung berichtet, die Bill Fishkin hatte durchführen lassen. Jamie war nur die Halbschwester von Esther und Mara. Aber sie und Bill hatten denselben Vater.

Es hatte ein paar Minuten gedauert, bis Horndeich alle Fakten begriffen hatte. Und noch ein paar Minuten mehr, bis er alle möglichen Konsequenzen durchgespielt hatte. Die offensichtlichste: Annie Mahone hing schultertief in der Sache drin und hatte alle bewusst getäuscht.

Vielleicht aber gab es auch eine andere Erklärung. Denn einer der Gründe, weshalb er Annie Mahone wie geheißen auf ihrem Handy angerufen hatte, war der (auch wenn er sich das nie und nimmer eingestehen würde), dass er die Dame mochte. Er konnte sich nicht vorstellen, dass sie Fishkin einen Stein gegen den Schädel gestoßen hatte. Oder Zeugin eines Mordes geworden war, den sie zu vertuschen half. Horndeich hielt einiges auf seine Menschenkenntnis. Sie hatte ihm im Job oft geholfen, die richtigen Entscheidungen zu treffen. In diesem Fall sagte sie ihm, dass es besser war, Annie Mahone heute zu entlasten statt erst morgen.

Annie Mahone hatte ihm gesagt, sie sei einkaufen. Sie bereite die Beerdigung ihres Mannes vor, und da brauche man plötzlich so vieles, an das man zuvor nie gedacht hätte, etwa Tischkärtchen und Ähnliches. Sie hatte aber zugesagt, sich um neunzehn Uhr mit ihm auf dem Weihnachtsmarkt zu treffen.

Anschließend hatte Horndeich Sandra angerufen und ihr gesagt, dass er etwas später nach Hause kommen würde. Begeistert war sie nicht gewesen. Er auch nicht.

Er nahm einen weiteren Schluck des leckeren Glühweins. Auf Darmstadts Weihnachtsmarkt gab es jedes Jahr auch ein paar Stände von Darmstadts Partnerstädten. Er stand vor der Hütte von Uschgorod, der Partnerstadt aus der Ukraine. Tatjana und Irina Steschtschowa kamen jedes Jahr nach Darmstadt. Sie verkauften ukrainisches Kunsthandwerk und bereiteten einen wunderbaren Glühwein. Nicht der Fertigfusel aus dem Tetrapack, sondern die selbst zubereitete Gewürzvariante. Horndeichs Exfreundin Anna war mit den beiden Schwestern befreundet gewesen. In diesem Jahr hatten sie noch eine weitere bildhübsche Schwester aus dem Hut gezaubert. Natalija. Die Schönheit lag offensichtlich in der Familie.

Natalija hatte eine warme Altstimme. Und an den Abenden sangen die Schwestern russische Lieder, wobei Tatjana den Gesang gekonnt auf dem Akkordeon begleitete. Da schmolzen die Männer dahin, selbst bei den herrschenden Minusgraden.

Plötzlich tippte jemand Horndeich auf die Schulter. »Hallo, Herr Kommissar.«

Der Angesprochene drehte sich um, gab Annie Mahone die Hand. »Sehr nett, dass Sie heute noch Zeit für mich haben.«

»Ah«, sagte sie abwertend, »ich betrachte es eher als willkommene Abwechslung.« Dann wechselte sie augenblicklich das Thema. »Tatjana Steschtschowa – das wäre eine Frau für Sie.«

Ganz Polizist, bastelte er aus der Aussage sofort eine Frage: »Woher kennen Sie ihren Namen?«

»Ach, Herr Horndeich, das ist doch unwichtig. Aber wenn Sie es wirklich wissen wollen: Ich mag den Stand; ich unterhalte mich jedes Jahr mit den Schwestern.«

Als ob es ein Stichwort gewesen wäre, brachte Tatjana zwei Becher Glühwein an den kleinen Stehtisch zu Annie und Horndeich. »Auf die Freundschaft«, sagte sie und strahlte Horndeich an, dann nickte sie Annie zu.

»Aber Sie sind nicht hier, um mit mir über die ukrainische Seele zu sprechen«, sagte Annie, nachdem Tatjana wieder gegangen war. »Was möchten Sie wissen?«

»Frau Mahone, meine Kollegin, die gerade in Amerika ermittelt, ist zu neuen Erkenntnissen gelangt.«

»Und die wären?«, fragte Annie Mahone völlig unbedarft.

»Sie haben die Auswertung von Genproben Ihrer Familie gefunden, die William Fishkin genommen hat.«

»Wann?«

Horndeich musste sich zusammenreißen, um Annie Mahone

nicht einfach zu erklären, woher die Proben stammten. Glühwein macht Befragungen nicht einfacher, wie er auf einmal feststellte. Aber Margot hatte ihn ja erst angerufen, als er schon Feierabend gehabt hatte. Also war er quasi außer Dienst, auch wenn er das Gespräch am nächsten Morgen protokollieren würde. Er musste sich zwingen, wieder auf Kurs zu kommen.

»Frau Mahone, die Genproben zeigen eindeutig, dass Ihre Tochter Jamie nicht denselben Vater hat wie Ihre beiden jüngeren Töchter Esther und Mara.« Das war eine Feststellung, keine Frage. Aber um die Aussage herum schwangen genug Fragezeichen, um sie als Frage durchgehen zu lassen.

Annie Mahone wurde schlagartig bleich, auch wenn Horndeich die Veränderung weniger optisch als intuitiv wahrnahm.

»Sie haben gute Arbeit geleistet«, sagte sie schließlich. »Nur wird Sie das hinsichtlich des Mordes an Bill nicht weiterbringen.«

Horndeich kommentierte die Bemerkung nicht.

»Ich habe keine Ahnung, wie, wann und warum Bill Genproben von uns bekommen hat«, erklärte die alte Dame. »Aber ein Rätsel ist damit wohl gelüftet.«

»Welches?«, fragte Horndeich automatisch.

»Das Verschwinden von Esthers Zahnbürste. Sie kam allen Ernstes zu mir und fragte, ob ich ihre Zahnbürste aus dem Bad im Hotelzimmer geklaut hätte. Mir erschien es gleich seltsam.«

»Das beantwortet meine Frage nicht.«

»Sie haben keine gestellt. Sie haben nur gesagt, dass Jamie nicht denselben Vater hatte wie ihre beiden Schwestern.«

»Ja, genau. Und wie kam es dazu?«

»Sie sind sich sicher, dass Sie den Mörder von Bill finden, wenn ich Ihnen diese Frage beantworte?«

Horndeich antwortete nicht. In seinen Augen hatte Annie Mahone keinen Menschen ermordet. Und sie vertuschte auch keinen Mord, bei dem sie Zeuge gewesen war. Dennoch musste er all diese Fragen stellen. Denn wer konnte sich schon sicher sein, dass er mit seinen Vermutungen – ja, in diesem Fall: Wünschen – richtig lag?

»Nun gut, ich werde es Ihnen sagen«, erklärte Annie. »Der Vater von Jamie heißt Walt. Ich kenne seinen Nachnamen nicht. Er arbeitete auf den Feldern meines Schwiegervaters Jerome Mahone. Er hatte nicht viel Hirn, aber dafür Muskeln. Und Sexappeal. Das war nicht viel, aber es hat gereicht für eine Nacht. Ich habe mit Walt einmal geschlafen. Einmal. Und wenn der Gentest sagt, dass er der Vater ist, dann straft mich Gott für meinen Fehltritt.«

Horndeich wollte widersprechen, aber Annie gebot ihm mit einer Geste ihrer Hand zu schweigen. »Ich bin meinem Mann zweimal untreu gewesen. Einmal mit Walt, einmal mit Matt Brassel. Glauben Sie mir, meine Ehe war damals nicht die beste. Es gab viele Faktoren, die sie torpedierten. Mein Schwiegervater war ein Despot. Ich sage es, wie es ist. Mein Mann stand zwischen ihm und mir, getrieben von Daddys Ansprüchen und dem eigenen Anspruch, es Daddy zu zeigen.

Nun, es war nur eine einzige Nacht mit Walt. Eine einzige. Und – verzeihen Sie, wenn ich so direkt bin – die Wahrscheinlichkeit, dass Jack der Vater war, war ungleich höher. Er hat es sich damals genommen, wann immer er wollte. Dass auch ich es wollte, das geschah erst in Deutschland. Verzeihen Sie, wenn ich so offen bin.«

Horndeich antwortete nicht. Die Ukrainerinnen hatten inzwischen russische Weisen angestimmt. Und Horndeich registrierte, dass sie von mindestens zehn Männern angeglotzt wurden. Da war ein Kerl mit Mantel, schwarzem Schal und schwarzer Mütze, der sang wenigstens mit, und sein Freund, der aussah wie Lenin mit Käppi, hatte sein Vergnügen an dem russisch-deutschen Minichor und einem Flirt mit einer Dame, der Horndeich schon einmal an einer Aldi-Kasse begegnet war.

»Frau Mahone …« Horndeich riss sich zusammen. Was er Annie zu sagen hatte, erforderte viel Kraft. »Der Vater von Jamie ist auch der Vater von William Fishkin.«

Annie Mahone sagte gar nichts mehr. Für sicher eine halbe Minute. Dann sah sie Horndeich direkt an, öffnete den Mund und krächzte: »Ich … ich wusste …« Sie räusperte sich, damit sie sprechen konnte. »Ich wusste, dass ich nicht die Einzige war. Das war mir klar, als er mir am Morgen nach dieser bewussten Nacht die kalte Schulter gezeigt hat. Heute weiß ich auch, dass ich in Walt vor allem einen Weg raus aus meiner Ehe sah. Oder eher: sehen wollte. Walt wollte damals einfach nur zwei Dinge: Geld verdienen und Mädels aufreißen. Dass auch Melanie Fishkin auf ihn hereingefallen ist … Mein Gott, es war die Zeit, als der Slogan ›freie Liebe‹ hieß. Und es waren ja nicht nur die Männer, die diesem Konzept folgten. Nur waren es eben nicht die Männer, die die Konsequenzen zu tragen hatten.«

Was sollte Horndeich dazu sagen. Heute war die Pille selbstverständlich, und vernünftige, verantwortungsvolle Kerle benutzten außerdem Kondome, schon allein, um sich nicht mit HIV anzustecken; da waren ungewollte Schwangerschaften unwahrscheinlich. Zumindest sehr viel unwahrscheinlicher als damals. Da hatte es sicher anders ausgesehen.

»Haben Sie noch weitere Fragen?«, wollte Annie wissen.

»Nein. Das war alles.«

»Ich hoffe, dass Sie Fishkins Mörder bald finden. Er war nicht mein Kind. Er war nicht einmal Jacks Kind. Aber dennoch, er war ein feiner Mensch. Er hat unsere Familie zusammengerückt wie niemand vor ihm. Das Familienfest – wir hätten so was nie auf die Beine gestellt, hätte er das nicht in die Hand genommen.«

»Aber Ihre Tochter sagte, *Sie* hätten alles organisiert.«

»Ach, Jamie. Sie macht sich immer zu viele Sorgen um mich. Ja, ich habe ein wenig organisiert. Aber das war selbstverständlich. Bill hat alles bezahlt. Und das war ein fürstlicher Betrag, das muss erst mal jemand so mir nichts, dir nichts zur Verfügung stellen. Und ich war einfach froh, all meine Lieben um mich zu haben.«

Horndeich schwieg. Seine Fragen waren beantwortet.

»Ist das alles, was Sie wissen wollten?«, fragte Annie Mahone.

»Ja, ich habe im Moment keine Fragen mehr.« Er setzte sein charmantestes Lächeln auf. »Aber ich weiß natürlich nicht, welche Leichen meine Kollegin noch ausgräbt.« Horndeich ohrfeigte sich mental für das missglückte Bild.

»Nun, Sie haben ja meine Nummer. Wir haben die Beerdigung von Jack mittlerweile festgelegt. Am Samstag, den 18. Dezember werden wir ihn beerdigen. Falls Sie kommen mögen.«

Horndeich hatte es sich sehr früh zur Gewohnheit gemacht, nicht zu Beerdigungen von Mordopfern zu gehen, deren Fälle er bearbeitete, es sei denn, der Staatsanwalt hielt es für geboten, etwa wenn möglicherweise auch der Mörder an der Beerdigung teilnahm und sich irgendwie zu erkennen geben konnte. Doch er mochte es nicht. Mehr noch, es war ihm zuwider.

»Ich glaube nicht«, sagte er deshalb.

»Nun, dann wünsche ich Ihnen noch einen schönen Abend.« Annie Mahone griff zu ihren Tüten und nickte Horndeich zu.

»Ihnen auch«, sagte er.

Als Annie Mahone gegangen war, registrierte er die aberwitzige Situation vor dem Stand der Ukrainerinnen. Inzwischen zwölf von Glühwein und Wodka betrunkene Kerle starrten die drei Ukrainerinnen an, als stünden sie vor einem Käfig im Zoo. Einer zückte das Handy, filmte die drei Grazien. Nur der Kerl mit dem schwarzen Schal war offenbar noch in der Lage, artikuliert den Refrain der Lieder auf Russisch mitzusingen. Das brachte ihm sogar ein Augenzwinkern von Tatjana ein.

Horndeich wandte sich ab. Auch wenn Annie Mahone ihm Tatjana ans Herz gelegt hatte, wollte er nur noch eins: nach Hause, zu Sandra.

Er entschied, dass es keine gute Idee mehr gewesen wäre, mit dem Wagen nach Hause zu fahren. Während er auf den Bus wartete, schickte er Margot die Kurzfassung des Gesprächs mit Annie Mahone per SMS: »Bills und Jamies Vater heißt Walt, Nachname unbekannt. Ausführliche Mail morgen.«

12.30 Uhr Ortszeit Darmstadt, Indiana

»Ich entführe dich in deine Heimat«, sagte Nick.

Er und Margot saßen wieder in Nicks Buick, und er fuhr den Wagen über den Highway 41.

Könnte man sich dran gewöhnen, an so viel Platz im Auto, dachte Margot. »Willst du etwa wieder mit mir zurückfliegen?«

Nick lachte. »Würde ich gern. Aber ich meinte ein Restaurant. Eins mit deutscher Küche nämlich. Ich glaube, es wird dir schmecken.«

»Klingt gut«, erwiderte Margot, obwohl sie sich insgeheim fragte, was ein US-Amerikaner unter »deutscher Küche« verstand: Zwischen einer bayerischen Haxn mit Knödel und Blaukraut und einem hessischen Handkäs mit Musik bestand doch ein enormer Unterschied. Wahrscheinlich hielt man in Amerika alles das für »deutsche Küche«, zu dem man Sauerkraut als Beilage servieren konnte. »Wann treffen wir Bob Hemerode?«, wollte sie wissen.

»Er kommt genau dorthin. In einer knappen halben Stunde.«

Das war eine gute Nachricht. Nachdem Margots Frühstück etwas spärlich ausgefallen war, hatte sie nämlich richtig Hunger, selbst wenn's Sauerkraut als Beilage gab. Zudem stand nicht zu befürchten, dass ihr Vater und seine neue Flamme auftauchten, was ihr den Appetit gründlich verdorben hätte.

Auf einmal meldete sich Margots Handy. Sie zog es aus der Tasche, las die SMS. »Oh. Annie hat zugegeben, dass Jamie nicht die Tochter von Jack ist.«

»Wunderbar. Hat sie auch zugegeben, dass Matt der Vater ist?«

»Nein. Sie sagt, ein gewisser Walt wäre der Vater.«

»Walt wer?«

»Walt Ich-weiß-nicht-wer. Moment, ich rufe Horndeich an.«

Der ging nach dem zweiten Versuch ans Telefon. »Ich habe Feierabend, meine Gute! In viereinhalb Stunden ist Mitternacht!«

Er lamentierte noch ein bisschen herum, bis Margot ihm das Wort abschnitt: »Wer ist Walt? Und was sagt Annie Mahone dazu, dass dieser Walt dann auch der Vater von Bill ist?«

Horndeich gab Margot eine kurze Zusammenfassung von dem, was er von Annie erfahren hatte.

»Und?«, fragte Nick, nachdem Margot das Gespräch beendet hatte. »Hat dein Kollege noch mehr herausgefunden?«

Sie brachte ihn auf den neuesten Stand.

»Hm«, sagte Nick; präziser war Skepsis nicht zu formulieren. »Das macht die Sache noch komplizierter. Und wenn es stimmt, dann war Jack Mahone doch der echte Jack Mahone.«

»Und Matt der echte Matt.«

»Bin gespannt, was Hemerode dazu sagt«, murmelte Nick.

Margot wusste nicht, ob sie mit der Entwicklung des Falls zufrieden sein sollte. Wenn Annie die Wahrheit sagte, war ihre Theorie nämlich zum Teufel, denn dann gab es keinerlei Grund mehr, weshalb sich Annie oder Jack William Fishkin vom Leib hätten schaffen sollen. Wäre schade. Andererseits war es natürlich besser, Annie hatte nur ihren Gatten betrogen als einen Mord begangen. Dennoch – es bedeutete, dass sie in der Mordsache William Fishkin wieder bei Null standen.

Nick zeigte auf ein Haus an einer Straßenecke. »Da ist es. Das Gerst-Haus. Haben sich seit jeher die deutsche Küche auf die Fahnen geschrieben. Früher brauten Sie noch deutsches Bier nach Originalrezept. Heute ist das Bier nicht mehr ganz so Original, aber immer noch gut. Und das Essen auch.«

Margot besah sich das Haus. Mit den verzierten schmiedeeisernen Säulen, die das Vordach hielten, und den passenden Zaunelementen hätte das alte Gebäude eher nach New Orleans gepasst. Zwischen den Säulen war eine Franziskaner-Bräu-Werbung gespannt.

Nick lenkte den Wagen auf den Parkplatz und öffnete Margot erneut die Tür, auch als sie das Restaurant betraten. Die Kellnerin geleitete sie an einen Vierertisch an der Wand. Die Tische waren durch halb hohe Holzwände voneinander getrennt, sodass sie sich ungestört unterhalten konnten. Über ihnen hatte ein Hirsch seinen Kopf aus der Wand gesteckt und starrte ungeniert auf ihren Tisch hinab. Jedenfalls sah es für Margot fast so aus. Als Kind hatte sie sich immer gefragt, wer die Tiere in die Wände gemauert hatte …

»Und?«, fragte Nick. »Ist es deutsch hier?«

Margot sah sich um. Die Tischdecken waren rot-weiß kariert, was sicherlich eher der deutschen Standardtischdecke entsprach als das gewollt bayerische Blau-Weiß. »Keine Ahnung. Es ist auf jeden Fall gemütlich.«

Nick bestellte sich ein Wasser, Margot tat es ihm nach. Bereits knappe fünf Minuten später trat Bob Hemerode in den Raum. Er sprach die Kellnerin an, und die führte ihn zu Margots und Nicks Tisch.

»Ah, Mrs Hesgart. I am pleased to meet you again so soon.«

Margot erhob sich, reichte ihm die Hand, die diesmal nicht geküsst wurde. Auch Nick schüttelte dem Finanzverwalter die Hand.

Zunächst bestellte sich Hemerode ein Gerst Amber. »Really fine beer!«, lobte er.

Das Essen wurde zügig serviert. Margot probierte die »Original German Wurst«. Schmeckte zwar gut, war aber etwa so repräsentativ für die deutsche Küche wie ein Mc-Irgendwas für die schottische.

Nick gönnte sich ein »Wiener Schnitzel«, das wirklich aussah wie ein solches. Dass es sich dabei genau genommen um ein österreichisches Nationalgericht handelte, störte offenbar niemanden hier.

Hemerode entschied sich für »Gulasch mit Spaetzle«. »They serve really great Bavarian food here, don't they?« Gulasch war ungarisch, Spätzle schwäbisch. Aber Margot wollte keine Vorträge halten und nickte nur.

Als sie sich nach dem Essen noch einen Kaffee bestellten, begann Nick damit, Hemerode zu befragen. »Bob, kennen Sie einen gewissen Walt, der so um 1970 bei Jacks Vater auf den Feldern gearbeitet hat?«

»Haben Sie auch einen Nachnamen?«

»Nein, leider nicht. Aber er kannte sowohl Annie Mahone als auch Melanie Fishkin.«

Hemerode zuckte mit den Schultern. »Sorry, da klingelt kein Glöckchen bei mir.«

»Okay.« Nick versuchte es anders. »Halten Sie es denn für möglich, dass nicht Jack, sondern jemand anderes der Vater von Bill Fishkin ist?«

Hemerode verschluckte sich. »Sie dürfen Ihre Scherze nicht machen, während ich trinke.«

»Scherze?«

»Hören Sie, Mel Fishkin war bis über beide Ohren verknallt in Jack. Ich sage es mal ganz deutlich: Wenn sie nicht kurz vor oder nach dem Hendrix-Konzert von irgendjemandem vergewaltigt wurde, dann war Jack Bills Vater.« Er hielt kurz inne. »Was sollen all die seltsamen Fragen?«

Statt zu antworten, verlangte Nick zu wissen: »Wann haben Sie Jack das letzte Mal gesehen?«

Hemerode sah Margot an und zögerte. »Ich weiß das nicht mehr. Mein Gott, das ist alles so lange her.«

»Haben Sie Jack Mahone jemals gesehen, *nachdem* er nach Deutschland ausgewandert ist?«, präzisierte Nick seine Frage.

»Nein. Das kann ich Ihnen mit Sicherheit sagen.«

»Also wann – vor seiner Auswanderung?«

»Ein paar Wochen vorher«, meinte Bob. »Ich sagte ja schon, unser Verhältnis war rein geschäftlich.«

»Ein paar Wochen?«, hakte Nick nach und war erstaunt. »Aber Sie haben doch die ganze Ausreise organisiert.«

Bob Hemerode versuchte sich in der Disziplin des Lächelns. »Ich hatte immer lieber mit Annie zu tun. Ich gab ihr, was sie und ihr Mann an Unterlagen benötigten, und sie brachte es wenige Stunden später mit allen notwendigen Papieren und Unterschriften zu mir zurück. Das mit den Visa ging flott, weil ich schon damals die richtigen Leute kannte. Ich habe sie auch nicht zum Flughafen gebracht.«

»Das ist interessant. Denn wir sind da noch auf eine Sache gestoßen, die seltsam ist: Bill Fishkin und Jamie Mahone haben denselben Vater, aber der ist nicht der Vater von Annies jüngeren Töchtern.«

Bob staunte nicht schlecht. »Dann hatte Annie einen Geliebten?«

»Nein. Sie sagt, Jamie sei nicht das Kind von Jack, sondern von einem anderen Mann, nämlich von Walt. Ein One-Night-Stand, ein Unglücksfall.«

»Oookay«, sagte Bob lang gezogen, als wäre er noch damit beschäftigt, die neuen Erkenntnisse zu sortieren. »Deshalb fragten Sie mich also nach einem Walt. Aber ich kannte keinen Walt.«

»Eine Sache irritiert mich allerdings«, gestand Nick.

»Welche?« Ganz kurz zeigte sich ein gehetzter Ausdruck auf Hemerodes Gesicht, während sein Blick ganz schnell zwischen Margot und Nick hin und her sprang.

»Nun, Sie haben es vorhin selbst gesagt: Melanie Fishkin war bis über beide Ohren in Jack verliebt. Es ist recht unwahrscheinlich, dass sie zu diesem Zeitpunkt mit einem anderen geschlafen hat.«

Bob Hemerode zuckte mit den Schultern. »Sind Sie sich da sicher? Ich meine, damals redeten sie alle von ›freier Liebe‹ und so. Vielleicht hat sich dieser Walt aber auch einfach genommen, was Mel ihm nicht freiwillig geben wollte.«

»Ja, kann sein. Wir denken aber noch in eine andere Richtung«, erklärte Nick. »Wir glauben, dass Jack doch der Vater von Bill war. Und auch der Vater von Jamie. Danach aber war er nicht mehr in der Lage, Kinder zu zeugen. Weil er nämlich tot war.«

Bob Hemerode schnaufte laut. »Wie kommen Sie denn darauf? Wer ist dann der Vater von Annies anderen beiden Töchtern?«

»Wir tippen auf Matthias Brassel.«

»Moment!«, rief Bob Hemerode. »Das … das ist doch der Typ, der in seinem VW-Bus gegen den Baum gefahren und verbrannt ist?«

»Oder es ist der Typ, von dem alle glauben sollen, dass er gegen den Baum gefahren ist.«

»Und wer saß dann am Steuer?«

»Jack Mahone.«

»Der sich den Splittie geklaut hat?«, fragte Bob Hemerode. »Das macht doch keinen Sinn.«

»Das ist richtig. Wir denken auch vielmehr, dass jemand den toten Jack in den Splittie gesetzt hat. Damit niemand den Austausch bemerkt.«

Hemerode sagte nichts mehr.

»Sahen sich Matthias Brassel und Jack Mahone eigentlich ähnlich?«, fragte Margot.

»Ich ... ich weiß nicht«, stammelte Bob Hemerode. »Beide waren groß, beide schlank. Aber Jack hatte einen kurzen Bürstenhaarschnitt und war stets glatt rasiert. Und Matt Brassel mit seinen langen Haaren und dem wild wuchernden Bart ...«

»Ist Ihnen denn nie aufgefallen, dass Sie nicht mit Jack gesprochen haben, etwa am Telefon?«, fragte Nick.

»Ich habe immer lieber mit Annie telefoniert«, gestand Bob Hemerode. »Außerdem übernahm sie mehr und mehr die Geschäfte; Jack leistete nur noch die nötigen Unterschriften.«

»Das beantwortet nicht meine Frage«, beharrte Nick. »Sie sagten, Jack hätte Sie angerufen, als er davon erfuhr, dass Fishkin sein Sohn – sein angeblicher Sohn – war. Haben Sie nicht gemerkt, dass da jemand anderes sprach?«

»Nein«, beteuerte Hemerode. »Es dauerte sicher zehn Jahre, bevor ich das erste Mal mit Jack telefonierte, nachdem er und Annie nach Deutschland ausgewandert waren. Sein Englisch hatte gelitten, er sprach schon mit leicht deutschem Akzent. Aber sonst ist mir nicht aufgefallen, dass er anders geklungen hat.« Er straffte sich, starrte erst Nick, dann Margot, dann wieder Nick an und sagte mit nun wieder fester Stimme: »Ich halte diese Idee auch für ziemlich absurd. Es ist viel wahrscheinlicher, dass irgendein Walt Melanie vergewaltigt hat. Sie war nicht der Typ, der darüber geredet hätte.«

Nick sah Margot an. An dieser Stelle kamen sie nicht weiter.

Er wandte sich wieder an Hemerode. »Noch eine Frage: Wissen Sie, wo wir den Nachlass von Melanie Fishkin finden? Wir haben nichts im Haus ihres Sohnes gefunden.«

»Das ist kein Wunder. Bill hatte das Haus seiner Mutter noch nicht räumen lassen, es steht alles noch so, wie es war. Bill hatte sich zwar umgesehen, aber offenbar hatte er es noch nicht übers Herz gebracht, das Haus leer zu räumen.«

»Das erklärt das dritte Schlüsselbund«, meinte Margot.

»Wo liegt Melanie Fishkins Haus?«, wollte Nick wissen.

Hemerode nannte eine Adresse in der Darmstadt Road, und Nick runzelte die Stirn.

Nachdem sie die Rechnung beglichen hatten, machten sich Margot und er zu der genannten Adresse auf.

»Glaubst du ihm?«, fragte Margot, als sie wieder in Richtung Darmstadt fuhren.

»Nein«, antwortete Nick ohne Zögern. »Ich weiß nur noch nicht genau, wo er lügt. Und vor allem, warum.«

»Spinnen wir das doch mal bis zum Ende durch«, schlug Margot vor. »Er hat davon gewusst, dass Matt die Identität von Jack Mahone angenommen hat. Und schweigt.«

»Warum?«, fragte Nick.

»Erpressung?«, vermutete Margot. »Oder er steckt selbst mit drin.«

»Hemerode? Jetzt weitet sich das Ganze aber zur regelrechten Verschwörung aus«, sagte Nick.

»Aber es könnte sein.«

Nick bog vom Highway nach links ab. »Nein, ich glaube das nicht. Das mag ja theoretisch alles möglich sein, aber ich habe eher den Eindruck, wir konstruieren gerade einen tauben Frosch.«

»Einen was?«, fragte Margot irritiert.

»Ein Witz. Ich bin nicht sicher, ob du ihn hören willst.«

»Erzähl schon.«

»Okay. Aber ich habe dich gewarnt.« Er machte eine Kunstpause.

Margot reagierte wie erwartet: »Na los!«

»Also – ein Biologiestudent muss eine Arbeit schreiben. Er nimmt einen Frosch, ruft: ›Frosch, hüpf!‹, und der Frosch hüpft. Der Student misst: fünfundvierzig Zentimeter Sprungweite. Er notiert den Wert. Dann schneidet er mit einem Skalpell dem Frosch ein Bein ab und …«

»Igitt. Was ist denn das für ein schräger Witz?«

Nick grinste. »Willst du ihn hören oder nicht?«

Nachdem Margot zehn Sekunden geschwiegen hatte, fuhr Nick einfach fort: »Er ruft wieder: ›Frosch, hüpf!‹ Mit drei Beinen schafft der Frosch noch zwanzig Zentimeter. Das Ganze wiederholt sich mit noch zwei Beinen – zehn Zentimeter – und nur noch einem Bein – ein halber Zentimeter …«

»Du bist pervers!«

»Ich hab dich gewarnt. Du wolltest ihn hören.«

Wieder schwieg Margot. Dann sagte sie: »Okay, jetzt die Pointe. Mir ist ohnehin schlecht.«

»Gut. Er schneidet das letzte Bein ab und ruft: ›Frosch, hüpf!‹ Aber der grüne Geselle rührt sich nicht von der Stelle. Der Student ruft noch dreimal: ›Frosch, hüpf!‹ Dann schreibt er auf: ›Schneidet man einem Frosch alle vier Beine ab, wird er taub.‹«

Gegen ihren Willen musste Margot glucksen. Sie sah Nick an, der immer noch grinste. Dieses schelmische Lausbubengrinsen. Das Lachen suchte sich seinen Weg, und nach wenigen Sekunden musste sie sich die Lachtränchen aus den Augenwinkeln wischen.

»Ist ja gut, Kollegin. Auf jeden Fall heißen bei uns solche kunstvoll geknüpften, aber völlig abwegigen Theorien ›tauber Frosch‹.«

»Tauber Frosch …« Margot gluckste immer noch, als sie in die Darmstadt Road einbogen.

Als er den Wagen in die Einfahrt lenkte, sagte Nick: »Ich hab's mir gedacht.«

»Was?«

»Schon als Hemerode den Straßennamen nannte, hatte ich so ein komisches Gefühl. Das ist das Haus, in dem Jack und Annie Mahone gelebt haben. Hemerode hat es an Melanie Fishkin verkauft oder vermietet. Zufall?«

»Nein, ein tauber Frosch«, gluckste Margot und ärgerte sich über sich selbst, dass sie sich so schlecht in der Gewalt hatte. Ein saublöder Witz, und sie giggelte wie ein pubertierendes Schulmädchen im Freibad. Dort gab es auch Frösche …

Reiß dich zusammen!, wurde sie von der inneren Stimme ermahnt.

Nick lenkte den Wagen auf einen größeren Platz vor dem Haus, stieg aus, öffnete Margot die Beifahrertür, und gemeinsam gingen sie den kurzen Fußweg auf das Haus zu.

Hecken umschlossen das Grundstück, auf dem große Eichen standen. Das Haus selbst war deutlich größer als jene, die Margot bislang in der Gegend gesehen hatte. Es musste einmal herrschaftlich gewirkt haben, doch der Lack war ab; oder richtiger formuliert: Die Farbe blätterte von der Holzverkleidung. Es hätte ein wenig Pflege bedurft. Aber wenn Margot es richtig in Erinnerung hatte, war Melanie nicht wirklich vermögend gewesen.

Nick griff nach dem Schlüsselbund. Der dritte Schlüssel passte. Er schloss die Haustür auf.

Im großzügigen Eingangsbereich führte eine Treppe nach oben und eine in den Keller. Die einzigen Möbelstücke waren eine alte Garderobe und ein kleiner Schuhschrank. Die Tür nach rechts stand offen.

Margot trat hindurch und stand in einem großen Wohnraum. In einer Ecke befand sich eine kleine Sitzgarnitur und ein Esstisch mit vier Stühlen in der anderen Ecke. Eine Wand wurde von einem breiten offenen Regal und von zwei Schränken mit geschlossenen Türen verdeckt. Alles war aus massivem Holz gefertigt, dennoch wirkte die spärliche Einrichtung verloren in der Weite des Raums. Allein ein großer Teppich sorgte für ein wenig wohnliche Atmosphäre.

Sie ging zurück zu Nick und machte mit ihm zunächst einen kleinen Rundgang durchs Haus. Im Erdgeschoss fanden sich ein Bad, die große, aber ebenfalls spärlich eingerichtete Küche und ein weiteres Zimmer. Es war das gemütlichste: ein breiter Schreibtisch, ein großer Schrank aus dunklem Holz und in den Ecken verdorrte Palmen, die aussahen, als wären sie nach Melanies Tod in den unfreiwilligen Suizid gezwungen worden. Auch Bill hatte das Haus offensichtlich nicht mehr gepflegt.

Im ersten Stock – nach deutscher Zählung – gab es vier weitere Zimmer. Eines stand völlig leer, eines war offensichtlich das Schlafzimmer von Melanie Fishkin gewesen, und ein anderes schien Bügel- und Haushaltszimmer zu sein. Im vierten standen nur ein schmales Bett, ein Schemel als Nachttisch und ein Stuhl. Die Slim-fit-Version eines Gästezimmers.

Nick schaute im Schlafzimmer kurz in den Kleiderschrank. Übersichtlich, mehr Luft als Klamotten. Nichts, wo man hätte etwas verstecken können.

Auch das Haushaltszimmer mit Wäscheschrank und Bügelbrett gab nicht viel her.

Sie gingen nach unten bis in den Keller. Abgesehen von Waschmaschine und Wäscheständer war er völlig leer.

»Gut, dann schauen wir uns mal das Wohnzimmer genauer an«, schlug Nick vor.

Wieder oben angekommen, steuerte Margot sogleich das Regal an. Die ganze obere Hälfte war vollgestellt mit gerahmten Fotos, an die fünfzig Stück, schätzte Margot. Im Rahmen oben links, etwas abseits, befand sich kein Foto hinter dem Glas, sondern eine Eintrittskarte. »Jimi Hendrix, 10. Juni 1970«, sagte sie. »Wow! Ich glaube, die Walt-Theorie hat gerade wieder einen Tiefschlag hinnehmen müssen.«

Sie betrachtete die Fotos. Auf einem war eine junge Frau mit einem Baby auf dem Arm zu sehen; beide lachten. So hatte sie also ausgesehen, Bills Mama. Wer hatte die Aufnahme wohl gemacht?

Dann Melanie mit Kinderwagen. Eine Kindergartengruppe. Irgendwo war wohl auch Bill zu entdecken. Dann Bill mit Schulranzen; er schaute ein wenig skeptisch in die Welt, auch wenn der wache Blick von Neugier zeugte. Bill auf einem Fahrrad, der Größe nach sein erstes.

Dann Melanie und ihr Sohn, als dieser um die zehn sein musste.

Weihnachten; Melanie mit dem inzwischen wohl Fünfzehnjährigen. Dann der Teenager Bill mit einem gleichaltrigen Mädchen im Arm; die erste Freundin?

Ein Bild von Melanie mit einer anderen Frau; eine Freundin? Die beste Freundin? Bill macht seinen Highschoolabschluss, dann den Collegeabschluss.

Und dann tauchte ein bekanntes Gesicht auf: Samantha. An der Seite von Bill. Ein Hochzeitsbild. Und daneben Sam mit einem Baby auf dem Arm. Die nächste Generation. Danach ein

Bild von Bill mit seinem Sohn, wie sie in einem Boot saßen und angelten. Und noch mal die glückliche Familie, diesmal in Disneyland, und auch Melanie, um Jahre gealtert, war wieder dabei.

Das letzte Bild zeigte Bill, seinen Sohn und Melanie in einem Café. Es schien noch nicht ganz so alt zu sein.

Ein ganzes Leben im Schnelldurchlauf. Margot drehte sich um, und da erst bemerkte sie, dass Nick bereits dabei war, die Schränke auszuräumen.

»Was ist da drin?«, fragte sie.

»Bücher. Fotoalben. Geschirr.«

Margot griff zu einem der Fotoalben. Schwarz-Weiß-Fotos aus einer anderen Zeit: Männer mit Zylindern, Frauen in langen rauschenden Kleidern. Melanies Familie? Margot legte das Album zurück.

In den weiteren Alben fand sich die ausführliche Version der Galerie auf dem Schrank. Melanie hatte offenbar etwas übrig gehabt für Fotos. Unzählige Aufnahmen dokumentierten das Aufwachsen ihres Sohnes. Als der älter wurde, tauchten ab und an auch Bilder von Melanie Fishkin auf; Bill schien gelernt zu haben, wie man den Fotoapparat bedient.

Es gab noch ein Album, in dem Melanies Leben vor Bills Geburt festgehalten war: Mel mit Kolleginnen hinter dem Tresen eines Diner; Mel mit Freundinnen in einem Wagen; Mel mit einigen Männern in einem Cabrio, der eine mit Glatze und Bart – das musste Hemerode sein.

Dann ein Bild von Mel im Arm eines Mannes. Vor einem großen Eingang. »Jimi Hendrix« konnte man über dem Eingang trotz abgeschnittener Buchstaben entziffern. Mel schaute ihren Begleiter verliebt an. Jack Mahone. So hatte er also ausgesehen. Er hingegen wirkte völlig gleichgültig.

Als junges Mädchen hatte Margot einen Western gesehen, an den sie sich noch immer erinnerte. Zumindest an eine Szene. In der wollten sich die Indianer nicht fotografieren lassen, weil sie fürchteten, dass ihnen die Fotografie einen Teil ihrer Seele raubt. Als Margot diese Aufnahme sah, konnte sie das zum ersten Mal nachvollziehen, denn sie sagte so viel aus über das Seelenleben der darauf Abgelichteten.

Die letzten Fotos zeigten Melanie während ihrer Schwangerschaft. Sie hielt die Hände auf dem Bauch, auch als dieser noch keine Wölbung zeigte. Mal lächelte sie in die Kamera, mal schaute sie ernst drein. Das letzte Foto im Album war von der Seite aufgenommen. Achter Monat. Mindestens. Und in ihrem Gesicht entdeckte Margot Glück, Freude, aber auch Einsamkeit.

Aber vielleicht interpretierte sie auch viel zu viel in das belichtete Fotopapier hinein.

Nick schien von derlei Sentimentalitäten unberührt. Als Margot das Album zuklappte, verkündete er: »Nichts.«

So hätte Margot es nicht formuliert. Die letzten Seiten des Fotoalbums mit den Bildern von Melanies Schwangerschaft zeigten auf keinen Fall eine Frau, die durch eine Vergewaltigung geschwängert worden war. Die Walt-Theorie wackelte immer mehr.

»Wir sollten uns noch mal den Raum mit dem Schreibtisch anschauen«, schlug Nick vor. »Dort ist auch noch ein Schrank.«

Doch der war abgeschlossen. Nick griff wieder zum Schlüsselbund und fand den passenden Schlüssel auf Anhieb.

Auf den Regalen im Schrank fanden sich zahlreiche verzierte Pappschachteln in der Größe von Schuhkartons. Alle Kartons waren mit Jahreszahlen beschriftet.

»Bingo«, sagte Nick und schnappte sich den gelben Karton mit der Aufschrift »1970/71«, stellte ihn auf den Schreibtisch und nahm den Deckel ab.

Der Karton war gefüllt mit Briefen. Zwischen einzelnen Bündeln waren kleine Pappen eingesteckt, die mit Namen beschriftet waren: Rosy, Daisy, Madeleine, Hannah, Brad.

Margot griff wahllos nach dem ersten Brief hinter dem Schild mit dem Namen »Rosy« und zog ihn aus dem Kuvert. Der Brief war auf den 3. März 1970 datiert.

»Dear Mel, thank you for your last letter«, begann der Brief. Sie steckte ihn zurück. Der Poststempel zeigte, dass der Brief in New York abgeschickt worden war.

»Umfangreiche Korrespondenz, nicht wahr?«, fragte Nick.

»Ja. Sie scheint viele Brieffreundschaften gehabt zu haben.« Margot überflog die Jahreszahlen. Offenbar hatte die Intensität mit den Jahren abgenommen. Dennoch – die letzte Jahreszahl zeigte 2009.

»Ob sich Fishkin durch den ganzen Briefverkehr gewühlt hat?«, dachte Nick laut nach.

»Was ist das hier?«, fragte Margot. Zwischen mehreren Schreiben der Brieffreundin Hannah waren rote Papierstreifen eingefügt, und die sahen nicht so aus, als würden sie dort schon seit fast vierzig Jahren stecken. Margot zählte fünf Stück.

»Eine Markierung«, meinte Nick. »Super. Was will uns das sagen?«

»Diese Zettel sind nicht alt. Schau, die Farbe ist noch ganz kräftig.« Margot zog einen der Zettel heraus. Die Stelle, die hervorgelugt hatte, war farblich genauso kräftig wie die, die zwischen den Briefen gesteckt hatte. »Ich würde sagen, die hat Fishkin hinterlassen. Er hat sich vielleicht wirklich alles angesehen.«

»Warum das?«, wunderte sich Nick.

»Sieht mir so aus, als wenn an diesen Stellen Briefe fehlen. Offenbar wollte er sie später genau dorthin zurückstecken«, meinte Margot.

»Wenn du recht hast, wo sind die Briefe? Und was steht so Besonderes drin?«

Margot holte einen weiteren Karton hervor und nahm den Deckel ab. Auch darin Briefe, allerdings ohne Papierstreifen dazwischen. Auch im nächsten Karton sah es so aus.

»Sollen wir die jetzt alle lesen?«

»Da wären wir ein paar Tage beschäftigt«, sagte Nick. Er sah sich um. »Bleibt nur noch der Schreibtisch.«

Die Schubladen waren nicht abschließbar. Sie enthielten mehrere Schreibfedern und noch ungeöffnete Tintenfässchen, dann noch zahlreiche Briefblöcke, Briefumschläge, Briefmarken.

Nur die linke Seitentür wies ein Schloss auf und war abgesperrt. Der kleinste Schlüssel am Bund öffnete es.

In dem Fach stand nur ein blauer Karton, ähnlich dem der Kollegen im Schrank, allerdings nicht beschriftet.

Nick stellte ihn auf den Schreibtisch und nahm den Deckel ab.

Nur sieben Briefe lagen in dem Karton, fünf von Hannah, wie der Absender verkündete. Zwei Briefe waren ohne Briefmarke, und auf den Kuverts stand auch keine Adresse, sondern nur: »To my son!«

»Na, dann schauen wir mal«, sagte Nick, nahm den Karton und trug ihn ins Wohnzimmer, wo sich der Captain auf eines der beiden Sofas niederließ.

Margot blieb unschlüssig stehen.

»Was ist?«, fragte Nick.

»Du kannst das schneller lesen als ich. Ich schaue mal, ob ich in der Küche vielleicht so was wie Tee entdecke.« Das Haus war zwar nicht gänzlich ausgekühlt, Fishkin hatte die Heizung wohl so temperiert, dass sie nicht einfror oder Kälteschäden bekam, aber warm war etwas anderes.

»Okay, ich fange schon mal an«, gab sich Nick einverstanden.

Margot ging in die Küche. Der Elektroherd funktionierte, der Wasserhahn auch, und sie entdeckte sogar einen Wasserkessel. Dann aber musste sie feststellen, dass sich keinerlei Lebensmittel mehr in der Küche befanden. Der Kühlschrank lief zwar, war aber ebenso leer wie die Hängeschränke. Fishkin hatte dafür gesorgt, dass im Haus nichts verderben konnte. Abgesehen von den Palmen. Aber da durfte Margot nichts sagen – selbst in ihrem ständig bewohnten Haus wäre jede Pflanze so geendet, würde sich nicht Dorothee liebevoll um alles Grün kümmern. Seit sie da war, gab es davon viel mehr in Margots Haus. Vielleicht sollte sie sich demnächst einfach noch mal bei ihr bedanken.

Margot ging wieder zurück ins Wohnzimmer. Nick saß bereits über dem dritten Brief. Margot blieb im Türrahmen stehen und sah ihn an. Ein Mann mit schönen Händen und schönen Augen. Das waren für Margot entscheidende Merkmale.

Klar. Hatte Rainer auch. Sonst hätte sie ihn nie geheiratet.

Dennoch.

Sie musste sich eingestehen, dass sie diesen Mann dort auf dem Sofa außerordentlich attraktiv fand. Und dass sie sich in den vergangenen Tagen mehrmals bei dem Gedanken ertappt hatte, wie es wohl wäre, sich an ihn zu schmiegen.

Klar, attraktive Männer gab es immer und würde es immer geben. Und Margot erkannte einen attraktiven Mann, wenn sie einen sah. Doch so konkret war sie während ihrer Ehe mit Rainer noch nie in Gedanken fremdgegangen.

Quatsch, sagte sie sich. Du wünschst dir nur, du könntest mit Rainer besser reden. Nein, falsch, du wünschst dir, *er* würde mit *dir* reden. Und nicht immer nur kurze Statements von sich geben. Oder, noch schlimmer, dich mit seinen Entscheidungen immer vor vollendete Tatsachen stellen. Und auch ein bisschen mehr Gentleman wäre nett.

War er das je gewesen? War es in den vergangenen Jahren einfach nur eingeschlafen? Oder hatte sie es nie zugelassen, wenn er ihr hatte in den Mantel helfen wollen?

Wie dem auch war, sie genoss Nicks Aufmerksamkeit. Und sie war gern in seiner Nähe. Bereits im Flugzeug war ihr aufgefallen, wie sehr sie diese Nähe genossen hatte. Ein wenig zu gern.

»Was betrachtest du mich wie einen Papagei im Zoo?«, fragte Nick mit sanftem Lächeln. Die Worte holten sie in die Gegenwart. »Kein Tee?«

»Kein Tee. Nichts im Haus.«

»Dann setz dich hierher. Diese Briefe sind genau das, was wir gesucht haben«, eröffnete er ihr. »Endlich ein paar Antworten. Unser Frosch ist nicht taub.«

Margot schmunzelte und ließ sich neben Nick nieder, achtete aber tunlichst auf mindestens fünfzehn Zentimeter Sicherheitsabstand.

Nick legte den Brief, in dem er gerade gelesen hatte, beiseite und nahm einen der anderen. »Schau, das ist der erste Brief, den Melanie Fishkin an ihren Sohn geschrieben hat, und zwar schon vor fünf Jahren.«

Margot schaute auf das Schreiben. Datiert war es auf den 5. Mai 2005. »My beloved son«, begann es, »if you read this letter, I am not walking on this earth any more.«

Wenn du das liest, wandle ich nicht mehr auf dieser Erde …

Nick drehte den Brief um; das Papier war auf beiden Seiten beschrieben. »Hier wird es interessant«, sagte er. »Da schreibt sie ihrem Sohn klipp und klar, wer – angeblich – sein Vater ist: Jack Mahone.« Er legte den Finger unter die Zeile und übersetzte für Margot: »Ich war sehr verliebt in deinen Vater. Ich hätte ihn geheiratet und er mich vielleicht auch. Doch sein Vater stellte sich zwischen uns, sorgte aber zugleich auch dafür, dass für dich und mich genug Geld da war. Und als dein Großvater starb, hat Jack weitergezahlt, auch nachdem er ausgewandert war. Das ist die ganze traurige Geschichte.«

Margot sah Nick an. Ein Kloß hatte sich ihr im Hals gebildet. Sie musste an ihren Sohn Ben denken. Er hatte gegen ihren Widerstand das Studium der Kunstgeschichte durchgezogen und war in die Fußstapfen seines Vaters Rainer getreten. Dabei hatte sie selbst lange Zeit nicht gewusst – nur geahnt –, dass Ben sein Sohn war und nicht der ihres schon lange verstorbenen Ehemanns Horst Hesgart. Der hatte sich zu Tode gesoffen; jede andere Formulierung wäre Schmeichelei gewesen.

Margot war froh, dass Ben seinen leiblichen Vater kannte und nicht mit irgendeiner Lüge leben musste. Nicht mehr. Er hatte geheiratet, er und Iris hatten eine bezaubernde Tochter, lebten in Offenbach, und er arbeitete in Frankfurt an der Uni. Sie war stolz auf ihren Sohn, der sein Leben lebte und im Griff hatte.

Sie überlegte, wie Fishkin sich gefühlt haben musste, als er erfahren hatte, dass man ihm ein halbes Leben lang seine wahre Identität vorenthalten hatte, und sagte: »Ganz schön fies und egoistisch, dass sie ihrem Sohn nie gesagt hat, wer der Vater ist.«

Nick zuckte mit den Schultern. »So ähnlich hat sie wohl auch nachgedacht und ihm ein halbes Jahr später diesen zweiten Brief geschrieben.« Er nahm den anderen Brief und übersetzte für sie:

24. Dezember 2005

Mein lieber Bill,
ich habe soeben noch mal meinen Brief an Dich gelesen, den ich Dir vor einem halben Jahr schrieb. Ich bin ein bisschen sentimental, aber es ist ein Tag vor Weihnachten, und da möge man mir das gestatten.
Ich habe Dir in dem letzten Brief geschrieben, wer Dein Vater ist. Aber ich bin Dir die Erklärung schuldig geblieben, weshalb ich das so lange vor Dir geheim gehalten habe.
Je mehr Jahre vergehen, umso mehr spüre ich, dass ich den richtigen Zeitpunkt einfach verpasst habe. Du hast Dich vor wenigen Monaten scheiden lassen und musst derzeit Dein Leben neu sortieren. Ich denke, auch dies ist nicht die richtige Zeit, Dir zu sagen, wer Dein Vater ist und dass er noch lebt.
Doch ich werde nicht jünger, und ich möchte Dir erklären, was damals passiert ist. Dein Vater und ich waren kein Traumpaar. Ich war verliebt in ihn, aber er nicht in mich. Das Schönste, was mir geschehen konnte, ist, dass Du aus meiner unerwiderten Liebe entstanden bist.
Jacks Vater, also Dein Opa, war kein guter Mensch. Jack hätte sich sicherlich zu Dir bekannt, doch das hätte bedeutet, dass er sich gegen seinen Vater hätte stellen müssen, und dazu hatte er nicht die Kraft.
Dennoch war er stolz auf Dich, seinen Sohn. Er kam uns besuchen, heimlich, sodass sein Vater nicht davon erfuhr. Wenn er auch damals kein Interesse mehr an mir hatte, so warst Du ihm nie gleichgültig.
Dann tauchte Annie in seinem Leben auf, und er verliebte sich bis über beide Ohren. Ich dachte damals schon, dass das nicht gut gehen würde. Ich habe Annie nur einmal gesehen. Sie gab ihm die Stärke, die er selbst nicht aufbringen konnte. Als sie dann verheiratet waren, kam er immer noch zu mir. Doch dann änderte sich alles. Annie war schwanger, und er kam immer seltener.

Kurz vor seiner Abreise nach Deutschland kam er noch einmal zu uns, weinte und sagte, er habe einen Riesenfehler begangen. Er kam mit Annie nicht zurecht und sie sicher auch nicht mit ihm. Es war das einzige Mal, dass ich mir so etwas wie einen Hauch von Hoffnung erlaubt habe.
Doch dann verschwand er nach Deutschland. Nach wie vor zahlte er für uns Unterhalt. Er hat immer bezahlt, bis Du auf eigenen Füßen standest. Selbst da hat er immer noch einen kleinen Betrag überwiesen. In dieser Beziehung war er stets anständig. Aber er hat sich nie wieder gemeldet. Dass er noch lebt, weiß ich nur wegen des Geldes, das nach wie vor über seinen Cousin auf meinem Konto eingeht.
Ich dachte, die Ehe mit Annie würde in Deutschland in die Brüche gehen. Vielleicht ist sie das auch, wahrscheinlich sogar. Dass er von mir nichts mehr wissen wollte, das konnte ich zumindest verstehen. Doch dass er Dich vergaß, habe ich ihm nie verziehen.
Du fingst an, Fragen zu stellen. Wolltest wissen, wo Dein *Daddy ist. Du warst fünf, hast mich angeschaut mit Tränen in den Augen und gesagt: »Mein Papa ist doch im Himmel, oder?«*
Ich habe damals genickt. Und ich habe mir eingeredet, das Richtige getan zu haben. Aber vielleicht habe ich nur das Richtige für mich selbst getan.
Irgendwann wolltest Du wissen, wo Dein Dad begraben ist. Da habe ich Dir erzählt, er wollte, dass seine Asche überm Meer verstreut wird.
Nein, ich bin nicht stolz darauf, dass ich all die Jahre geschwiegen habe. Aber ich habe auch heute noch nicht den Mut, Dir die Wahrheit zu sagen. Und ich werde auch morgen nicht den Mut haben, wenn Du mich zu Weihnachten besuchst.
Man redet sich seine eigenen Verfehlungen immer gern schön, indem man behauptet, man habe es nur für jemand anderen getan. Deshalb schreibe ich Dir diesen Brief. Ich werde es nicht erleben, dass Du ihn liest. Vielleicht wirst Du

sehr wütend auf mich sein. Vielleicht aber kannst Du mir auch irgendwann verzeihen. Das Urteil über mich muss ich Dir überlassen. Nur eines musst Du mir glauben: Du bist das Beste, was mir in meinem Leben passiert ist. Ich war ein Leben lang stolz auf Dich, denn Du bist ein Mensch, auf den eine Mutter nur stolz sein kann. Und ich liebe Dich wie nichts auf dieser Welt.

Deine Mutter

Margot musste sich eine Träne aus dem Augenwinkel wischen. Und dankte dafür, dass ihrem Sohn ein ähnliches Schicksal erspart geblieben war.

»Die Ehe ist nicht gescheitert«, sagte Nick trocken. Ein Mann eben. Pickte sich sofort die relevanten Teile aus dem Text heraus und blendete den für die Tränen einfach aus.

»Ja, kommt mir auch komisch vor, dass sie in Amerika Taylor-Burton spielten und in Deutschland dann Pitt und Jolie«, sagte Margot.

»Und jetzt kommt der Brief, in dem wir erfahren, woran Fishkin erkennen konnte, dass der vorgebliche Daddy nicht der echte war.« Nick nahm das dritte Schreiben. »Es ist aber kein Brief der Mutter an ihren Sohn, sondern ein Brief ihrer Freundin Hannah Thornton an sie selbst, datiert auf den 17. Juni 1970, also eine Woche nach dem Jimi-Hendrix-Konzert. Hör zu, ich übersetze dir die Stelle:

Mellie, Mellie, Du bist mir ja eine Schlimme. Dank Jimi hast Du ihn also rumgekriegt. Wenn man Deinen Brief liest, kann man ja fast neidisch werden. Erst dieses Konzert mit Mr Right an der Seite und dann das erste Mal im Haus, in einem Bett, ohne Angst, dass gleich Mama durch den Türspalt linst. Mein erstes Mal war bei Weitem nicht so romantisch. Aber Rücksitze sind, glaube ich, nie romantisch.
Ich musste ja wirklich grinsen. Sexy, so ein Verband am

Oberschenkel. Und dann noch schmerzempfindlich. Hättet Ihr nicht noch eine Woche warten können, bis diese blöden Brandwunden ein bisschen verheilt sind? Ich weiß, eine dumme Frage. Ich denke, weder Du noch er wollten warten. Dennoch stelle ich es mir schon anstrengend vor, so vorsichtig sein zu müssen, um ihm nicht wehzutun. Du solltest ihm verbieten, weiterhin Motorrad zu fahren. So wie Du geschrieben hast, kann er wohl froh sein, dass er sich nur den halben Oberschenkel verbrannt hat und nicht gestorben ist. Ich mag Motorräder sowieso nicht. Für mich ist das nicht der Geschmack der Freiheit. Ich schmecke da immer nur Angst! Vielleicht kannst Du ihn ja dazu bewegen, nicht mehr mit so einem Teil zu fahren. Sonst darf er nie wieder … Vergiss es, ich bin sicher, das hältst auch Du nicht aus.

Nick legte den Brief beiseite. »Ich habe noch zwei der nachfolgenden Briefe überflogen. Hannah war offenbar die beste Freundin, der man alles anvertraute. Interessant ist besonders der hier. Wir könnten ihn auch nennen: Tod der Walt-Theorie.«

Nick griff gezielt zu einem weiteren Brief und übersetzte:

Okay, Mellie. Es war ja nur eine Frage. Und Du verstehst doch, dass ich sie Dir gestellt habe, oder? Hättest Du auch getan! Jack ist also definitiv der Vater. Dann sag es ihm. Was zögerst Du? Willst Du unverheiratet ein Kind großziehen? Warum denn? Konfrontier ihn damit. Er wird Dich heiraten. Er kann es sich nicht leisten, seinen Ruf zu ruinieren, so wie Du mir seine Familie geschildert hast. Kopf hoch, Kleines! Wird schon.

Nick legte den Brief zu den anderen.

Margot sah ihren amerikanischen Kollegen an. Beide schwiegen sie eine Weile. Dann ergriff Margot das Wort: »Annie hat uns ein Märchen aufgetischt!«

»Ja«, stimmte Nick ihr zu. Er griff zum Handy und rief Chloe an, fragte sie, ob sie etwas von einem Motorradunfall von Jack wisse. Er hörte ein paar Sekunden zu, lächelte, nickte. »Okay. Wir kommen vorbei.« Er sah Margot an. »Sie sagte, sie erzählt nur etwas, wenn wir bei ihr zu Abend essen. Ich habe zugesagt.«

Margot spürte, wie ihre Mundwinkel den Halt verloren und nach unten kippten. Sie hatte keine Lust, ihrem Vater erneut beim Fremdgehen zuzuschauen.

»Ist das nicht okay?«

Sie bemühte sich, die Mundwinkel wieder nach oben zu hieven. Sie schaffte es zwar, wusste aber nicht, wie gut oder schlecht es geglückt war. Jedenfalls sagte sie: »Doch, doch, schon okay.«

»Willst du vorher noch mal ins Hotel?«

»Ja, gern.«

19.00 Uhr Ortszeit Darmstadt, Indiana

Nick hatte Margot zum Hotel gefahren und zwei Stunden später wieder abgeholt. Sie hatte ausgiebig geduscht, sich dann eine Stunde hingelegt. Danach hatte sie noch eine E-Mail an Horndeich geschrieben, in der sie die Erkenntnisse zusammenfasste, die sie an diesem Tag gewonnen hatten. Es würde ihr nicht schwerfallen, im guten alten Deutschland die Berichte zu schreiben, dafür musste sie nur ihre E-Mails etwas ausweiten.

Nick hatte sich in Schale geworfen. Zwar trug er keine Krawatte, aber eine dunkelblaue Jeans, gebügeltes Hemd und blitzblanke Cowboystiefel. Sie roch sein Rasierwasser. Kannte sie nicht, war aber gut.

Nick stellte den Wagen vor Chloes Haus ab, und als er den Motor ausschaltete, hörten sie bereits die Musik. Bach. Das Doppelviolinkonzert in d-Moll, erster Satz. Margot konnte Bach für gewöhnlich nicht viel abgewinnen, dieses Stück war eine Ausnahme.

Als sie sich dem Haus näherten, fragte sich Margot, ob Chloe Manfield vielleicht die Käuferin von den alten großen Boxen ihres Vaters gewesen war.

Chloe reagierte nicht auf ihr Klingeln. »Noch dreißig Sekunden«, sagte Margot. Das Konzert kannte sie sehr gut.

In der Pause zwischen dem ersten und dem zweiten Satz klingelte sie noch mal.

Der zweite, langsame Satz begann deutlich leiser. Und wenige Sekunden später öffnete Chloe die Tür. »Schön, dass ihr da seid«, sagte sie mit einem strahlenden Lachen. »Auf die Sekunde pünktlich. Wärt ihr zwei Minuten früher gekommen, hätten wir wahrscheinlich die Klingel nicht gehört.« Sie führte die Gäste ins Wohnzimmer. »Bach muss man einfach auf einer richtigen Anlage hören, meint ihr nicht auch? Ach, diese Musik. Da haben die Deutschen wirklich ein Genie hervorgebracht. Nicht, dass Österreich mit seinem Mozart da weit zurückstehen würde, aber wenn man dann noch Max Bruch dazunimmt …«

Margot sah die Boxen. Sie waren genauso groß wie Papas alte Arcus. Margot entdeckte auch das kleine JBL-Signet auf dem lackierten Holz.

Margots Vater saß auf der Couch, ein seliges Lächeln im Gesicht. Margot war sich nicht sicher, ob er wegen der Gesellschaft der Frau oder der der Boxen so strahlte. Wahrscheinlich war es das Gesamtpaket.

»JBL Ti250«, sagte er und sprach den Namen mit einer Ehrfurcht aus, über die sich jeder Pfarrer bei der Nennung des Heiligen Geistes maßlos gefreut hätte. »Hab sie nie gehört, aber viel darüber gelesen. Sie sind fast noch besser als die Arcus. Okay, zumindest das gleiche Niveau.«

Margot hörte den langsamen Satz des Konzerts. Und obwohl die Boxen nur noch leise aufspielten, erkannte Margot, dass die Musikschränke in der Lage waren, mit Bach die Welt zu verzaubern.

»Kommt, das Essen ist fertig«, bat Chloe ihre Gäste zu Tisch.

Abermals klingelte es an der Tür. Chloe öffnete, und Nicks Schwester Lory und ihr Mann Steve traten ein. Es war wieder eine große Runde.

Margot genoss das Essen. Chloe hatte Steaks zubereitet, Kartoffeln und leckeren Salat. Die Hauptkommissarin aus Deutschland versuchte der Unterhaltung zu folgen. Die drehte sich um alte Familiengeschichten und wie sich Lory und Steve kennengelernt hatten.

Dann berichtete Chloe davon, wie sie in der vergangenen Nacht mit Margots Vater in der Bar des Hotels versumpft war. »Ich hatte Glück, sie hatten noch ein Zimmer für mich frei«, sagte sie.

Offensichtlich war Margot einer Selbsttäuschung erlegen gewesen, als sie ihrem Vater Betrug unterstellt hatte.

Dennoch. Einerlei, ob sie die Nacht im selben Bett verbracht hatten oder nicht – wenn es eine Visualisierung für den Zustand Verliebtsein gab, dann war es ihr Vater. Nein, dann waren es ihr Vater *und* Chloe, die seit zwei Minuten Sebastian Rossbergs Hand nicht mehr losgelassen hatte.

»Wie habt ihr euch eigentlich kennengelernt?«, fragte Margot. Auf Englisch. War alles eine Frage der Motivation.

Die beiden sahen sich an.

»Es war lange, bevor Ihr Vater Ihre Mutter kennenlernte«, sagte Chloe zu Margot.

Gut. Damit war das wenigstens geklärt.

»Ich befand mich damals in den USA«, erzählte ihr Vater. »Austauschprogramm, Auslandssemester. An der Uni in Evansville. Tja, und da stand Chloe vor mir im Supermarkt. Ließ ihr Portemonnaie fallen.«

»Und du hast es mir aufgehoben«, fuhr Chloe fort, »mich angesehen. Und bist so schön rot geworden.«

»Nein, *du* bist rot geworden«, widersprach Sebastian Rossberg.

»Ja, wahrscheinlich. Auf jeden Fall hast du mich dann zum Diner um die Ecke eingeladen.«

»Und dann haben wir uns jeden Tag gesehen.«

»Genau.« Chloe küsste Margots Vater auf den Mund. »Jeden Tag.«

»Umso schöner, dass ihr euch jetzt wiedergetroffen habt«, sagte Lory und schien das Thema damit abzuschließen.

Und in den Jahren dazwischen?, dachte Margot und war irritiert über diesen Kuss. Ihr Gefühl und ihre Menschenkenntnis sagten ihr, dass ihr Vater den Namen von Dr. Evelyn Schlau derzeit in der hintersten Schublade seines Gehirns abgelegt hatte, dort, wo er nicht mal per Zufall hinkam. Und sie fragte sich, wie schlimm für ihn damals der Abschied von Chloe gewesen sein musste.

»Whiskey!«, sagte Steve.

»O ja!«, stimmte Chloe sofort zu. Sie stand auf ging zu einem der massiven Holzschränke und öffnete eine Tür, hinter der sich die Hausbar befand. Sie nahm eine Flasche und Gläser und stellte alles auf den Tisch.

Margot sah auf das Etikett. »Cougar«. Darunter ein stilisiertes »XS« und dann den Schriftzug »Bourbon«. Davon hatte sie ihren Vater doch schon einmal erzählen hören.

Chloe riss die Augen weit auf, sah aus wie eine Eule, die sich erschrocken hatte, und rief: »Five Cougars, thanks.«

Alle fingen an zu lachen, nur Margot hatte keine Ahnung, wo sich da ein Witz verbergen sollte. Dabei verstand ihn selbst ihr Vater, denn auch er lachte.

Nick sah Margot an und musste noch mehr lachen, weil sie solch ein verständnisloses Gesicht machte.

»Das ist ein kleiner Insider«, erklärte er, während Chloe einschenkte. »Es gibt eine Werbung in Australien, da steht ein Mann in einer Schlange an der Bar, um für seine Kumpels Getränke zu kaufen. Immer wieder sagt er vor sich hin, was er kaufen soll: ›Zwei Wodka, zwei Gin-Tonic und einen Scotch.‹ Als er an die Reihe kommt, steht er vor einer attraktiven Bedienung, die ein enges T-Shirt trägt, mit großem Cougar-Schriftzug auf ihren … auf ihrer Brust. Und der Mann sagt nur noch völlig verdattert …«

»Five Cougars, thanks«, fiel ihm Sebastian Rossberg ins Wort und lachte wieder, und auch Lory gluckste.

»Wieso Australien?«

»Ach, so viele gute Dinge, die bei uns gemacht werden, werden hier gar nicht verkauft«, erklärte Chloe. »›Cougar XS‹ ist ein reines Exportprodukt. Wird zwar hier um die Ecke in Lawrenceburg gebrannt, aber dann nach Australien verschifft, wo der Whiskey in Flaschen gefüllt wird. Zum Glück habe ich einen Whiskeyhändler in Evansville, der ihn für mich reimportiert.«

»Aber du hast den doch auch getrunken, Papa«, sagte Margot.

Und merkte, dass sie da offenbar in ein Fettnäpfchen getreten war. Denn ihr Vater wurde rot. Erst in diesem Moment verstand sie die Geschichte hinter seinem Absturz im Green Sheep. Der Wirt hatte die Flasche für ihn organisiert. Und das nicht zum ersten Mal. Und Cougar war die sentimentale Erinnerung an seine Amerikazeit.

»Na, dann auf uns«, sagte Chloe, hob das Glas, und sie stießen an.

Zehn Minuten später verabschiedeten sich Lory und Steve, und auch Margot wollte ins Hotel. Nick erhob sich ebenfalls. Auch ihr Vater.

Nick nahm Margot die peinliche Frage ab: »Sollen wir Sie mitnehmen?«

»Nicht nötig«, antwortete Sebastian Rossberg.

Chloe trat neben sie.

Nick wandte sich ihr zu. »Bevor wir das noch vergessen – eine Frage hätte ich noch an dich.«

»Ja – ach ja, der Unfall von Jack.«

»Ja. Hatte er mal einen Unfall mit seinem Motorrad?«

Chloe nickte. »Ja, er hatte doch dieses Riesenschiff, so ein fettes, rotes Bike. Und es war '69 … nein, es war Sommer 1970, kurz nach Pfingsten muss es gewesen sein, da hat es ihn ziemlich schwer erwischt.«

»Was ist damals passiert?«

»Er fuhr nachts auf dem Highway 41 von Evansville nach Hause. Später sagte er, ihm sei ein Wagen entgegengekommen, dessen Fahrer betrunken gewesen sein muss. Jack ist ins Feld ausgewichen, machte mit seinem Motorrad einen Purzelbaum. Danach lag die Maschine auf ihm und der heiße Auspuff direkt auf seinem Oberschenkel. Muss höllisch wehgetan haben, gab eine grässliche Brandwunde. Er hat sich noch an den Straßenrand geschleppt, dort hat ihn ein Trucker aufgelesen und ins

Krankenhaus gebracht. Er hat ein Riesenschwein gehabt, nur die Brandwunde und ein paar Prellungen. Nichts gebrochen, nur eine schwache Gehirnerschütterung. Es hat dann aber lange gedauert, bis das Bein wiederhergestellt war. Erst '71 ist er wieder in kurzen Hosen rumgesprungen. Na ja, sah nicht schön aus, war ein hässliches Narbengewebe, groß, das den gesamten Oberschenkel bedeckte. Aber besser den Schenkel verbrannt als das Gesicht, nicht wahr?«

Nick und Margot sahen sich an, sagten nichts, doch beiden war klar, dass Bill Fishkin an diesem Merkmal erkannt haben musste, dass der Mann, mit dem er eine Woche lang Papa und Sohn gespielt hatte, nicht sein Vater sein konnte.

Als Margot wieder mit Nick im Auto saß, fragte sie: »Du warst dabei, damals, als wir Annie das erste Mal befragten. Was, glaubst du, ist wirklich passiert?«

»Walt war's.«

»Walt?«

»Kleiner Scherz. Es gibt keinen Walt. Und Jack Mahone ist tot. Ich denke, Fishkin kam nach Darmstadt, wurde aufgenommen wie der verlorene Sohn und wusste über seinen Vater nichts, nur dass er eine große Brandnarbe am Oberschenkel hatte. Jack Mahone aber hatte diese Narbe nicht. Vielleicht fragte Bill vorsichtig nach, vielleicht auch gar nicht, jedenfalls hat es bei Bill klick gemacht, er ist zurück nach Hause, recherchierte hier in Darmstadt, sprach mit Chloe und bekam so genau das Bild, das wir jetzt auch haben: Der Mann, der mit Annie nach Deutschland ging, war nicht Jack Mahone.

Ich glaube, William Fishkin flog vergangene Woche nach Deutschland, um Annie und den vermeintlichen Jack mit den Ergebnissen der DNA-Untersuchungen zu konfrontieren. Vielleicht wusste er sogar von Matt Brassel, vielleicht nicht. Aber Annie und Jack haben es sicherlich mit der Angst bekommen. Also hauten sie ihm eine gegen den Kopf. Wahrscheinlich, weil sie Angst hatten, wegen Mordes an Jack belangt zu werden. Denn sowohl in Deutschland als auch in den USA verjährt Mord ja nicht.«

»Ja, das klingt plausibel«, meinte Margot. »Oder aber es war doch Segro. Vielleicht hat der Fishkin erschlagen, bevor Annie und der falsche Jack zum Zuge kamen. Oder aber Annie und der falsche Jack hatten niemals vor, Bill zu töten, auch wenn der sie in den Knast hätte bringen können, und Segro lockte Bill in eine Falle, um sich an ihm zu rächen. Horndeich wird morgen mit ihm reden, vielleicht sehen wir danach klarer.«

Den Rest des Weges saßen sie schweigend im Wagen. Schließlich hielt Nick den Buick auf dem Parkplatz des Hotels an und sagte zum Abschied: »Gute Nacht, Mrs Hesgart.«

»Good night, Nick«, erwiderte sie und musste lachen.

Und bevor sie selbst begriff, was sie da tat, küsste sie ihn auf die Wange.

Und stieg dann schnell aus.

Sie klopfte auf das Dach des Autos, eine dumme Angewohnheit, der sie auch bei Rainer immer nachkam, wenn der sie irgendwo absetzte.

Als sie in ihrem Zimmer war, schaute sie aus dem Fenster. Nicks Wagen stand immer noch da. Er betätigte zweimal die Lichthupe, dann erst fuhr er vom Parkplatz.

Margot zwang sich, noch eine E-Mail an Horndeich zu schreiben. Sie saß fast eine Stunde daran und fügte noch eine Wunschliste an, Arbeitsdirektiven der Chefin sozusagen. Ein wenig vermisste sie es schon, direkt mit ihm zusammenzuarbeiten.

Dann klappte sie das Netbook zu, zog sich aus und legte sich ins Bett.

Und musste wieder einmal feststellen, dass es nicht genügte, einfach nur müde zu sein, um einschlafen zu können.

DONNERSTAG, 16. DEZEMBER

7.30 Uhr Ortszeit Darmstadt, Hessen

Horndeich hatte allein gefrühstückt, nachdem er mit seiner Frau zumindest noch einen gemeinsamen Kaffee getrunken hatte. Sandra musste bereits um sieben in Wiesbaden sein. Er las noch ein wenig in der Tageszeitung, kaute auf seinem Laugenbrötchen – wenigstens gab es einen guten Bäcker unweit des Hauses –, und nach einer halben Stunde machte er sich auf, zum Krankenhaus zu fahren.

Die Schwestern auf der Station definierten den Tagesbeginn noch früher als derzeit Sandra. Insofern hatte er keine Skrupel, bereits um halb acht dort anzutanzen.

»In welchem Zimmer finde ich Martin Segro, bitte?«, fragte er eine Schwester, nachdem er seine Marke vorgezeigt hatte.

Sie nannte die Zimmernummer und fügte keinerlei Mahnung hinzu, kein »Aber nur kurz« oder »Sie dürfen ihn nicht aufregen« oder Ähnliches. Daraus schloss Horndeich, dass es Herrn Segro soweit wieder gutging.

Er klopfte an die Zimmertür. Keine Antwort.

Dennoch drückte Horndeich die Klinke herunter.

Segro sah ihn, verdrehte die Augen und kniff sie dann schmerzverzerrt zusammen.

Horndeich zog einen Stuhl heran, setzte sich neben das Bett und schaute Segro an.

»Okay«, begann er, »machen wir es einfach kurz: Ich weiß, dass Sie IT-Sec übers Ohr gehauen haben. Ich weiß, dass Ihnen eine Detektei auf die Schliche gekommen ist. Ich weiß, dass Sie Ihren Abschied mit einem goldenen Händedruck genommen haben. Kennen Sie einen William Fishkin?«

Mit jedem Punkt hinter Horndeichs Sätzen waren Segros Augen größer geworden. »Sie wollten mich nicht festnehmen?«

»Nicht wegen der Story, die Sie bei IT-Sec abgezogen haben, nein.«

Segro fing an zu lachen, aber das tat ihm so weh, dass ihm gleich darauf Schmerzenstränen über die Wangen liefen. »Ich habe ein gerissenes hinteres Kreuzband im linken Knie und einen Schädelbasisbruch nebst Gehirnerschütterung. Erwähnte ich schon das verstauchte Handgelenk? Und ich dachte echt, Islay hätte mir doch noch die Bullen auf den Hals gehetzt. Also bin ich wegen nichts und wieder nichts so ramponiert?«

Horndeich zuckte nur mit den Schultern. »Das werden wir herausfinden, Herr Segro. Ist nicht wirklich klug, vor der Polizei davonzulaufen. Also, kannten Sie William Fishkin?«

Segro sah Horndeich an, schloss die Augen.

»Ich bin zwar nicht vom Betrugsdezernat, aber ich gehöre durchaus zur Kripo. Ich bin von der Mordkommission.«

Segros Augen öffneten sich wieder. »Mordkommission? Wieso das denn?«

Manchen Zeugen – und mehr war Segro im Moment noch nicht – musste man jede Frage dreimal stellen. »Kannten Sie William Fishkin?«

»Warum?«

Zum vierten Mal: »Kannten Sie William Fishkin?«

Segro schien genau abzuwägen, was er sagen sollte.

»Okay, das werte ich jetzt mal als Ja.«

Segro nickte.

»Na also. Sind Sie Fishkin einmal persönlich begegnet?«

»Nein. Aber Islay – mein Exchef – hat mehrmals seinen Namen erwähnt.«

»Hat Fishkin Kontakt zu Ihnen gesucht?«

»Nein, wieso sollte er?«

»Er hat von Ihnen kein Geld verlangt?«

»Von mir? Nein. Wieso denn? Islay hat ihn doch angeheuert.«

»Wann waren Sie das letzte Mal am Traisaer Hüttchen?«

»Wo?« Segros Unverständnis wirkte echt.

»Traisaer Hüttchen. Im Wald hinter der Lichtwiese, kurz vor Traisa. Daher der Name.«

»Keine Ahnung, wovon Sie sprechen.«

»Gehen Sie dort manchmal joggen?«

»Nein, ich jogge nicht. Ich hasse Frischluft. Und ich habe keine Ahnung, von welcher Almhütte Sie da reden.«

Horndeich erinnerte sich an die Jogginghose, die Segro getragen hatte, als er vor ihm abgehauen war. Aber wahrscheinlich war das seine ganz normale Freizeitbekleidung gewesen. Nicht jeder, der Sportklamotten trug, trieb auch Sport, sonst wäre so mancher Gesundheitsminister glücklicher gewesen.

»Eisenbahnlinie der Odenwaldbahn«, sagte Horndeich. »Grenzstein. Traisaer Hüttchen. Da klingelt nichts?«

»Nein. Ich habe keine Ahnung, was Sie von mir wollen.« Segro begann sich aufzuregen. »Wer ist denn nun ermordet worden? Sie sagten doch, Sie wären von der Mordkommission.«

»Wo waren Sie am vergangenen Donnerstag zwischen dreizehn und fünfzehn Uhr?«, wollte Horndeich wissen, und Segro diese Frage zu stellen bereitete ihm keinerlei Schwierigkeiten.

»Hä?«, machte dieser. »Da … da war ich arbeiten.«

»Wo?«

»N.M.A. Auch ein IT-Unternehmen. In Heidelberg. Klingelhöferstraße 4. Da bin ich schon seit September.«

»Kann das jemand bestätigen?«

»Meine Stechkarte und meine Kollegen im Großraumbüro. Rufen Sie doch einfach an.«

Horndeich seufzte. »Okay. Danke, das war's. Gute Besserung.«

»Wer ist denn jetzt tot?«

Als Horndeich schon an der Tür war, sagte er: »William Fishkin.«

Dann verließ er das Zimmer und kurz darauf das Krankenhaus. Diese Spur war kalt. Eiskalt.

Mist.

11.00 Uhr Ortszeit Darmstadt, Hessen

Als Horndeich wieder im Büro eintraf, goss er zunächst einmal die Pflanzen, und anschließend besah er sich Margots Schreibtisch, ein Asyl für ungelesenes Papier.

Dann fuhr er seinen Rechner hoch, machte eine Notiz über das Gespräch mit Segro, und danach suchte er die Nummer von N.M.A. heraus, rief dort an, und fünf Minuten später hatte Segro nicht nur ein Alibi, sondern sogar ein wasserdichtes. Er hatte mit drei Leuten den ganzen Tag lang an einem Softwareproblem gedoktert, war nicht mal in der Mittagspause raus.

Horndeich öffnete sein E-Mail-Programm und las die Nachrichten, die Margot ihm geschickt hatte. Die letzte war gerade mal eine Stunde alt. Margot hatte sie verfasst, bevor sie ins Bett gegangen war.

Margot wies ihn noch mal an, sich Segro zur Brust zu nehmen. Zwar hatten sie das Familiendrama einigermaßen aufgedröselt, aber absolut sicher waren sich Nick Peckhard und Margot noch nicht, ob darin wirklich der Mord an William Fishkin begründet lag.

Horndeich sollte für die beiden in Erfahrung bringen, ob der angebliche Jack Mahone Narben einer großen Brandwunde am Oberschenkel hatte. Super, dachte er, dann hätte ich gleich im Krankenhaus bleiben können. Denn den Schwestern und auf jeden Fall dem Pathologen wären sie aufgefallen. Also musste er noch mal dorthin fahren.

Außerdem bat Margot um eine DNA-Probe des Toten, um seine richtige Identität festzustellen. Zwar hatte Bill Fishkin schon eine genommen, aber Margot wollte sichergehen.

Horndeich sollte auch ein Foto von Matthias Brassel auftreiben. Vielleicht gab es ja eins von ihm ohne den Wildwuchs im Gesicht, sodass von demselben auch was zu erkennen war. Margot interessierte nämlich, ob er Jack Mahone ähnlich gesehen hatte oder nicht. Zum Glück hatte Horndeich in Wiesbaden, als er zu Besuch bei den Brassels gewesen war, gleich zwei Fotos mitgenommen.

An diesen Besuch erinnerte sich auch Margot und bat ihn, den Cousin von Matthias Brassel um eine DNA-Probe zu bitten, um zweifelsfrei festzustellen, ob der Tote im Krankenhaus Matthias Brassel war.

Diesen letzten Wunsch konnte Horndeich seiner Chefin nicht erfüllen, denn die Brassels waren ja nach Italien aufgebrochen. Das musste warten.

Er suchte zunächst die beiden Fotos von Matthias Brassel aus der Akte heraus, die er für diesen Fall angelegt hatte. Dann scannte er die Bilder ein und mailte sie Margot.

Er fuhr zurück ins Krankenhaus, wo er sich ein wenig durchfragen musste, bis er schließlich dem Pathologen Dr. Knotterl gegenübersaß. Dessen Arztzimmer befand sich wie auch der Sektionssaal im Keller.

Der Mann unterschied sich deutlich von Gerichtsmediziner Hinrich in Frankfurt. Er war größer, stämmiger und hatte einen Schnurrbart wie ein Walross.

»Ich müsste wissen, ob Jack Mahone eine alte Brandwunde am Bein hatte«, erklärte Horndeich.

Knotterl strich sich mit den Fingern über den Bart. »Ich schaue nach, einen Moment.«

Er ging an einen Schrank, nahm einen Aktenordner heraus, legte ihn auf den Tisch zwischen sich und Horndeich und blätterte darin. Er fand den Bericht, überflog ihn und sagte: »Hat mich meine Erinnerung nicht getrogen. Keine Brandnarbe am Oberschenkel.«

»Sind Sie sich da ganz sicher?«

»Immer alles dreihundertprozentig, was?«, fragte der Arzt seufzend. Er klappte seinen Laptop auf, führte die Maus über die Tischplatte, klickte mal hier und da, dann drehte er den Laptop so herum, dass Horndeich auf den Bildschirm blicken konnte. »Das Bild zeigt seinen rechten Oberschenkel«, Knotterl klickte weiter, »dieses hier den linken. Sehen Sie auf einem davon eine Brandnarbe?«

»Nein«, antwortete Horndeich.

»Genau wie ich es gesagt habe.«

»Könnte ich eine Gewebeprobe mitnehmen?«

»Wozu das denn?«

»Wir brauchen die DNA dieses Mannes. Zu Vergleichszwecken.«

Knotterl zuckte die Schultern, kam wenige Minuten später wieder zurück und reichte Horndeich eine verschlossene und beschriftete Petrischale. Der quittierte den Empfang und empfahl sich.

Jack Mahone war also nicht Jack Mahone. Das wussten sie nun sicher.

Horndeich sah auf die Uhr. Es war kurz vor Mittag. Bevor er Margot eine E-Mail schrieb, würde er noch einmal bei Annie vorbeischauen. Sie hatte genug Märchen erzählt.

13.00 Uhr Ortszeit Darmstadt, Hessen

Es entwickelt sich zum Ritual, dass wir beide zusammen an diesem Tisch sitzen, dachte Horndeich.

»Habe mir gerade einen Tee gekocht. Mögen Sie auch eine Tasse?«, hatte Annie Mahone ihn gefragt, nachdem sie ihn in die Wohnung gebeten hatte. Da hatte Horndeich nicht Nein gesagt.

Während er den leckeren Earl Grey trank – sollte er auch mal wieder kaufen, dachte er –, erzählte Annie von den Beerdigungsvorbereitungen. »Wie das Familienfest, nur nicht ganz so aufwendig.«

Als Horndeich die Tasse seufzend zur Seite schob, wurde Annie misstrauisch und fragte noch mal nach: »Was führt Sie wieder zu mir?«

»Frau Mahone«, begann er, »Walt ist tot.«

»Walt ist tot? Ich glaube, ich verstehe Sie nicht.«

»Walt. Der angebliche Vater von Jamie und Bill.«

»Wie kommen Sie darauf, dass er tot ist? Sie kennen ja nicht einmal seinen Nachnamen.«

»Da haben Sie recht. Aber Geister brauchen keine Nachnamen.«

Annie richtete den Blick auf die Tischdecke.

»Warum haben Sie mir so eine blöde Geschichte aufgetischt?«, fragte Horndeich.

Sie gab ihm keine Antwort darauf.

»Frau Mahone, Ihr Mann Jack hatte eine große, große Brandnarbe am Oberschenkel. Der Mann, der im Krankenhaus gestorben ist, der hatte keine Narbe, nie gehabt.«

Annie holte tief Luft, um etwas zu sagen, doch Horndeich unterbrach sie.

»Moment, bevor Sie sich jetzt wieder eine lustige Geschichte ausdenken, zum Beispiel, dass Jack im Krankenhaus gegen Phil, Fritz oder August vertauscht wurde oder vielleicht sogar gegen das Kasperle … Wir haben von allen Beteiligten DNA-Proben. Und in Amerika erwirken wir gerade einen Exhumierungsbeschluss für die Leiche, die damals im VW-Bulli saß.« Das war ein dreister Bluff – aber noch während Horndeich es aussprach, kam ihm der Gedanke, dass die Idee gar nicht so dumm war. War durchaus denkbar, dass Nick Peckhard diesen Beschluss bekam. »Es wird sicher eine Puzzlearbeit für die Biotechniker, aber ich versichere Ihnen, ob es drei Wochen dauert oder drei Monate: Wir werden zum Schluss beweisen können, dass der Mann, der damals im Bulli verbrannt ist, Ihr Ehegatte Jack war.«

Wieder setzte Annie an, wieder unterbrach Horndeich. »Moment. Genießen Sie diesen Augenblick. Es ist eher selten, dass die Polizei von sich aus alle Karten auf den Tisch legt. Aber ich mache das jetzt: Wir haben auch die DNA von Matthias Brassels Cousin.«

Für einen ganz kurzen Augenblick weiteten sich die Augen von Annie Mahone.

»Ja, der Name kommt irgendwie ständig ins Spiel, nicht wahr?«, sagte Horndeich. »Wie dem auch sei, nur damit Sie genau wissen, woran Sie sind: Matthias und sein Cousin Gerald sind über die männliche Linie miteinander verwandt; ihre Väter waren Brüder. Da Matt ja schon ein Weilchen tot ist, werden wir ein bisschen länger brauchen, um die Verwandtschaft festzustellen. Dennoch, in ein paar Tagen, spätestens in zwei Wochen, wird sich zweifelsfrei zeigen, dass der Mann, der Samstagabend im Bezirkskrankenhaus als Jack Mahone verstorben ist, in Wirklichkeit Matthias Brassel war.«

Annie sagte nichts, sondern starrte Horndeich nur an.

»Ah, ich vergaß den Startschuss: Jetzt sind Sie dran. Aber kein weiteres Märchen. Bitte.«

Es dauerte noch ein paar Sekunden, ehe Annie Mahone zu sprechen anfing. »Ja, ich habe meinen Mann mit Matthias Brassel betrogen«, gestand sie. »Sie haben keine Ahnung, was ich in der Zeit, in der ich mit Jack verheiratet war, durchgemacht habe. Ich will hier nicht lamentieren, es gehören – bis zu einem gewissen Grad – immer zwei dazu, einer, der handelt, und einer, der sich behandeln lässt. Ich wollte weg, mein Gott, ja. Aber dann wurde ich schwanger. Und wie oft hat mir Jack geschworen, er würde sich zusammennehmen. Mich nicht mehr schlagen. Und wie gern habe ich ihm geglaubt. Bis zum nächsten Mal. Als Jamie dann auf der Welt war, wurde es kurze Zeit besser. Um dann nur noch schlimmer zu werden. Und dann tauchte Matt auf.«

Horndeich unterbrach sie. »Ich möchte das, was Sie jetzt sagen, gern aufnehmen. Sozusagen als offizielle Aussage.« Er wollte mit aller Macht verhindern, dass Annie ihm wieder eine Phantasiegeschichte erzählte.

Sie zuckte nur die Schultern. »Bitte.«

Horndeich legte sein Smartphone auf den Tisch, schaltete es ein und sagte dann: »Annie Mahone. Donnerstag, 16. Dezember 2010. Dreizehn Uhr.« Er nickte.

Und Annie fuhr an der Stelle fort, an der er sie unterbrochen hatte: »Matt war auf der Suche nach einem alten Kirchenplan. Ich glaube sogar, vom Kölner Dom. Und irgendwie hatte er die fixe Idee, Jack könnte im Besitz des Plans sein. Matt sagte, wenn Jack ihn haben sollte, würde er ihm den Plan abkaufen. Er würde Sponsoren auftreiben, sodass Jack einen guten Preis bekommen würde.

Jack hat ihn zunächst freundlich begrüßt, mit ihm geredet. Wenn es um Geld ging, hatte Jack immer ein offenes Ohr.

Bereits am ersten Tag spürten Matt und ich, dass wir einander mochten. In den Tagen und Wochen danach haben wir uns immer öfter gesehen. Und wie das so ist, man wird unvorsichtiger. *Wir* wurden unvorsichtiger. Vielleicht habe ich es auch provoziert. Wissen Sie, Herr Horndeich, Matt war klug. Im Sinne von gebildet. Und im Sinne von menschlich klug. Er hat mir in wenigen Worten erklärt, wie meine Beziehung mit Jack tatsächlich funktionierte. Vor allem machte er mir eines klar: Mein Mann würde sich nicht ändern, und ich würde mit seinen Schlägen leben oder ihn verlassen müssen.

Von Letzterem war ich weit entfernt. Aber von Ersterem entfernte ich mich auch immer mehr. Nun, Jack hatte diesen komischen Kirchenplan tatsächlich gefunden. Unterm Dach. Da waren eine Menge Kisten, alles alte Sachen von seinem Vater; er hatte das alles aus Jeromes Haus rausgeholt und bei uns abgestellt. Es war ein großer Plan, bestehend aus zwei Teilen, ein paar Meter lang und breit. Riesig. Jack lud Matt für den Abend ein und wollte mit ihm über den Verkauf reden. Matt kam etwas zu früh. Ich hatte Jamie schon schlafen gelegt, wir saßen am Esstisch, ich hatte Eistee gemacht.

Jack kam in den Raum. Er sah uns. Und ich sah sein Gesicht und wusste, dass er es wusste. Dass ihm irgendjemand gesteckt hatte, was zwischen Matt und mir war. Ich erwartete, dass Jack mich schlagen würde, vor Matts Augen. Matt und Jack waren beide gleich groß, aber Jack war etwas kräftiger.

Aber dann machte Jack etwas ganz Komisches. Er drehte sich um, sagte ›Lebt wohl‹ und ging aus dem Haus. Matt und ich saßen am Tisch und waren ganz verdattert. Wir rechneten damit, dass er gleich eine Handgranate durchs Fenster werfen würde. Aber es passierte sicher eine halbe Minute lang nichts. Matt stand auf. Da hörten wir, wie der VW-Bus angelassen wurde. Jack raste mit dem Bus davon, er bog auf die Straße – und das war das Letzte, was ich von Jack gesehen habe.

Wir warteten und dachten, er käme zurück. Ich gab Matt einen von Jacks Revolvern. Ich hasse Waffen, aber ich wusste, wozu mein Mann fähig war.

Matt schlief auf dem Sofa, er hatte ja keinen Wagen mehr. Als ich am nächsten Tag einkaufen fuhr, hörte ich, was mit dem VW geschehen war. Ich fuhr zurück nach Hause. Und ich sagte Matt, dass sein Wagen Schrott war. Und Jack tot. Ich weiß nicht mehr, wer dann von uns beiden auf die Idee kam, dass Matt Jacks Leben weiterführen sollte, aber je mehr wir darüber nachdachten, desto weniger dumm kam sie uns vor. Ich wusste, dass Bob Hemerode alle Geschäfte für Jack erledigte. Darum fuhr ich zu Bob, sagte ihm, dass Jack und ich nach Deutschland übersiedeln wollten, und er solle sich um alles kümmern, Jack sei derzeit in Nashville. Wir wollten unsere Ehe retten, behauptete ich, darum wollten wir nach Deutschland. Und er bekäme eine Vollmacht. Und eine gute Provision.

Nun, Bob hat schon immer lieber mit mir geredet als mit Jack. Und tatsächlich, alles hat geklappt. Jacks Pass war in unserem Haus. Und nachdem ich Matt die Haare und den Bart abrasiert hatte … Nun, sie hatten eine gewisse Ähnlichkeit. In der Stadt hätte er niemanden täuschen können. Aber dass er nicht der Mann auf dem Passbild war, fiel niemandem auf.

Und so lebte Matthias tagsüber zunächst unter dem Dach. Und eine Woche später fuhren wir zum Flughafen. Und von dort flogen wir nach Deutschland. Das ist die Geschichte.«

Horndeich hatte schweigend zugehört. Er wartete ein paar Sekunden, dann fragte er: »Hat Jack Selbstmord begangen?«

»Herr Horndeich, ich weiß es nicht. Keine Ahnung. Ich weiß nicht, warum er den VW genommen hat und nicht seinen Wagen. Ich kann es mir nur so erklären, dass er sich wirklich umbringen wollte. Vielleicht lag in Matts und meinem Blick eine solche Endgültigkeit. Keine Ahnung. Ich weiß nur, dass ich daraufhin mit Matt ein wirklich schönes Leben hatte. Voller gegenseitigem Respekt, voller Liebe, voller Achtung. Und mit noch zwei weiteren wundervollen Töchtern. Unser Leben war reich, Herr Horndeich, ganz reich. Es ist sehr traurig für mich, dass mein Mann von mir gegangen ist. Also ich meine Matt. Denn Matt war mein Mann. Jack war bald nur noch eine Erinnerung. Aber Matt und ich, wir hatten ein Leben, das wir uns nicht hätten besser wünschen können.«

»Was war mit Fishkin? Was ist passiert, als er hier auftauchte?«

Ein Lächeln legte sich auf Annies Gesicht. »Es war grotesk. Wissen Sie, Matt hatte für unsere Liebe und unser Leben die eigene Identität aufgegeben. Auch hier in Deutschland war er Jack Mahone, und sogar ich nannte ihn Jack; wir wussten ja nicht, ob nicht wirklich mal jemand genauer nachforschen würde. Und als Bill auftauchte und uns eröffnete, wer er war, hatte Matt keine Ahnung, wovon er sprach. Erst als Bill uns eine Zeit allein ließ, damit wir die Neuigkeit verarbeiteten, konnte ich Matt erklären, dass Jack ein uneheliches Kind hatte. Ich wusste auch, dass Bob Hemerode Bills Mutter Melanie bis zu ihrem Tod unterstützt hatte, mit unserem Geld.«

»Hatte Matt denn keine Ahnung von den ganzen Finanzen?«

»Nein. Das habe ich immer mit Bob abgewickelt. Matt hat nur seine – gut einstudierte – Unterschrift darunter gesetzt.

Bill kam erst nach zwei Stunden zurück. In der Zwischenzeit hatte ich Matt über alles informiert. Das Lustige war, dass sich Matt und Bill wirklich verstanden haben. Es war eine tolle Woche für die beiden. Bill hielt Matt für seinen Vater, und Matt hatte einen Freund gefunden. Oder den Sohn, den er nie hatte.«

Annie hielt inne.

»Wie ging es weiter?«

»Ich habe nie verstanden, warum Bill so plötzlich verschwand. Ich habe nicht an diese Narbe gedacht, die ich ja selbst vor vierzig Jahren das letzte Mal gesehen habe. Aber klar, Matt und Bill waren im Jugendstilbad. Ich habe keine Ahnung, wie Bill von dieser Narbe erfahren hat. Oder woher Sie jetzt davon wissen.«

Horndeich erzählte ihr vom Brief der Freundin von Bills Mutter, in dem sie die Narbe erwähnt hatte.

»Das erklärt alles«, meinte Annie. »Bill reiste überstürzt ab. Aber dann meldete er sich wieder, und wir hatten das Familienfest.«

»Und dabei sammelte er heimlich von allen DNA-Proben.«

»Ja, das haben Sie schon gesagt. Und nach dem Fest verschwand er ebenso plötzlich wieder wie zuvor.«

»Haben Sie danach noch einmal mit ihm Kontakt gehabt?«

»Nein, gar nicht mehr.«

»Er hat nicht angerufen, hat keine E-Mail geschickt, nichts?«

»Nein. Das nächste und zugleich letzte Mal habe ich seine Stimme vor einer Woche auf dem Anrufbeantworter gehört. Letzten Donnerstag wollte er vorbeikommen und mit uns reden.«

»Worüber?«

»Ich weiß es nicht. Ich hatte keine Ahnung. Aber so, wie die Dinge jetzt aussehen, wohl darüber, dass Matt nicht Jack und damit nicht sein Vater war.«

»Hätten Sie ihm auch die Walt-Story aufgetischt?«

Annie schmunzelte. »Vielleicht. Ich weiß es nicht. Wahrscheinlich nicht, wenn er Jacks Brandnarbe erwähnt hätte. Ich weiß es wirklich nicht. Vielleicht hätte ich auch alles zugegeben und ihm genau das erzählt, was ich Ihnen gerade erzählt habe.«

Horndeich sah Annie fest in die Augen. »Diese Geschichte klingt recht abenteuerlich.«

Annie erwiderte nichts.

»Um nicht zu sagen, an einigen Stellen ein wenig unglaubwürdig.«

»Warum?«

»Nun, der große, gewaltbereite Jack kommt in sein Haus, sieht die Frau und den Nebenbuhler am Tisch sitzen. Und anstatt den Kerl und seine Frau zu vermöbeln, klaut er den Wagen des Betrügers und rast damit gegen einen Baum?«

»So war es. Ich kann Ihnen nichts anderes erzählen.«

»War es nicht viel mehr so, dass Jack auf Matt losgegangen ist und der sich gewehrt hat? Dass er Jack vielleicht die Eisteekanne auf den Kopf gehauen hat, und Jack ging zu Boden und rührte sich nicht mehr?«

»Nein, so war es nicht«, sagte Annie Mahone ganz ruhig.

»Auch nicht so, dass Jack auf Matt eingedroschen hat? Und Sie ihm helfen wollten? Und dass Sie es waren, die ihm die Eisteekanne auf den Kopf geschmettert hat? Und gemeinsam haben Sie Jack in dem VW gegen den Baum fahren lassen?«

»Nein«, sagte Annie. Und in ihrer Stimme lag eine Ruhe, die

Horndeich beeindruckte. »Hören Sie, weder ich noch Matt haben einen Menschen umgebracht.«

»Auch nicht Bill Fishkin?«

»Bill? Warum denn den?«

»Weil er zu Ihnen kam und sagte, er habe Beweise, dass Sie seinen Vater Jack umgebracht hätten.«

»Nein.«

»Doch. Und er setzte noch eins drauf: Er wäre ja wohl der Haupterbe des Vermögens seines Vaters, vielleicht gemeinsam mit Jamie.«

»Na, da gehört ja dann wohl mir auch die Hälfte.«

»Nicht, wenn Sie Jack ermordet haben. Dann wären Sie erbunwürdig.«

»Das hätte Bill dann alles beweisen müssen.«

»Nun, dass Matt Jacks Platz eingenommen hatte, das konnte er sehr wohl beweisen. Zumindest, dass Jack nicht Jack war.«

»Und deshalb sollen wir Bill umgebracht haben? Damit wir unser Vermögen nicht verlieren?«, fragte die Dame empört.

»Haben Sie?«

Annie beugte sich vor und sprach direkt in das Smartphone, das immer noch auf dem Tisch lag und alles aufzeichnete. »Fürs Protokoll: Weder ich, Annie Mahone, noch mein Mann Matthias Brassel haben je einen Menschen getötet.«

Danach schwieg Annie.

»Sie bleiben also bei der Geschichte, so wie Sie sie erzählt haben?«, fragte Horndeich.

»Ja.«

Horndeich stoppte die Aufnahme, steckte das Smartphone ein und verabschiedete sich von ihr. Er stieg in seinen Crossfire und fuhr gemächlich in Richtung Präsidium. Dabei überlegte er, wie er weiter vorgehen wollte.

Die Geschichte von Jack, der Matts VW-Bus klaute, um damit Autosuizid zu begehen, kam ihm ziemlich unglaubwürdig vor. Aber wie sollte man nach vierzig Jahren beweisen, dass es sich anders verhalten hatte? Auf der anderen Seite fragte sich Horndeich, weshalb ihm Annie so eine abstruse Geschichte auftischte.

Sie hätte sagen können, Matt habe Jack geschubst, und der wäre unglücklich gefallen, dann wäre es nicht mal Totschlag gewesen. Und Matt lebte nicht mehr. Niemand hätte ihn dafür belangen können.

Und wenn sie selbst Jack im Affekt getötet hatte? Dann wäre es Totschlag, und der war inzwischen verjährt. Auch der Betrug, den sie begangen hatten.

Wie das mit Erbschaftsansprüchen von Bill ausgesehen hätte, wusste Horndeich nicht. Vielleicht wäre da wirklich noch was auf Annie zugekommen. Aber er konnte sich nicht vorstellen, dass sie und Matt deswegen Bill Fishkin umgebracht hätten.

Horndeich seufzte. Da fehlte noch ein ganz entscheidendes Puzzleteil. Aber er sah nicht mal, wo.

Er würde die Audiodatei mit dem Geständnis von Annie Mahone an die nächste E-Mail an Margot hängen. Vielleicht konnte sie etwas damit anfangen.

Im Präsidium angekommen, setzte er sich an den Rechner und schrieb die E-Mail für Margot. Sie wurde recht lang. Er hängte die Audiodatei an und schickte die Mail ab.

Dann widmete er sich der Arbeit, die in Fernsehkrimis immer tunlichst nicht gezeigt wurde: dem Papierkrieg.

8.00 Uhr Ortszeit Darmstadt, Indiana

»Die verarscht uns«, sagte Nick Peckhard, nachdem er Annies Geständnis auf Margots Laptop gehört hatte. Margot hatte ihn bislang immer nur ruhig erlebt, charmant und voller Contenance. Aber da war noch ein anderer Nick Peckhard, der zum Vorschein kam, wenn der Geduldsfaden riss. Sie saßen im Frühstücksraum von Margots Hotel. Es war nur noch Margots Hotel, ihr Vater wohnte mittlerweile bei Chloe. Jedenfalls ging Margot davon aus, denn sie hatte ihren alten Herrn hier nicht mehr gesehen. Aber diese Angelegenheit musste warten. Jetzt ging es darum, Annies Aussage entweder zu akzeptieren oder sie auseinanderzupflücken.

»Seit einer Woche kriegen wir jeden Tag eine etwas andere Geschichte erzählt«, maulte Nick. »Es reicht!« Er schlug mit der flachen Hand auf den Tisch, doch das Einzige, was er dadurch erreichte, war, dass einige Brötchenkrümel verängstigt aufsprangen.

»Immerhin hat sie eingestanden, dass der angebliche Jack tatsächlich Matt war«, sagte Margot.

»Klar. Sie stand ja auch mit dem Rücken zur Wand.«

»Was, meinst du, können wir jetzt tun?«

Nick überlegte. »Ich weiß es nicht«, grummelte er dann. »Lass uns noch mal abhören, was sie gesagt hat. Ich bin mir sicher, dass sie lügt, dass sie und Matt Jack ermordet haben und Fishkin das rausgefunden hat und sie ihn deshalb ebenfalls umgebracht haben.«

Margot klickte auf »Wiedergabe«. Und sofort begann Annie erneut die Geschichte von ihr und Matt und Jack zu erzählen.

Zunächst erzählte Annie von ihrer Beziehung zu Matt …

Nick drückte auf die Maustaste, und Annie verstummte. »Hier – ich glaube, hier erzählt sie die Wahrheit. Sie und Matt, das entwickelte sich langsam, wie sie sagt.«

Margot erwiderte nichts.

Nick ließ Annie weiterreden.

Wenige Sekunden später unterbrach er ihre Erzählung wieder. »So, wie sie den Kirchenplan beschreibt, bin ich fest davon überzeugt, dass sie ihn tatsächlich gesehen hat. Hier.« Er bewegte den Schieber auf der Zeitleiste der Audiodatei ein paar Sekunden zurück, dann hörten sie Annies Stimme: »Es war ein großer Plan, bestehend aus zwei Teilen, ein paar Meter lang und breit. Riesig.«

»Das kann sie sich nicht einfach ausgedacht haben«, war sich Nick sicher.

»Okay, akzeptiert«, sagte Margot. »Ein Plan des Kölner Doms aus dem Mittelalter – wenn das stimmt. So ein Ding ist Millionen wert. Und wo ist es jetzt?«

Nick hob kurz die Schultern. Dann ließ er Annie fortfahren.

Sie beschrieb, wie Jack ins Haus kam, wie er sie und Matt sah und dann mit dem VW davonfuhr.

Diesmal war es Margot, die auf Pause klickte. Auch sie ging ein paar Sekunden in der Aufnahme zurück und ließ dann Annie wiederholen: »Aber dann machte Jack etwas ganz Komisches. Er drehte sich um, sagte ›Lebt wohl‹ und ging aus dem Haus …«

Margot drückte wieder auf Pause. »Hier beginnt sie zu lügen. Das hätte Jack Mahone nie getan. Alle haben ihn als unbeherrscht beschrieben, als Choleriker, und mehr als einmal hat er seine Frau vertrimmt. Jack dreht sich um und geht einfach? Das wäre so, als wolle mir jemand erzählen, Wladimir Klitschko hätte eine eingesteckt, sagt ›Autsch‹, eine Träne kullert ihm über die Wange, und er verlässt schniefend den Ring.«

»Du hast recht, das kann nicht stimmen.«

Margot fuhr fort: »Gehen wir mal weiter davon aus, dass das mit dem Plan stimmt. Dann kann ich mir das eher so vorstellen: Jack kommt ins Haus, holt den Plan, legt ihn aufs Sofa und sagt so was wie: ›Das ist der Plan, den du kaufen willst?‹ Und dann so was wie: ›Du schläfst mit meiner Frau‹ – vielleicht hat er das auch etwas gröber ausgedrückt – ›und erwartest ernsthaft, dass ich dir den Plan verkaufe?‹«

»Und dann?«

»Dann schubst er Matt rum. Als Annie dazwischengeht, schleudert er sie zur Seite, prügelt auf Matt ein. Und Annie rappelt sich hoch und haut ihm was auf den Kopf. Ende.«

»Möglich, könnte sich so abgespielt haben. Aber Annie hat uns ja gerade erzählt, dass es ganz anders war.«

»Und das Gegenteil können wir ihr nicht beweisen.«

»Nein«, sagte Nick. Aber dann stutzte er. »Doch! Vielleicht doch!«

»Wie denn?«

»Wenn es so ist, wie du sagst, dann lügt sie nur da, wo es um Jacks Tod geht.«

»Ja?«

»Aber sie lügt nicht bei dieser ganzen Plangeschichte.«

»Nein, warum sollte sie.«

»Eben. Und was verrät sie uns damit?«

Margot stand auf dem Schlauch. »Was sollte Annie damit verraten haben?«

Nick grinste breit. »Den Tatort. Wenn alles an der Geschichte stimmt außer Jacks Abgang, dann ist er dort gestorben.«

»Und wie sollen wir das beweisen?«

»Nun, wie hat Annie ihren Göttergatten davon abgehalten, Matt totzuprügeln?«

»Sie hat ihm was auf den Kopf gehauen.«

»Richtig. Sie hat ihn nicht vergiftet, und sie hat ihn auch nicht erwürgt. Sie hat ihn auf die einzige Art gestoppt, die ihr in diesem Moment möglich war: mit brachialer Gewalt.«

Endlich verstand auch Margot: »Und wo brachiale Gewalt regiert, da fließt …«

»… Blut. Genau.«

»Du meinst, dann müssten wir in Jack und Annies Haus Blutspuren finden?«

»Genau. Wir fahren dorthin und schauen uns noch mal um.«

Es vereinfachte die Dinge ungemein, dass Fishkins verstorbene Mutter Melanie in dem Haus gelebt hatte und niemand mehr dort wohnte. So konnten sie sich dort problemlos umschauen.

»Lass uns fahren«, sagte Nick.

10.00 Uhr Ortszeit Darmstadt, Indiana

Keine Viertelstunde später standen sie in Melanies großem Wohnzimmer und betrachteten es mit anderen Augen.

Nick kniete sich hin, besah sich den Boden. »Das scheinen immer noch die Originaldielen zu sein. Wunderbar.«

»Also?«, fragte Margot.

»Die Kavallerie. Ich will, dass die jeden Zentimeter in diesem Haus unter die Lupe nehmen. Wenn Jack Mahone hier umgebracht worden ist, werden wir es herausfinden.«

Kaum hatte er ausgesprochen, meldete sich sein Handy. Er

nahm das Gespräch entgegen, sprach offenbar mit einem Kollegen auf Englisch, so schnell, dass Margot kaum ein Wort verstand, und beendete das Telefonat mit einem: »Thanks!«

»Und?«, fragte Margot neugierig.

»Tja, Samantha hat gelogen.«

»Sie war nicht zu Hause, als ihr Exmann in Deutschland erschlagen wurde?«

»Nein, war sie nicht. Hank, mein Kollege, hat sich Sams Kreditkarte vorgenommen und herausgefunden, dass sie damit einen Flug gebucht hat, einen Tag vor Fishkins Tod …«

»Bingo!«, rief Margot.

»… allerdings nicht nach Deutschland, sondern nach Detroit, und von dort ging es nicht weiter.«

»Also nicht Bingo?«, fragte Margot.

»Nein, kein Bingo«, bestätigte Nick. »Vielmehr ist auf der Aufzeichnung einer Überwachungskamera zu sehen, wie sie den Flughafen verlässt. Das heißt, sie wird dort von jemandem abgeholt. Von einem Herrn. Mit Blumen. Die beiden haben sich ziemlich stürmisch begrüßt. Leidenschaftlich.«

»Das beweist also nur, dass sie einen an der Klatsche hat«, murmelte Margot.

»Ich weiß zwar nicht, was du damit sagen willst, aber es klingt auf jeden Fall überzeugend. Ihren Ex hat sie auf jeden Fall nicht umgebracht. Denn als der getötet wurde, flog sie gerade von Detroit zurück.«

Die Spurensicherung kam wenig später mit drei Fahrzeugen. Sieben Leute in weißen Einwegoveralls begannen, das Haus auf den Kopf zu stellen.

»Willst du hier warten?«, fragte Nick. Er und Margot hatten sich in die Küche zurückgezogen.

»Ja, natürlich«, antwortete sie. »Entweder finden die was, oder aber wir müssen uns überlegen, wie wir Annie dazu bewegen, uns die wahre Geschichte zu erzählen.«

Also war Warten angesagt.

Wenig später fragte einer der Männer Nick, ob er bei der Luminolprüfung im Wohnzimmer dabei sein wollte.

Nick wollte.

Er und Margot begleiteten den kleinen, dicken Mann, den Nick mit Frank angeredet hatte, ins Wohnzimmer.

Die Kollegen hatten bereits Wohnzimmer- und Esstisch und die Sitzgelegenheiten an den Rand des Raums geräumt. Der Boden sah sauber aus und zeigte keine dunklen Flecken.

Nun besprühten sie den Boden mit einer Mischung aus Luminol und Wasserstoffperoxid, mit der man auch nach Jahrzehnten noch winzigste Blutspuren sichtbar machen kann, und ließen die Rollläden herab.

Je dunkler es im Raum wurde, desto mehr leuchtete der Boden in bläulichem Licht, besonders die Ritzen und Poren des Holzes, dort, wo der Teppich gelegen hatte.

»Auweia«, sagte Margot. »Mal vorausgesetzt, hier hat niemand im Wohnzimmer ein Schwein geschlachtet, dann war das der Schauplatz eines ziemlich blutigen Mordes.«

»Wir gehen das jetzt noch mal systematisch an«, sagte Frank.

Margot und Nick begaben sich wieder in die Küche. Bereits eine Viertelstunde später kam Frank erneut zu ihnen. Den Einwegoverall hatte er ausgezogen, dafür hatte er einen Laptop dabei, auf dem er ihnen das Ergebnis der Untersuchung zeigte. »Hier ist ein Mensch umgebracht worden«, sagte er. »Die Spuren sind nicht ganz eindeutig – klar ist nur, dass jemand das Blut weggewischt hat, das zeigen diese typischen Wischspuren. Aber eines ist sicher: Das Opfer hat sich noch aus eigener Kraft bewegt, war also nicht sofort tot. Hier sind Spritzer an dem einen Holzschrank. Und dann hier an der Leiste an der Wand um die Ecke. Dorthin kann es nicht von der Mitte des Raumes aus gespritzt sein. Das Opfer wurde regelrecht abgeschlachtet.«

»Menschliches Blut?«, fragte Margot, nachdem Nick noch einmal für sie übersetzt hatte. »Ist das sicher?«

»Ja. Wir haben einen Schnelltest gemacht. Menschliches Blut. Im Labor sollten sie auch die DNA bestimmen können. Das wird allerdings ein wenig dauern.«

»Da hast du den richtigen Riecher gehabt«, sagte Margot zu Nick. »Wir haben ja den genetischen Fingerabdruck von Bill und Jamie, also können wir rausbekommen, ob das Blut hier von ihrem Vater stammt.«

»Was meinst du, sollen wir deinem Kollegen in Deutschland davon erzählen?«, fragte Nick. »Oder sollen wir erst die DNA-Probe abwarten?«

»Ich glaube, es reicht, was wir hier entdeckt haben«, meinte Margot. »Vielleicht können wir Horndeich eines der Bilder schicken, auf denen das Zimmer so schön blau leuchtet. Ich bin sicher, Annie wird dann nicht mehr weiter leugnen. Dass ihr toter Gatte in Wirklichkeit Matt Brassel war, hat sie gleich zugegeben, als Horndeich ihr mit einem DNA-Abgleich drohte.«

»Prima. Dann wird sie vielleicht den Mord an Jack und auch den an Fishkin gestehen«, wagte Nick zu hoffen.

Da war sich Margot jedoch nicht so sicher.

19.00 Uhr Ortszeit Darmstadt, Hessen

Margot hatte ihn angerufen und angekündigt, ihm gleich eine E-Mail zu schicken, mit ein paar Bildern, die die Spurensicherer im ehemaligen Domizil von Annie und Jack gemacht hatten.

Ein paar Minuten später hatte er die Bilder auf dem Schirm. Wenn es jemals eine gelungene Visualisierung von Georges Simenons Buch »Das blaue Zimmer« gegeben hatte, dann diese Fotos. Der Raum musste damals über und über rot gewesen sein und einem Schlachtfeld geglichen haben.

Nun stand er wieder vor dem Haus in der Rossdörfer Straße.

Klingelte.

Der Türsummer kam seiner Aufgabe nach.

Horndeich trat ein.

Als er den ersten Stock erreichte, stand Annie Mahone bereits in der Tür.

»Wenn Sie mich schon wieder besuchen, kann das nur heißen, dass Sie in unserem alten Haus tatsächlich noch Spuren gefunden haben.«

Sie trat zur Seite und Horndeich in den Flur.

»Warum dieses Herumgezackere?«, fragte er. »Warum jeden halben Tag eine andere Geschichte? Ich verstehe es nicht.« Es gelang ihm kaum, sich zu beherrschen. Wie oft hatte er schon mit ihr gesprochen? Fünfmal? Sechsmal? Er war es leid, jedes Mal eine neue Variante der vermeintlichen Wahrheit zu hören.

Annie bot ihm nichts mehr an, keinen Tee und auch sonst nichts. Sie setzte sich an den Wohnzimmertisch. Sie wirkte gealtert. Der Tod ihres Mannes hatte die Falten in ihrem Gesicht bereits tiefer werden lassen, aber jetzt sah sie müde aus, am Ende ihrer Kraft.

Horndeich zog die Fotos aus der Innentasche. Er hatte sie extra farbig ausgedruckt, das blaue Leuchten war einfach zu beeindruckend.

Annie schaute kurz darauf. »Sie haben also das Blut sichtbar gemacht.«

»Ja. Ich muss Ihnen jetzt nicht erklären, dass wir daraus DNA …«

»Sparen Sie sich das«, fiel sie ihm ins Wort. »Es ist Jacks Blut.«

»Dann hab ich eigentlich nur noch zwei Fragen«, sagte Horndeich. »Was ist damals wirklich passiert? Und warum haben Sie mir das nicht früher erzählt?«

Annie senkte den Blick, dann hob sie wieder den Kopf an und sah Horndeich ins Gesicht. »Mord verjährt nicht. Ganz einfach. Und ich habe keine Lust, unschuldig in den Knast zu gehen.«

Horndeich lag sogleich eine Gegenfrage auf der Zunge, aber er beschloss, Annie einfach erzählen zu lassen. Er legte wieder das Smartphone auf den Tisch. Und er spürte, dass sie ihn nicht mehr belügen würde. Na ja, wenn er ehrlich war, hatte er dieses Gefühl bei Annie Mahone schon öfter gehabt …

»Alles, was ich Ihnen erzählt habe, stimmt – bis zu dem Punkt, an dem Matt auf Jack wartete. Er wollte wirklich mit ihm über den Plan sprechen. Jack kam an diesem Abend ins Haus, wie ich gesagt habe. Ich hatte keine Ahnung, dass der über uns Bescheid wusste. Ich war wohl einfach nur naiv. Aber ich glaube, Matt hat es gewusst.

Jack setzte sich zu uns an den Tisch. Er sah mich an, hasserfüllt. In dem Moment begriff ich, dass er es wusste. Und in diesem Moment war ich überzeugt davon, dass weder Matt noch ich lebend wieder aus diesem Haus rauskämen.

›Matt, Sie wollen also den Plan kaufen. Aber das wird teuer‹, sagte Jack.

Matt erklärte ihm, dass er in Deutschland bereits mit einer Universität Kontakt aufgenommen habe. Jack solle mit ihm einen Vorvertrag abschließen, in dem geklärt werde, dass Matt und die Leute hinter ihm ein Vorkaufsrecht hätten, dann würde Matt ihm sofort eintausend Dollar bar auf die Hand legen.

Jack fing an, laut zu lachen. Er sprang auf, so heftig, dass er dabei den Stuhl umwarf. Dann kam er um den Tisch herum.

Matt reagierte instinktiv und kam ebenfalls sofort hoch. Und ich glaube, das hat ihm das Leben gerettet, sonst hätte ihn Jack einfach von hinten erschlagen, ihm den Kopf auf den Tisch geknallt, so lange, bis er nicht mehr gelebt hätte.

Aber Matt stand.

›Du vögelst meine Frau, du mieser kleiner Kraut! Wir haben die Atombomben damals auf das falsche Land geschmissen, du kleiner Pisser!‹, schrie Jack. ›Mein Grandpa hat immer von eurer Befreiung gefaselt. Ich konnte nie verstehen, wie er für euer beschissenes Land auch nur einen Funken Sympathie aufbringen konnte. Nicht alle Deutschen waren schlecht, sagte er immer. Nun, du kleiner Wichser bist der lebende Beweis, dass er unrecht hatte. Aber euer Hitler hatte ebenfalls unrecht: Die miesen Gene haben nicht die Juden, sondern ihr Krauts habt sie!‹«

Annie schien einen Text zu zitieren, den sie in ihrem Leben so oft leise rezitiert hatte, bis sie jede einzelne Silbe auswendig kannte; die Worte hatten sich offensichtlich tief in die Synapsen ihres Gehirns gebrannt.

»Jack sagte, er werde den Plan verkaufen«, fuhr sie fort. »Es sei ja nett von Matt gewesen, ihn darauf aufmerksam zu machen, dass er da einen solchen Schatz unterm Dach habe. Aber er werde das allein durchziehen. Denn Matt werde den Abend nicht überleben.

Er wollte den Nebenbuhler umbringen. Ich sah den Baseballschläger, der an der einen Wand lehnte. Hinter Matt. Jack konnte ihn nicht sehen.

Und auf einmal packte mich die Wut, eine grenzenlose Wut auf Jack, der mein ganzes Leben ruiniert hatte, es weiter ruinieren würde und jetzt auch noch Matt, diesen wunderbaren Mann, umbringen wollte. Ich dachte, ich unterschriebe damit mein Todesurteil, als ich ihn anschrie: ›Arschloch!‹ Ich schrie es auf Deutsch, aber das Wort kannte er. Er sah mich an. ›Halt die Klappe, du miese kleine Hure!‹, keifte er mich an. Und diesen Bruchteil einer Sekunde nutzte Matt. Er griff nach dem Schläger und rammte ihn Jack gegen den Solarplexus. Jack rang nach Luft, und Matt zog das Knie hoch. Nicht fein, aber wirkungsvoll. Jack stand zwar noch, aber der Schmerz machte ihn bewegungsunfähig. Matt ließ den Baseballschläger fallen und verpasste Jack einen Kinnhaken. Wie im Western. Jack ging zu Boden. Und blieb besinnungslos liegen.

Auch ich konnte mich nicht mehr bewegen. Ich war starr vor Schreck. Ich sah etwas, was ich nicht glauben konnte: Jemand hatte Jack k. o. geschlagen.

Jahrelang hatte er mich verprügelt. Und es war für mich eine unumstößliche Tatsache gewesen, dass niemand diesen Schrank von Mann umhauen konnte. Es war, als hätte ich festgestellt, dass die Erde keine Scheibe ist.

›Wir müssen weg‹, sagte Matt, und ich holte Jamie aus dem Bettchen, dann sind wir abgehauen. Wir setzten uns in den Bulli und fuhren weg. Aber wir hatten keine Ahnung, wohin wir fahren sollten. Matt hatte Angst, er könnte Jack umgebracht haben, und ich fing an zu weinen und sagte ihm, dass Jack genau das mit ihm vorgehabt hatte. Er habe in Notwehr gehandelt.

Matt fuhr rechts ran. ›Wenn ich ihn umgebracht habe, dann fliege ich heute noch zurück nach Deutschland. Ich gehe nicht in den Knast.‹

›Dann musst du mich mitnehmen!‹, flehte ich ihn an.

Wir diskutierten zehn Minuten hin und her, dann beschloss Matt, dass wir zurückfuhren und nachschauten, was mit Jack war.

Wir hielten vor Jacks und meinem Haus. Matt nahm den Wagenheber mit, denn unbewaffnet wollte er Jack nicht gegenübertreten. Wir betraten das Haus – und damit einen Albtraum!

Jack lag im Wohnzimmer, neben der Zimmertür. Und überall – wirklich überall – war Blut. Sein Gesicht war kaum zu erkennen, jemand hatte ihm den Schädel eingeschlagen. Ich fing an zu schreien. Matt hielt mir den Mund zu. Trotzdem wachte Jamie auf. Wie in Trance ging ich nach oben, legte sie zurück in ihr Bettchen. Dann ging ich wieder nach unten ins Wohnzimmer, in dem es aussah wie auf einem Schlachtfeld. Blut überall. Und unweit der Tür lag auch der blutverschmierte Baseballschläger.

›Wir waren das nicht‹, stammelte Matt, der auf dem Sofa saß, weiß wie ein Leintuch. ›Sag, dass wir das nicht waren …‹

Ich starrte ihn an, dann auf Jack. Und je verzweifelter Matt brabbelte, umso klarer wurde ich.

›Nein, wir waren das nicht‹, sagte ich schließlich. Und wollte die Polizei verständigen.

Matt meinte, das sei wohl das denkbar Dümmste, was wir machen könnten. Denn nach was sah das hier aus? Das sah aus wie: Ehefrau und Geliebter schaffen Ehemann aus dem Weg.

In dem Moment klingelte es an der Haustür.

›Die Polizei‹, sagte er resigniert.

Wir hatten keinen Wagen gehört, aber wahrscheinlich hatte der Fahrer den weiter vorn gestoppt, weil er gesehen hatte, dass der Platz vor dem Haus belegt war. Dort standen ja Matts Splittie und der Wagen von Jack und meiner.

Ich öffnete die Tür. Und rechnete mit Ihren Kollegen, Herr Horndeich. Sozusagen.«

Sie lächelte den Kommissar an.

Was sie da erzählte, klang in seinen Ohren wie die Story eines Thrillers, doch das äußerte er nicht, er hörte erst mal zu.

Annies Lächeln verschwand, dann fuhr sie fort: »Es war aber keine Polizei, nicht der Sheriff. Es war Bob. Bob Hemerode, Jacks Cousin, der unsere Finanzen regelt. Er fragte, ob Jack da sei, sie hätten sich verabredet. Ich fing wieder an zu weinen. Er fragte, was los sei. Ich trat wortlos zur Seite.

Er schrie kurz auf, fasste sich dann wieder und fragte voller Erschütterung: ›Was habt ihr getan?‹ Und Matt und ich sagten wie aus einem Munde: ›Gar nichts.‹ Dann erzählten wir Bob die Geschichte.

Bob war schon immer eins gewesen: Pragmatiker. Ich weiß bis heute nicht, ob er uns geglaubt hat, ob er von unserer Unschuld überzeugt war und uns deshalb half. Wir saßen am Wohnzimmertisch, und er fragte uns: ›Ihr beide, ihr wollt doch zusammenbleiben, oder sehe ich das falsch?‹ Es war nahezu surrealistisch: Hinter meinem Rücken lag mein Mann und Jamies Vater erschlagen auf dem Boden, und Matt und ich warfen uns verliebte Blicke zu, als ständen wir vor dem Altar. Ja, vielleicht war es wirklich so etwas wie unsere groteske Version des Jawortes.

›Gut, dann ist das geklärt‹, meinte Bob trocken, dann präsentierte er uns eine simple Lösung für unser Problem, schlug uns vor, nach Deutschland auszuwandern. Da wir ja beide aus diesem Land kämen, sollten wir keine Schwierigkeiten haben, uns dort zurechtzufinden. Matt sollte seinen Bart abrasieren und sich die langen Haare abschneiden, dann würde er als Jack durchgehen, solange ihn niemand sah, der den richtigen Jack kannte. Er würde als Jack Mahone nach Deutschland auswandern und dort als Jack Mahone weiterleben. Das war der Plan.

Es gab nicht einmal eine Diskussion. Es gab genau zwei Möglichkeiten: die Cops holen und in den Knast gehen für einen Mord, den wir nicht begangen hatten, oder zurückkehren in unsere beider Heimat und dort den Rest unserer Tage mit dem Menschen verleben, den wir liebten.

Bob sagte, er würde uns helfen. Wir müssten ihn im Gegenzug einfach nur als unseren Vermögensverwalter autorisieren. Er würde sich um den Besitz kümmern, das Geld mehren – und nicht mehr nur zehn, sondern zwanzig Prozent bekommen.

Nein, ich denke heute nicht mehr, dass er uns geglaubt hat. Er hat nur ganz kaltblütig seine Chance ergriffen. Er half uns, die Leiche loszuwerden. Er sagte, dass wir einen Autounfall inszenieren sollten, dass Jacks Leiche im VW von Matt bis zur Unkenntlichkeit verbrennen müsste, dann würde niemand auf der Welt mehr nach Matt Brassel suchen.

Wir zogen Jack Matts Klamotten an, dann packten wir Jack in den Bulli. Von der Straße aus konnte man unsere Einfahrt im Sommer unmöglich einsehen, da zu viele Bäume dort standen. Wir mussten nicht einmal Angst haben, gesehen zu werden. Es war so verdammt einfach.

Wir fuhren mit dem Bulli eine halbe Stunde herum, damit der Motor schön heiß wurde. Bob fuhr in seinem eigenen Wagen hinter uns her, damit wir danach wieder zurückfahren konnten. Er hatte wirklich an alles gedacht.

Auf der Princeton Road fuhren wir rechts ran und wuchteten Jack auf den Fahrersitz. Wir legten einen Stein aufs Gaspedal, den Bob unterwegs aufgelesen hatte, dann legte er den zweiten Gang ein und ließ die Kupplung kommen. Bob saß auf dem Beifahrersitz und steuerte den Wagen. Dann sprang er raus, rollte sich über den Boden ab. Der Wagen wurde schneller und knallte schließlich in die Bäume. Bob rannte sofort hin. Jacks Leiche hing über dem Lenkrad, und es sah aus, als hätte die Wucht des Aufpralls sein Gesicht so zugerichtet. Es war perfekt. Bob öffnete die Motorklappe am Heck und zog die Benzinleitung ab, sodass Benzin auf den heißen Motor lief, dann kam er zu uns zurück.

Auf einmal schoss eine Stichflamme aus der Heckklappe, und keine zehn Sekunden später stand der ganze Wagen lichterloh in Flammen. Wir setzten uns in Bobs Wagen, er fuhr uns zurück zu Jacks Haus. Dann fuhr er zu sich nach Hause. Er war ja bei der freiwilligen Feuerwehr und würde sicher bald einen Anruf bekommen …

Matt wohnte eine Woche unter dem Dach, kam nur nachts nach unten. Ich erzählte allen, dass Jack nach Nashville gefahren wäre und versuchte zu erfahren, was die Leute über Matt und seinen angeblichen Tod dachten und erzählten. Aber immer, wenn ich einen Laden betrat, verebbten die Gespräche, und da wurde mir klar, dass alle Bescheid gewusst hatten über Matt und mich.

Nun, Bob fand die Wohnung hier in Darmstadt für uns, und wir zogen ein. Und spätestens seit der Geburt von Esther verblassten die bösen Erinnerungen an Darmstadt auf der anderen Seite des großen Teichs immer mehr. Alle staunten darüber, wie gut und akzentfrei mein Mann, der Amerikaner, Deutsch sprach. Aber er erzählte allen, dass er aus einer deutschen Familie stammte und zu Hause Deutsch gesprochen worden war.«

Sie machte eine Pause, dann sagte sie abschließend: »Das ist die Geschichte. Die einzige. Die wahre.«

Horndeich musterte sie genau. »Sie haben Ihren Mann nicht ermordet?«

»Nein.«

»Matthias Brassel war es auch nicht?«

»Nein.«

»Haben Sie eine Ahnung, wer es getan haben könnte?«

»Nein. Ich habe und ich hatte keine Ahnung. Ich meine, mein Mann hat sich gegenüber vielen Leuten nicht freundlich verhalten. Er hatte mit Sicherheit eine lange Liste voller Feinde. Aber über die hat er nie mit mir geredet. Ich hatte damals keine Ahnung, wer ihn umgebracht haben könnte. Ich wusste nur, dass alles gegen Matt und mich sprach.«

Noch immer musterte Horndeich sie, dann fragte er: »Warum gestehen Sie nicht endlich, Frau Mahone?«

Annie schaute ihn verständnislos an. »Was soll ich gestehen?«

»Dass Sie und Matt Ihren Gatten Jack erschlagen haben. Möglicherweise in Notwehr, das kann heutzutage keiner mehr widerlegen.«

»Herr Horndeich, wenn dem so wäre, würde ich das jetzt sagen«, erklärte Annie Mahone eindringlich. »Dann hätte ich es Ihnen bereits erzählt. Aber die simple Wahrheit ist: Weder ich noch Matt haben das getan.«

»Nehmen wir mal an, Sie sagen die Wahrheit«, lenkte Horndeich ein, »warum haben Sie dann Fishkin erschlagen?«

Sie riss die Augen auf, starrte ihn an und sagte dann in einer Mischung aus Unglauben und Empörung: »Weder ich noch mein Mann haben Bill Fishkin erschlagen.«

»Nein? Was taten Sie dann, als er am Tag seines Anrufs bei Ihnen vorbeikam und Ihnen die Fakten auf den Tisch legte? Dass Jack nicht Jack war? Dass er das mit den Ergebnissen der DNA-Untersuchungen beweisen könnte? Dass Sie Jack getötet hatten, um sich zu bereichern? Dass er Ihnen das Vermögen wegnehmen würde, weil es Ihnen gar nicht zustand …?«

Annie seufzte. Sie sah Horndeich mit diesem Blick an, mit dem auch seine Mutter ihn immer angeschaut hatte, wenn er sich uneinsichtig gezeigt hatte. *»Nein, Steffen, du darfst im Auto nicht vorn sitzen!«* – *»Aber alle anderen dürfen das!«* – Dann kam genau dieser Blick. *»Wir sind aber nicht alle anderen, das habe ich dir schon tausend Mal erklärt. Du musst warten, bis du dreizehn bist!«*

»Bill Fishkin kam am Tag seines Todes nicht zu uns«, erklärte Annie Mahone mit fester Stimme. »Und weder mein Mann Matthias Brassel noch ich haben jemals einen Menschen umgebracht.«

Noch immer musterte Horndeich die Dame. Sie sah nicht aus wie jemand, der krampfhaft eine Lügengeschichte aufrechterhalten will. Sie wirkte viel eher wie jemand, der mit sich im Reinen war, nachdem er nach vielen, vielen Jahren die Wahrheit auf den Tisch gelegt hatte.

Nun war es an Horndeich zu seufzen.

Er stand auf, und Annie begleitete ihn zur Tür.

Im Treppenhaus drehte er sich noch einmal um und sagte mahnend: »Kein Nachschlag mehr! Ich habe keine Lust, Sie mitten in der Nacht wegen neuer Fakten aus dem Bett klingeln zu müssen.«

»Kein Nachschlag mehr«, versprach sie.

»Wir werden also kein Messer finden mit Jacks Blut an der Klinge und Ihren Fingerabdrücken auf dem Schaft?«

»Nein. Kaum. Jack wurde erschlagen.«

»Und der Baseballschläger?«

»Bob hat ihn mitgenommen, durch den Holzhäcksler gejagt und die Späne anschließend verbrannt.«

»Und das alles wird uns Bob Hemerode bestätigen?«

»Ja. Ich wüsste nicht, warum er lügen sollte. Man kann ihm vorwerfen, uns geholfen zu haben, einen Mord zu vertuschen. Aber das dürfte nach siebenunddreißig Jahren verjährt sein.«

»Wahrscheinlich«, sagte Horndeich und ging die Stufen hinab.

Auch den nächsten Seufzer konnte er nicht unterdrücken.

Was nicht daran lag, dass er Annie nicht glaubte.

Sondern im Gegenteil daran, *dass* er es tat.

17.00 Ortszeit Darmstadt, Indiana

Margot saß in Bob Hemerodes Wohnzimmer. Nick stand.

Sie sah sich im Raum um. Das Zimmer war sicher gut sechzig Quadratmeter groß, wirkte aber nicht ganz so weitläufig, weil sich der Raum in der Höhe über zwei Stockwerke erstreckte. Durch die hohe Fensterfront war der Raum sehr hell und lichtdurchflutet. Viele Pflanzen standen an den Fenstern, sodass das Zimmer ein wenig wie ein Wintergarten wirkte. Gegenüber der Fensterfront führte eine geschwungene Treppe zur Galerie im ersten Stock, während die Wände an den Kopfseiten des Raums über und über mit großformatigen gerahmten Fotos behangen waren.

»Schau, Margot, dass ist die alte Traction Line«, sagte Nick, der die Fotos betrachtete und auf die Fotografie einer uralten Straßenbahn zeigte.

Auf anderen Fotos waren Häuser und andere Gebäude des alten Darmstadt in Indiana zu sehen, auf wieder anderen waren Menschen abgelichtet, die vor weit über hundert Jahren hier gelebt hatten. Margot sah sie sich interessiert an. Und auf einmal hatte sie das Gefühl, dass dort etwas Wichtiges war, das sie jedoch nicht greifen konnte. Auf irgendetwas reagierte ihr Unterbewusstsein, doch es war nicht so stark, dass es die Information bis in ihren Verstand schaffte.

»Entschuldigen Sie bitte, ich musste das Telefonat noch zu Ende führen«, hörte sie hinter sich Bob Hemerode sagen, der gerade den Raum betrat; er war in seinem Büro gewesen. »Darf ich Ihnen etwas zu trinken anbieten?«

»Nein, danke«, antwortete Margot, und auch Nick lehnte höflich ab.

Sie hatte vor einer Stunde mit Horndeich telefoniert, sicher zwanzig Minuten lang. Vor einer halben Stunde hatte sie dann die E-Mail erhalten, in der er die wesentlichen Punkte von Annie Mahones neuester Aussage noch einmal zusammengefasst hatte. Auch diesmal hatte er die Audiodatei mit ihrer Aussage zusätzlich angehängt.

Hemerode ging an die Bar und goss sich selbst einen Whiskey ein, einen doppelstöckigen, so kam es Margot vor.

»Sie haben gelogen«, sagte ihm Nick auf den Kopf zu, als er sich Eis ins Getränk gab. »Sie haben richtig dreist gelogen.«

Bob Hemerode nahm einen Schluck, sah Nick an und fuhr sich mit Daumen und Zeigefinger über den Bart.

»Annie Mahone hat uns erzählt, was an jenem Abend geschehen ist, als Jack starb«, sprach Nick weiter. »Und sie ließ Ihre Rolle in dem Drama nicht unerwähnt.«

Hemerode hob die Augenbraue, sah Margot an, als wolle er von ihr die Bestätigung dafür erhalten, was Nick sagte, und Margot tat ihm den Gefallen und nickte.

»Nun gut«, sagte er dann, »es hat wohl keinen Sinn, die Geschichte abzustreiten.«

»Was ist damals passiert?«, verlangte Nick zu wissen.

»Ich dachte, Annie habe Ihnen alles …«

»Wir würden die Sache gerne auch aus Ihrer Sicht betrachten«, unterbrach ihn Nick.

Hemerode nickte, dann begann er zu erzählen, von dem Blutbad, wie sie überlegt hatten, wie Annie und Matt aus der Sache herauskämen, wie sie Jacks Leiche in Matts VW-Bus gesetzt und gegen den Baum gefahren hatten und wie er Annies und Matts Übersiedlung nach Deutschland in die Wege geleitet hatte.

»Und das alles haben Sie aus Nächstenliebe getan?«, zweifelte Nick. »Und weil Sie überzeugt waren, dass das junge Glück unschuldig war?«

»Nein. Ich war und ich bin keineswegs von der Unschuld der beiden überzeugt. Aber es war mir egal, und das ist es immer noch. Ich war damals finanziell von meinem Hauptkunden Jack Mahone abhängig. Sein Tod war für mich ausschließlich ein finanzieller Verlust, kein menschlicher. Und wissen Sie, warum? Jack Mahone war ein überhebliches, aggressives Arschloch. War er schon immer gewesen. Ich habe es über zwei Jahre miterlebt, wie er Annie grün und blau geschlagen hat. Wenn sie da einmal zurückgeschlagen hatte – oder Matt das für sie aus Liebe getan hatte –, konnte ich kein Mitleid mit diesem Schwein empfinden.«

»Sie haben sich mitschuldig gemacht«, hielt Nick ihm vor.

»Ja, ich habe geholfen, einen Mord zu vertuschen, dazu stehe ich. Aber nach siebenunddreißig Jahren wird mich das wohl nicht mehr in den Knast bringen, oder?«

»Aber Sie haben mit diesem Wissen Annie und Matt erpresst!«, behauptete Nick, als wäre es eine längst bewiesene Tatsache.

»Quatsch!«, widersprach Hemerode. »Ich habe niemanden erpresst. Ich habe ihr Vermögen verwaltet und dafür eine Provision erhalten. Ich sagte es Ihnen schon, die beiden hatten am Ende des Jahres immer mehr als am Anfang. Das ist nicht unbedingt der Fall, wenn man jemanden erpresst. Außerdem – ich steche doch nicht der Kuh ins Euter, die ich melke!«

»Warum haben Sie uns das nicht gleich erzählt?«, wollte Margot wissen.

»Ganz einfach«, erhielt sie zur Antwort. »Ich wollte keine schlafenden Hunde wecken. Solange Annie es Ihnen nicht erzählte, fühlte ich mich auch nicht verpflichtet, es zu tun. Auch wollte ich nicht in Ihre Ermittlungen hineingezogen werden und dass Sie wissen, dass ich von Matts Identitätstausch wusste. Hat Annie gestanden?«

»Warum haben Sie Jack überhaupt an diesem Abend besucht? Weshalb so spät?«, fragte Margot, bevor Nick Hemerode Antwort geben konnte.

»Ich kam immer abends zu Jack. Er war stets den ganzen Tag unterwegs, arbeitete«, erklärte Bob Hemerode. »Wenn etwas wichtig war und dringend erledigt werden musste, kam ich abends zu ihm.«

»Und was wollten Sie von ihm an diesem Abend?«

»Mein Gott, das ist siebenunddreißig Jahre her. Keine Ahnung, worum es ging. Um den Kauf eines Stücks Land vielleicht, vielleicht aber auch um den Verkauf, keine Ahnung. Es ging um Geld, das kann ich Ihnen mit Sicherheit sagen. Es ging immer um Geld.«

»Dann erzählen Sie uns genau, wie Sie dort am Abend ankamen«, forderte Margot.

»Das habe ich doch schon«, protestierte Hemerode.

»Das haben Sie nicht«, übernahm nun wieder Nick.

Hemerode seufzte. Er hatte sich inzwischen in einem Sessel niedergelassen, strich mit den Fingerspitzen wieder über seinen Schnurrbart. »Ich fuhr die Darmstadt Road lang, bog auf das Gelände von Jack ab, stellte den Wagen ab …«

»Wo?«, fragte Nick.

»Wie, wo?«

»Beantworten Sie einfach die Frage.«

»Direkt vor dem Haus war kein Platz mehr, dort standen Jacks Wagen, der von Annie und der Splittie von Matt. Also hab ich den Wagen rechts auf dem Zufahrtsweg abgestellt.«

»Und dann?«

»Dann habe ich geklingelt. Annie hat mir geöffnet. Sie war kreidebleich. Ließ mich rein. Und dann stolperte ich quasi über den toten Jack.«

Margot hatte an diesem Tag offenbar zu viel Kaffee getrunken, und das forderte nun seinen Tribut. Sie fragte nach der Toilette.

Hemerode meinte, sie müsse zur Galerie hochgehen, dann sei es gleich der zweite Raum auf der rechten Seite.

Margot folgte der Beschreibung, fand das Bad. Wie das ganze Haus zeugte es von Wohlstand.

Als sie drei Minuten später wieder über die Galerie zurückkam, sah sie die mit gerahmten Fotografien bedeckten Wände aus einer anderen Perspektive. Und wieder hatte sie das Gefühl, dass irgendetwas nicht stimmte.

Nick war bereits aufgestanden.

Sie verabschiedeten sich von Hemerode.

Als sie wieder im Wagen saßen, den Nick auf die Straße lenkte, fragte Margot: »Hast du noch etwas herausgefunden?«

»Nein. Ich habe ihn noch mal nach dem Plan gefragt. Aber er sagte, er habe diesen komischen Plan nie gesehen und glaube auch nicht, dass es den wirklich gibt.«

»Aber Horndeich schrieb, Annie hätte den Plan gesehen!«

»Vielleicht haben Annie und Matt ihn nach Deutschland mitgenommen.«

»Ich werde Horndeich noch mal darauf ansetzen«, meinte Margot.

»Darf ich dich heute Abend ausführen? Zum Essen und etwas Livemusik?«, änderte Nick abrupt das Thema.

Margot hatte bislang keinen Abend nur mit Nick verbracht, und sie war sich sicher, dass das klug gewesen war. Sie wusste nämlich nicht, was passieren könnte, wenn sie sich privat und nur zu zweit trafen. Besser also, wenn sie in den wenigen Tagen, die sie noch in den USA weilte, die Abende allein verbrachte.

»Du magst nicht?«, hakte er nach.

»Doch. Gern. Sehr gern«, stammelte sie und gab ihm genau die gegenteilige Antwort.

Nun gut, sie würde schon vernünftig sein.

Bestimmt.

20.00 Uhr Ortszeit Darmstadt, Indiana

Margot saß in der Lobby des Hotels, fix und fertig angezogen und geschminkt. Und ihre Uhr sagte ihr, dass sie eine halbe Stunde zu früh war. Sie griff nach einer Zeitschrift, schlug sie auf, sah die Headlines in Englisch und schlug sie wieder zu, weil sie keine Lust auf eine Runde Nachhilfeunterricht hatte.

Sie würde zurück auf ihr Zimmer gehen und einfach fernsehen. Dabei gab sie diesen Platz ungern auf, denn es war eine gemütliche Ecke, in der sie saß. Neben ihr stand eine große

Palme, sodass man sie von der Rezeption und dem Eingang her nicht direkt sehen konnte. Sie aber sah zwischen den Wedeln hindurch, wie sich die Hoteltür öffnete. Herein traten ihr Vater und Chloe. Händchen haltend.

Die beiden konnten Margot nicht sehen. Margot ihrerseits aber konnte den Blick nicht von ihnen lösen.

Chloe gab ihrem Vater einen Kuss. Der strich ihr zärtlich eine Strähne aus dem Gesicht, streichelte ihr kurz über die Wange.

Die Geste wirkte gleichzeitig so frisch verliebt und langjährig vertraut, dass Margot ein leiser Schauer über den Rücken kroch. Ganz langsam, damit sie das unangenehme Gefühl auch voll auskosten konnte. So hatte Margot ihren Vater und ihre Mutter nie gesehen, sie konnte sich an kein einziges Mal erinnern.

»Bin gleich wieder da, mein Schatz«, sagte ihr Vater.

So weit waren sie also schon. Doch was hieß *schon*? Wahrscheinlich war es nie anders gewesen.

Margot erhob sich und trat auf ihren Vater zu.

»Margot!«, sagte er erfreut.

»Hallo, Margot«, grüßte auch Chloe, doch sie schien zu spüren, dass Margot die Krallen ausgefahren hatte.

»Wie lange geht das schon so?«, fragte Margot ihren Vater. Sie erinnerte sich, dass sie als Jugendliche immer das Gefühl gehabt hatte, ihre Mutter würde ihren Vater mehr lieben als umgekehrt. In ihrer rebellischen Teeniezeit hatte sie ihre Mutter damit gegängelt, doch die hatte nur erwidert, jeder würde auf seine Weise lieben – und ihr Vater und sie würden eine sehr glückliche Ehe führen. Margot hatte es ihrer Mutter nie geglaubt.

Und nun stand der Grund dafür leibhaftig vor ihr. Und ihr Vater, der hatte nicht nur ihre Mutter betrogen, sondern betrog nun auch Professor Dr. Evelyn. Die war Margot zwar egal, nicht jedoch ihre Mutter.

»Margot, was ist denn mit dir los?«, tat Sebastian Rossberg verwundert.

»Ich muss mit dir reden«, sagte Margot und musste sich beherrschen, nicht loszubrüllen. Ihr Verstand sagte ihr, dass sie vielleicht ein wenig überreagierte, aber sie hörte nicht darauf, weil sie es nicht wollte.

Ihr Vater erkannte, dass er innerhalb der kommenden drei Minuten nicht aus der Nummer herauskommen würde. »Fahr zurück, Chloe. Ich nehme mir ein Taxi und komme nach. Bin in einer Stunde bei dir.«

Chloe nickte nur, gab Sebastian Rossberg keinen Abschiedskuss – wie rücksichtsvoll von ihr! –, sondern drehte sich auf dem Absatz um und verließ das Hotel.

»Kannst du mir mal erzählen, was in dich gefahren ist?«, fragte Rossberg mit väterlicher Strenge im Ton.

»Ich verlange eine Erklärung.«

»Worüber?«

»Über sie.«

»Sie heißt Chloe.«

»Danke. Ihren Nachnamen kenne ich auch schon. Komm mir nicht so.«

»Was willst du denn wissen?«

Margot zögerte nur kurz. Was sie wissen wollte, war mit einem Satz gesagt: »Hast du Mama mit ihr betrogen?«

»Nein. Ja. Nein. Eigentlich nicht.«

Das kannte Margot aus ihrem Beruf zur Genüge: eine simple Frage, extra so formuliert, dass man nur mit Ja oder Nein antworten konnte. Aber genau das tat der Schuldige nie. Und der hieß in diesem Fall Sebastian Rossberg.

Er hielt kurz inne. Dann schüttelte er den Kopf. »Ich habe keine Lust, mich mit dir zu streiten. Ich werde dir erzählen, woher ich Chloe kenne. Und was mich mit ihr verbindet. Komm, setzen wir uns an einen Tisch.«

Im Hotel gab es ein kleines Restaurant. Sie nahmen an einem Tisch in der Ecke Platz. Margot bestellte sich einen doppelten Whiskey, ihr Vater tat es ihr gleich.

»Also?«, fragte Margot, nachdem die Bedienung gegangen war.

»Ich habe in Frankfurt Jura studiert, das weißt du ja«, begann ihr Vater. »Damals lernte ich deine Mutter kennen. Sie war gerade zwanzig, ich gut fünf Jahre älter. Sie hat in der Schulstraße gearbeitet, damals war da noch ein Lederwarengeschäft, und sie machte eine Lehre als Verkäuferin.

Ich habe damals eine Aktentasche gekauft. Mein Vater sagte mir, ich bräuchte da was Anständiges, wenn ich bald nach Amerika gehen würde. Es war geplant, dass ich im Herbst für ein Semester an die Uni in Evansville gehen würde. Alles war in trockenen Tüchern. Für das Studium war es nicht nötig, aber so ein Auslandssemester macht sich in jeder Bewerbung gut, und mein alter Herr sah das auch so. Ich freute mich jedenfalls auf die USA. Valerie bediente mich damals in diesem Geschäft. Sie war eine ausnehmend gut aussehende junge Frau, und ich nahm all meinen Mut zusammen und fragte sie, ob sie mit mir in den kommenden Tagen einen Kaffee trinken würde. Es kam anders: Sie ging bereits an diesem Abend mit mir essen.«

Ihr Vater erzählte es ihr, als würde er von einem anderen Menschen sprechen, nicht von ihrer Mutter.

»Es war ein wundervoller Sommer, und wir verbrachten die kommenden Abende gemeinsam, trafen uns auch an den Wochenenden, schlenderten durch den Herrngarten, fuhren Boot auf dem Steinbrücker Teich … Ja, wir verstanden uns gut, Margot, sehr gut. Aber es war damals nicht anders, als es heute zwischen Menschen ist: Der Funke sprang einfach nicht über. Zumindest bei mir nicht.«

»Und bei Mama?« Sie konnte sich nicht dazu durchringen, von ihrer Mutter als »Valerie« zu sprechen; Mama war Mama. Immer gewesen. Und sie würde es immer sein.

Die Kellnerin kam mit den beiden Whiskeygläsern, und nachdem sie gegangen war, nahm Sebastian Rossberg erst mal einen tiefen Schluck und tat dann so, als hätte er Margots Frage vergessen, und sprach einfach weiter.

»Ich wollte mich nicht binden. Natürlich wollte auch ich irgendwann eine Familie gründen. Aber erst, nachdem ich im Beruf erfolgreich war. So redete ich es mir zumindest ein.« Er sah seine Tochter an und fragte: »Margot,willst du das alles wirklich wissen?«

»Ich will«, sagte Margot bestimmt. Und fürchtete sich mit

einem Mal davor, dass ihr Sohn eines Tages in ebendiesem Tonfall mit ihr sprechen würde. Über ihre Ehe mit Horst und dass sie ihn mit Rainer betrogen hatte.

Ihre Eltern waren immer korrekt miteinander umgegangen und waren ihr auch stets gute Eltern gewesen. Aber die Zärtlichkeit, die beide ihr geschenkt hatten, hatte es zwischen ihnen selbst nie gegeben, und Margot hatte nie verstanden, weshalb.

»Du willst es wissen.« Sebastian sah sie an, und in seinen Augen blitzte es.

Margot nickte.

»Gut. Ich sagte deiner Mutter bereits bei unserem ersten Rendezvous, dass ich für ein halbes Jahr nach Amerika gehen würde. Und je näher der Zeitpunkt kam, desto mehr wurde klar, was zwischen uns war und was nicht. Ich lasse alle Details weg, die Diskussionen, die wir führten, ihr Drängen, dass ich nicht nach Amerika gehen sollte.

Drei Wochen vor meiner Abreise gingen wir auf ein Jazzkonzert. Sie kam mir zuliebe mit, und es war ein toller Abend. Ich fuhr sie nach Hause, und sie fragte mich, ob ich nicht noch mit nach oben kommen wolle. Sie wohnte noch bei Oma und Opa; du kennst die Wohnung in der Soderstraße ja noch. Sie sagte, dass ihre Eltern über das Wochenende verreist seien. Da ging ich mit.«

»Und?« Eine völlig überflüssige Frage.

Darum antwortete ihr Vater auch nur: »Ja.« Dann fuhr er fort: »In dieser Nacht bist du entstanden. Nur warst du die Einzige, die davon wusste.«

Für Margot war es an der Zeit, ihr Whiskeyglas zu leeren. Sie tat es mit dem ersten Zug.

»In den folgenden Tagen war ich mit den Vorbereitungen meines Amerikatrips beschäftigt«, erzählte Sebastian Rossberg weiter. »Darum sahen wir uns nicht mehr so oft.«

Margot ersparte es sich und ihrem Vater, seine Worte in eine deutlichere Sprache zu übersetzen: Ich habe gemerkt, dass das nichts mit uns war, deshalb machte ich mich bis zu meiner Abreise rar.

»In Evansville fühlte ich mich richtig wohl«, schwärmte Rossberg. »Es war schön hier, ich fand schnell Anschluss. Und in einem Supermarkt traf ich dann Chloe. Aber das weißt du ja schon.«

»Also hast du doch erst Mama kennengelernt und Chloe erst danach, habe ich das richtig verstanden?«

»Ja. Aber Chloe habe ich in dem Moment geliebt, als ich sie gesehen habe«, gestand er ihr. »Und ihr ging es ebenso. So war es, Margot. Die Liebe kommt manchmal zum falschen Zeitpunkt. Oder zum falschen Menschen. So ist es nun mal.«

Stimmt leider, dachte Margot. Sie hatte damals ein Verhältnis mit Rainer gehabt, hatte ihn schon seit der gemeinsamen Schulzeit gekannt. Aber sie hatte einen anderen geheiratet und ihn dann mit Rainer betrogen. Als sie nach Horsts Tod frei für Rainer gewesen war, hatte der einen Ehering am Finger getragen, und so hatten sie gemeinsam seine Frau betrogen, und das über Jahre hinweg.

Was auch immer Sebastian Rossberg noch gestehen würde, sie war kaum in der Position, den Moralapostel zu spielen. Aber sie wollte es hören. Schließlich ging es um ihre Eltern. Und letztendlich auch um sie selbst.

»Ich wäre nie nach Deutschland zurückgekehrt, Margot«, sprach ihr Vater weiter. »Doch dann kam das Telegramm von Oma. Sie schrieb: ›Valerie bekommt ein Kind. Erwarte, dass du zurückkommst.‹ Das war der Moment, der mein Leben veränderte. Ich mache es kurz: Ich dachte drei Tage darüber nach, dann entschied ich mich, Valerie nicht im Stich zu lassen, und nahm den nächsten Flieger Richtung Heimat.«

Margot sah ihren Vater fassungslos an. Ich war kein Kind der Liebe, dachte sie. Mach dir darum keinen Kopf, du befindest dich damit in der Gesellschaft der Mehrheit der Kinder auf dieser Welt, beruhigte sie die Pragmatikerstimme. Netter Trost.

»Du hast meine Mutter nie geliebt«, sagte Margot tonlos. Es lag kein Vorwurf in ihrer Stimme. Sie sprach nur eine Tatsache aus, die sie immer irgendwie gespürt hatte.

»Doch«, widersprach ihr Vater, und in seinen Augen schimmerten Tränen. »Ich habe deine Mutter geliebt. Anders als Chloe. Und es hat länger gedauert, bis ich diese Liebe erkannte. Aber deine Mutter und ich, wir haben uns beide geliebt. Und respektiert.«

»Respektiert«, wiederholte Margot abfällig.

»Sag das nicht so«, gebot ihr Vater. »Ich weiß, dass ich jetzt kaum etwas sagen kann, das du nicht in irgendeiner Weise falsch verstehst. Dennoch werde ich weitererzählen. Am Anfang warst du es, die uns zusammengeschweißt hat. Es war die gemeinsame Angst um dich, als du mit einem Jahr Scharlach bekamst; es waren die gemeinsam und abwechselnd durchwachten Nächte, als dich mit drei Jahren jede Nacht Albträume plagten. Es waren diese Nächte, die unser Innerstes nach außen kehrten, weil wir nicht schlafen konnten. Und es gab in meinem Leben keinen Menschen, auf den ich mich so bedingungslos verlassen konnte wie auf Valerie.«

»Bist du noch mal nach Amerika geflogen, um Chloe wiederzusehen?«

Sebastian Rossberg zögerte. »Bis zu deiner Geburt, sogar an meinem Hochzeitstag, habe ich daran gedacht, es zu tun. Aber es war ein Traum. Ich wusste, dass es mich, sobald ich hier eingetroffen wäre, zerrissen hätte. Dass ich mich sofort in den nächsten Flieger zurück nach Deutschland gesetzt hätte. Nein, ich bin nicht geflogen. Und ich habe Chloe nur noch einen Brief geschrieben. Ihr alles erklärt. Und sie gebeten, dass sie mir nicht antworten möge. Sie hat sich leider und Gott sei Dank daran gehalten.«

Margots Wut hatte sich aufgelöst wie Morgennebel unter der Äquatorsonne. Ihr Vater war bei ihrer Mutter geblieben. Und er hatte sie auch nicht betrogen in all den Jahren ihrer Ehe. Margot konnte nicht sagen, wieso ihr das so wichtig war. Ihre Mutter war seit vielen Jahren tot. Aber es *war* ihr wichtig.

Sie griff nach seiner Hand und sagte nur: »Sorry.«

Ihr Vater hielt ihre Hand fest, als der das Glas hob. »Prost.«

Auch er trank sein Glas leer.

»Und du hast nie wieder Kontakt zu Chloe aufgenommen?«, fragte sie.

Ihr Vater deutete ein Kopfschütteln an. »Nein. Ich habe immer wieder an sie gedacht, fragte mich, wen sie wohl geheiratet hat, wie viele Kinder sie wohl hat, ob sie immer noch das Doppelviolinkonzert von Bach hört, ob sie immer noch Brot mit Wurst und Erdnussbutter isst, ob sie noch lebt. Aber es waren immer nur Momente der Erinnerung. An Bach. An den Plymouth.« Sein Grinsen sagte mehr, als Margot an Details erfahren wollte.

»Warum dann jetzt?«, fragte sie. »Warum der Cougar im Green Sheep?«

»Du wirst es erleben, Margot. Wenn du älter wirst, wirst du sentimentaler. Und du spürst, dass du nicht mehr so viel Zeit hast. Anfangs habe ich mir gesagt: He, ich brauche mehr Zeit für mich. Aber eigentlich heißt das: Ich brauche mehr Zeit ohne Evelyn. Einmal im Monat trank ich meinen Cougar und schwelgte in Erinnerungen. Und dann kam Nick. Aus Darmstadt, Indiana. Und sagte, dass Chloe noch lebt. Ich sage dir, Margot, von da an befand ich mich im freien Fall. Ich habe in den Tagen vor dem Abflug mehr nachgedacht, als ein Gehirn in einem Monat leisten kann. Wann, wenn nicht jetzt? Das war die alles bestimmende Frage.«

»Hast du jemals bereut, dass du nicht früher hierher zurückgekehrt bist?«

»Aber klar. Ich hätte ja viel früher in Erfahrung bringen können, wie es Chloe geht. Aber ich hatte Angst, dass sie vielleicht verheiratet ist, dass sie eine glückliche Ehe führt oder aus anderen Gründen nichts mehr von mir wissen will. Dass sie sich vielleicht gar nicht mehr an mich erinnert. Dass sie mich hasst, weil ich sie damals verlassen habe. Oder dass sie längst nicht mehr lebt. Ich war … ich bin ein Angsthase.« Sebastian Rossberg sah auf seine Armbanduhr. »Aber jetzt, meine Liebe, werde ich zu ihr fahren.« Er erhob sich.

»Die Runde geht auf mich«, sagte Margot und stand ebenfalls auf. Sie und ihr Vater umarmten sich, drückten einander und brauchten keine Worte mehr, um sich gegenseitig zu zeigen, was sie füreinander empfanden.

»Einen schönen Abend wünsche ich dir. Wünsche ich euch«, sagte Margot, als ihr Vater an der Rezeption ein Taxi bestellte.

»Dir auch«, sagte er.

Das Taxi fuhr vor. Ihr Vater verschwand.

Und Margot musste sich eingestehen, dass sie ihren alten Herrn noch nie so glücklich erlebt hatte wie in den vergangenen Tagen in Amerika. Mit einer Frau, der im Supermarkt das Portemonnaie auf den Boden gefallen war und die Bach aus JBL-Boxen dröhnen ließ.

Margot schmunzelte. Das Drama hatte nicht damit angefangen, dass Frau Evelyn das Buch »Simplify your life« angeschleppt und damit das Leben ihres Vaters entrümpelt und auf den Kopf gestellt hatte. In Wirklichkeit hatte sie nie eine Chance gehabt, denn da war kein Platz mehr gewesen im Herzen von Sebastian Rossberg.

Die Liebe kommt manchmal zum falschen Zeitpunkt oder zum falschen Menschen. Margot spürte, dass sich der Whiskey in ihrem Kopf breitgemacht hatte.

In diesem Moment kam Nick in das Foyer.

»Komm, gehen wir«, sagte Margot, drückte dem verdutzten US-Kollegen einen Kuss auf die Wange und hakte sich bei ihm unter.

FREITAG, 17. DEZEMBER

3.00 Uhr Ortszeit Darmstadt, Hessen

Er sah das Display des drahtlosen Telefons aufleuchten, was es immer tat, bevor es Laut gab.

Der Laut allerdings blieb aus, denn Horndeich hatte es auf Vibrationsalarm gestellt, damit Sandra nicht aufwachte. Es lag auf dem Nachtschränkchen, und Horndeich griff es sich, bevor es seinen Vibrationssteptanz auf dem Holz hinlegen konnte und das Geräusch Sandra womöglich doch noch aus dem Schlaf riss.

»Ja?«, fragte er leise, weil er die angezeigte Nummer nicht zuordnen konnte.

»Herr Horndeich?«

»Moment«, flüsterte er und kletterte aus dem Bett.

Sandra räkelte sich im Schlaf. Horndeich schloss die Schlafzimmertür hinter sich.

»Wer holt mich um diese Uhrzeit aus dem Bett?« Als er aus dem Bett gestiegen war, hatte er kurz einen Blick auf die Leuchtziffern des Weckers werfen können: drei Uhr in der Frühe.

»Entschuldigen Sie.«

Er erkannte die Stimme. »Was ist los, Frau Mahone?«

»Ich war es«, sagte Annie. »Ich habe meinen Mann umgebracht. Und auch Bill. Ich bin schuldig.«

Das glaubte er jetzt nicht. Da hatte er sich gerade dazu durchgerungen, Annie Mahones siebenhundertste Variante ihrer Geschichte endlich als »Final Cut« zu akzeptieren, und nun erzählte sie ihm, dass doch alles ganz anders gewesen war.

»Ich halte das für einen sehr schlechten Scherz«, beschwerte sich Horndeich. »Und dann auch noch um diese Zeit.«

»Es ist kein Scherz.« Er hörte, dass sie weinte. »Kann ich Sie treffen?« Sie schien am Ende ihrer Kräfte.

»Wo sind Sie?«

»Ich stehe vor Ihrem Haus.«

Horndeich schaute aus dem Fenster. Ein Polo stand direkt vor dem Gartentörchen. Im Lichtkegel der eingeschalteten Scheinwerfer tanzten Schneeflocken.

Horndeich rang kurz mit sich, was er tun sollte. »Ich mache Ihnen die Tür auf. Aber seien Sie bitte leise, meine Frau schläft.«

Zwei Minuten später saß Annie Mahone in Horndeichs Esszimmer.

»Tee?«, bot diesmal Horndeich an.

Annie nickte. Sie hatte sich auf der geschnitzten Sitzbank niedergelassen. Als er eingezogen war, hatten sich Sandra und er dafür entschieden, dem bayerischen Relikt Gnadenbrot zu gewähren. Nur das Hirschgeweih hatte umziehen müssen.

Horndeich goss den Tee auf. »Erzählen Sie.«

Annie sah ihn durch den offenen Küchenzugang an. »Ich habe Jack erschlagen. Als er Matt angriff, habe ich den Baseballschläger genommen und zugeschlagen. Dann konnte ich nicht mehr aufhören. Jack kroch weiter, und ich schlug wieder und wieder auf ihn ein. Bis er sich nicht mehr rührte.«

Horndeich kam mit den beiden Teepötten ins Esszimmer. »Und dann?«

»Den Rest habe ich Ihnen erzählt. Erst saßen Matt und ich regungslos da, dann klingelte Bob.«

»Und Fishkin?«

»Er rief an und sprach auf den Anrufbeantworter. Und ich rief ihn dann auf seinem deutschen Handy zurück.«

Horndeich stand auf. Im Esszimmer standen zwei Schränke voll mit Geschirr und mit Küchenutensilien. Doch in einer Schublade bewahrte er immer einen Block und einen Kuli auf. Mit dem Schreibwerkzeug bewaffnet kam er zurück an den Tisch: »Die Nummer?«

»Weiß ich nicht. Ich hatte sie in meinem Handy gespeichert.«

»Dann sehen Sie bitte nach.«

»Ich habe die Nummer schon gelöscht. Gleich, nachdem ich Bill umgebracht hatte.«

»Wir können das alles nachprüfen.«

Annie sah Horndeich an. »Das brauchen Sie nicht nachzuprüfen. Ich lege doch gerade ein Geständnis ab. Sie brauchen also niemanden mehr zu überführen.«

»Dann weiter.«

»Ich rief ihn an, und er wollte sich mit mir treffen. Nicht in der Wohnung. Er sagte, er wolle mit mir allein sprechen, bevor er auch mit meinem Mann reden würde. Wir verabredeten uns am Traisaer Hüttchen.«

»Wieso dort?«

»Keine Ahnung.«

»Und dann?«

»Ich fuhr hin. Und Bill forderte mich auf, mit ihm einen Spaziergang zu machen. Wir waren noch nicht über die Eisenbahnbrücke gegangen, da sagte er, er wisse, dass ich seinen Vater ermordet habe. Er hatte noch nicht herausgefunden, wer Matt war, aber er wusste durch die DNA-Vergleiche, dass Matt nicht sein Vater war. Aber das wissen Sie ja auch schon alles, Herr Horndeich.«

»Und warum haben Sie ihn erschlagen?«

»Weil er sagte, er habe Beweise dafür, dass ich Jack getötet habe.«

»Und das glaubten Sie ihm?«

»Ich fragte ihn, was er denn davon hätte, wenn er das an die große Glocke hängen würde. Er sagte, er wolle einfach nur Gerechtigkeit und dass der Mörder seines Vaters hinter Gitter landet. Und dass er sein Erbe einklagen würde.«

»Und da haben Sie im Affekt zugeschlagen?«

»Ja.«

»Wo lag der Ast, mit dem Sie zugeschlagen haben?«

»Am Brückengeländer. Keine Ahnung, wie er dort hingekommen ist.«

»Und dann?«

»Dann schlug ich zu.«

»Warum haben Sie ihm mit dem Prügel noch ins Gesicht geschlagen?«

»Es war wie damals in Darmstadt, also bei Jack. Ich war außer mir.«

»Danke.«

Verdutzt sah sie ihn an. »Danke wofür?«

»Danke dafür, dass Sie mich wegen nichts und wieder nichts aus dem Bett geholt haben«, sagte Horndeich verärgert.

»Ich verstehe nicht …«

»Sie sollten zu einem Arzt gehen. Sie leiden unter Pseudologia phantastica.«

»Pseudo-was?«

»Das krankhafte Verlangen zu lügen. Meist aus dem Bedürfnis heraus, sich wichtig zu machen. Bitte gehen Sie jetzt.«

»Herr Horndeich, Sie müssen mir glauben: Ich bin verantwortlich für den Tod von Jack Mahone und William Fishkin!«

»Das mag sein, das kann ich nicht beurteilen. Aber Sie haben William Fishkin nicht umgebracht. Er wurde nicht mit einem Ast erschlagen. Und er wurde auch nicht im Traisaer Hüttchen gefunden. Und ins Gesicht geschlagen hat man ihm auch nicht. Und wenn der Grund für Ihren angeblichen Mord an Bill der Mord an Jack Mahone war, dann geht der an Jack sehr wahrscheinlich auch nicht auf Ihr Konto. Bitte gehen Sie jetzt. Dann kann ich wenigstens noch drei Stunden schlafen.«

Annie erhob sich. Wortlos ging sie zur Tür, verabschiedete sich nicht, ging zu ihrem Wagen, geduckt wie ein geprügelter Hund.

Horndeich schloss die Tür hinter ihr. Saukalt war es draußen.

Was sollte das Ganze?, fragte sich Horndeich, als er wieder im Esszimmer war. Warum wollte sie sich plötzlich als Mörderin darstellen, obwohl sie in den vergangenen Tagen alles unternommen hatte, dass kein Verdacht in diese Richtung entstand?

Sie will jemanden schützen, dachte Horndeich. Und da fielen ihm nur drei Namen ein: Jamie, Esther und Mara.

Horndeich brachte die Teetassen in die Küche.

Eine Löwin, die ihre Kinder beschützt, ging es ihm durch den Sinn, während er die Tassen in die Spülmaschine stellte.

Dann hörte er Sandra. Zunächst nur die Schlafzimmertür,

dann Würgelaute. Alarmiert riss er die Küchentür auf, eilte in den Flur und sah Sandra oben an der steilen Treppe stehen und wie sie sich auf die Stufen erbrach.

»Entschuldige«, jammerte sie anschließend mit schwächlicher Stimme, während er die Treppe hochkam und versuchte, ihrem Erbrochenen auszuweichen. »Ich habe es nicht mehr geschafft. Geht seit ein paar Tagen so.«

Das Schlafzimmer lag im ersten Stock unter dem Dach, das Bad im Erdgeschoss. Horndeich war schon immer dafür gewesen, das Schlafzimmer auch unten einzurichten. Und dem besten Argument für diesen Plan wich er gerade mit geschickten Sprüngen aus.

Wenig später war das Malheur beseitigt.

»Warum bist du eigentlich wach?«, fragte Sandra, als sie aneinandergekuschelt auf dem Sofa saßen.

Horndeich erzählte vom nächtlichen Besuch und Annies erneuter Lügengeschichte.

Sandra wollte etwas dazu sagen, doch Mutter Natur schnitt ihr mit aller Brutalität das Wort ab, sie sprang auf und hechtete ins Bad. Die Geräusche kannte Horndeich.

»Du bist doch schwanger«, unkte er vor der Badtür.

»Quatsch«, kam es kraftlos aus dem Inneren. »Ich bin sehr konsequent bei der täglichen Einnahme der kleinen Pralinen, die genau das verhindern mögen.«

Sie hatten kaum über das Thema Kinder gesprochen. Vor eineinhalb Jahren war Sandra zum LKA nach Wiesbaden gewechselt. »Zwei Jahre will ich dort auf jeden Fall erst mal arbeiten«, hatte sie fest entschlossen gesagt.

Horndeich hatte vor ein paar Tagen nachgerechnet, dass, sollte Sandra doch schwanger sein, die zwei Jahre ja erreicht wären. »Eine von fünfhundert Frauen wird trotz Pille schwanger«, legte er noch nach. Wollte er eigentlich Kinder haben?

Er hörte die Klospülung, dann Wasserrauschen im Waschbecken. »Alles in Ordnung?«

Der Türschlüssel drehte sich. Sandra kam heraus. Mit einem Schwangerschaftstest in der Hand.

Den ein fetter roter Punkt zierte.

»Du hast recht«, sagte Sandra tonlos.

Horndeich hatte sich nie gefragt, wie er wohl reagieren würde, wenn er erfuhr, dass er Vater werden würde. Auch in diesem Moment dachte er nicht darüber nach, sondern hob Sandra hoch und wirbelte sie herum. »Wir werden Eltern!«, rief er.

»Steffen!«, rief Sandra.

»Wir werden Eltern!«, wiederholte er und wirbelte sie noch eine weitere Runde herum.

»Lass mich runter!«, rief Sandra. Horndeich dachte, sie wolle ihn nur in seinem Übermut bremsen. Die unmittelbar folgenden Laute belehrten ihn eines Besseren.

Während sie das zweite Mal innerhalb der vergangenen dreißig Minuten gemeinsam Lappen und Schrubber bemühten, sagte Horndeich: »Na, daran können wir uns jetzt schon mal gewöhnen, was?«

Eine Viertelstunde später lagen sie nebeneinander im Bett. Sandra hatte sich an Horndeich geschmiegt. Sie hatte ihm versichert, dass ihr nicht mehr übel sei.

Sie war schläfrig, die Augen fielen ihr immer wieder zu, doch jedes Mal riss Sandra sie wieder auf und starrte ihn an, als wollte sie sich vergewissern, dass ihr Mann noch da war, dann wurden ihr die Lider wieder schwer …

»Wie werden wir es nennen?«, fragte Horndeich mehr sich selbst.

»Ganz einfach. Wenn es ein Junge wird, nennen wir ihn nach mir: Sander oder meinetwegen auch Alexander. Wenn's ein Mädchen ist, nennen wir sie nach dir: Stefanie.«

Damit schlossen sich ihre Augen endgültig, und sie schlief ein.

Horndeich betrachtete sie. Und fühlte sich tief zufrieden und mit sich und der Welt im Reinen. Es war einer jener ganz seltenen vollkommenen Momente im Leben. Alexander oder Stefanie. Gebongt. Er kannte seine Frau. Sie würde mindestens fünf Bücher über Vornamen anschleppen und Stunden, wenn nicht Tage im Internet recherchieren. Aber er war sich absolut sicher, ihr Kind würde einen der beiden Vornamen bekommen, die sie gerade genannt hatte. Weil Sandra sie in jenem magischen Moment gefunden hatte.

Sie atmete ganz gleichmäßig. Und seine Hand wanderte zu ihrem Bauch, wo sie schützend liegen blieb.

Meine Löwin, dachte er.

Dann stutzte er. Es gab außer Annie noch eine weitere Löwin, die ihr Kind mit Zähnen und Klauen beschützen würde, wurde ihm in diesem Moment klar.

7.00 Uhr Ortszeit Darmstadt, Indiana

Sie wachte auf.

Es roch anders.

Das war nicht ihr Hotelbett.

Das war nicht ihr Hotelzimmer.

Sie sah Leuchtziffern. Einen Wecker.

Nicht ihr Wecker.

Aber wessen Wecker dann, verdammt noch mal?

Eine der Zahlen veränderte sich, und aus der 7:01 wurde eine 7:02.

Margot hob den Kopf, wenn auch nicht mehr als zwei Zentimeter, dann stoppte sie, weil irgendein Idiot ihren Schädel als Kirchenglocke missbrauchte.

Abermals überlegte Margot, wo sie sich eigentlich befand. Sie erinnerte sich nur noch, wie sie …

Verdammt.

Sie erinnerte sich daran, wie sie Nick geküsst hatte. Mitten auf der Tanzfläche. Mitten auf den Mund.

Das Gute daran war, dass es wenigstens Nick gewesen war und nicht irgendein Kerl, der ihr an diesem Abend über den Weg gelaufen war. Das Schlechte war, es war nicht Rainer gewesen.

Margot erkannte schemenhaft eine Nachttischlampe. Sie schaltete sie ein. Das Licht war grausam hell. Der Glöckner war nichts gegen den Blender, der ihr die Netzhaut versengen wollte. Nachttischlampen in Flutlichtstärke gehörten verboten.

Als sie schließlich wieder etwas erkennen konnte, starrte Margot auf Schloss Neuschwanstein. Irgendetwas lief hier offensichtlich richtig schief. Das Bild war gerahmt und hing an der dem Bett gegenüberliegenden Seite.

Sie sah neben sich. Das Bett war breit. Und sie war nicht allein. Und auch dieser Mann neben ihr war nicht Rainer. Sie beugte sich vorsichtig in seine Richtung.

Nick.

Zum Glück. Und – auweia, was war nach diesem Kuss geschehen?

Margot schlug die Bettdecke zurück.

Die Überraschungen nahmen kein Ende. Das T-Shirt war schwarz. Und es gehörte definitiv nicht ihr. Und zwischen T-Shirt und Busen befand sich kein BH. Auch kein gutes Zeichen. Nach kurzer Prüfung war Margot froh, wenigstens einen Slip anzuhaben, dazu noch den eigenen. Irgendwie beruhigend. Zumindest ein bisschen.

Sie stemmte den Oberkörper hoch und stützte sich dabei auf die Ellbogen. Immer schön vorsichtig. Vielleicht fand sie ja die Toilette, ohne dass Nick aufwachte. Sie schwang die Beine aus dem Bett, stand auf, machte einen Schritt in Richtung Tür, drehte sich dabei zu Nick um – und achtete nicht darauf, was auf dem Boden lag. Ihr BH zum Beispiel. Ihre Füße verhedderten sich darin, sie stolperte, knallte auf den Boden und wischte im Fallen noch die Lampe vom Nachtschränkchen, die daraufhin wenigstens das Chaos nicht mehr illuminierte.

Der Schmerz ließ sie aufschreien, als sie mit dem Knie auf das Parkett schlug.

Das Licht flammte wieder auf. Nicht ganz so hell, da es von Nicks Lampe auf seinem Nachtschränkchen kam. Blödsinn, *beide* Nachtschränkchen sind *Nicks* Nachtschränkchen, dachte Margot noch.

»Alles okay?«, fragte er.

Ja. Alles paletti, schoss es ihr durch den Kopf. Ich wache nachts mit dickem Schädel neben dir auf, habe einen klassischen Filmriss. Das Märchenschloss des verrückten Königs verhöhnt mich, und mein Knie versucht sich im Wettstreit mit dem Kopf, wer mehr Schmerzen verursachen kann. Alles bestens.

Margot brummte eine beschwichtigende Antwort, die sich anhörte wie »Verdammter Scheißdreck!«, rappelte sich auf – und starrte auf die anderen Wände des Schlafzimmers. Neben dem Schloss befand sich der Kleiderschrank, rechts davon die Fensterfront, und die beiden anderen Wände erinnerten Margot sehr an die Bilderwand eines Heimatmuseums. Gerahmte Fotos über und über. Etwa ein Viertel davon zeigten Nick, seine Frau und zwei Kinder. Die beiden waren offensichtlich inzwischen erwachsen. Und die Frau war das letzte Mal auf den Fotos zu sehen, als die Kinder Teenager gewesen waren. Nicht lustig.

Margot setzte sich auf das Bett. Nick warf die Bettdecke zurück, er trug nur noch Boxershorts. Der Umfang seines Waschbärbauchs war nur unwesentlich geringer als jener von Rainer. Hatte sie das in dieser Nacht schon einmal feststellen können?

Nie wieder Alkohol …

»Wo ist die Toilette?«, fragte sie. Wenn ihr Atem so roch, wie ihr Mund sich anfühlte … Sie weigerte sich, den Gedanken weiterzuspinnen.

Nick hatte dieses fiese Grinsen im Gesicht.

»Haben wir?«, fragte Margot nur.

Das Grinsen wurde breiter. »Drinking. It provokes the desire, but takes away the performance.«

»Hä?«

»Shakespeare. Macbeth. Und … nein, wir haben nicht.« Dann konnte sich Nick nicht mehr beherrschen und lachte laut los.

Sie hasste ihn. Zumindest ein bisschen.

Das Bad war großzügig ausgebaut. Sie spülte sich den Mund mit Nicks Mundwasser aus.

Nick fing sie an der Tür ab. »Ich nehme an, du kannst einen Orangensaft vertragen, einen Liter Wasser, zwei Aspirin und dann einen Kaffee.«

Sie musste sich korrigieren. Sie liebte ihn wieder. Zumindest ein bisschen.

»Warum habe ich dein T-Shirt an?«

Nick gluckste. »Weil deine Klamotten noch feucht waren vom Rotwein, den du …«

»… ich mir über die Brust gekippt habe?«

»Ja. Aber nur, weil diese alte Schachtel dich angerempelt hat.« Er machte eine kurze Pause. »Keine Erinnerung?«

»Nein.«

»Ab wann?«

Inzwischen waren sie in die Küche gegangen. Nick hatte sich eine Jogginghose angezogen und ein T-Shirt.

Margot überlegte, ob sie die letzten fünf Minuten ihrer Erinnerung unterschlagen sollte, antwortete dann aber wahrheitsgemäß: »Nachdem wir uns geküsst haben.«

»Nach dem *ersten* Kuss?«

Es begann peinlich zu werden. Eine mahnende Stimme in ihrem Kopf riet ihr dringend zu schweigen. Was sie auch tat.

Nick presste Orangen aus. Margot trank in der Zeit drei Gläser Wasser. Danach fühlte sie sich besser. Zumindest ein bisschen. Sie hoffte, dass die beiden Aspirin ihren Job erledigen würden.

»Schloss Neuschwanstein. Warum hast du dir so ein Riesenbild davon in dein Zimmer gehängt?«

Nick sah sie nicht an, als er antwortete. »Auf dem Schloss habe ich meine Frau gefragt, ob sie mich heiraten will. Und sie wollte. Deshalb das Bild.«

Eine andere Welt. Irgendwie sagte ihr alles in diesem Haus, dass sie darin keinen Platz hatte. Was erwartete sie auch? Was wäre, wenn? Immer diese kleine Frage, die einem die Ruhe im Leben nachhaltig zerstören konnte. Was wäre, wenn sie für den Rest ihrer Tage in Amerika leben würde? Überflüssige Frage. Würde sie ja nicht. Und die Vorstellung, Nick zu lieben, mit ihm Sex zu haben unter diesem Bild von Neuschwanstein, wo er einst seiner Frau einen Antrag machte, war regelrecht pervers.

»Ich habe schon oft darüber nachgedacht, es abzuhängen«,

fuhr Nick fort. »Sogar meine Kinder haben mir das nahegelegt. Aber … bisher habe ich es nicht übers Herz gebracht.«

Damit war alles gesagt. Fand Margot.

»So ein riesiges Bild …«, murmelte sie.

Und schlug sich im nächsten Moment mit der flachen Hand gegen die Stirn. »Nick. Ich glaube, ich weiß jetzt, wer Jack Mahone umgebracht hat. Und warum. Ich muss mit Chloe sprechen.«

15.00 Uhr Ortszeit Darmstadt, Hessen

Er hätte früher darauf kommen können.

Horndeich ärgerte sich, dass er das Offensichtliche nicht sofort erkannt hatte. Aber es war erst Annies Satz an diesem Morgen gewesen, der die einzelnen Teile zu einem klaren Bild zusammengesetzt hatte.

William würde sein Erbe einklagen …

Und dann hatte Sandra ihm mit ihrer Geste bewusst gemacht, dass auch Esther eine Mutter war, die ihr Kind beschützen würde.

Der Gedanke ließ ihn nicht mehr los. Er war früh ins Präsidium gefahren, nachdem er sich versichert hatte, dass Sandra nicht mehr unter Übelkeit litt. Dort hatte er sich die Protokolle der Befragungen noch einmal vorgenommen. Und nach und nach war eine Ahnung in ihm aufgestiegen, was wirklich passiert sein konnte.

Annies Tochter Jamie konnte es einerlei sein, ob Jack – oder der Mann, den sie als Jack kannte – ihr leiblicher Vater war oder nicht. Hätte Bill das Erbe seines Vaters zugesprochen bekommen, hätte auch sie finanziell davon profitiert, denn auch sie wäre Erbin, schließlich hatte der DNA-Abgleich zweifelsfrei bewiesen, dass Bill und sie denselben Vater hatten. Würde der Schwindel jedoch nicht aufgedeckt, erbte sie halt vom falschen Vater.

Doch für Esther würde sich alles ändern. Und auch für Mara.

Horndeich ließ vom Kollegen Marlock Esthers Finanzen überprüfen, und Kollege Zoschke übernahm die von Mara. Und er selbst rief Hinrich an und danach das Bestattungsunternehmen, wo sich die Leiche von Jack Mahone alias Matt Brassel befand, um sie zur Gerichtsmedizin nach Frankfurt zu überführen. Schon drei Stunden später rief ihn Hinrich zurück und bestätigte Horndeichs Vermutung: Unter den Fingernägeln von Jack Mahone/Matt Brassel hatte er kleine Hautpartikel gefunden. Offenbar hatte sich Mahone vor seinem Tod gegen jemanden zur Wehr gesetzt und den Widersacher gekratzt.

Horndeich bedankte sich bei Hinrich und legte auf. Wenige Minuten später tauchten Marlock und Zoschke in seinem Büro auf und präsentierten ihm die Ergebnisse ihrer Recherchen.

Die Finanzlagen der beiden Schwestern waren alles andere als rosig. Mara hatte einen riesigen Kredit aufgenommen, um die Wohnung in der Pützerstraße abzubezahlen. Ihr Mann gab zwar den großen Zampano, aber offenbar stemmte im Wesentlichen Mara die Finanzierung der Wohnung, wobei ihr Vater ihr immer wieder mal mit einer Überweisung unter die Arme griff.

Ihre Schwester Esther hatte die Ermittler angelogen: Es gab keinen Unterhalt von irgendeinem Vater der Tochter. Wie auch? Nun, da Spürhund Horndeich erst mal auf der richtigen Fährte war, flogen alle Scheinwahrheiten auf. Der Vater des Kindes hieß Fred Klautstoun und saß. Im Knast. Wegen Betrugs im großen Stil. Und da würde er auch noch mindestens drei Jahre sitzen. Unterhalt gab es. Aber nicht vom Vater des Kindes. Sondern ausschließlich von Esthers Papa.

Mara hatte behauptet, zum Zeitpunkt des Mordes bei der Arbeit gewesen zu sein. Und Esther war angeblich einkaufen gewesen, konnte das mit einem Kassenzettel nachweisen.

Horndeich suchte Maras Mann Ingo am Vormittag auf und fragte ihn noch mal nach dem Kuss, den Esther angeblich William Fishkin gegeben hatte. Ingo Gollheimer bestätigte, dass er dies bezeugen könne.

Die Fahrt zu Esther Mahone erschien Horndeich sehr lang. Sie war zur Tatzeit, als William Fishkin erschlagen worden war, angeblich einkaufen gewesen. Beim Aldi-Markt in der Innenstadt. Ihr Alibi hatte sie mit einem Kassenzettel untermauert. Und Margot und Horndeich hatten damals keinen Grund gehabt, dieses Alibi infrage zu stellen.

Aber so ein Kassenzettel besagte gar nichts, der war leicht zu organisieren, das wusste Horndeich. In den Einkaufswagen bei Aldi lagen genug davon herum, da musste man sich nur den mit einer passenden Uhrzeit heraussuchen. Noch einfacher war es natürlich, man schickte einen Freund oder Bekannten zu einer bestimmten Uhrzeit einkaufen. Als Mutter eines behinderten Mädchens fand sie bestimmt jemanden, der für sie zu Aldi fuhr. Oder sie kannte jemanden, der an diesem Wochentag um ungefähr diese Uhrzeit immer dort einkaufte, und hatte von ihm unter irgendeinem Vorwand den Kassenzettel erfragt.

Ja, es gab da viele Möglichkeiten …

Er erreichte die Adresse und stellte den Wagen vor dem Haus ab, stieg aus und klingelte.

»Herr Horndeich?«, klang Esthers Stimme über die Gegensprechanlage.

»Dürfte ich Sie sprechen?«

Das Gartentor schwang auf, die Haustür ebenfalls, und Esther Mahone erschien, elegant gekleidet, dezent geschminkt.

Dennoch sah Horndeich die dunklen Ringe unter ihren Augen, und ihm fiel auch auf, wie blass sie war.

»Was verschafft mir die erneute Ehre?«, fragte sie. »Haben Sie neue Erkenntnisse? Oder kann ich Ihnen helfen, indem ich noch ein paar Fragen beantworte?«

Horndeich nickte und beantwortete damit ihre Oderfrage mit einem Ja.

»Sie sehen nicht gut aus«, meinte sie, während sie ihn einließ. »Was ist? Ich hoffe, es gibt keine weiteren Hiobsbotschaften. Ist mit meiner Mutter alles in Ordnung?«

»Ja, es ist alles in Ordnung.« Das war die Lüge des Tages. »Ist Emily auch da?«

»Ja. Die Physiotherapeutin ist noch zehn Minuten mit ihr beschäftigt. Kommen Sie mit ins Wohnzimmer.«

Horndeich folgte Esther Mahone.

»Möchten Sie etwas trinken?«

In amerikanischen Filmen sagten die Männer immer »Einen doppelten Whiskey«, wenn sie unangenehme Nachrichten zu überbringen hatten. »Nein, danke.«

Esther Mahone setzte sich aufs Sofa, mit dem Rücken zum Fenster. Horndeich ließ sich in den Ledersessel nieder, mit dem Rücken zur Tür.

»Was kann ich also für Sie tun?«

Horndeich sah Esther Mahone an. Er wusste nicht, wie er anfangen sollte.

Wahrscheinlich war die Schocktherapie die beste. »Ihre Mutter hat mich heute Nacht besucht.«

»Meine Mutter?« Die Verwunderung schien echt. »Was wollte sie denn?«

»Sie wollte gestehen.«

»Was wollte sie gestehen?«

»Sie gestand, Bill Fishkin erschlagen zu haben. Und Jack Mahone ebenfalls.«

Esther sagte zunächst nichts. Erst nach ein paar Sekunden fand sie die Worte wieder. »Ist damit Ihr Fall gelöst?«

Hier spricht die Löwin, dachte Horndeich. Das mit ihrer Mutter ist ein Schock für sie, aber ihre Tochter, ihr Kind ist ihr wichtiger.

Doch er konnte sie nicht ungeschoren davonkommen lassen. Er hätte es gern getan. Für Emily. Aber diese Wahl hatte er nicht. »Nein, der Fall ist nicht gelöst. Was Jack Mahone angeht, vielleicht sagt Ihre Mutter da die Wahrheit, aber das glaube ich nicht. Denn das Geständnis dieses Mordes sollte nur das Motiv dafür liefern, dass sie angeblich Bill Fishkin umgebracht hatte. Aber den kann sie nicht umgebracht haben.«

»Warum nicht?« Esther Mahone rieb sich mit den Fingern der rechten Hand über den Oberschenkel.

»Weil sich der Mord an Fishkin nicht so abgespielt hat, wie Ihre Mutter ihn schilderte.«

»Und Sie sind jetzt extra gekommen, um mir das zu sagen?«,

fragte Esther nervös. »Gut, ich werde meine Mutter anrufen. Vielleicht braucht sie mich ja.«

»Ich bin nicht gekommen, weil ich Ihnen das mitteilen wollte.«

»Sondern?«

»Sie mochten sich, Sie und Bill, nicht wahr?« Er wusste nicht genau, wie er Esther Mahone weiter befragen sollte. Er hatte eine Menge Indizien, und die schienen sie für Fishkins Tod verantwortlich zu machen. Aber eine lückenlose Beweiskette war etwas anderes. Also musste er vorsichtig agieren.

Esther sah ihn an. Mit dieser Frage hatte sie nicht gerechnet. »Ja, wir … Wir mochten uns.«

»Sie empfanden mehr füreinander, als Geschwister füreinander empfinden sollten, stimmt's?«

»Herr Horndeich, was soll das jetzt? Selbst wenn, Bill ist tot!«

Horndeich erwiderte nichts darauf.

»Was gibt das hier? Suchen Sie lieber den Mörder von Bill, wenn es meine Mutter nicht war, anstatt mir so dummes Zeug an den Kopf zu werfen!«, sagte sie. »Ob Bill und ich uns gemocht haben oder nicht, was spielt das noch für eine Rolle?«

»Es spielt insofern eine Rolle, als es erklären würde, mit wem sich Bill Fishkin am Tag seiner Ermordung treffen wollte«, sagte Horndeich. »Wir haben zunächst vermutet, es wäre ein geschäftliches Treffen gewesen. War es aber offenbar nicht. Am Abend wollte er Ihre Eltern besuchen, aber mit wem traf er sich am Nachmittag? Und warum?«

Esther zuckte mit den Schultern. »Sagen Sie es mir.«

»Ja, das werde ich. Er rief Sie an. Er wollte mit Ihnen reden. Sie fielen aus allen Wolken, denn Sie wussten nicht, dass Bill wieder in Deutschland ist.«

Esther reagierte nicht.

»Er sagte Ihnen, dass Sie keine Geschwister seien. Dass Sie Ihre Liebe leben könnten. Das hat er Ihnen gesagt. Aber eben nicht nur das.«

»Sondern?«

»Frau Mahone, der Vater Ihres Kindes sitzt im Gefängnis. Seit vier Jahren. Und noch mindestens für drei weitere. Und er zahlt keinerlei Unterhalt. Und ich vermute, er hat davor auch nicht für Emily gezahlt. Und er wird es auch nicht tun, wenn er aus dem Knast kommt.«

»Ich verstehe nicht, worauf Sie hinauswollen.«

»Ihr Vater, er hat alles bezahlt. Alles.«

»Worauf wollen Sie hinaus, verdammt noch mal!« Esther Mahones Fassade bekam tiefe Risse.

»Bill hat Ihnen gesagt, dass er Sie sprechen muss. Sie trafen sich. Am Parkplatz, wahrscheinlich irgendwo auf der Lichtwiese. Dann gingen sie spazieren. Bill eröffnete Ihnen, dass er auf der Familienfeier DNA-Proben genommen hat. Er erklärte Ihnen auch, wie er auf die Idee gekommen war, dass Ihr Vater nicht sein Vater sein konnte. Und die Untersuchung der DNA-Proben ergab, dass er mit seiner Vermutung richtig lag. Dass Sie beide nicht verwandt seien. Dass Sie eine Zukunft hätten. Und dann sagte er Ihnen, dass er Ihre Mutter und Ihren Vater anzeigen werde, weil sie seinen Vater, den echten Jack Mahone, um die Ecke gebracht hätten. Und dass Ihr Vater, Esther, sein ganzes Leben auf Kosten des toten Jack Mahone gelebt hätte. Er sagte, er werde sich alles zurückholen; jeden Cent, den die Mörder seines Vaters aus dessen Vermögen gezogen hätten, werde er ihnen abnehmen.«

Horndeich sah, wie eine Träne Esther über die Wange lief.

»War es so?«

Esther nickte.

»Und all das haben Sie Ihrer Mutter in der vergangenen Nacht gebeichtet. Und auch, dass Sie Bill Fishkin deshalb getötet haben. Ihre Mutter wollte Sie schützen«, sagte Horndeich.

Esther Mahone starrte auf die Tischplatte. Dann hob sie den Blick und sah Horndeich direkt an. »Ja, so war es. Ich ... ich war erst so glücklich, als Bill mir sagte, dass wir keine Geschwister sind. Er nahm mich in die Arme, wollte mich kaum mehr loslassen. Wir hatten das, was zwischen uns war, geheim gehalten. Und wir ...« Sie stockte, musste schniefen. »Herr Horndeich, er war der erste Mann, der Emily gemocht hat, der sie wirklich gemocht hat. Der *uns* gemocht hat. Der mich und Emmy so nahm, wie wir waren. Er hat mich besucht, heimlich vor dem Familientreffen. Es war unser Geheimnis. Wir haben beide gespürt, dass unsere Liebe auf Gegenseitigkeit beruhte, aber wir dachten ja, wir wären Bruder und Schwester.

Als wir da spazieren gingen und er mir sagte, dass wir nicht verwandt seien, da habe ich ihn geküsst, sein Gesicht, seine Hände, habe gedacht, alles wäre wundervoll. Ich habe erst gar nicht begriffen, was er vom Mord an seinem Vater erzählte. Er erklärte es mir dann noch einmal. Erst da verstand ich. Und sah, dass er sich verändert hatte. Sosehr er mich liebte, sosehr hasste er auf einmal meine Eltern. Meinen Vater. Meine Mutter. Er sagte, er würde zur Polizei gehen. Und das wäre das Ende gewesen.«

Esther wischte sich die Tränen aus dem Gesicht. »Sie haben keine Ahnung, was mein Vater jeden Monat für Emily bezahlt, nicht wahr?«

Horndeich verriet ihr nicht, dass er all ihre Kontobewegungen der vergangenen sechs Monate kontrolliert hatte.

»Ich bin in einer Krankenkasse, einer tollen privaten Luxuskrankenkasse. Luxuspatient erster Klasse. Schön. Aber wissen Sie, was Emmy ist? Sie ist Abfall. Sie existiert nicht in diesem System. Ihr Pflegebett, ihre Physiotherapeutin, die Bobath-Therapie, die Ergotherapie – der Rollstuhl, der Integrationshelfer für die Schule ... Das bezahlt niemand. ›Ein nicht offener Hilfsmittelkatalog‹ – vier Wörter in einem Versicherungsvertrag, vier Wörter, die den finanziellen Ruin bedeuten, wenn Sie sich entschließen, Ihre Tochter nicht in einem Heim zu entsorgen, sondern *mit* ihr zu leben. Wenn Sie versuchen, ihr ein so lebenswertes und selbstbestimmtes Leben wie nur möglich zu geben. Eines, in dem sie zu Eminem tanzen kann. Weil der Rollstuhl es zulässt. Und weil sie dank der Atemübungen tatsächlich die Kraft hat, fünf Minuten mit Kopf und Armen zu schlenkern.«

Esther zog die Nase hoch, ganz undamenhaft. Horndeich war überzeugt, dass sie es selbst nicht merkte.

»Es gab einen einzigen Menschen auf dieser ganzen beschissenen, gottverdammten Welt, der mir und Emmy beistand. Das war mein Vater. Meine Schwestern, ihre Männer – sie alle waren immer ganz vorn dabei, wenn es darum ging, mir tolle Ratschläge zu geben, einer besser als der andere. Aber mein Vater, der redete nicht viel, sondern zahlte das, was nötig war, und noch viel mehr. Und diesen Menschen wollte Bill ans Messer liefern wegen einer Geschichte, die über fünfunddreißig Jahre zurücklag. Fünfunddreißig Jahre.

Ich sagte ihm genau das, was ich Ihnen jetzt auch sage. Er meinte, er würde für Emmy und mich sorgen. Aber ich habe einmal einem Mann vertraut, der versprach, für meine Tochter und mich zu sorgen. Danke, das hat gelangt. Es war mein Vater, der uns finanzierte. Ein bisschen habe ich noch durch meinen Job beigetragen, aber ohne meinen Vater wären Emily und ich nie über die Runden gekommen.

Bill und ich kamen am Traisaer Hüttchen an. Er ließ sich nicht davon abbringen, zuerst zu meinen Eltern und dann zur Polizei gehen zu wollen. Ich sagte ihm, dass er mich dann aufgeben müsse, und er entgegnete, dann wäre das wohl so, er könne nicht anders. Dann ging er den Weg zurück. Und damit ging er auch aus meinem Leben, und ich spürte, wie dabei jeder Pflock, auf dem mein Leben ruhte, einbrach.

Auf dem Boden lag ein Stein. Ich hob ihn auf und rannte Bill hinterher. Es hatte angefangen zu schneien. Er hörte mich nicht. Oder ignorierte mich. Ich schlug zu. Und er fiel hin. Knallte auf den anderen Stein. Er war sofort tot.«

»Woher wissen Sie das so genau?«, unterbrach Horndeich sie. »Dass er sofort tot war?«

»Ich hab nach seinem Puls getastet. Ich habe nicht lange als Krankenschwester gearbeitet, aber ich weiß, wann jemand nicht mehr lebt. Ich nahm seine Brieftasche mit, seine beiden Handys, dann rannte ich zu meinem Wagen.«

Horndeich schluckte. Wie verzweifelt musste sie gewesen sein?

Die Wohnzimmertür wurde einen Spaltbreit geöffnet, und eine Frau in weißem Kittel lugte herein. »Frau Mahone, wir sind fertig. Ich geh dann mal.«

Esther nickte ihr nur kurz zu. Das musste die Physiotherapeutin sein. Und Esther Mahones Tränen verwirrten sie. »Alles in Ordnung?«

»Ja, gehen Sie ruhig. Der Herr ist von der Polizei.«

Die Dame nickte und verschwand.

Esther schwieg einen Augenblick, und Horndeich gewährte ihr die Zeit, damit sie sich sammeln konnte, dann erzählte sie weiter: »Ich überlegte kurz, ob ich zur Polizei gehen sollte. Doch ich entschied mich dagegen. Ich wollte mich auch weiterhin um meine Tochter kümmern.«

»Dann warfen Sie Brieftasche und Handys weg?«

»Ja.«

»Und besorgten sich den Kassenzettel. Schlau.«

»Ja. Aber nicht schlau genug.« Wieder weinte Esther stille Tränen. »Wissen Sie, ich hatte Bill wirklich gern. Mehr noch, ich glaube, ich habe ihn wirklich geliebt. Aber ich konnte nicht zulassen, dass alles zusammenbricht. Dass kein Geld mehr da wäre für Emily. Wenn Bill recht gehabt und er meinen Eltern alles hätte wegnehmen können, und wenn mein Vater ins Gefängnis gemusst hätte … Undenkbar. Sie können keinen Rollstuhl einem Mädchen anpassen lassen, weil es wieder ein wenig gewachsen ist, und sagen, Sie bezahlen, wenn alle Erbrechtsfragen geklärt sind und falls Sie danach überhaupt noch einen Cent besitzen.«

»Aber warum Ihr Vater?«

Esther Mahone antwortete nicht.

»Ich habe Ihren Vater noch mal von einem Gerichtsmediziner untersuchen lassen. Wir haben Hautpartikel unter seinen Fingernägeln gefunden. Er hat sich gegen jemanden zur Wehr gesetzt. Ihr Vater wurde ermordet.«

Esther Mahones Stimme klang tonlos, als sie sagte: »Ich habe einen Fehler gemacht.«

»Welchen?«

»Einen Tag, nachdem ich Bill getötet hatte, fuhr ich zu meinem Vater. Wir gingen in sein Arbeitszimmer, während meine Schwestern und meine Mutter das Abendessen zubereitet haben.

Ich habe ihm von Bill erzählt, musste mit jemandem reden. Nach einer schlaflosen Nacht war mir klar, dass ich damit nicht allein zurechtkommen würde. Und mit wem hätte ich denn sonst auch darüber sprechen können? Ich sagte ihm, dass ich Bill nicht hatte töten wollen. Und dass es mir nicht wichtig war, was mein Vater und meine Mutter vor fünfunddreißig Jahren getan hätten. Er wurde kreidebleich, sagte, es würde stimmen, was Bill gesagt habe, dass er Jack Mahones Platz eingenommen habe. Aber er – und auch meine Mutter – hätten nie jemanden ermordet.« Esthers Stimme wurde wieder kräftiger.

»Dann sagte er, wir müssten zur Polizei gehen. Er wollte reinen Tisch machen. Die Polizei würde ohnehin bald alle Puzzleteile finden und zusammensetzen, jetzt, da sie das Leben von Bill Fishkin unter die Lupe nehmen würden.

Ich weinte und versuchte ihn davon abzubringen.

Dann rief uns Mutter zum Essen.

Ich wollte nur Zeit gewinnen, um nachdenken zu können und dann zu entscheiden, was zu tun sei. Ich wusste, wo Vater sein Abführmittel aufbewahrte. Ipecac. Geschmacklos. Im doppelten Sinn des Wortes, ich weiß. Aber die Dosierung war zu hoch.« Die Tränen strömten ihr übers Gesicht. »Er musste ins Krankenhaus, und im gleichen Augenblick tauchen Sie und Ihre Kollegin auf. Ich hätte nicht gedacht, dass Sie so schnell sein würden.«

»Was hast du getan?« Fast geräuschlos rollte Emily ins Wohnzimmer.

»Emmy!« Esthers Stimme war in der vergangenen Minute immer schriller geworden, doch als sie nun den Namen ihrer Tochter hervorstieß, lag darin nur noch nackte Panik.

Kein gutes Timing, dachte Horndeich.

»Was hat meine Mutter gemacht? Hat sie Onkel Bill umgebracht?« Emily ignorierte ihre Mutter und starrte Horndeich an.

Was sollte er darauf antworten? Was, verdammt noch mal, sollte er diesem Kind sagen? Die Wahrheit? Er hatte das Gefühl, auf einem Pulverfass zu sitzen.

Esther Mahone erhob sich und ging an den Wohnzimmerschrank.

»Frau Mahone!«, sagte Horndeich. Was, zur Hölle, wollte sie an dem Schrank? Seine Hand wanderte automatisch zum Griff seiner Dienstpistole, die im Gürtelholster steckte.

»Ich brauche jetzt was zu trinken«, sagte sie.

Horndeich atmete aus, nahm die Hand wieder von der Waffe.

Und sah im nächsten Moment die Pistole in Esthers Hand.

»Mama!« Es war Emily. Doch ihre Stimme klang ruhig, war ohne Panik. Wenigstens eine im Raum, die die Nerven behielt.

Verdammt, er hatte sich täuschen lassen wie ein Anfänger. »Frau Mahone, legen Sie die Waffe weg!«

Stattdessen entsicherte die Angesprochene die Pistole. Eine Walther P5. Tödlich. Auch wenn sie nicht jeden dritten Tag auf dem Schießstand übte. Sie zielte auf Horndeich.

»Frau Mahone.«

»Sie wollen wissen, wie es war? Ich sage es Ihnen: Alles ist schiefgelaufen.«

»Mama, leg diese Pistole weg«, sagte Emily ganz ruhig. »Du sagst doch immer, Gewalt ist keine Lösung. Hast du auch vorgestern gesagt, als wir Nachrichten geschaut haben. Als die mit den Maschinenpistolen vom Lastwagen aus auf die Menschen geschossen haben.«

Esther Mahone rannen noch immer Tränen übers Gesicht. Horndeich überlegte, was sie vorhatte. Glaubte sie allen Ernstes, mit ihrer Tochter fliehen zu können? Oder würde sie allein fliehen? Würde sie sich selbst …

Esther ergriff wieder das Wort, und sie sprach gehetzt, atemlos. »Ich bin ins Krankenhaus. Am nächsten Morgen. Da war mein Vater noch nicht bei Bewusstsein. Dann haben wir, Herr Horndeich, miteinander gesprochen. Und ich wusste, wenn Sie mit Vater sprechen, würde alles auffliegen. Deshalb bin ich danach noch mal ins Krankenhaus. Er war immer noch nicht ansprechbar. Also kam ich abends wieder. Niemand hat mich gesehen, als ich in sein Zimmer schlich. Er war wach, und wir sprachen miteinander. Ich wollte ihn zur Vernunft bringen. Gottverdammt, ich wollte doch nur, dass er vernünftig ist!«

Horndeich konnte Emilys Gedanken geradezu hören: Mama,

man darf nicht fluchen! Doch ihr war anscheinend klar, dass ihre Mutter in ihrer momentanen Verfassung solchen Ermahnungen gegenüber nicht aufgeschlossen war.

»Mein Vater bestand darauf, dass ich zur Polizei gehen sollte«, redete Esther weiter. »Er war nicht zur Vernunft zu bringen!«

Ihr gehetzter Blick pendelte immer wieder hektisch zwischen Horndeich und ihrer Tochter hin und her.

Sie dreht durch, dachte Horndeich und überlegte, ob er einen Sprung wagen konnte. Doch das wäre wohl der letzte in seinem Leben gewesen. Er hatte auch keine Chance, seine Dienstwaffe zu ziehen, denn bei einer einzigen falschen Bewegung würde Esther den Finger krümmen und ihm eine Kugel verpassen.

Vielleicht drückt sie ja nicht ab, sagte er sich.

Ja, und der Papst würde vielleicht heiraten.

»Mama, bitte«, wimmerte Emily.

Esthers Blick war der eines Tieres, das man in die Enge getrieben hatte. Jede weitere Bedrängnis konnte zu einer Kurzschlusshandlung führen.

»Also ging ich ein letztes Mal zu meinem Vater«, fuhr sie mit ihrer Erzählung fort, als müsste sie jetzt alles loswerden; Horndeich ahnte, was kommen würde. »Als die Nachtschicht nach einem anderen Patienten schaute, klaute ich im Schwesternzimmer Kaliumchlorid. Als ehemalige Krankenschwester weiß ich damit umzugehen. An seinem Bett fragte ich ihn noch einmal, ob er nicht doch einfach so weiterleben könnte. Für mich. Für Emily.«

»Mama. Du hast doch nicht Opa …«

»Mein Liebes, mein Alles, mein Schatz – ich musste es tun. Ich habe es für dich getan.«

Ihr letzter Satz waberte im Raum wie schlechter Geruch. Emily mit ihren zwölf Jahren schien zu spüren, dass er nicht der Wahrheit entsprach. Wobei sich Horndeich aber sicher war, dass Esther es in diesem Moment so empfunden hatte. Die Löwin beschützte ihr Junges.

»Ich zog den Infusionsschlauch ab, setzte die Spritze mit dem Kaliumchlorid an und … Es war furchtbar.«

Viel wusste Horndeich nicht über den Tod durch dieses Gift, nur dass der Tod sehr schmerzhaft war, wenn er auch relativ schnell eintrat. Und dass man einen Mord mit dieser Substanz nur sehr schwer nachweisen konnte, weil der Körper sie selbst produzierte. Jack alias Matthias Brassel musste sich gewehrt haben, trotz seines Zustandes, daher die Hautpartikel unter seinen Fingernägeln.

»Mama …«

»Emmy.«

Horndeich sah, wie Esthers Lider flatterten. Dann überschlugen sich die Ereignisse. Die waidwunde Löwin biss zu. Esther richtete die Pistole auf Emily. »Verzeih mir, mein Kleines, verzeih mir. Wir gehen jetzt beide in eine bessere Welt.«

»Esther, tun Sie das nicht!«, hörte Horndeich sich schreien.

Er sah aus den Augenwinkeln, wie Emilys Finger den Steuerstick des Rollstuhls bewegten, sah, wie der Rollstuhl einen winzigen Ruck nach vorn machte.

»Neiiin!«, hörte er sich kreischen, während er sich in Emilys Richtung warf und mit voller Wucht gegen den Rollstuhl prallte.

Dann spürte er den Schmerz, der in der Nähe seines Herzens explodierte.

Erst danach nahm er den Knall des Schusses wahr.

Jetzt werde ich Alexander oder Stefanie nie kennenlernen, war Steffen Horndeichs letzter Gedanke.

10.00 Uhr Ortszeit Darmstadt, Indiana

»Fahre jetzt zu Esther Mahone. Sie hat Fishkin ermordet. Details später.« Das hatte ihr Horndeich vor zwei Stunden gesimst.

Nach der vergangenen Nacht verspürte Margot den dringenden Wunsch, wieder in die heimischen Gefilde zu reisen. Nick hatte auch schon ein Ticket für sie gebucht. Nur eine Sache wollte sie noch zum Abschluss bringen.

Nick hatte ihr die Nummer von Bob Hemerode gegeben. Sie wollte am nächsten Tag um diese Zeit im Flieger nach Deutschland sitzen, doch vorher wollte sie noch einmal mit Bob sprechen. Er hatte ihr erstaunlicherweise angeboten, sie gleich zu empfangen.

Nick hatte ihr einen Wagen aus dem Fuhrpark des Sheriff's Office gegeben und ihr auch das Navi eingerichtet. Margot parkte den kleinen gelben Chevrolet Cobalt vor Hemerodes Anwesen. Noch bevor sie den Motor ausstellte, öffnete sich die Haustür.

Chloe hatte Margots Vermutung bestätigt. Eigentlich hatte Margot vorgehabt, mit ihr und ihrem Vater zu frühstücken, doch als dann Hemerode ihrem Wunsch, ihn noch einmal zu treffen, so schnell zugestimmt hatte, hatte sich Margot eiligst verabschiedet, allerdings versprochen, am Nachmittag noch einmal vorbeizukommen. Und sie hatte ihrem Vater auch schnell noch gesagt, dass sie am kommenden Tag zurückfliegen würde und dass noch Plätze in der Maschine frei waren; er solle sich einfach mit Nick in Verbindung setzen.

»Mrs Hesgart«, wurde sie von Bob Hemerode begrüßt, »sehr nett, dass Sie mich noch einmal schnell besuchen, bevor Sie wieder nach Deutschland abreisen.«

Margot bat ihn mit einem Lächeln, langsamer zu sprechen, denn diesmal hatte sie keinen Übersetzer an ihrer Seite.

»Kein Problem. Kommen Sie doch herein.«

Sie folgte ihm in den Wohnraum, und er wies mit der Hand auf einen Sessel, in dem Margot daraufhin Platz nahm. Der Hausherr ließ sich auf dem Sofa nieder, mit dem Rücken zur Wand.

»Es ist beeindruckend, wie viele Fotos Sie hier aufgehängt haben«, begann Margot.

»Ja. Sie zeigen die ganze Geschichte meiner Familie, seit sie 1860 hier angekommen ist.«

»Das war genau das, was mich stutzig machte«, verriet ihm Margot.

Bob war irritiert. »Was?«

»Dass Sie so wenig Kontakt zu Chloe haben. Dabei haben Sie beide dasselbe Hobby.«

»Werte Mrs Hesgart, bitte sagen Sie mir doch einfach, was ich für Sie tun kann.«

Margot sah sich im Raum um. »Wir haben den Mord an Bill Fishkin aufgeklärt«, tat sie kund. Vielleicht entsprach es der Wahrheit, vielleicht nicht. Aber Horndeich schien sich ziemlich sicher zu sein, und Margot hatte gelernt, sich auf seinen Riecher zu verlassen.

»Oh. Gratuliere«, sagte Bob. »Wer war es denn?«

»Darüber darf ich Ihnen leider nichts sagen.«

»Nun, vielleicht können Sie mir ja ein Zeichen geben. War es Annie?«

Margot grinste und schüttelte den Kopf.

»Eine der Töchter?«

Margot schüttelte erneut den Kopf.

»Also hatte es doch etwas mit seiner Tätigkeit als Detektiv zu tun?«

Margot nickte. Ein bisschen Schummeln war erlaubt.

»Nun möchte ich aber doch wissen, was Sie von mir wollen.«

»Es geht um den Mord an Jack«, erklärte ihm Margot.

»Und warum müssen Sie deshalb mit mir reden?«

»Ganz einfach, Bob. Ich darf Sie doch Bob nennen?«

»Ja, natürlich – Margot.«

»Gut. Ich bin hier, weil Sie Jack Mahone umgebracht haben.«

Eben hatte er noch ein freundlich-überhebliches Lächeln auf den Lippen gehabt, jetzt sackten seine Mundwinkel nach unten. »Margot, bitte«, sagte er sehr ernst. »Was soll das denn?«

»Bob«, sagte sie, »Sie haben zwei Fehler gemacht, deshalb bin ich Ihnen auf die Schliche gekommen.«

»Soso. Margot, ich habe Spaß an intellektuellen Auseinandersetzungen. Deshalb schmeiße ich Sie nicht gleich raus. Welche Fehler soll ich denn gemacht haben?«

»Nun, zum einen haben Sie gesagt, Sie hätten mit der ganzen Ahnenforschung nichts am Hut, als ich Sie auf Matt Brassel ansprach und auf den Kirchenplan.« Margot wies mit ausgestrecktem Arm auf die mit Fotografien übersäten Wände. »Das hier spricht eine andere Sprache.«

»Ertappt, Margot«, gab er zu. »Als Polizistin haben Sie natürlich eine gute Beobachtungsgabe und das Gedächtnis eines Elefanten. Doch es gibt einen Grund, weshalb ich das sagte: Ich wollte einfach keine unnütze Diskussion über einen Plan führen, den ich nie zu Gesicht bekommen habe, und mich über einen Jungen unterhalten müssen, dem ich nur einmal begegnet bin.«

»Nun, vielleicht würde ich Ihnen das sogar abnehmen«, gestand Margot ein, »hätten Sie nicht Fehler Nummer zwei gemacht.«

»Und der soll welcher sein?«

Margot erhob sich und ging ans andere Ende des Zimmers. »Aus dieser Entfernung sieht man es noch deutlicher.«

»Was?«, fragte Hemerode. »Machen Sie es nicht so spannend, verdammt!«

»Bob, für Sie ist es nicht mehr spannend«, entgegnete Margot. »Sie haben den Plan doch selbst abgehängt.«

»*Was* habe ich?«

»Den Plan abgehängt. Er hing hinter Ihnen, an dieser Wand. Der Raum ist perfekt dafür, vor allem die Höhe. Doch als Sie uns hier empfangen mussten, mussten Sie den Plan von der Wand nehmen und hängten ein paar andere Fotos dorthin. Leider sind es viel weniger als an den anderen Stellen. Als ich bei meinem letzten Besuch die Treppe von der Galerie herunterstieg, da ist mir die Asymmetrie aufgefallen, aber ich konnte sie nicht einordnen. Jetzt, da ich weiß, worauf ich achten muss, sehe ich die Ränder, die der Rahmen des Kirchenplans hinterlassen hat.«

»Matt und Annie haben mir den Plan verkauft«, brummte Bob Hemerode, der offenbar einsah, dass Leugnen keinen Sinn mehr hatte. »Das war kurz bevor sie als Jack und Annie Mahone nach Deutschland übersiedelten.«

»Das wiederum hätte ich Ihnen geglaubt, wenn der Plan noch hier hinge«, sagte Margot.

»Ich habe ihn abgenommen, weil er restauriert werden muss.«

»Und das hätte ich Ihnen geglaubt, hätten Sie nicht vorher erzählt, Sie hätten den Plan nie zu Gesicht bekommen.«

Hemerode schwitzte.

»Wissen Sie, Chloe hat mir den Stammbaum der Familie Renker gezeigt, und ich habe ihn abfotografiert«, sagte Margot. Das war gerade mal eine Stunde her. Beim Abendessen vor drei Tagen hatte Chloe nur den kleinen Stammbaum mit den Erstgeborenen dabeigehabt, doch nun hatte sich Margot auch die Seitenlinien anschauen können. Jacks Großvater und Bobs Großmutter waren Geschwister gewesen. Doch die wichtigen Familienerbstücke wurden damals – das hatte ihr Chloe bestätigt — an den erstgeborenen Sohn weitergegeben, womit Bobs Großmutter aus dem Rennen gewesen war.

»Ludwig Renker war Ihr Ururgroßvater«, erklärte Margot, »und er hütete einen Schatz: den Plan des Kölner Doms. Seine Nachfahren wussten nicht, was genau auf dem Plan zu sehen war, aber er war sehr alt, und sie erkannten auch, dass er sicherlich von einigem Wert war. Schon Ludwig hätte den Plan zu Geld machen können, doch so wie er verkaufte auch keiner seiner Nachfahren den Plan, und so verblieb er im Familienbesitz.«

»Ich verstehe immer noch nicht, wie Sie darauf kommen, dass ich Jack umgebracht haben soll«, grummelte Hemerode, dem sichtlich unwohl in seiner Haut war.

»Weil Jack ein Widerling war«, antwortete Margot, »und zwar in jeder Hinsicht. Dass er Annie – sagen wir mal – nicht gut behandelt hat, das haben Sie von Anfang an mitbekommen. Und dann kam Matt und fragte nach diesem Plan. Da hörten Sie zum ersten Mal von der Sache. Und Sie wussten, wenn dieses wertvolle Stück tatsächlich existierte und ein Familienerbstück der Renkers war, dann konnte es nur einer haben: der erstgeborene Sohn in der Linie, und das war Jack. Sie haben mit ihm darüber geredet. Und er sagte Ihnen, er würde mal nachschauen, ob er das Ding noch findet. Und er fand es.«

»Margot, Margot, Sie sind schlauer, als ich dachte.«

»Ich nehme an, Jack hat Sie ziemlich von oben herab behandelt«, fuhr Margot fort. »Sie haben ihm sicher eine schöne Stange Geld für den Plan geboten. Denn für Sie hat dieser Plan einen Wert, der sich mit Geld nicht aufwiegen lässt. Aber Jack hatte noch nie Sinn für Familie gehabt, nicht für die eigene, also Annie, und nicht für die Wurzeln, denen er selbst entsprang.«

»In diesem Punkt muss ich Ihnen leider recht geben.«

»Jack bestellte Sie zu sich. An jenem Abend, als er starb. Ich nehme an, Sie wollten noch mal über den Plan verhandeln. Vielleicht aber sollte das Geschäft schon an diesem Abend über die Bühne gehen, und Sie hatten eine Tasche voller Dollarnoten bei sich. Doch als Sie ankamen, war der Platz vor dem Haus belegt, dort standen die beiden Wagen von Jack und Annie und der Splittie von Matt Brassel. Also stellten Sie Ihr Fahrzeug woanders ab, aber nicht auf dem Zufahrtsweg, wie Sie mir gegenüber behauptet haben, sondern wahrscheinlich hinter der Scheune, wo man ihn nicht sehen konnte.

Dann gingen Sie zum Haus. Und Sie bekamen den lauten Wortwechsel mit. Jack beschimpfte Matt: ›Du vögelst meine Frau, du mieser kleiner Kraut!‹ Jack hatte also herausgefunden, was außer ihm alle schon gewusst hatten, nämlich dass ihn seine Frau mit Matt betrog. Dann hörten Sie, wie es drinnen zum Kampf kam, und gleich darauf rannten Annie und Matt aus dem Haus, setzten sich in den Splittie und rauschten davon. Sie aber dachten an den Plan. Sie sind ins Haus gegangen. Und was geschah dann?«

»Ja, ich bin rein«, erzählte Bob Hemerode nun die Geschichte weiter. »Habe Jack aufgeholfen. Der erzählte mir, dass Annie ihn betrog. Er selbst hatte es erst an diesem Tag rausgekriegt. Er sprach davon, Matt umzubringen. Ich sagte ihm, dass mich das nichts anginge, dass ich wegen des Plans gekommen sei.

Jack holte ihn, dann grinste er mich an und sagte: ›Das Ding hier ist mehrere Millionen wert.‹ Sagte, dass er sich erkundigt habe, dass die Krauts sicher ganz wild darauf seien. Und ich solle es für ihn verticken. Zehn Prozent wären für mich drin.«

Margot sah Hemerode an. Da war keine Spur mehr von dem redegewandten, etwas schlüpfrigen Geschäftemacher, als den sie ihn bisher erlebt hatte. Es war, als wäre er wieder der junge Mann, der er damals gewesen war, völlig abhängig von der Gnade seines Cousins, der ihn verachtete.

»Auf einmal ließ er den wertvollen Plan einfach zu Boden fallen«, sprach Bob Hemerode weiter, »und fing an zu toben und zu schreien. Er brüllte mich an, ich wäre doch total verschossen in seine Frau, so wie der Kraut. Er überschüttete mich mit Beleidigungen, nannte mich einen Habenichts, einen Schlappschwanz, ich hätte nicht genug Eier, seine Frau zu vögeln, darum würde ich sie diesem Krautstudenten überlassen. Und er sagte, er würde mir den Plan nie verkaufen, niemals!

Auf einmal hatte ich den Baseballschläger in den Händen. Und ich schlug zu. Einmal, mehrmals, immer und immer wieder, wie im Rausch. Und als ich wieder zu mir kam, sah ich, was ich angerichtet hatte. Ich geriet zuerst in Panik, aber dann wischte ich den Griff des Baseballschlägers ab und stieg in meinen Wagen. Ich wollte nach Hause fahren, da kam mir der Splittie mit Matt und Annie entgegen. Die beiden fuhren zurück zu Jacks und Annies Haus!

Das war meine Chance. Jeder würde sie verdächtigen, Jack erschlagen zu haben, nicht mich, weil es so aussehen würde, als wäre ich erst nach ihnen auf Jacks Anwesen aufgetaucht. Ich ließ ihnen ein paar Minuten, dann wendete ich und fuhr ihnen nach. Den Rest kennen Sie sicherlich.«

»Und der Plan?«

»Er war mein Lohn. Und für mich fügte sich alles zum Besten. Sehen Sie, ich hatte den Plan, und ich hatte auf einmal auch ein gesichertes Einkommen.«

»Und Matthias Brassel hat Ihnen den Plan einfach überlassen?«

»Ja, denn ich sagte ihm, es wäre nicht das Original, sondern eine schlechte Kopie, die nur Ludwig Renker für echt hätte halten können.«

»Und das hat er Ihnen geglaubt?«

»Nun, ich habe ihm gesagt, ich hätte den Plan an einer Uni untersuchen lassen. Außerdem konnte Matt nicht mehr zurück in die Staaten, das hat er sich einfach nicht getraut. Nach meinem Tod soll die Stadt Köln den Plan bekommen, das habe ich in meinem Testament so festgelegt. Meine Tochter interessiert sich keinen Deut für Geschichte oder die deutschen Wurzeln unserer Familie. Sie ist Schauspielerin in Hollywood. B-Filme. Ach was, C-Filme sind das. Mit mir stirbt die Linie derer aus, denen die Herkunft der Familie etwas bedeutet. Aber, Margot, das ist egal. Ich bereue nichts. Und nur für den Fall, dass Sie mich jetzt belangen wollen: Dieses Gespräch hat nie stattgefunden.«

In diesem Moment klingelte es an der Tür. Hemerode starrte Margot an.

Sie griff sich in den Ausschnitt und zog ein kleines Mikro unter ihrer Bluse hervor. »Bob, das war Ihr dritter Fehler. Dieses Gespräch hat sehr wohl stattgefunden.«

Bob zuckte nur mit den Schultern. »Margot, ich habe einen Mord begangen. Und danach fast vierzig Jahre lang ein sehr schönes Leben geführt, das ich ohne diese Tat nie hätte führen können. Und wissen Sie was, ich habe nicht einmal ein schlechtes Gewissen. Jack war ein Arschloch, durch und durch. Und ich habe auch Annie und Matt glücklich gemacht. Fast vierzig Jahre lang. Die kann mir und ihnen keiner mehr nehmen.«

Danach öffnete er die Tür. Herein traten Nick und drei weitere Detectives.

Margots Handy meldete sich.

Sie sah aufs Display. Sandras Handy.

»Hallo, Sandra«, meldete sie sich. »Was ist?«

Sie hörte die Ehefrau ihres Dienstpartners nur schluchzen.

EPILOG

24. Dezember
14.00 Uhr Ortszeit Darmstadt, Hessen

Margot trug Schwarz.

Wie unpassend.

Schließlich war sie nicht auf einer Beerdigung.

Gott sei Dank, dachte Margot. Und bemerkte wieder einmal, wie oft man in theologischen Dimensionen dachte, auch wenn man eigentlich kein gläubiger Mensch war.

Es war Heiligabend. Mittags.

Gestern hatten sie Horndeich aus dem künstlichen Koma geholt.

Die Kugel hatte das Herz gestreift. Sie hatten ihn stundenlang operiert. Und ihn dann ins künstliche Koma versetzt. »Einen Millimeter weiter rechts, und er wäre gestorben«, hatte Sandra ihr sicher zehnmal erklärt.

Sie klopfte an die Tür.

»Herein«, hörte sie Horndeich sagen. Die Stimme war nicht besonders kräftig.

Sie öffnete die Tür.

Er sah richtig schlecht aus. Die Haut aschfahl, die Augen glanzlos.

»Margot. Das ist ja schön, dass du da bist.« Er hielt ihr die Hand hin, in deren Rücken eine Infusionsnadel steckte.

»Was machst du denn für Sachen?«, fragte Margot, sich abermals bewusst werdend, wie sehr sie sich hier an Floskeln klammerte.

»Sprungübungen«, antwortete Horndeich.

Margot hatte die Geschichte bereits aus verschiedenen Mündern gehört. Wäre er nicht gesprungen, wäre Emily Mahone nicht mehr am Leben. Und ihre Mutter hätte sicherlich anschließend Selbstmord begangen. Doch als sie dann Horndeich wie leblos vor dem Rollstuhl ihrer schreienden Tochter hatte liegen sehen und wie sich eine Blutlache um ihn herum bildete, hatte sie einen Schock erlitten, die Pistole fallen lassen und war zusammengebrochen. Daraufhin hatte Emily Notarzt und Polizei alarmieren können.

Annie war erst einmal nach Kranichstein zu Emmy gezogen, wie Margot erfahren hatte, und Mara ging ihnen zur Hand.

»Sandra hat gesagt, dass Annie die laufenden Kosten weiter übernimmt«, vollendete Horndeich ihren Gedankengang.

»In Wirklichkeit hat sie keinen Menschen umgebracht. Und Matthias Brassel auch nicht.«

»Ja«, sagte Horndeich. »Sandra hat mir schon gestern alles erzählt. Was ist jetzt eigentlich mit dem Plan?«

Margot musste schmunzeln. »Der ist in guten Händen.«

»Wie meinst du das?«

»Nun, die haben da zufällig so einen Herrn in Darmstadt, der sich mit historischen Sachen unglaublich gut auskennt, einen gewissen Sebastian Rossberg. Er wurde von einer Kommission ernannt, dass er alle wissenschaftlichen Untersuchungen des Plans überwacht und später auch bei den Gesprächen mit dabei ist, wenn es darum geht, was mit dem Plan letztendlich geschehen soll. Bill Hemerode hatte ihn sich unrechtmäßig angeeignet, nämlich durch einen Mord. Jack Mahone lebt nicht mehr, also gehört er dessen Frau, Annie Mahone. Und mein Vater will sich in den USA darum kümmern, dass der Plan irgendwann nach Deutschland gelangt und hier seinen Platz findet, vielleicht im Kölner Dom.«

»Dein Vater?«, wunderte sich Horndeich. »Ich dachte … Der Herr, der sich so toll mit historischen Sachen auskennt … Der ist doch in Darmstadt, richtig?«

»Richtig«, bestätigte Margot. »Darmstadt, Indiana, USA. Sebastian hat dort seine Jugendliebe getroffen und ist dageblieben.«

»Das meinst du nicht ernst.«

»Doch. Gegenüber seiner Evelyn behauptet er immer noch, er

würde nur des Planes wegen dortbleiben. Aber Weihnachten feiert er in Darmstadt. Also dort in Darmstadt.«

»Das Mädchen vor dem Plymouth, richtig?«

Margot nickte. Und war erstaunt, dass Horndeich schon zu diesem Zeitpunkt etwas bemerkt hatte, was ihr da noch gar nicht aufgefallen war. »Rainer fliegt nach Silvester auch nach Indiana.«

»Was macht der denn da?«, wunderte sich Horndeich.

»Er ist Kunsthistoriker und wird wohl viele schlaue Artikel über den Plan schreiben«, sagte sie. »Ist dafür extra von der Uni freigestellt.«

»Und du? Fliegst du mit?«

»Nein, ich bleibe hier. Ich will keine Urlaubstage verbraten, die ich vielleicht noch brauche.«

Horndeich sagte nichts.

Und ich will nicht mit Rainer dort sein, wo auch Nick ist, dachte Margot. Das wäre keine gute Idee.

»Aber ihr feiert heute zusammen.«

»Ja. Natürlich. Ben und Iris kommen mit Zoey. Und ich glaube, Iris ist wieder schwanger. Sie haben da so eine Andeutung gemacht.«

»Und Doro?«

»Ist zum Glück auch dabei.«

»Du meinst, Che ist zum Glück auch dabei.« Die Rede war von Doros kleinem Chihuahua.

Margot musste schmunzeln. »Ja. Wenn es zu viel Family-Business gibt, hocke ich mich aufs Sofa, schnappe mir Che und kraule ihn, bis ich innerlich wieder ganz ruhig bin.«

Margot merkte, dass Horndeich am Ende seiner Kraft war, und wollte sich schon verabschieden, als er sie fragte: »Hat Sandra es dir eigentlich erzählt?«

»Was?«

Er griente, eine Andeutung seines alten spitzbübischen Lächelns, das hoffentlich bald wiederkehren würde. »Hat sie tatsächlich dichtgehalten, damit ich es dir sagen kann.«

»Was denn?«

»Nun, dein Kollege Steffen Horndeich wird auch Papa.«

»Hey, gratuliere!«, rief Margot ehrlich erfreut.

»Und weißt du, was das Beste daran ist?«

»Nein. Sag's mir.«

Das Lachen war verschwunden. »Dass ich das erleben darf«, sagte Horndeich. Und er sagte es sehr ernst und leise.

Sie verabschiedete sich von ihrem Kollegen.

Als sie vor den Eingang des Krankenhauses trat, sog sie die Luft tief ein.

Dann schaltete sie ihr Handy wieder ein.

Es daddelte.

Eine SMS.

»Wann sehen wir uns wieder? Nick.«

Der arme Che würde am Ende des Abends hoffentlich keine offenen Stellen haben …

DANKSAGUNG

Tatsächlich gibt es (derzeit) zwei Darmstadts auf der Welt. Das, in dem ich lebe und schreibe, sowie das in Indiana, USA, gegründet von deutschen Aussiedlern.

Wer sich Darmstadt, Indiana, anschauen möchte, ohne gleich hinzufliegen, kann dank Google-Street-View einen lokalen virtuellen Spaziergang machen. Natürlich beantwortet Google keine Fragen – das tun nur Menschen. Deshalb möchte ich hier an allererster Stelle Mallory Lowe aus Darmstadt, Indiana, danken. Sie ist die Bürgermeisterin des kleinen Ortes. Shirley Nicholson und Martinius Boll gebührt ebenso Dank. Ohne sie hätte ich die Geschichte des anderen Darmstadt nie so gründlich kennengelernt.

Das Back-Office war natürlich auch diesmal reichlich besetzt. Ein ganzer Stab von Menschen half mir mit seiner Sachkenntnis. Deshalb möchte ich ihnen danken – und Sie, werte Leserin und werter Leser, auch diesmal bitten, diese letzten Worte noch zu überfliegen.

Da sind zum Beispiel die Spezialisten, die mir beim Morden helfen müssen, weil mir die Fachkenntnis fehlt, etwa Sonja Winkowski und ihre Kollegen aus Mainz sowie Dr. Karl-Heinz Tischer von den Städtischen Kliniken in Darmstadt. Nicht, dass sie morden, aber sie könnten, wenn sie wollten.

Zu grundsätzlichen Erbrechtsfragen in Indiana, USA, beriet mich Angelika von Wilcke – merci! Weiteren juristischen Beistand leistete Joachim Becker.

Benedikt Preisler, Adriana und ihre Eltern halfen mir, die Krankheit SMA besser zu verstehen und zu beschreiben. Herr Fries vom Denkmalschutzamt Darmstadt beantwortete stets schnell und kompetent meine Anfragen zum Darmstadt, wie es nicht mehr ist. Dank gebührt auch den Mitarbeitern des Hessischen Staatsarchivs; ohne ihre aktive Unterstützung wäre die Spurensuche nicht so erfolgreich gewesen.

Die Mitarbeiter der Pressestelle vom Landeskriminalamt Hessen sowie weitere Kollegen des Hauses halfen mir. Besonderer Dank gilt Dr. Harald Schneider vom Kriminalwissenschaftlichen und -technischen Institut. Er gab mir Nachhilfe, wenn ich mit meinen Kenntnissen hinsichtlich der DNA-Analyse am Ende war. Sheriff Eric Williams vom Vanderburgh Sheriff's County Office half mir, mich etwas besser im amerikanischen Polizeiwesen zurechtzufinden.

Albrecht Becker von der Berufsfeuerwehr weihte mich in die Geheimnisse eines Autobrandes ein. Was in mir die Frage nach der Berechtigung eines Zigarettenanzünders im Wagen aufwarf … Danke dir!

Mein Bruder Matthias unterstützte mich bei Fragen zum Sanitätsdienst und zu allen chemischen Fragen. Ei Bubb, häddslischen Dank! Cornelia Lohs checkte die englischen Sätze. Manchmal fühle ich mich halt wie Margot …

Nicht bei den unmittelbaren Recherchen, wohl aber beim Geschichtenspinnen und der Schreibarbeit haben mir weitere Menschen geholfen: Jochen und Matthias, der Dank geht an euch. Meinem Vater und Marlies möchte ich für das »Schreibasyl« danken, ohne das das Manuskript nie rechtzeitig fertig geworden wäre. Meiner Mutter danke ich für ein stets offenes Ohr und zahlreiche Anregungen – ebenso Jürgen und seiner Crew für das lauschige Plätzchen in der Worschtküsch. Manfred, meine Mutter, Hanne und Julia haben das Manuskript gegengelesen und Stolpersteine aus dem Weg geräumt – merci, ihr vier.

Nicht unerwähnt sollen auch meine musikalischen Musen sein: Eminem, Sofia Karlsson und Melanie Safka unterstützten mich durch ihre Musik. Und der Internet-Radiosender »Kickin' Country 181 fm« – unabdingbar, wenn man über Amerika schreibt.

Das Team von Piper hat an dieses Buch geglaubt, und Peter Thannisch hat mir geholfen, die bestmögliche aller »Todesfahrt«-Varianten zu schreiben. Dank auch an meinen Agenten

Georg Simader, den besten Sparringspartner und Rückenfreihalter, den man sich wünschen kann.

Tja, die allerletzten Zeilen gleichen denen der vergangenen Nachworte. Es liest sich immer noch wie ein Disclaimer auf einer Internetseite, und immer noch ändert das gar nichts am Wahrheitsgehalt: All diese Menschen haben mir für dieses Projekt ihr Wissen und ihre Zeit geschenkt oder mich inspiriert. Um eines ganz deutlich zu sagen: An Fehlern ist der Autor schuld, nicht seine Helfer. Sollte ich jemanden vergessen haben, tut es mir sehr leid. Nun, die Währung zur Entschädigung wird ein wenig erweitert: ein Bier in der Wortschtküsch, einen Laphroaig im Green Sheep oder einen richtig leckeren Cappuccino im Café Canapé.

Michael Kibler *Darmstadt, im Mai 2011*

Michael Kibler

Schattenwasser

Kriminalroman. 336 Seiten. Piper Taschenbuch

Zwei Frauen werden nur wenige Tage nacheinander in Darmstadt ertränkt aufgefunden. Treibt ein Serienmörder in der beschaulich kleinen Großstadt sein Unwesen ? Margot Hesgart und Steffen Horndeich von der Mordkommission versuchen fieberhaft, die Fälle zu lösen. Bekennerschreiben, die die vernichtende Kraft des Wassers beschwören, eine alte Leiche unter dem Fundament des Jugendstilbades – das Puzzle scheint kaum entwirrbar. Margot Hesgart tut alles, was in ihrer Macht steht. Trotzdem kann sie nicht verhindern, dass auch Menschen aus ihrem privaten Umfeld in höchste Gefahr geraten.

05/2486/01/L

Michael Kibler

Rosengrab

Kriminalroman. 384 Seiten. Piper Taschenbuch

Bei einer Autobahnraststätte wird eine junge Frau quer über die Fahrbahn in den Tod getrieben. Für Kommissar Steffen Horndeich und seine Kollegin Margot Hesgart steht schnell fest, dass hier kein Selbstmord vorliegt. Aber wer steckt dahinter? Immer tiefer dringen die Ermittler in ein Netz aus Lügen und Verrat vor. Bis sie schließlich einen rätselhaften Fund auf der Darmstädter Rosenhöhe machen, wo eine unglaubliche Wahrheit unter der Erde ruht …

»Ein hochdramatisches, raffiniertes Verbrechen.«
Heilbronner Stimme

»›Rosengrab‹ bietet spannende Unterhaltung, ist sehr gut recherchiert und erzählt von Charakteren, denen man gerne noch in weiteren Fortsetzungen begegnen möchte.«
www.focus.de

05/2581/01/R